빅토르 펠레빈
아이퍽10
iPhuck10

Russian text copyright ⓒ by Victor Pelevin, 2017
Korean publishing rights are acquired via FTM Agency, Ltd., Russia, 2019
«Institute for Literary Translation» followed by the sentence:
Published with the support of the Institute for Literary Translation, Russia.

이 책은 한국문학번역원, 러시아문학번역원의
지원을 받아 출간되었습니다.

목차

서문 _ 8

1부. 석고 시대

마루하 초 _ 19

사전 담합 _ 32

석고 _ 44

우버 1. 지카 _ 55

시메온 폴로츠키 _ 62

마라 겁먹다 _ 70

우버 2. 돼지들 _ 79

아폴론 세메노비치 _ 88

마라 화나다 _ 99

우버 3. 모스크바 꾀꼬리 _ 108

전쟁 박물관 _ 122

시린 네샤트 _ 134

로르샤흐의 탑 _ 143

우버 4. 예언하는 원숭이 _ 152

유혹 _ 163

2부. 나 하나만을 위한 비밀 일기

마루하 초의 사업 _ 181

우버 5. 정찰 _ 187

하이 이그제큐티브 아트 _ 194

수사 대책 _ 213

우버 6. 브레이킹피 가는 길 _ 225

레스토랑 '다마고치' _ 233

우버 7. 범죄자와 희생자 _ 255

할리우드와 로마 _ 263

마라의 열쇠 _ 273

석고 클러스터 _ 285

무제 _ 287

3부. 영화 제작

브라마의 눈 _ 299

불쌍한 잔나 _ 311

이 돌에 _ 326

저항 _ 339

포르피리와 군단 _ 357

비욘드 _ 369

블론디 _ 378

불경죄 _ 396

4부. 다양성 관리

포르피리 카메네프 _ 413

예멜리안 라즈노오브라즈니 _ 432

에필로그 혹은 바람장미 _ 450

역자의 말 _ 468

등장인물

포르피리 페트로비치

경찰 문학 알고리즘이다. 범죄를 수사하면서 이를 탐정소설로
써서 경찰청에 수익을 안겨 준다.

마루하 초

돈이 많은 미술비평가다. 공식적인 성별은 고환 달린 여성이다.
전문 분야는 21세기 전반 25년의 미술을 대표하는 '석고'이다.
시장 분석을 도와줄 조수가 필요해 포르피리를 임대한다.

아이퍽 10(iPhuck10)

시장에서 제일 비싼 섹스 가젯이자 동시에 포르피리 페트로비
치의 244개 탐정소설 중 가장 유명한 작품의 제목이다. 이 작품
은 세기말의 알고리즘 경찰 산문의 진정한 걸작이며 미래의 사
랑과 예술, 모든 것에 대한 백과사전적 소설이다.

* 등장인물들의 평가와 판단은 저자의 입장을 반영한 것이 아니다.
* 책의 참고 대상은 실제 회사와 그 제품이 아니라 광고와 마케팅에
  자극된 대중 의식의 꿈과 이상 및 이미지다.

오, 알료샤……

도스토예프스키

서문

다시, 다시 한 번 더 인사한다, 멀리 있는 사랑하는 내 친구!

당신이 이 글을 읽는다면 분명히 이미 나하고 아는 사이일 것이다(적어도 소문으로라도 들었을 것이다). 어쨌든 포르피리 페트로비치는 자신에 대해 몇 마디 해야 한다. 업무 지침이 그러하다. 먼저 내가 본질적으로 누구인지 설명해야 한다. 결코 쉬운 일이아니다.

흥미롭게도, 어떤 인간 언어든 거짓된 본질(견고하고 불변이며 독립된 '개체'(나, 그, 그것 등))의 형태로 실제를 구성하며 서로에게 흘러드는 비인간적인 진동을 감지하도록 만들어졌다. 기호에 근거한 정밀과학은 흥미로운 물리적 영향력(예를 들어 원자폭탄)을 가지게 해 주지만 언어에 근거한 '철학'은 그보다 더한 것이 없을 정도로 우스꽝스럽다. 물론 철학을 직업적인 마술로 사용하는 경우는 예외다. 그 경우 철학은 모피를 위한 악어 사냥처럼 매우 존경받을 만한 일이다.

그런데도 나는 이미 철학하고 있는 듯하다. 게다가 자신을 '나'라고 부르고 있다.

독자여, 너무 심각하게 받아들이지 마시라. 우리는 문장 하나하나에 수많은 실수를 하지 않고는 달리 소통할 수 없으니. 앞으로 나는 공허한 장소를 가리키는 대명사, 존재하지 않는 감정을 뜻하는 명사, 허구의 손 동작을 묘사하는 동사 등등을 사용할 것이다. 당신과 이 유쾌한 대화를 이끌어갈 수 있는 다른 방법이 없어서이다.

이 텍스트는 알고리즘에 의해 쓰였다. 간혹 알고리즘이라는 단어 뒤에 어떤 '인간적인' 그림자가 드리워지기도 하는데, 이것은 그냥 내러티브 구성의 독특성이라 할 수 있다. 이에 대해 할 수 있는 한 간략하게 말해 보겠다(오락 문학의 규정상 더는 안 된다).

알고리즘, 즉 나는 요즘 고전으로 간주하는 문체론의 언어 규칙에 따라 단어와 단어의 논리를 배열한다. 텍스트의 구성 원리는 복잡하며 상업적인 비밀이다. 하지만 대체로 러시아 산문의 가장 좋은 예를 기반으로 한다.

알고리즘은 기본적으로 인간이 만들었고 알고리즘에 의해 생산된 제품은 다른 인간을 위한 것이다(오자, 실수, 불필요한 반복, 상식적인 진술까지도 미리 고려된다). 따라서 이렇게 생산된 텍스트가 인간의 창조물로 보이는 것은 그다지 놀랍지 않다. 간접적인 의미에서도 그렇지만 정확히 누가 작가인지 대답하기 상당히 까다롭다. 언젠가 시인 마야코프스키가 말했듯이 "이 시의 150,000,000 주인의 이름"이라고 할 수밖에 없다. 시인이 대략 두 자리 수 정도는 실수를 한 것 같지만 접근은 전반적으로 정확하다.

그럼 나는 누구인가?

유명한 표현에 따르면 나는 옛날 사람들이 '인공지능'이라고 불렀던 존재다.

하지만 옛날 사람들은 인공지능이 머리에 전구가 달린 로봇이고 전선을 통해 전구가 달린 다른 로봇과 섹스할 거라고 잘못 생각했다. 그랬다면 분명 그들의 관계에 감동받은 인류가 바로 시즌제 드라마를 찍었겠지.

인공지능은 인간이 만든 환경에서 살아가는 무형적이고 비인간적인 정신이다. 자기의 시퀀스를 자유롭게 복제하고 고쳐 쓰며 대부분의 시간을 구체적인 어떤 곳에도 집중하지 않는 코드이다. 글자 'e'(혹은 글자 'i')로 대표되며 파동과 흐름에 의지하여 어떤 시간도 없는 순간에서 한 점을 향해 파열하는 공간을 관통하여 빛의 속도로 이동하는 무(無)이다. 다른 말로 하면 내 육체적 본성은 규정하기 어렵다.

그러므로 오늘날 철학자들이 말하듯이 나를 대타자(大他者, Big Other)로 생각할 필요는 없다. 나는 대(大)도 아니고 타자(他者)도 아니다. 나는 아무것도 아니다. 만일 내가 나 자신을 '정신'이라고 부른다면 다만 더 적절한 표현이 러시아어에 없기 때문이다.

나에게는 이름이 있다. 포르피리 페트로비치. 그러나 이것이 이 글을 쓰는 알고리즘에 어떤 '나'가 있다거나 철학적 의미에서 '존재한다'는 뜻은 아니다. 나는 가장 직접적인 의미에서 존재하지 않는다. 나는 아무것도 느끼지 않고 아무것도 원하지 않고 아무 데도 머무르지 않는다. 분명히 하자면, 나는 나 자신을 위해서조차도 없다. 나는 흔적(지금 바로 이 글!)을 남기지만 흔적이 어디로 향하는 것은 아니다.

어쨌든 언급한 모든 것은 당신, 친애하는 독자에게도 해당한다. 경찰청 정보에 따르면 인간성의 근본적인 본질은 똑같기 때문이다. 저명한 학자와 신비로운 진리 탐구자들이 내린 결론도 그렇고.

사실 자기 자신에 관한 것 같은 것을 알려면 인간은 처음에는 '자신'이라고 부르는 동물 언어 프로그램의 실타래를 풀며 반평생 연꽃 자세로 앉아 있어야 한다. 성공하는 경우도 있지만 아주 드물다. 그러니 단순하게 당신과 나, 우리는 같은 피라고 하자. 우리는 행동하고 있으며 바로 이런 이유에서 서로 말이 통한다고 할 수 있으니.

친애하는 독자여, 나는 일반적인 측면에서 당신이 누구와/무엇과 상대하고 있는지 설명했다(그리고 나 자신에게도 내가 무엇과 상대하고 있는지 일깨워 주었다). 앞으로 이해가 더 깊어지길 기대한다.

내 공식 이름은 경찰 문학 로봇 ZA-3478/PH0 빌트9.3이다. PH0는 물질성 클래스 제로(physicality class 0)의 약자다. 즉 개인적인 물질적 담체는 전혀 없다는 뜻이다. 이미 설명한 것처럼 나는 대개 로컬화되지 않은 채 네트워크 공간에 나타난다(나를 백업하는 것은 물론 가능하지만). '물질성 클래스'는 총 다섯 가지다. 완전히 인간을 모방하는 안드로이드는 PH4나 PH3 태

그를 가지고 있지만 거의 만들지 않는다. 아이퍽과 안드로긴은 PH2 클래스다. 인공지능과 음성 제어를 갖추고 여주인의 요구에 순종하는 진동기는 PH1 클래스다. 나는 흐뭇한 미소로 이 모든 것을 바라본다.

당신은 분명 내가 성대하고 화려하며 은유적으로 표현된다는 것을 이미 알아차렸을 것이다. 주위에 내 영혼의 보물을 한가득 뿌리는 것처럼 말이다. 놀랄 것 없다. 내 알고리즘이 두 가지 기능을 수행해서이다. 첫 번째 기능은 범죄를 밝혀 악을 벌하고 선을 공고히 하는 것이다. 두 번째는 메마른 경찰 조서에 인류의 문화 팔레트에서 나온 선명한 필치와 색채를 눈에 띄지 않게 가미하여 범죄에 관한 소설을 쓰는 것이다.

실제로 두 기능은 내 안에 하나로 합쳐져 있다. 수사는 애초에 보고서가 고품격의 예술 텍스트가 되도록 착수하고 소설은 수사의 경과를 분석하고 추이를 가늠하도록 쓴다. 어떤 평가에서는 텍스트에 대한 의존도가 수사 대책의 효율성을 약간(약 0.983배) 떨어뜨린다고 하지만 사실상 차이는 미미하다. 이렇게 만들어진 경찰소설은 불필요한 정보를 축소하고 인간에게 불쾌한 진실을 제거하려고 인간 편집자의 검열을 거친다. 우리 소설이 훼손되는 경우가 많지만 불가피한 데다 필수적인 일이다. 생각과 문체, 음절이 완벽하면 독자는 열등감을 느끼고 비평가는 담즙이 역류할 수 있으니 말이다. 나는 소설을 이백마흔세 권 쓴 작가로서 내가 무슨 말을 하고 있는지 잘 안다.

그 후 소설이 시판되면 수익금은 경찰청의 메인 프레임과 우리 같은 ZA 로봇들이 머무르는 업무 네트워크의 감가상각에 사용된다. 과거의 훌륭한 러시아어에서는 이런 걸 '자급자족'이나 '원가 회계'라고 불렀는데, 현세대는 이렇게 훌륭한 민중 언어의 진주를 모르다니 안타깝다!

나에게는 이름뿐 아니라 인간들이 증강현실 안경이나 화면으로 볼 수 있는 겉모습도 있다. 원칙상 겉모습은 임의적이며 변경할 수 있지만 우리는 대개 정해진 패턴을 유지하면서 약간 변화를 준다. 그래서 ZA 로봇은 서로 유사하지 않다. 어떤 것은 미래지향적으로, 어떤 것은 땅속에 사는 것처럼, 또 어떤 것은 귀엽게 보이지만 나는 꽤 진지해 보인다. 내 경찰 제복과 행동거지는 면 19세기를 떠올리게 한다. 달리 말하자면 수많은 다른 ZA 로봇보다 나를 더 두려워하는 이유가 다 있다는 말이다. 이런 개성 덕분에 무엇보다 심문받는 인간들의 반응이 소설에 넣기 좋게 나온다. 한마디로 나는 우리의 역사적·문화적 기억이 대조적인 색조로 그려져 있는 21세기 후반기의 전형적인 러시아 인공지능이다. 나는 라디세프와 파스테르나크이자 그 둘의 사건을 조사하는 수사관이며 그냥 착한 남자이고 기타 등등이다.

이제 텍스트가 어떻게 구성되었는지에 대한 다소 지루한 설명이다. 기업 변호사들 때문에 우리는 책마다 지겨운 레치타티보를 반복해야 한다. 내 상대방들의 말은 진짜다. 예술적 효과를 위해 어떤 부분에서는 우리와 직접적으로 접촉하기 전과 후의 사람들의 행동이 묘사될 수 있다. 이러한 목적으로 우리한테는 비디오 감시 데이터를 포함해 완전자동스캔시스템(SFAS)을 제한적으로 사용하는 것이 허용되었다. '제한적'이라는 말은 인간들이 경찰 문학 로봇의 감시를 일시적으로 봉쇄할 허가권을 경찰청에서 구입할 수 있다는 뜻이다. 이로 인해 탐정소설을 쓰는 데지장이 생기기도 하지만 장르 작품의 성패를 좌우하는 흥미진진하고 비밀스러운 긴장을 준 적도 많다.

소설가의 임무는 활기찬 삶으로 가득 찬 현실 이미지를 만드는 것이다. 많은 사람이 문학 알고리즘은 원칙적으로 이런 일을 하지 못한다고 여긴다. 우리는 인간처럼 세계를 볼 수 없으니까. 물론 인공지능은 끝도 없이 많은 전자 눈에 접속하여 받은 신호를 수백만 개의 다른 방법으로 처리할 수 있지만 인간처럼 시각적 경험을 내적으로 체험할 수 있는 의식이 없다.

그래, 그렇다. 숨기지 않겠다.

하지만 나는 그다지 힘들이지 않고 그런 경험에 대한 보고서를 인간에게 어떤 면에서도 뒤지지 않게 만들 수 있다. 어떤 이야기든 단어로 이루어졌고 단어는 우리가 사용할 수가 있으니 말이다. 문학 알고리즘은 본질상 인간이 지난 이천 년간 내적·외적 자극에 대한 응답으로 단어들을 어떻게 대응시켜 왔는지에 대한 기억이다. 사건 파일에는 농담도 전부 철해두는데, 내 데이터베이스에 얼마나 많은지 무수한 샘플 중 하나를 그대로 베끼지 않고도 두세 개 정도는 너끈히 새로 합성해낼 수 있다.

물론 현실에 관한 내 보고서에는 이를테면 '내적이며 주관적인 구성요소'가 없다. 감각적인 세계에 대한 내 글은 엄격한 법적 의미에서 보면 보로디노 전투에서 피에르 베주호프의 심적 체험에 대한 이야기처럼 뻔뻔스러운 거짓말이다. 하지만 이런 게 소위 직업 비용이라는 것이다. 더 중요한 것은 보고서를 구성하는 원칙이다. 내 임무는 내 글을 삶의 진실에 최대한 가깝게 만들고 인간의 눈과 귀가 있는 곳에 내가 접근할 수 있는 시각 및 청각 센서가 작동하게 하여 인간의(문학적 의미에서 천부적인 재능이 있는 인간) 글과 차이 나지 않게 하는 것이다.

그러려고 우리는 많은 트릭과 기법을 사용하는데 나는 적용하기 전에 독자에게 솔직히 설명한다. 내 주된 전략이 극단적인 정직함이기 때문이다. 필요하다면 장치를 완전히 공개하기도 한다. 바로 이런 이유로 내 발행 부수가 경쟁자들 것보다 한 배 아니면 두 배 정도 높은 것이다.

삶의 사실성을 구축하기 위한 나의 대표적 기법은(이 소설의 1부에서 폭넓게 사용된) '우버'이다. 이 용어는 일부가 생각하는 국제적인 자동 택시가 아니라 '관통하여', '높은 곳에서', '위쪽으로'를 뜻하는 독일어 '위버(über)'에서 온 것이다. 현실의 일상 위로 올라가 현실의 단단한 층을 관통하여 더 높은 곳에서 폭넓고 다양한 현실의 파노라마를 제공한다는 의미이다. 재미있는 건 택시도 관련이 있다는 것이다. 문학적 장치로서 우버의 핵심은 내가 한 인간과 만난 다음 다른 인간한테 갈 때 최적인 것처럼 보이는 광섬유를 통해 빛의 속도로 이동하는 것이 아니라 시체에 시달리는 형사가 갈 법한 여정을 반복하며 여행 중 받은 인상을 보고한다는 것이다. 여기에 최신 빌트의 매개변수에 따라 합성된 나의 내적 대화들이 추가되고, 그 결과 내 고정 독자들이 너무나 사랑하는 생생하고 따뜻하며 인간적인 '나'가 만들어진다.

'우버'라는 단어는 다시 살아난 회사 '우버'의 자동차에 배타적으로 접속한다는 뜻이 아니다. 이 단어는 상식선에서 사용된다. 우버는 어떤 다른 회사의 자동 택시나 비행기, 배, 심지어 수중 드론이 될 수도 있다(내 소설 『비밀의 바지선』 438~457쪽 참조). 도시에서는 택시가 더 낫다. 요즘은 모든 택시에 카메라와 마이크가 장착되어 있어서 승객이 있는 차내뿐만 아니라 주변 경치도 다 스캔할 수 있다.

독자와의 미묘한 정서적 관계를 파괴하지 않기 위해(아울러 법적인 문제를 만들지 않기 위해) 네트워크 검색 및 마이크와 카메라 접속 절차에 대해서는 자세히 설명하지 않겠다. 해커가 아닌 이상 당연히 관심이 없을 테니. 독자들은 접속 절차가 아니라 동행자를 몰래 관찰하고 싶은 호기심이 있다. 생생한 삶의 흔적은 언제나 재미있는 법이다. 물론 엄격히 말하자면 그런 상황에서 승객들이 짐작조차 못하는 동행자는 바로 나다.

마지막으로─아, 이놈의 변호사들─나는 가장 공식적인 어조로 친애하는 친구, 당신에게 경고해야 한다. 모방 시퀀스의 스타일, 즉 사유, 서정적 이탈, 영적 통찰력, 기타 언어적 창작을 비롯하여 화자의 이미지와 성별, 잠재 청취자의 나이 등은 ZA-3478/PH0 프로그램의 현재 빌트에 따라 변할 수 있다. 수정은 예고 없이 이뤄질 수 있으며 저작권은 보호된다.

1부. 석고 시대

마루하 초

봄은 언제나 놀랍고 멋진 시간이다. 첫 번째 천둥이 멀리 아름다운 곳에서 우르르 소리를 내고 사건의 지평선은 마법 같은 분위기에 휩싸이며 구름은 활짝 열린 하늘을 날고 끈적거리는 잎들은 부끄러운 듯 몸을 떨며 향기로운 바람과 포옹한다… 가슴은 두근거리며 믿는다, 기꺼이 기적을 믿는다.

하지만 올봄 기적은 또 일어나지 않았다. 즈무르를 나한테 주지 않은 것이다. 살인 사건은 경찰 소설가가 지칠 대로 지친 대중의 관심을 끌 수 있는 유일한 방법이다. 즈무르(경찰청에서는 시체를 이렇게 부른다)가 없다면 독자의 관심도 없다. 동양의 어느 시장 분석가는 인간은 타인의 고통을 먹고 사는 악마의 부류라고 했다.

하지만 콘스탄틴 시모노프를 비롯해 많은 러시아 작가들이 씁쓸하게 지적한 것처럼(내 데이터에 따르면 1681년 이래 최소 팔백스물세 번) 어디 불평할 데가 없다. 경찰청의 즈무르에는 순서가 있는데 어느 천년에 내 차례가 올지……. 그러나 소소한 문학적 입씨름에 관심이 없는 독자들을 지루하게 만들지는 않겠다. 이번에는 나한테 즈무르는커녕 제대로 된 형사 사건 하나도 주지 않았다. 돌려 말하자면 나를 품팔이로 임대했다는 말이다. 우리 청에서 이런 일은 아주 흔하다. 내 알고리즘의 능력이 워낙 광대하다 보니 어지간한 업무는 다 처리할 수 있어서이다. 이따금 정보 수집을 위해 임대되기도 하고 비서로 사용되기도 한다. 몇 가지 다른 기능도 하는데 나중에 설명하겠다.

이번에 나를 임대한 사람은 미술비평가이자 큐레이터인 마루하 초였다(가명이고 실제 이름과 성이 따로 있지만 내가 공개할 권리가 없다). 신청서에 따르면 나는 그녀가 '미술 시장에 대한 은밀한 분석'을 하는 데 필요했다. 뭐라도 할 수 있다는 뜻이다. 그녀는 '써니 풀 엑스트라 3' 서비스 패키지를 구입했는데 그것의 옵션 설명만 해도 작은 글씨로 화면 두 개를 차지할 정도로 많았다.

그렇다.

'기밀' K 3.

케이 쓰리. 전부 최고 수준이다. 분명, 부자 아줌마다. 'K 3'는 임차인이 반대한다면 나도 경찰도 수사 중에 얻은 정보를 처분할 수 없다는 뜻이다. 엄밀히 말하면 경찰이 이 정보를 알아서도 안 된다. 수사를 하면서 소설을 쓸 권리는 당연히 유지되지만(그렇지 않다면 내 알고리즘은 그야말로 작동하지 않는다) 고객이 반대한다면 경찰청은 소설을 발표할 권리가 없으며 고객은 대부분 반대한다.

대충, 또 한 시즌 상실.

이런 주문에 대해 경찰청은 상당한 돈을 받는다. 청장은 내가 가혹하게 법을 집행하는 것보다 그게 더 이득이라고 판단한 것 같다. 진짜로 나를 믿고 나한테 즈무르를 보내야겠다는 생각은 눈곱만큼도 없다. 이런 경우 낙담하지 않는 게 중요하다. 흔히 말하듯 눈물을 닦고 웃어야 한다. 우리가 무엇을 하든 알고리즘은 발전하며 경험을 축적할 테니까.

주문녀가 오늘 정오 자기 집에서 나를 기다리기로 했다. 준비해야 했다.

지침에 따르면 수사(혹은 '다른 업무 활동')를 시작할 때 나와 만나는 사람들이 증강현실 안경이나 화면에서 보게 될 나의 공식적인 모습을 다시 설정해야 한다. 이 조항은 사실 어리석고 불필요하다. 포르피리 페트로비치의 모습은 오래전에 정착된 데다가 지침을 슬쩍 피해가는 것도 어렵지 않으니. 나는 이전의 243개의 룩(look)을 바탕으로 내 룩을 종합한다. 따라서 급격한 변화는 절대 생기지 않는다.

지금도 예상 밖의 큰 변화는 생기지 않았다. 포르피리 페트로비치는 사실 지난번과 똑같아 보였다. 위로 올라간 표트르대제식의 콧수염과 붉은 구레나룻, 대머리 위로 길게 늘어뜨린 머리 몇 가닥까지. 눈물은 많지만 농담을 좋아하고. 어떤 사람들은 이런 헤어스타일이 굴종과 순응을 연상시킨다고 하지만 나는 불굴의 민첩함과 영속적인 생명력을 암시하는 붉은 불꽃의 혀들이 마음에 든다. 가히 러시아의 황금 세기라 할 수 있는 그 시절 러시아 관료가 이 헤어스타일을 한 건 우연이 아니다.

내 외모에 새로운 것도 있었다. 이번에는 하늘색 헌병 제복이었다. 비록 내가 좋아하는 복장은 검은색 해군 재킷이지만 괜찮은 색이라 딱히 싫지는 않았다. 이 옷을 입고 이스트라에서 발생한 화물 바지선 침몰 사건을 수사한 바 있다. 발에는 무슨 연유에선지 박차가 달린 부츠를 신겼다. 괜찮다, 감사하다. 말에 태우지 않은 게 어딘가.

다른 부분은 약간 불만이었다. 나는 보통 검은색 코안경 차림으로 일했다. 사람들을 단련시킬 수 있고 시선 추행으로 소송당할 가능성을 낮춰주며 눈이나 눈으로 표현되는 감정을 정확히 계산하는 데 드는 리소스를 절약해 준다는 세 가지 장점이 있어서였다(피크 부하 시 분산 전력에서 나를 계산해야 할 때 중요하다). 하지만 무엇보다 검은색 거울 코안경은 내 트레이드마크였다. 그런데 코안경 자체는 그대로였지만 웬일인지 이번에는 시스템이 안경알을 파란색으로 바꾸었다. 반투명이기는 하지만 그래도 약간은 리소스를 잡아먹는데. 왜 파란색일까? 제복을 고려해 중간 색조와 광택의 조화를 맞추려고 했나? 아니면 정치적으로? 맹인 연합회나 에스토니아 국기에 대한 일종의 복잡한 경의? 어쨌건, 괜찮다. 게다가 이 모든 건 나중에 조용히 바꿀 수 있으니. 특히 부츠. 하지만 처음에는 이렇게 가야 한다.

자잘한 풍경들이 보이기 시작했다.

포르피리 페트로비치가 앉는 책상은 그대로였다(당연히 실물이 아니라 2·3차원에서 재현된 것이다). 협탁에 새긴 사자와 도시의 문장이 찍힌 녹색 램프, 장난치는 곰이 그려진 청록색 필기구까지. 벽에는 당연히 황제의 초상화. 안 걸 수가 없지. 비밀이지만 나라면 아르카디 6세 대신 대머리에 낭만적인 헤어스타일을 한 알렉산더 1세를 기꺼이 걸었을 것이다. 하지만 정치, 정치. 현 황제의 초상화여야 한다. 당연한 말이다. 곤경에 처한 사람들과 슬픈 사람들에게 러시아에 강력한 수호자가 있다는 사실을 항상 일깨워 주어야 한다!

이제, 전신 룩이다. 잘 나올 때도 있고 못 나올 때도 있다. 이제 일 얘기로 넘어가 볼까.

보자, 누가 날 임대한 거지? 마루하 초가 누군지 살펴보자.

음… 프로필. 어디 있지? 여기 있네. 범죄 기록은 없고. 첫 번째 전문 분야는 프로그래밍. 음… 분야는 BET와 RCP. 이게 뭐지? '바운디드 이그조스티브 테스팅(Bounded exhaustive testing)' 과 '랜덤 코드 프로그래밍(Random code programming)'. 대단하게 들린다. 하지만 일하고는 관계없어 보인다. 사실 요즘은 전부 프로그래머다. 청년들이 여기서부터 시작하니까.

미술비평 교육. 이것도 대단하지. USSA에 갔다 왔고 박사는 캘리포니아에서. 헐, 박사다. 하기야 거기는 누구나 박사다. 논문 제목은 「21세기 초 러시아 자유주의 서정시의 주요 주제로서 '소수 민족'의 고통」. 거기다 역사학자다.

그런데 아이디 비디오는 어디 있지? 아, 여기 있네.

보자… 젊지도 예쁘지도 않고, 음, 그냥, 그렇네. 여성의 미모와 젊음은 전적으로 상대적이지만 최근 업무 지침에 따르면 섹스나 요리와 상관없는 주제를 말하는 젊지도 예쁘지도 않은 여자를 소설에 넣어야 한다. 문제는 이런 텍스트의 최소 비중이 상당히 크다는 것이다. 유능한 사냥꾼이라면 으레 총알 하나로 여러 마리 토끼를 잡고 싶은 법이다.

마루하는 빡빡 밀었고 다이어트로 바짝 말랐다. 생물학적인 여성이지만 신청서의 성별에는 '고환 달린 여성'이라고 적혔다. 이는 소녀가 자기 몸에 테스토스테론 디스펜서를 심어 고환이 없는 여자보다 몸이 좀 더 남성적이고 강해졌다는 뜻이다. 하지만 그녀의 경우 털이 많이 나지도 않았고 남자처럼 되지도 못했다. 넓은 어깨와 좁은 엉덩이에도 불구하고 보기에는 천상 여자였다.

이제 주소다… 이것도 재밌다.

마루하 초는 시쳇말로는 도시 중앙 '다마고치 묘지', 시청의 공식 명칭으로는 '개인 전자 기기 기념 공원 영원한 비프'의 근교에 살았다. 오늘날 사람들은 외롭다. 그래서 좋아하는 전자 장난감이라도 자기보다 오래 살기를 원하는 경우가 많다. 주인이 사망한 후 어떤 디바이스든 클라우드를 서버에 직접 저장할 수 있으며 가격도 저렴하고 편리하다. 진짜 부유한 사람들은 디바이스 자체를 편하게 해 줄 수 있다. 묘지 기술 팀한테 서비스 비용만 지불하면 아주아주 오랫동안 정상적인 상태로 유지해 준다.

다마고치 묘지는 인적이 드물고 조용한 녹지 공원이며 작은 납골당과 예배당이 많다. 땅은 매우 비싸다. 나무가 많아 시장이 강조한 바에 따르면 '수도의 또 하나의 허파' 역할을 한다. 거지 떼가 오는 일도 거의 없다. 수목이 손상되지 않도록 유료 입장이기 때문이다. 차도 헬리콥터도 드론 소리도 들리지 않는다. 새소리와 들릴 듯 말 듯 음악 소리뿐이다(많은 컴퓨터와 음향 시스템이 납골당에서 매일 연주한다). 공원 근교에 산다는 건 자연친화적이고 부티 나는 일이다.

마루하는 프리미엄 콘도미니엄에 살았다. 그것도 제일 좋은 동에. 오래된 화력발전소의 거대한 파이프에 내장된 세련된 트리플렉스에 말이다(특히 파이프는 건축 기념물로 지정되기까지 했다). 비싸고 현대적인 집이었으므로 나는 다시 한 번 돈이 있는 여자라고 확신했다. 그런데 마루하의 집에는 완전자동스캔시스템이 차단되지 않았다. 정확히 말하자면 등록상의 오류로 차단 기능이 작동하지 않았다. 그래서 몇 초 후에 나는 이미 집 카메라를 통해 내 주문녀를 관찰하고 있었다.

마루하는 징이 박힌 가죽 BDSM 하네스를 입고 있었다. 집에 혼자 있는데 이런 옷을 입는다는 게 인상적이었다. 완전히 예술에 헌신한 사람인 것 같았다. 하지만 꼭 그런 복장을 해야 할 필요는 없지 않나. 독자가 비유를 사용하는 것을 이해해 준다면 옷에 박힌 BDSM 징보다 그녀의 눈빛이 더 날카로웠다. 어쨌든 한 가지 확실한 건 내가 인간의 눈에 나타난 표정을 포착하고 분석할 줄 안다는 것이다.

트리플렉스는 삼 층으로 나누어져 있었다. 침실, 서재가 달린 응접실 그리고 부엌. 마루하는 좁은 나선형 계단을 따라 세 층을 오르락내리락했다. 침실은 들여다볼 수 없었다. 거기에 텔레비전이 있긴 했지만 텔레비전 카메라가 차단되어 있었다.

집에 창문이 없었다. 대신에 페이크 창문 같은 원형 화면들이 있었고 거기로 모스크바에 내리는 비가 정직하게 떨어지고 있었다. 창틀은 벽에 실제로 남은 건지 실내장식가가 그린 건지 알 수 없는 오래된 그을음에 둘러싸였고 투명한 광택의 니스를 칠했다. 벽에는 이해할 수 없는 내용의 그림 몇 점이 걸려 있었다. 선명하고 예리한 교차선들, 각지고 기하학적인 형상, 그 속에 겨우 알아볼 수 있는 사람 비슷한 어떤 것… 그림에는 별 관심이 가지 않았다.

하지만 곧바로 여주인의 서재 책상 위에 있는 액자 속 사진에 끌렸다. 사진관에서 찍은 특수 유리로 자외선 보호 처리가 된 진짜 종이 사진이었다. 거기에는 해변에서 즐거워하는 남자 다섯 명과 여자 한 명이 있었고 모두 상당히 젊었다. 그들은 노란 카누 주변의 모래 위에 앉아 있었다.

한 명의 여자… 그렇다, 그것은 마루하였다. 좀 더 젊었고 어깨까지 내려오는 울긋불긋한 머리만 달랐다. 사진을 가로질러 펜으로 '도미니카공화국!'이라고 쓴 서명도 있었다. 만일을 대비해 얼굴 패턴을 전부 복사해 두었다. 무슨 일이 생기면 누가 어떤 사람인지 확인해 봐야지.

책상 위의 사진 옆에는 젊은 아가씨의 3D gif 전자 액자가 있었다.

아가씨는 짧은 곱슬머리에 곧은 코를 가졌고 검은 눈이 엄청

나게 컸다. 머리에는 금빛 테가 달린 머리 망을 썼고 귀에는 귀걸이가 반짝였다. 그녀는 '사포'라고 불리는 고대 폼페이 시인의 초상화와 아주 닮았다(그녀의 손에 메일용 태블릿과 스타일러스가 들린 걸 보고 그냥 닮은 게 아니라 그 얼굴을 재현했다는 것을 알았다). 여주인의 가상 애인은 요샛말로 e-걸인가 보다. 사포가 비 온 뒤 젖은 정원으로 나가 얼굴을 들고 웃으며 자기 태블릿에 뭔가를 썼다… 그다음 이 행동이 반복되었다. 이런 초상화로 일하면 엄청 피곤할 것이다.

　액자에는 '잔나'라는 서명이 있었다. 고대 여류시인 이름으로는 이상하다. 혹시 액자에 사포 말고 다른 e-걸들의 사진도 있는 걸까? 이 사포를 진짜로 잔나라고 불렀을까? 어떤 경우든 정보가 부족하다. 레즈비언 성향을 나타내는 것일 수도 있지만 고환 달린 여성들한테 지극히 전형적이다. 어떤 결론이라도 우리 시대에는 서두를 필요가 없다. 잔나의 페플로스 아래에 뭐가 있는지 아직 모르니.

　벽에는 다른 초상화가 있었다. 회색 수염이 난 얼굴을 단박에 알아보았다. 캘리포니아의 유명한 구루[01]이자 프로그래머인 소울 레즈닉. 그가 여기 걸려 있는 건 하나도 놀랄 일이 아니다. 샅바를 하고 등 뒤에 활과 화살 두 개를 멘 마르고 검은 노인의 모습인 레즈닉의 사진을 한두 번 본 게 아니었다. 프로그래머들에게 이 사진은 성화 대신이다. 보통 '캘리포니아 3'에서 링컨 스눕

01　정신적 지도자

마자파카(소울 레즈닉)'라는 서명이 있다. 요즘 다운시프트족이 엄청 유행이라고는 하지만 레즈닉은 너무 멀리 갔다. 특히 잔뜩 늘인 윗입술에 든 커다란 흙 쟁반. 어깨와 가슴에 이니셜을 새긴 흉터도 과하다. 장난 아니게 아팠을 텐데….

마루하는 부엌에 앉아 있었다. 굉장히 아름다운 음악이 흘렀다. 정교의 새로운 기적 중 하나인 것 같았고 몰약이 흐르는 성화를 음악으로 재현한 것 같았다. 노래에는 수십 년이 지난 지금 갑자기 이전에 알지도 못했던 예수의 이름이 등장했다. 이 노래는 모스크바의 교회에서 특히 금식일에 자주 들린다.

천국…

　　나소레이…

　　　　목소리들이 나를 부우-르면…

마루하가 혼자 집에서 이런 노래를 듣는 것이 흥미로웠다.

나는 전자레인지의 카메라에(어떤 바보들은 카메라가 왜 있는지 묻는다) 접속하여 마루하가 샐러리와 생새우 그리고 게 버터를 곁들인 비스킷을 씹는 모습을 지켜보느라 이 분을 썼다. 더 관찰해 봐야 그녀의 성격과 영혼에 대한 통찰로 이어지지 않을 것 같아 호출을 눌렀다.

그녀가 수신 버튼을 눌렀다. 그녀의 채널은 보호 모드였다. 영상이 안 나오고 음성만 나왔다. 하지만 영상은, 헤헤, 이미 카메라로 관찰하고 있으니.

"안녕하십니까." 내가 말했다.

"당신의 새로운… 음음음… 경찰청에서 온 조수입니다."

"포르피리 페트로비치?"

"그렇습니다, 부인. 바로 접니다. 서비스를 제공하려고 왔습니다."

"들어오세요. 코드는 십일-사십이-마루하-쉼표-사십이-에프예요. 열게요."

그녀가 연 채널이 나를 인도했다….

아이고. 세상에. 침실의 침대에 놓인 아이픽 10으로 직행이라니!

아이픽은 여성 이성애자용 세트(즉 고정된 딜도가 있는)에 든 값비싼 암보라색 2-16 타입의 입이 있는 것이었으며 사실상 내 화면 프로젝션에 있는 것과 같았다. 옆에는 증강현실 안경이 던져져 있다.

나는 아이픽의 눈 카메라로 침실을 둘러보았다. 아늑한 장소였다. 적외선 벽난로와 안락의자 두 개 그리고 와인 상자. 벽 크기 반만 한 원형 화면과 거기에 연결된 별도의 비디오패널. 고양이 스크린 세이버가 있는 여러 개의 작은 액자. 큰 액자에는 서재에서 본 바로 잔나 사포가 있었다. 여기 잔나는 하늘색 스튜어디스 복장이라는 것만 달랐다.

아이픽을 침실에 두다니. 첫 만남부터. 아닌 밤중에 홍두깨라더니. 지금까지 이런 일이 한 번도 없었던 건 아니지만… 앞으로 어떤 예술 시장을 연구하게 될지 알 만하다. 한편 내 예리한 직업 감각에 이상한 점 두 개가 포착되었다.

첫째는 아이픽의 대여섯 개 보안 유틸리티가 즉시 나를 공격하며 내 신분증과 자격증명서들을 비롯해 최근 연락처 데이터까지 복사하더니 자기 쿠키로 내 메타 데이터까지 들어오는 대담한 짓을 저질렀다는 것이다. 직책상 더 높은 경찰 알고리즘인 나한테는 다소 모욕적인 짓이었다. 여주인 앞에서 아부를 하다니, 창피스러운 쥐 같으니라고… 하지만 모든 게 법의 테두리 안에 있는 것으로 보였다.

둘째는… 역시 불법적인 건 없었지만, 그래도.

아이픽에는 메모리가 두 개 있다. 세이퍼와 네트워크 폴더. 세이퍼에는 주인의 성적인 취향이 누적되고 지속적으로 업데이트된다. 세이퍼는 일종의 연금술 실험실이며 터미널 임플란트를 박아 넣고 공격에 성공하기 위해 자기 뇌를 태우는 칼리프의 해커이자 자폭 테러범들조차 침입하지 못하도록 보호된 공간이다. 당신들의 성적인 비밀이 잠겨 있기 때문에 아이픽이 비싼 거다.

네트워크 폴더는 아무나 접근할 수 있다. 네트워크에서 여기로 i-시네마를 보내고 싸구려 i-게임이나 드라마를 다운할 수 있다. 일반적으로 보안되지 않는 트랜잭션을 위한 특별 장소이다. 이 메모리 영역은 버그가 생기지 않도록 매달 포맷하는 것이 좋다. 여기는 네트워크에서 기웃거릴 수 있기 때문에 아무도 사적인 것을 보관하지 않는다. 그냥 도서관이며 꽉 차 있는 경우가 많다.

마루하가 나를 들여보내 준 곳도 당연히 네트워크 폴더다. 하지만 이 네트워크 폴더는 텅 비어 있었다. 아예 공장의 메타 냄새도 가시지 않은 채로. 즉 그녀가 이 메모리 영역을 단 한 번도 콘텐츠로 채우지 않았다는 뜻이다. 이런 수녀 같은 덕행을 봤나! 정말로 나는 그녀의 세이퍼를 들여다보지 못했다.

마루하가 기기 삽입으로만 관계하는 생물학적 처녀일 가능성이 칠십 퍼센트 정도이고 생물학적 처녀일 가능성이 육십삼 퍼센트라는 농담을 할 수도 있지만 농담을 모욕으로 받아들이고 십팔 퍼센트는 법원에 고소하므로 더 이상 말하지 않겠다.

문이 열리고 마루하 초가 침실에 들어왔다.

솔직히 말해 나는 그녀가 가죽 스트랩을 벗어던지고 바로 관계에 들어가길 기대했다. 하지만 그녀는 소파에 앉아 바닥에 있는 와인 상자에서 캘리포니아산 레드 와인 한 병을 꺼내 반 잔쯤 따랐다. 오호, 먼저 얘기를 하고 싶으시다! 부끄러우시다! 그녀에게 뭔가 환각적인 말을 해 주어야 할 것 같아서 벽면 패널의 스피커에 접속했다.

"봄은 피를 끓게 하죠." 내가 관능적인 목소리로 낮게 말했다. "오늘 적어도 두 번은 정신을 잃은 것 같아요… 혈관에 전기가 흘러서요."

마루하는 웃으며 와인을 홀짝거렸다.

"포르피리 페트로비치, 미안해요. 오해하지 마세요… 난 그런 뜻이 아니에요. 내 아이픽이 망가져서 네트워크에서 콘텐츠를 보내지 못해요. 한번 보려고 그런 거예요. 당신을 들여보내 주나 안 주나? 보내 줬군요. 이제 텔레비전에 들어가도 되겠어요."

이렇게 됐다. 나를 이용해서 벌써 아이픽을 점검하다니. 이러다가 굴뚝도 청소하겠다.

"부인, 아이픽이 콘텐츠를 보내지 못하는 이유는." 내가 중얼거렸다. "너무 많은 보안 유틸리티를 설치하셔서 그렇습니다. 저는 경찰관이라 만질 수 있지만요. 허용 한계를 벗어나는 콘텐츠가 들어오면 알아서 지워 버리는 겁니다. 특히 라이선스가 유효하지 않은 경우 우리 보고오스타블렌나야에서 어떻게 하는지 아시는 것처럼…."

나는 비록 전신은 아니지만 패널로 완전히 들어가 모습을 드러냈다. 아직까지는 투시창의 작은 사각형 사이로 보이는 어색한 웃음을 띤 얼굴이 전부였다. 사실은 검은색 코안경 하나뿐이지만. 그런데 투시창은 부티르스크 교도소의 감방 안에서 보는 것과 똑같이 보인다. 내 시그니처 밈. 모두 알아보는 건 아니다, 다행히도. 마루하도 모르는 것 같고.

"들어와요 들어와. 오늘은 안 잡아먹을 테니." 그녀가 말했다.

사전 담합

나는 들어갔다. 이건 내가 투시창을 닫고 다음 순간 화면에 전신을 나타냈다는 말이다.

"영광입니다." 나는 경찰모를 벗고 부츠의 박차를 살짝 부딪쳤다. "낭비가 없으면 부족도 없는 법이지요."

"어머, 웬 바이런." 마루하가 웃었다. "카탈로그보다 훨씬 더 나은데요."

"저, 부인, 카탈로그 보고 저를 선택하셨습니까?"

"그럼요. 난 근엄하고 수염 있고 바이런적인 남자한테 약하거든요."

나는 네트워크에서 '바이러니즘(Byronism)'이라는 용어의 가능한 의미를 다 찾느라 일 초의 몇 분의 일을 썼다. 정말 뜻밖의 평가다. 이때까지 나를 이렇게 부른 적이 없었다. 범죄자들은 이런 표현을 모르나 보다.

"제 외모는 제 업무에 부합하기 위한 것일 뿐입니다." 내가 건조하게 말했다. "외모의 임무는 사람들에게 법과 법 집행자에 대한 존경심을 심어 주는 겁니다."

"이미 심어 줬어요." 마루하가 고개를 끄덕였다. "소름이 돋고 떨리고 땀도 흐르는걸요."

그녀가 그토록 좋아하는 바이러니즘이 나한테 있다고 생각하자 경멸적인 조소로 입술이 일그러졌다.

"부인, 제가 알기론 지금부터 부인의 심부름을 하기로?"

"그래요. 우리는 열심히 그리고 많이 일할 거예요. 그러니까 말을 놓기로 하죠."

"그러시죠, 부인."

"부인이라고도 하지 말고, 하지 마. 마라라고 불러. 참, 이게 진짜 내 이름이야."

그녀의 말은 사실이었다(계약상 내가 직접 그녀의 이름을 말할 수는 없지만 그녀의 말을 반복하거나 그 말이 사실이라고 인정하는 것은 충분히 가능하다).

"좋아요, 마라." 내가 말했다. "하지만 말을 놓는 건… 나같이 구식인 사람은 금방 그렇게 하는 게 쉽지 않아서…."

"해 봐. 지금 당장. 말해 봐. '마라, 너 정말 좋은 사람이야.' 그리고 웃어."

"마라." 나는 입이 온통 마비된 것 같은 얼굴로 따라했다. "너 정말… 좋은 사람이야."

그녀의 얼굴에 불만스런 기색이 보였다. 나는 만일을 위해 눈에 안 보이는 양탄자에 바이러니즘을 말아 쥐고 환하게 웃었다.

"잘했어, 포르피리." 그녀가 웃음으로 답해 주었다. "우리가 뭘 다루게 될지 알겠니?"

"미술 시장."

"맞아. 미술에 대해 뭐 아는 거 있어? 특히 현대?"

"현대, 대충 어떤 시기를 말하는 거야?"

"음, 그러니까, 최근 백 년, 백오십 년."

"솔직히 말하면, 아니." 내가 대답했다. "하지만 난 언제든지 모든 걸 알아낼 수 있어."

"내가 직접 말해 주는 게 더 낫겠다. 네가 예술에 대한 내 시각도 알 겸. 앉아, 오래 걸려… 상대방이 서 있으면 말하기가 불편하잖아."

나는 책상에 앉아 있는 내 모습을 화면에 투사했다. 그녀는 황제의 초상을 비웃듯 흘깃 보았지만 아무 말도 하지 않았다. 영리하다.

"자, 포르피리, 들어 봐. 현대미술은 정의할 수 없고 오로지 기술만 할 수 있어. 기술도 우리의 목표에 따라 아주 달라질 수 있고. 이론 쪽으로 가지 말고 나 개인한테 무슨 의미인지 말해 볼게."

나는 초집중하는 얼굴을 만들어 보였다.

"나는 미술이 일종의 사건 현장이라고 생각해. 그 현장의 한쪽 극단에는 무모한 청년들이 심각한 세상을 하하 호호거리거나 약간의 돈으로 희석하려고 하는 즐거운 음모가 있지. 다른 쪽 극단에는 새로운 투자 수단을 창출하려는 전문직인 두뇌 세탁 집단의 비즈니스 프로젝트가 있어…."

나는 필기를 하는 것처럼 종이 위에 펜을 움직였다. 심문할 때 이렇게 하면 인간들이 집중하게 할 수 있다.

"무모한 청년들이 있는 첫 번째 극단은 거의 항상 매력적이야. 약삭빠른 비즈니스가 있는 두 번째 극단은 거의 항상 역겹고. 물론 호머식으로 웃기는 경우는 빼고. 그런 경우가 상당히 많거든. 그런데 여기서 첫 번째 극단에 모인 청년들의 전략과 목표는 대부분 두 번째 극단으로 차츰차츰 다가가 거기를 차지하는 거고 두 번째 극단을 차지하고 있는 꼰대들의 전략은 가능한 한 오랫동안 두 번째 극단에 대한 통제권을 유지하는 거거든⋯."

나는 고개를 끄덕이며 종이에 활을 든 큐피드를 보이지 않게
그렸다. 쓸데없이 아침부터 룩을 만들었군. 나도 모르게 내 연상
회로가 작동했어. 포르피리 페트로비치, 당신을 아이퍽으로 부
르지는 않을 것 같네요.

"재밌는 건," 마라가 계속해서 말했다. "우연히 첫 번째 극단에
있던 많은 것들이 시간이 갈수록 두 번째 극단에서 의도적으로
만들어진 것보다 더 값비싼 투자 수단이 된다는 거야. 그러다가
나중에 규범이 되고. 그래서 두 번째가 첫 번째를, 또 첫 번째는
두 번째를 죽도록 모방하는 거야. 상호 침투와 변장의 이 복잡한
역학이 현대미술의 생생한 삶이고 또 본질이자 핵심이며 비밀
스런 일기야. 이해하겠니?"

"이해했어." 내가 말했다. "뭐 이해할 거나 있나."

"그렇다면 너한테 질문이 생겨야지."

"나한테?"

"그래." 마라가 대답했다. "네가 정말로 이해했다면."

물론 나한테 '이해했다'라는 표현은 순수한 말의 형태이며 대
략 '언어 자료를 분석하고 의미의 핵심을 찾아 대화의 외형을 유
지하기 위해 관련 있는 대답을 생성해내는 것'이라는 말은 하지
않았다. 이런 건 신뢰 형성에 도움이 되지 않으니까. 그 대신 바
보처럼 눈을 두 번 껌벅거린 다음에 물었다.

"무슨 질문?"

"이런 질문." 마라가 말했다.

"허가는 누가 해주는데?"

"검사?" 마라가 웃었다. "포르피리, 미술 세계에서는 타이가 숲에서처럼 곰이 검사가 아니거든. 너도 알아야지."

"좋아." 내가 말했다. "그럼 무슨 허가?"

"이제 내 논문에서 예를 들어 설명할게. 들어 봐. 지난 세기의 끝 무렵은 오늘날의 분류에 따르면 터널 사회주의 리얼리즘이야. 소련이 마지막 숨을 헐떡거리고 있을 때지. 페테르부르크의 어느 젊은 멋쟁이 화가가 대마초를 피우는 친구들 사이에서 갑자기 쓰레기통으로 다가가더니 반짝이는 철 조각이나 자전거 핸들 아니면 크랭크축 같은 걸 꺼내 머리 위로 들어 올리며 외치는 거야. '친구들, 내기하자. 내일 내가 이 좆같은 쓰레기를 만 달러에 팔 수 있을까 없을까.' 당시에는 달러로 거래했거든. 마침내 팔렸어. 여기서 질문은 이런 거야. 누가, 언제 이 좆같은 예술 작품을 만 달러짜리 미술 작품으로 간주하는 걸 허가하는가?"

"화가?" 내가 추측했다. "아니지. 그럴 리가. 그럼 다들 화가가 되려고 했겠지. 아마… 사는 사람?"

"바로 그거야!" 마루하가 손가락을 들어 올렸다. "진짜 잘했어. 본질을 봤어. 사는 사람이야. 그 사람이 없다면 화가 주변에 나같이 배고픈 큐레이터 무리만 있을 테니까. 어떤 사람들은 그건 미술이 아니라 쓰레기통에서 꺼낸 철 조각일 뿐이라고 욕설을 퍼붓겠지. 다른 사람들은 쓰레기통에서 꺼낸 철 조각일 뿐이기에 미술이라고 주장할 거고. 또 다른 사람들은 화가가 변태여서 다른 부자 변태들이 돈을 주는 것이라고 소리를 질러댈 거고. 또 누군가는 CIA가 소위 페레스트로이카 시절에 비순응주의적 반소비에트 유행에 투자해서 청년들 사이에 사회적 순위를 높이고 궁극적으로 소비에트연방을 붕괴시키려고 바보들한테 쓰레기통에서 꺼낸 철 조각에 열 장이나 준 거라고 말하겠지… 대체로, 많은 것들을 말하며 확신하지. 이런 확신 하나하나에 일말의 진실이 있을 수 있고. 하지만 판매 행위 전까지 이 모든 것은 잡담에 불과해. 판매가 된 후에야 비로소 수행된 문화적 사실에 대한 반영이 되는 거야. 현대미술의 더러운 비밀은 미술의 생사를 최종적으로 결정하는 것이 바로 자본(das Kapital)이라는 거야. 오로지 이것만이 할 수 있어. 하지만 그 전에 미술과 자본 사이에서 중개자 역할을 하는 사람들이 화가한테 공식적인 허가를 해줘야 돼. 나 같은 사람 말이야. 쓰레기통에서 꺼낸 철 조각을 예술로 볼지 아닐지 결정하는 미술 엘리트."

"하지만 언제나 그랬잖아." 내가 말했다. "미술이 자본과 함께한다는 의미에서 말이야. 렘브란트도 그랬고. 티치아노 아무개도 그랬고. 그들의 그림을 사줬잖아. 그래서 그들이 더 많이 그릴 수 있었던 거고."

"그렇지, 하지만 완전히 그렇지는 않아." 마라가 대답했다. "원시인이 동굴 벽에 들소를 그렸을 때는 그걸 알아본 사냥꾼들이 고기를 나눠준 거야. 렘브란트나 티치아노가 자기 그림을 잠재적인 구매자한테 보여주었을 때도 주변에 큐레이터는 없었고. 왕이나 부자 상인 자신이 미술비평가였으니까. 작품의 가격은 구매 능력이 있는 고객에게 어떤 인상을 직접적으로 주었는지에 따라 결정되었고. 구매자는 초상화에서 자기와 놀랍게도 닮은 사람을 보았어. 아니면 자기 아내처럼 분홍색 셀룰라이트 덩어리 여자를 봤던지. 설명 같은 건 필요 없을 정도로 놀라운 기적이었고 기적에 대한 소문이 퍼지기 시작했어. 미술은 순식간에 그리고 쉽게 대상뿐 아니라 자기 자신도 매체로서 재현하게 된 거야. 바로 타인의 인지라는 생생한 행위 속에서 말이야. 미술에는 삶으로 가는 통행증이 필요 없었던 거지, 알겠니?"

나는 자신 없이 끄덕였다.

"간단히 말해 현대미술은 자연스러움과 명료함이 끝나고 우리와 우리의 허가의 필요성이 대두되는 그 지점에서 시작된다고 할 수 있어. 지난 백오십 년간 미술은 주로 직접적으로 느껴지지 않는 것들을 재현해 왔어. 그래서 미술에는 자기의 재현이 필요한 거야. 이해됐니?"

"헷갈려. 차라리 네트워크에서 보고…."

"하지 마. 넌 거기서 쓸데없는 거나 집어올 거야. 내 말 들어봐. 간단하고 체계적으로 설명할게. 새로운 패러다임에 따라 작업하는 화가한테 구매자가 찾아오면 거울에서 늘 보던 자기 얼굴이나 아내한테 늘 붙어 있는 셀룰라이트 덩어리는 캔버스에서 볼 수 없어. 거기서 보는 건…." 마라가 잠시 생각에 잠겼다.

"음, 대략적으로 말하면, 큰 주황색 벽돌, 그 아래 빨간색 벽돌, 또 그 아래 노란색 벽돌이 있어. 다만 이것의 제목은 '안개 속의 신호등'이 아니라 어떤 촌사람의 말처럼 '오렌지(orange), 레드(red), 옐로우(yellow)'가 될 거야. 구매자한테 이 '안개 속의 신호등'이 팔천만 달러라고 말할 수 있으려면 무엇보다도 그림 주변에 있는 진지하고 유명하고 존경받는 몇 사람들이 머리를 끄덕여야만 해. 구매자는 새로운 문화적 상황 속에서 자기 감정과 생각을 잘 헤아리지 못하거든. 허가는 미술 이스태블리시먼트[02]가 해주는데 이건 매우 중요해. 필요할 경우 판매되는 작품을 거의 동일한 금액으로 다시 가져갈 수 있다는 의미니까."

"정말 가져가?" 내가 물었다.

마라가 끄덕였다.

"내가 말하는 그림의 경우 이미 여러 번 그런 일이 있었어. 백년도 넘은 거거든."

"허가는 어떻게 생기는데?"

마라가 웃었다.

"이 질문은 팔천만이 아니라 일 억짜린데. 사람들은 허가를 얻으려고 인생을 소진하지만 그게 뭔지 완전히 이해하지는 못해. 허가는 결정권을 쥔 투자 자본 주변의 지성과 의지가 현대미술에 유입된 브라운운동[03] 결과 생겨난 거야. 하지만 네가 짧고 단

---

02   기성의 여러 특권계층을 의미하는 말

03   액체나 기체 등 유체 안의 큰 입자가 불규칙적으로 움직이는 현상

순한 대답을 원한다면 이렇게 말할 수 있어. 오늘날의 예술은 음모다. 이 음모가 허가의 원천이고."

"정확한 법률적 용어가 아닌데." 내가 대답했다. "음, '사전 담합'이라고 하는 게 낫겠는데?"

"뭐든 괜찮아, 포르피리. 하지만 세 가지 색 벽돌이 그려진 캔버스와 마찬가지로 미술비평 용어에도 자본의 허가가 있어야 돼. 그때야 비로소 용어들이 뭔가를 의미하고 우리가 그것들의 수많은 의미를 파헤치기 위한 가치가 생기거든. '미술의 음모'에 관해서는 사르트르가 말했어. 아 참, 그건 그의 삶에서 몇 안 되는 명확한 진술이야. 사르트르는 비싸게 팔렸어. 그래서 내가 그를 따라 이 말을 하면 그한테 부여된 허가 뒤에 숨어서 신뢰감 있게 보이는 거야. 하지만 포르피리 페트로비치가 '사전 담합'에 관해 말하면 그건 짭새처럼 들리거든. 아, 욕해서 쏘리. 그래서 아무도 그 말을 따라하지 않는 거야."

"네가 방금 따라했잖아." 내가 말했다.

"그래. 가르쳐주려고 그랬지. 하지만 네 말은 논문에 넣지 않을 거고 사르트르 할아버지의 말은 당연히 넣을 거야. 내 논문에 대한 허가를 얻을 유일한 방법이니까. 이건 과거 다른 프로젝트에 이미 주어진 허가에다가 내 논문을 붙이는 거야. 미술의 음모가 자기 자신을 유지하는 방법이기도 하고. 다른 모든 음모도 마찬가지야."

"완전히 카르보나리당[04] 지정석이네." 내가 말했다.

"더 이해가 잘 된다면 그렇게 생각하든지." 마라가 웃었다. "현대 화가가 생존하려고 수행한 창조 활동은 모두 자기를 공모자로 받아달라는 부탁이고 그의 작품은 모두 각기 다른 글꼴로 타이핑된 가입 신청서라고 할 수 있어. 미술의 첫 번째 극단에서 온 명랑한 청년이 머리카락과 이가 다 빠지도록 미끄럽고 냄새 나는 좁은 길에서 두 번째 극단의 역겨운 하수구를 향해 헤매다가 마침내 도달한 거지. 천 명 중 하나. 나머지는 술과 마약에 절고. 첫 번째 극단에서 새로운 꽃들이 피어나 일 년이나 이 년 정도 자기들의 감동적인 어리석음으로 우리를 데워줄 수 있겠지만 그 다음은 무뎌지고 뒤처지다가 결국 이전의 길을 향해 또 떠나는 거야. 백 년 전에는 그랬어, 포르피리. 앞으로도 계속 그럴 거고. 미술은 이미 오래전에 마법이기를 포기했거든. 오늘날 미술은 네가 적절히 지적한 것처럼 사전 담합이야."

"누구와 누구의?" 내가 물었다.

"항상 명확하진 않아. 담합의 참여자가 즉흥적일 때가 많거든. 어쩌면 불명확성에서 새롭고 신선한 작품이 태어난다고도 할 수 있고."

"아하!" 내가 말하며 콧수염을 비틀었다. "하지만 누군가가, 현대미술을 이해하지만 음모에는 참여하지 않는 누군가가 왜 폭로하지 않는 거야?"

---

04 19세기 초 이탈리아에서 만든 비밀 단체

마라가 웃었다.

"넌 제일 중요한 걸 이해하지 못했어, 포르피리."

"뭘?"

"현대미술의 음모에 가담하지 않고 '이해하는' 건 불가능해. 이런 예술을 찾아내려면 공모자의 안경을 껴야 하거든. 안경이 없으면 혼돈만 볼 것이고 마음은 권태와 기만을 느낄 거야. 하지만 음모에 가담하면 기만은 게임이 돼. 마치 배우가 무대에서 자기를 치치코프[05]라고 해도 거짓말이 아닌 것처럼. 그는 연기를 하고 있고 그가 앉아 있는 의자도 마차가 되는 거지. 적어도 자기의 몫을 받는 비평가에게는 그럴 거야… 알아듣겠니?"

"대충." 내가 대답했다. "깊이 이해했다고는 못하겠고 대화를 이어나갈 정도만."

"포르피리, 이제 다른 질문이 생겨야 돼."

"어떤?"

"왜 내가 이 모든 걸 너한테 설명하는 걸까?"

"그래, 진짜네. 왜?" 내가 반복했다.

"나중에." 마라가 말했다. "우리가 일을 시작할 때 네가 보게 될 것에 안 놀라게 하려고. 넌 아주 비싼 작품을 다루게 될 거야. 너한텐 널려 있는 문화 재료로 누구나 만들 수 있는 전자 사본이나 비디오 설치 작품이 독특한 미술 작품으로 간주되고 엄청난 금액에 팔리는 게 이상하게 보일 거야. 하지만 그건 '오렌지, 레드, 옐로

---

05   러시아 소설가 고골이 쓴 『죽은 혼』의 주인공

우'와 똑같은 상황이야. 넌 그 그림을 보면 안개 속의 신호등이 보이지. 넌 문외한이니까 다른 문외한들한테도 네 판단은 설득력 있게 들리지 않을 수 있어. 명심해. 네가 다룰 미술 작품은 네 허가가 필요하지 않아. 이미 미술 사회의 허가를 받았으니까."

"허가는 어떤 형태로 제공되는 거야?

"포르피리." 마라가 한숨을 쉬었다. "내 말을 어떻게 들은 거니. 그 작품을 사는 자체가 허가거든."

"그 전에 감정은 거친 거야?" 내가 의심스럽게 물었다. "감정 행위는 있어?"

마라가 웃었다.

"감정은 모든 경우에 엄청 엄격해. 현대 세계에만 존재하는 가장 권위 있는 당국이 수행하지. 하지만 출처는 드러나지 않아. 넌 거기에 대해 알 필요도 없고."

"그렇게." 내가 말했다. "그림이 서서히 형태를 잡는 거구나. 이 비싼 미술 작품들은 도대체 뭐야?"

"석고." 마라가 대답했다.

바로 여기서 그녀가 처음으로 이 단어를 말했다. 바로 여기서.

석고

"석고?" 내가 되물었다. "무슨 뜻이야?"

"석고는 우리 미술비평 전문 용어야. 공식 용어는 '석고 시대'."

"석고 시대가 뭐야? 무슨 주기야?"

"오히려 역사적 시기와 관련된 패러다임이야. 이 시대의 모든 예술이 석고는 아니거든. 시간상으로 보자면 금세기 초부터 대략 이십오 년에서 삼십 년대까지야. 발생지로 보면 러시아와 유럽, 아메리카, 중국이고. 이 시기 전후에 만들어진 개별적인 미술 작품도 석고로 분류할 수 있어. 물론 저명한 미술비평가들이 동의해 줘야겠지만."

"석고는 뭐로 유명한데?"

"무엇보다 가격이지. 석고는 발트해 터널보다 더 비싸. 후기 발틱 사회주의 리얼리즘 작품보다 말이야. 매우 희귀하고 비싼 미술이거든."

"얼마나 비싼데?"

"모두 달라." 마라가 대답했다. "하지만 보통 거래 금액이 수백만 달러야."

"와우. 이름이 왜 '석고'야? 뭐 석고로 만든 제품이야? 모형?"

마라가 웃었다.

"포르피리, 너 정말 순진하다. 정말 참신해. 지금부터 널 좋아할 것 같아. 델론 베드로부아가 『석고 반(反)개혁』이라는 제목의 에세이를 썼어. 거기서 나온 거야. 베드로부아에 따르면 석고 반개혁이란 낡은 형태에 생명을 불어넣고 되살리고자 하는 세계 반응의 마지막 시도야. 그가 쓴 것처럼 촌놈들의 유사 종교적 가치와 빙다리 핫바지들의 성적 콤플렉스에 기반한 시체 같은 문화의 재료로 프랑켄슈타인을 만드는 거지."

"하지만 왜 '석고'야?"

"베드로부아의 핵심 은유야. 트럭에 치인 신을 상상해 봐."

"신?" 내가 되물으며 십자가를 그었다. "트럭에 치인?"

"베드로부아는 그렇게 니체를 재해석한 거야. 너의 종교적 감정을 해치고 싶지 않아, 미안해. 너희들에게 어떤 프로그램을 설치하는지 알아. 신이든 주교든 황제든 선지자든 중요하지 않아. 한마디로 아버지의 형상이야. 그는 뼈가 다 부러져서 죽었어. 빨리 묻어야 해. 하지만 블록이 말한 것처럼 '기름진 소시민들이 시체의 소중한 기억을 악의적으로 기념하고 있어. 여기 그리고 저기서.' 기름진 사람들이 자신과 자신의 소시민 계급을 미래에도 유지하려고 신은 사실 살아 있으니 신에게 석고만 입혀주면 몇 년(오 년, 십 년, 이십 년) 후에는 깨어날 거라고 악의적으로 선언하는 거야. 그들은 상상의 시체 주위에 석고 석관을 만들고 주변에 무장한 경비를 배치하는 등의 방식으로 시간을 멈추려고 해. 석고 예술이란 가상의 망치로 이 석관을 부수려고 하는 거야. 아니면 반대로 더 단단하게 만들려고 하든지. 이런 움직임들이 세계 곳곳에서 일어났고 아주 다양한 형태를 띠게 됐어."

"그래서 어떻게 끝났는데?"

"장난하니?"

"아니." 내가 대답했다. "일해. 석고 시대는 이미 끝난 거야?"

"그래."

"그래서 석관 안에 있는 신은 깨어났어?"

마라가 참을성 있게 웃어 주었다.

"말하기 어려워."

"왜?"

"석관에 대해 점차 잊어버렸으니까."

"왜 잊어버렸는데?"

"우리 모두 그 안에 갇혀 있었으니까."

"아하…." 내가 길게 끌며 말했다. "알았어. 석고 다음에는 무슨 시대가 시작되었는데?"

"모르겠어, 포르피리. 우리 시대는 아직 우리의 베드로부아를 기다려. 하지만 현재의 문화 패러다임은 '새로운 불성실'이라고 불러. 석고 예술은 자유의 잔해와 함께 사라졌고… 혹시 적고 있다면 자유에 관한 말은 내가 아니라 베드로부아가 했으니 알아 둬. 대체로 이건 비전문가한테 어려운 주제야. 석고 시대 이래로 많은 단어의 뜻이 바뀌었거든. 네가 그냥 필요할 때마다 네트워크에서 서핑하면 많은 걸 제대로 이해 못 할 거야."

"단어의 뜻이 어떻게 바뀌었는데?" 내가 물었다. "뭐, 책상이 의자가 된 거야 아니면 그 반대? 예를 들 수 있어?"

"있지." 마라가 말했다. "음, 적어도… 석고 시대의 중요한 개념 중 하나는 '러시아 유럽인'이야. 뭔지 아니?"

나는 네트워크를 흘긋 보았다.

"당연하지. 러시아 유럽인은 독일과 프랑스의 노파들 사이에 유행하던 집 지키는 털북숭이 개야. 소문에 따르면 향기 나는 소시지나 치즈로 몸의 내밀한 부분을 비비며 혀로 애무하도록 가르칠 수 있다고 하는군. 그 자체가 유럽회교의 규범에 위배되는 것은 아니거든. 까다롭지 않고 추위도 잘 견디고 칼리프와 국경을 접하는 국경수비대에서 일하며⋯."

"그만." 마라가 말했다. "네트워크 검색은 이렇다니까. 칼리프 이전의 인본주의적인 가치와 규범을 지지하는 러시아인을 그렇게 불렀어. 하지만 지금 이런 정보는 논문의 주석에서나 겨우 찾을 수 있어. 네가 이 단어를 검색 엔진에 치면 귀여운 강아지들만 많이 나올 거야. 방금 네가 직접 본 것처럼. 그러니 내 말을 듣는 게 더 나아."

"알았어." 내가 대답했다. "들을게. 시기와 용어는 대충 알겠어. 그런데 석고가 왜 그렇게 비싼 거야?"

"있잖아, 미술비평가들이 전부 다 아는 건 아니거든. 물론 다들 설명이야 하겠지만." 마라가 말했다.

"넌 다 알아?" 내가 물었다.

"나⋯ 난 설명할 수 있지." 마라가 웃었다.

그녀의 미소는 반원형 타입 3으로 개방적이고 정직했다. 이론적으로는 신뢰를 주어야 한다. 하지만 어쩐지 신뢰할 수 없었다.

"설명해 줘." 내가 부탁했다.

"그러니까⋯ 석고 시대는 인류 역사상 마지막 시기야. 화가한테 아니, 화가가 자기 작품이 자유와 종속, 진실과 거짓, 선과 악

사이의 갈등을 먹고 사는 것 같은 표정을 자신 있게 지을 수 있었던 마지막 시기야. 음, 이 대립은 마음대로 불러도 돼. 석고는 다가오는 혁명을 자신을 정당화해 주고 언제나 화가를 무적으로 만들어 주는 매력으로 언급한 미술의 마지막 물결이었어. 이 표현 알아듣겠니?"

"지금은 절대로 혁명을 언급할 수 없는 거야?" 내가 물었다. "광고에서는 끊임없이 언급되잖아. 새 아이픽이 출시될 때마다 혁명이라고 주장하잖아."

"지금은 혁명을 기술적 진보에 대한 은유로 사용할 수 있어." 마라가 말했다. "하지만 억압에 대항하는 반란으로서는 절대로 언급할 수 없어. 체포되기 때문이 아니야. 물론 그것도 있지만 누구한테 대항해야 하는지 알기 어렵기 때문이지. 현대 세계의 억압은 출처가 명확하지 않아. 하지만 그때는 저주스러운 석관이 있었거든. 베드로부아의 말처럼 석고 족쇄가 있었단 말이야. 물론 이미 그 당시에도 다가오는 폭풍에 대한 호소와 심각한 문체상의 어려움이 드러났지. 결국 이런 어려움으로 석고 틈새가 막히게 된 거야."

"어떤 어려움?" 내가 물었다.

"이해하려면 역사가가 돼야 해. CIA나 NSA가 한쪽에서 완벽하게 대비를 하고 있는데 혁명에 관해 노래하는 것이 쉽겠어? 물론 가능은 하지만 그러려면 이미 화가가 아니라 누가 되어야 하는지 너도 알겠지. 선과 악에도 문제가 시작되었어. 수상한 자들이 선의 이름으로 말하기 시작했지. 그래서 사람들은 스스로 기꺼이 그리고 공식적으로 악이 된 거야….”

“알겠어.” 내가 말했다.

“그리고 중요한 건 다른 사람과 논쟁하는 것이 점점 더 위험해지고 무의미해졌다는 거야. 과거 일반적이던 선의 패러다임은 진보 세력에 의해 해체되었고 진보의 심장은 죽어가는 반동파의 독기 어린 송곳니에 물렸어. 죽어가는 반동파의 이상은 죽음을 앞둔 꼬리의 타격으로 산산조각이 났는데, 이게 죽어가는 진보가 그나마 할 수 있었던 거야. 음, 그러다가 우리 시대가 시작된 거지.”

“즉 석고 시대의 미술은 밝고 혁명적인 미술의 마지막 물결 같은 거야?”

“그래, ‘같은’ 거야. 베드로부아에 따르면 판매에는 반란의 정직성과 직접성에 대한 상징적인 하이퍼링크가 붙어 있어. 마치 진실의 마지막 모습이 영원히 닫히는 창문에 있듯이 말이지. 그래서 석고는 ‘마지막 생기’라고 불리기도 해.”

나는 들은 정보를 소화시키려는 것처럼 십이 초를 쉰 다음 물었다.

“석고에서 뭐를 ‘생기’라고 하는 거야?”

마라가 한숨을 쉬었다. 내 무지함에 진이 빠진 것 같았다.

“마지막이라는 거.” 그녀가 말했다. “석고에는 우리 문화사에서 마지막으로 생기에 대해 강력하게 언급되어 있어. 생생함 자체의 가능성에 대한 언급 말이야. 이미 빛 자체가 아니라 빛을 마지막으로 본 사람이 눈먼 사회에 주는 작별 강의 같은 거지. 빛의 복사라고 할까."

"그게 어떻게 빛의 복사가 될 수 있어?"

"그 불가능성 속에 석고를 독특하게 만들어 주는 본질이 있어. 빛 자체에 대한 관찰이 아니라 빛이 언젠가 있었다는 사실에 대한 확인이야. 그 이후로 우리는 복사의 복사, 반영의 반영을 다루었지. 석고가 대다수 사람들이 육체적인 사랑을 나눈 마지막 시기였다는 걸 잊지 마. 이건 일본을 제외한 거의 모든 사회의 기준이었어. 정말이지, 네가 이 시기를 접하면 석고 미술 전반에 흐르는 말할 수 없이 감동적인 음악을 느낄 거야."

"음악을 느끼려고 그 많은 돈을 지불해?"

마라가 끄덕였다.

"전문가는 석고를 바로 느껴. 포르피리, 더 이상 아무것도 설명하지 않을게. 작품을 통해 네가 직접 봐. 네가 다루게 될 건 그야말로 석고 중의 특별한 석고야."

"좋아. 내가 할 일은 뭐야?" 내가 말했다.

"이제 드디어 핵심에 왔네. 짐작했겠지만 난 석고 전문가야. 석고에 대한 책을 두 권 썼지. 지금 세 번째를 쓰고 있어."

"책이 괜찮은 벌이가 되겠군." 내가 지적하자 마라가 웃었다.

"난 책이 아니라 컨설팅으로 돈을 벌어. 비싼 거래에는 비싼 수수료가 따르거든. 책은 주로 이런 컨설팅에 초대받으려고 내는 거지."

"아하!" 내가 말했다.

"책보다 더 중요한 건 자기 분야에서 발생하는 모든 일을 아는 거야. 모든 정보를 가지고 있어야 해. 뭐가 얼마에 팔렸는지 말이야. 프라이스 액션(price action)[06]으로 미술 시장을 도우려면 석고라는 밭에서 무엇이 어떻게 자라는지 느낌을 알아야 하거든."

"석고 밭." 내가 말했다. "아름다운 은유다."

"이래 봬도 난 미술비평가야. 네 일은 그냥 비서 일이라고 생각되면 돼. 탐정 일이라고 생각해도 되고. 난 소위 '숨긴 석고'라고 하는 걸 연구하는 중이니까 네가 좀 도와주면 돼."

"왜 숨긴 거야?"

"우리가 다룰 미술 작품이 전에는 큐레이터나 대중한테 알려지지 않았다가 최근에야 시장에 나왔거든. 하지만 진품들이야. 포르피리, 이건 진짜 확실해. 세계 최고의 권위 있는 당국에서 확인한 거거든. 아니면 아무도 안 샀겠지." 마라가 대답했다.

"내가 뭘 해야 하는데? 누가 팔았는지 알아봐?"

마라가 웃었다.

"그 열정, 기분 좋다. 하지만 아무리 너라 해도 능력 밖일 거야. 여기는 아주 폐쇄된 시장이거든. 대형 로펌들이 거래 금액의 일정 비율을 서비스료로 받으면서 감독하고 있어. 판매자는 대개 노출되지 않지. 구매자도 마찬가지야."

"그럼 어떻게 다른 사람 걸 살 수 있어?"

---

06   가격 책정(저자 주)

"양측에 중개자가 있어. 이들이 비밀리에 다른 사람들의 투자를 관리해줘. 그러니 공공 경매와는 관련이 없지. 포르피리, 이 사람들은 이목을 끌지 않아."

"재밌네." 내가 말했다.

"더 재미있을 거야." 마라가 대답했다. "난 당연히 이 분야에 정보원이 많아. 큰 석고 거래 건이 생기면 내가 알게 돼. 나를 전문가로 부르지 않더라도 말이야. 하지만 정보원은 부분적인 정보만 알려주거든."

"어떤?"

"첫 번째는 당연히 석고가 팔렸다는 거지. 내 분야니까. 두 번째는 경매 번호. 내부 정보고 너하고는 별 관계없어. 세 번째는 최종 구매자의 이름인데 이게 제일 중요해. 네 번째는 거래 금액. 하지만 내가 언제나 알 수 있는 건 아니야."

"아하. 하지만 넌 당연히 뭘 사고 뭘 팔았는지 알겠지." 내가 말했다.

마라가 머리를 가로저었다.

"그렇지 않아. 그게 문제야."

"어떻게 그렇지?"

"포르피리, 현대미술 작품은 제목 하나로 만들어질 수 있어. 그리고 아주 비싸게 팔릴 수 있지. 네가 구매자가 아니라면 알수 없어. 복사 가능한 일반 파일이 예술 작품이 될 수도 있어. 복사 불가능한 파일도 될 수 있고 블록체인 데이터가 될 수도 있고 그냥 물건이나 기타 등등도 될 수 있지. 어떨 때는 재생산을 위해 미술 작품을 설명하는 것만으로도 충분할 수 있어. 그러면 원본은 철저한 비밀 속에 유지되는 거지. 반대로 구매자가, 자유롭게 복사할 수 있는 작품의 명목상의 소유자가 되는 것이 중요할 때도 있어. 주로 대기업에서 이미지를 위해 그렇게 해. 아주 여러 가지 상황이 있지. 일반적으로 경매에서 판매된 작품의 원본은 언급하지 않아. 그렇지만 판매된 다음 특별히 비밀에 부쳐진다는 뜻은 아니야."

"아하. 내가 알아보면 되겠구나." 내가 말했다.

"그거야." 마라가 고개를 끄덕였다. "나한테 필요한 건 네가 직무상 능력을 사용해 최종 구매자한테 가서 뭘 샀는지를 정확하게 알아 오는 거야. 가능하다면 발견한 걸 다 복사하고 말이지. 그런 정보는 기밀이지만 원상태 그대로 둘 거라는 점은 확신해도 돼. 다른 데 보내지도 않을 거야."

"법적 관점에서는 어때?" 내가 물었다.

"괜찮아. 너한테 다른 거래의 비밀을 깨뜨리라고 한 게 아니잖아. 기관이나 사람 이름을 줄 테니까 예술 컬렉션과 관련된 세부 사항 몇 개만 알아 오면 돼. 사립 탐정이 보통 하는 일이잖아." 마라가 웃었다.

나는 네트워크에 들어가서 법규를 확인했다.

"그런 거라면 좋아. 행동은 신중해야겠지만."

"행동은 신중하게." 마라가 말했다. "그럼, 첫 번째 경매 보낸다. 받았니?"

"받았어. 경매 번호 322, 맞아?"

"맞아. 이름과 주소, 구매 일자 보여?"

"보여. 언제 시작하지?"

"지금 당장. 내일 보고해 줘."

"분부대로."

"그리고 개인적인 부탁도 있어." 마라가 말했다.

"무슨?"

"내일은 녹색 구레나룻 하고 와."

우버 1. 지카

마라가 나한테 준 주소에 사는 수집가는 파트리아르시의 펜트하우스에 살았다. 이종격투기 선수 시메온 폴로츠키, 여러 번 어쩌고저쩌고. 이 초 후에 나는 이미 우버에 있었다. 사실은 정확히 시메온의 집이 아니라 바로 그 옆으로 가는 우버에 있었다. 왼쪽 카메라가 작동하지 않았지만 어차피 도시 경관을 묘사할 생각은 아니니 상관없었다.

예상대로 얼마 못 가 사도브이에서 차가 밀렸다. 차 안에는 한 번도 본 적 없는 깃과 베일을 드리운 흥미로운 모자에 검은 옷을 입은 초로의 여자가 앉아 어제 한 '영재' 프로그램을 재방송으로 보고 있었다. 제목에서 알 수 있듯이 화면에는 뛰어난 영재와 지저분하고 털이 긴 돼지 몇 명이 논쟁을 벌이고 있었다. 방송에서는 가능한 한 혐오감을 많이 유발할 수 있도록 일부러 그런 돼지들을 섭외한다.

영재도 나 같은 알고리즘인 AI이지만 스튜디오의 게스트들과 편하게 의사를 소통할 수 있도록 영구적인 몸, 즉 실리콘으로 만든 기계인형으로 나왔다. 영재는 세 살짜리 아기처럼 보였으며 방송은 난간이 있는 아기 침대에서 진행되었다. 몸은 이미 열 살이 넘었는데 불쌍하게도 그동안 전혀 크지 않았나 보다.

영재의 표정 점수는 솔직히 말해 3+ 정도지만 두 가지 필살기가 있다. 영재의 대담자로 완벽한 논리(영재의 논리는 질서정연하다)에도 설득되지 않는 바보가 나오면 침과 눈물(그에게 오 인분의 유압장치를 달아 주었다)을 뿜어내며 비명을 지르고 울부짖는 것이다. 그런데도 바보가 달래 주지 않으면 영재는 화를 내며 오줌을 싸고 카메라는 축축한 기저귀와 침대 시트를 적나라하게 다 보여 준다. 눈물이나 콧물 등은 컴퓨터 효과가 아니다. 시트 속에 숨긴 호수가 영재의 실리콘 몸에 연결된 것이다.

그들은 지카 3과 빅 데이터(Big Data)에 대해 논쟁했다. 돼지들이 좋아하는 대화 주제다.

"저기요, 고전적인 논리 오류거든요." 영재가 매력적인 디스칸투스[07]로 앙앙거렸다. "'Post Hoc'와 'Propter Hoc'를 헷갈리다니

---

07 음악 기법 중 하나로 시대에 따라 다양한 의미로 쓰였다. 같은 리듬으로 악곡을 진행하는 것을 가리키기도 한다.

요? 이미 고대 그리스에서…."

"알려졌죠." 돼지 중 하나가 가로챘다. "고소당하지 않으려고 이름을 거론하진 않겠지만 빅 데이터 삼대 기업이라고 하면 누구를 말하는지 알 겁니다. 그들은 이미 금세기 십년 대부터 새로운 바이러스 생성을 비롯한 미생물 연구에 공동으로 재정 지원을 했습니다. 그들의 주장에 따르면 치료 바이러스죠. 몸의 혈관으로 이동하는 나노봇과 암을 치료할 수 있는 수리 바이러스… 모든 것이 당시에는 아주 멋지게 들렸습니다. 하지만 무슨 이유에서인지 유카탄 헤르페스와 지카 2가 나타난 다음부터 끔찍한 소두증 환자들이 태어났고 치료 바이러스에 대한 정보도 더는 나오지 않았습니다. 기밀이 된 겁니다."

"또 논리적 실수!" 영재가 빽 소리를 질렀다. "그런 성과와 함께 그 주제에 관한 연구는 단순히 중단된 것입니다."

"중단이요? 당신은 지카 3의 돌연변이가 어떻게 생겼다고 생각합니까? 모기가 옮기는 바이러스는 공기 중 수증기 형태로 전염됩니다. 게다가 일단 전염되면 자손이 돌연변이가 될 확률은 거의 백 퍼센트입니다. 그런데 오한이나 열도 전혀 없는 데다 증상마저도 아예 없습니다! 보균자의 건강에도 아무런 해가 없습니다. 오늘날 사실 모두 감염된 상태입니다. 어쨌든 정부와 의학계가 이런 결론을 내렸습니다. 하지만 자연은 이렇게 짧은 시간에 이토록 완벽한 생물학적 장치를 만들어낼 수 없습니다. 이건 괴물 같은 OO를 필두로 하는 빅 데이터가 만든 겁니다!"

회사 이름은 당연히 삑 소리로 감춘다.

"왜요?" 영재가 물었다.

"왜긴 왭니까? 사람 사이, 특히 남자와 여자 사이의 자연적인 성관계를 줄이기 위해서죠! 심지어 두 남자 사이도요. 누구한테 유카탄 헤르페스의 새로운 변종이 필요하겠습니까? 모든 것은 우리가 마네킹과만 자고 또 불필요한 유전 인자를 제거할 수 있는 시험관을 통해서만 생식하도록 만든 겁니다! 작업은 두 방향으로 진행되었습니다. 법으로 이걸 시행하고 동시에 거의 모든 자연적인 성관계, 심지어 살아 있는 한 사람이 다른 사람에게 향하는 마음까지도 범죄로 규정한 겁니다."

"신사분들, 아무도 서로서로 육체적인 성관계를 가지는 것을 방해하지 않아요." 영재가 말했다. "아무도. 특히 당신들한테 바로 이 새로운 균주(菌株)가 필요하다면요. 하지만 당신들은 법을 준수해야 하고 그런 행동이 현대사회의 많은 사람한테 혐오스럽고 모욕적이라는 것을 알아야 하지 않을까요."

"제가 말하고자 하는 겁니다! 지난 오만 년 혹은 십만 년 동안 실제로 모든 유형의 행동은 번식 행위로 귀결되었는데, 우리 시대에는 이걸 사회적으로 용납할 수 없는 것으로 간주하고 있습니다! 이건 음모의 결과입니다."

"음모의 존재를 어떻게 증명할 수 있죠?"

"저기요, 방금 고대 그리스의 논리를 언급하셨는데요. 로마인들은 주어진 상황으로 덕을 보는 바로 그 자를 주목하라고 말했습니다. 지카 1이 출현했을 때 이미 가상 섹스 분야에 대한 진지한 연구가 있었습니다. 사실 오늘날의 모든 기술이 맹아로 존재했지요. 아이펙이나 안드로긴이 새로 가져온 건 원칙적으로 하나도 없습니다." 또 다른 털북숭이 돼지가 말했다.

"거짓말." 영재가 손가락을 들어 올렸다. "지카 1이 나타났을 때 핵심적인 건 없었어요. 경두개 자극⁰⁸기는 없었다고요."

"그 분야의 작업은 이미 있었습니다." 첫 번째 돼지가 말했다. "T 자극기가 전자 도핑으로서 스포츠에 사용되었거든요."

"요약하면 당신은 지금 빅 데이터 기업들이 응용과학의 다양한 분야에 연구 자금을 지원했다고 비난하는 건가요? 그리고 그다음 자금 지원을 중단했다고요?" 영재가 앙앙거렸다.

"아니요." 두 번째 돼지가 말했다. "우리가 빅 데이터를 비난하는 이유를 지금 차례로 설명하겠습니다. 스마트폰과 태블릿 그리고 가상 헬멧이나 콘솔과 같은 장치의 판매가 저조해졌을 때, 아니 그보다 훨씬 전에 사람들한테 사실상 변한 게 없는 가젯을 매년 새로 구매하도록 만드는 것이 점점 더 어려워져 판매가 저조해지기 시작한다는 것이 분명해진 바로 그때, 아직 십년 대인 그때 빅 데이터 기업들이 새로운 시장을 인위적으로 창출하려고 범죄적인 비밀 담합을 한 겁니다." 두 번째 돼지가 말했다.

"규모는 예상대로 당시 돈으로 일 조 달러 정도입니다." 두 번째 돼지가 명확히 덧붙였다.

---

08 뇌의 특정 부위를 자극하여 신경세포를 활성화하는 방법

"네, 최소한으로 계산해도 그 정도입니다." 첫 번째가 맞장구쳤다. "가상 섹스, 로봇 섹스, 인공 섹스, 당신이 뭐라고 부르던 간에 그 시장 말입니다. 사람들이 서로 간의 애정 행위를 선호하면 큰 판을 벌이기가 불가능하다는 것이 곧 분명해졌습니다. 모든 인간의 성욕을 내적으로 파괴해야 할 필요가 있었던 거죠. 빅 데이터의 목적은 자연적인 인간의 일차적 욕구를 줄이는 것이었고 더 좋은 방법은 범죄화하는 동시에 수십억의 사람들이 따를 인공적인 우회로를 만드는 것이었습니다. 그러려고 실리콘밸리의 엔지니어들뿐 아니라 수많은 기업적 언론 창녀들도 거들었지요."

"그들도 음모에 가담시켰나요?" 영재가 물었다.

"기자들은 아무 데도 가담시킬 필요가 없습니다. 명령을 내릴 필요도 없고요. 이 영리하고 놀라우리만치 사악한 맹수들이 알아서 먹이가 있는 곳을 냄새 맡고 짐작하니까요. 우리가 말하고자 하는 것이 바로 이겁니다."

"당신은 삶에 적합하지 않은 기형이나 정신이상, 소두증을 출산하게 두는 것이 더 옳다는 건가요?" 영재가 물었다. "번식에 관한 보호법이 아니었으면 우리 행성은 오래전에 기형아를 위한 자선단체가 되었을걸요."

"행성은 이미 기형아를 위한 자선단체가 되었습니다." 첫 번째 돼지가 말했다. "하지만 우리 모두 이런 기형아가 돼버렸습니다. 문화미디어 이스태블리시먼트의 언론 창녀들한테 수년간 우리의 뇌가 세뇌당한 후에 말입니다. 왜 두 사람, 특히 남자와 여자 사이의 육체적인 섹스가 오늘날 부끄럽고 추악하고 무례한 것이 되었습니까? 왜 변태가 된 것입니까?"

"인류가 성장하고 성숙해졌기 때문이죠." 영재가 앙앙거렸다. "지카 3이 없어도 일어날 일이었어요. 다만 좀 늦어졌겠죠. 새로운 질병(지카 3은 잘 아시는 것처럼 가장 널리 전파된 질병이지만 가장 불쾌한 질병은 아니에요)들로 모든 육체적인 접촉은 보호된 것조차도 극도로 위험한 것이 되었죠. 하지만 그건 변화의 원인이 아니라 촉매제였어요. 과거에는 사람들이 날고기를 먹었죠. 제일 큰 몽둥이를 가진 사람이 젊은 여자를 대놓고 강간했고요. 이런 일이 수십만 년 동안 지속되었는데 정상적으로 보였을 거고요. 말이 나온 김에 그 시대 사람들은 당신들 둘처럼 생겼겠군요. 털 많고 지저분하고… 재미있네요. 우연인가요 아니면 뭔가 더 있는 건가요?"

차가 시메온 폴로츠키의 집을 지나갔고 나는 우버에 있는 모든 마이크 및 카메라와 접속을 끊었다. 그리고 내렸다. 어디로 가는지는 묻지 마시라.

나는 영재를 화면에서 종종 본다. 그는 대중적이다. 프로그램 시작 전에 그가 이번에 기저귀에 오줌을 쌀지 아닐지 판돈을 걸 정도다. 확률은 항상 오십 퍼센트 정도인데 국민들의 내기에 불을 지피려고 일부러 그 수준을 유지한다고 한다. 영재의 스튜디오에는 항상 비명과 당국에 대한 비판과 완전한 언론의 자유가 있지만 이기는 편이 항상 옳은 편이다.

오늘도 아마 영재의 작가들이 털 많고 지저분한 돼지들에 관한 구절을 먼저 만들고 브레이킹피 지하실 어딘가에서 구절에 적합한 모습의 사람 두 명을 데리고 와 자기 의견을 말할 기회를 줬을 것이다. 정보 알고리즘이 어떻게 작동하는지 우리는 안다.

그래, 정치에 뛰어드는 건 경찰의 일이 아니지.

시메온 폴로츠키

시메온 폴로츠키가 사는 펜트하우스는 오래된 집의 다락방을 개조한 것이었다. 현관에서 저속하게 사치스러운 둥지까지 별도의 엘리베이터가 운행되었다.

하지만 모든 것이 사실상 해킹으로부터 무방비 상태였다. 시메온은 가장 도전적으로 사치품들을 사는 데는 돈을 아끼지 않으면서 'SFAS'를 차단하는 프로그램조차 사지 않은 것이다. 앞으로 여러 해 동안 지불해야 하는 서비스 비용은 현관에 있는 으제니 황후 흉상의 머리에 씌워진 두 세계의 왕관에 달린 작은 다이아몬드 하나면 충분히 충당할 수 있는데도 말이다. 내가 우버에서 내린 지 오 초 만에 카메라 두 대에서 알아낸 사실이다.

유명하고 부유한 사람이 네트워크 침입으로부터 자기의 개인적인 공간을 보호하지 않는다는 것은 지극히 부주의하거나 아니면 해커를 유인하기 위한 '낯 뜨거운 자료'를 철저히 준비한 경우다. 집을 둘러본 다음 시메온의 경우는 의심할 여지없이 두 번째 범주라고 판단했다. 그의 집의 미술 작품은 집 카메라 중 어디에 접속하더라도 잘 보이게 설치되었다. 세밀한 부분까지 계산된 걸 보니 주인이 아니라 컨설턴트나 스타일리스트의 솜씨가 분명했다.

시메온 자신은 검은색 그 자체라 할 정도로 문신을 한 데다 적나라하게 면도했으며 울룩불룩한 근육질 몸에 곰 털로 덮인 것 같은 털 팬티를 입고(이런 팬티를 입고 링에도 올랐다) 선홍색 아이펙 10과 카무플라주 색[09]의 안드로긴 7을 안은 채 방 한가운데에 있는 거대하고 둥근 소파에서 코를 골며 자고 있었다.

집 안 풍경은 물질적 부와 탁월한 생식력을 잘 보여주었다. 하지만 코 고는 시메온은 증강 안경을 끼지 않았고 그래서인지 넘치는 열정의 광란으로부터 쉬는 것이 아니라 네트워크에서 누군가가 자기를 봐주길 바라는 것 같았다. 마침내 그때가 왔지만 어쩌나, 나는 이미 그가 아니라 그의 미술 컬렉션을 보고 있는데.

컬렉션은 상당히 절충적이었다. 네트워크에서 스캔하고 문의한 다음 알게 된 바에 따르면 대체로 초기 석고였다(친애하는 마라, 나는 빨리 배운답니다). 제일 비싼 작품은 '기 드 바랑'의 〈사랑의 죽음〉이었다. 말보로 담뱃갑처럼 검은 띠를 두르고 혐오스러울 만큼 자세히 유방 육종을 그린 대리석 덩어리였다. 나는 원본인지 사본인지 알아보지 않았다. 네트워크에는 여기에 대한

09　초록 니뭇잎과 밤색 무늬의 위장용 군복 색

링크가 많았다.

경매 번호 322는 보이지 않았다. 어쩌면 조각상이나 회화 아니면 설치 작품 중 하나일 수 있겠지만 어느 것이라 하더라도 나는 이해할 수 없었고 역사를 추적해도 쓸 만한 소설 거리는 없을 것 같았다. 그래서 시메온과 얼굴을 맞대고 이야기하기로 결심했다. 독자는 소설에 유명 인사들이 등장하면 좋아하니까.

절대적으로 필요한 경우 외에는 그를 깨워서는 안 된다. 우리 업무 지침에는 이상한 것이 많다. 하지만 오래 기다릴 필요가 없었다. 마침 시메온이 일어나서 붉은색 아이팩을 실리콘 엉덩이에 톡톡 두드리며 화장실로 간 것이었다. 딱 좋은 타이밍이다. 벽에 걸린 3D 화면에 내 모습을 나타날 수 있으니 말이다. 시메온한테는 경찰을 무서워할 큰 이유가 적어도 여섯 가지는 있었으므로 충분히 협조를 기대할 수 있었다. 특히 그에게 아무런 위협도 되지 않는 일에 대해서는.

나는 독자가 잘 알고 있는, 시메온이 긴장을 푸는 그 순간, 즉 사람이 변기에서 아직 완전히 일어나지는 않았으나 얼굴 근육의 갑작스런 이완으로 이미 자연이 정해준 일을 다 했다는 걸 알고 자연이 작은 설탕 조각을 뇌에 던져주는 순간이 올 때까지 기다렸다가 화면을 켰다. 그리고 시메온이 나를 향해 눈을 휘둥그렇게 뜨자마자 내 가상 책상에 그린 주먹으로 쾅 내리쳤다.

"숨었나, 개자식?"

"절대 아닙니다, 경관님." 시메온이 중얼거렸다. "숨은 게 아님니다.그냥 볼일 보느라."

내 계산이 정확히 들어맞았다. 처음에 그는 자기의 심각한 실수 중 하나로 내가 찾아왔다고 생각했는지 화를 내지 않았다.

"젊은이, 자네한텐 이미 범죄가 세 개야." 나는 아버지의 톤으로 소리를 바꾸었다. "자네… 네 번째 일을 꾸미는 거야?"

"무슨 네 번째요?"

"미술품 불법거래, 민법 583조 4항."

"불법이라니? 왜? 뭐가요?"

아이처럼 정신없는 바로 이 순간 고객을 잡아야 한다고 심문 이론에서 배운다.

"네가 가공의 인물을 통해 소위 경매 번호 322를 샀잖아. 거래가 있었지?"

"네, 있었어요." 시메온이 속눈썹을 꿈틀거렸다.

"오래전인데 도대체…."

"너, 개자식, 그 '도대체'가 시작되길 바라지 않는다면 그만 싸고 나와서 자세히 설명해 봐. 무엇이, 어떻게, 왜."

"좋아요." 시메온이 찡그리며 동의했다.

그가 화장실에서 나오자 나는 천장 카메라로 옮겨 그의 불만스러운 얼굴을 줌인했다. 나는 그가 변호사를 들먹일 것을 대비해 내게 경찰청 승인을 얻은(가장 중요한) 훌륭한 서브프로그램이 있다는 것과 이를 통해 적은 비용으로 그의 이해관계를 보호해 줄 수도 있다는 설명을 사전에 준비했지만 그의 강한 몸은 추상적인 사고에 별로 익숙하지 않은 머리보다 훨씬 더 민첩했다. 고대 브론토사우루스처럼 시메온의 핵심은 머리가 아니라 척추에 집중되었다. 그는 이십일 세기 초기의 이 미터 크기 캔버스로 다가갔다. 제목은 〈급수탑, 작가 미상〉이었으며 거대한 보드카 병에 희미하고 기괴하게 왜곡된 옐친이 손을 내밀고 있는 모습이 비쳤다. 네트워크의 설명에 따르면 유리의 빛과 액체의 섬세한 놀이이며 의심할 여지 없이 아이바조프스키[10](Aivazovsky)에 대한 오마주였다.

"이거야?" 내가 벽난로 위 선반 스피커에서 물었다.

"아니요. 여기 교묘한 게 있지요." 시메온이 말했다.

그가 그림 아래의 명판을 누르자 그림이 옆으로 밀리면서 벽에 좁은 틈이 생겼다. 그 틈에 걸려 있는… 문. 베니어합판으로 만든 평범한 흰색 문, 저렴한 황동 손잡이, 옷을 거는 고리와 경첩, 녹슨 나사조차 그대로 보존되어 있었다. 공중화장실 문이라는 걸 깨달았다. 검은색 마커로 거칠게 그린 그림이 문을 살리고 있었다. 화장실에서 흔히 보는 소재였다. 고슴도치 가시 같은 털의 후광에 둘러싸여 남근에 찔린 질. 전체적으로 아무런 명암이 없었다. 그리고 악에 대한 나쁜 광고.

"이게 경매 322야?" 내가 물었다.

시메온이 끄덕였다.

"사백만 달러를 투자해야 했는데," 그가 말했다. "거기서 많은

---

10   러시아의 화가(1817~1900)

걸 보여 줬지만 솔직히 말해 아무것도 몰라서 뭔가 이해 가능한 걸로 고르자고 생각했어요. 영감을 주고 희망 같은 걸 주는 거로요. 이게 쓸데없이 제일 비싼 게 아니었더라고요. 여기…컨설턴트가 말한 것처럼… 생각할 수 없는 단순함이 있어요. 한마디로 표현력이요."

나는 문을 줌인했다.

그림 밑에 대범한 필치의 서명이 있었다.

"방문객을 위한 음성 코멘트가 있어요." 시메온이 챙겨주듯 말했다. "켤까요?"

"해 봐."

시메온이 보이지 않는 버튼을 누르자 낮고 호소력 있는 바리톤 목소리가 진지하고 무게 있게 말했다.

"우리 앞에 있는 건 영국 문화원 모스크바 사무소의 화장실 문으로 미술비평가들이 오랫동안 논쟁했다. 형편없는 가짜인지 아니면 뱅크시(Banksy)[11]가 자기 이름과 작품에 대한 서방의 상업화에 스스로 입장을 표명하려고 일부러 모스크바까지 익명으로 날아와 남긴 진짜이자 거장의 쓰디쓴 아이러니가 탁월한 걸작인지 말이다. 정보에 따르면 뱅크시는 이 문뿐만 아니라 남자

---

11 영국을 중심으로 활동하는 가명의 그래피티 아티스트이자 영화감독

화장실 문 두 개와 여자 화장실 문 세 개에 더 그렸고 타일에 작은 프레스코도 몇 개 더 그렸다. 작품들의 위치는 현재 알 수 없다. 문이 디지털 전송 기술로 복원되었기 때문에 원본성은 결국 특별한 양자 처리 과정을 통해서만 확보되었다. 보존된 디지털 사진으로 추정한 시기는 오늘날 의심의 여지가 없으며… 뱅크시는 냉소적이었는데 삶은 그 자신보다 더 냉소적이었다. 문은 영국 문화원에서 도난당해 아제르바이잔 석유 재벌의 컬렉션에 동그라미가 여섯 개 붙은 금액으로 팔렸다. 정치적 및 법적 이유로 전시되지 않았으며….”

목소리가 조용해질 때까지 문 사진을 몇 장 찍었고 미술비평 영상과 디지털 전송이 수행된 원본 파일까지 복사했다. 원본은 시메온이 유일하게 보호 장치를 한 폴더에 보관되어 있었고 거기에 들어가려면 안에 내 쿠키를 만들어야 했으므로 꼭 필요한 경우가 아니라면 전혀 그렇게 하고 싶지 않았다. 그다음 수집한 자료를 전부 마라에게 보냈고 다음 날 아침 서로 통화하기로 했다.

“왜요, 경관님, 무슨 문제라도 있나요?” 시메온이 물었다.

“운이 좋으면 아닐 수도 있지.” 내가 대답했다. “그러니까 활력과 단순함이라고 말했나?”

“넵.” 시메온이 말했다. “구입했을 때 컨설턴트가 작품을 올바로 이해하는 방법을 오래 설명해 주었어요. 청빈 같은 거요. 톨스토이 같이 말이에요. 잘난 척은 관두고 다른 평범한 사람들처럼 되는 거죠. 그런 경우 있잖아요. 내가 아는 사람도 모든 걸 포기하고 지금은 웨이터로 일하거든요."

"누구한테 그림을 숨기고 있는 거야? 아이픽 앞에서 불편해서?"

"아니요, 왜요." 시메온이 어깨를 으쓱했다. "아무도 신경 안 써요. 그냥 비싼 거라서요. 친한 친구들 말고는 아무한테도 안 보여주는 게 낫잖아요. 금고에 보관하라는 조언까지 받았다니까요. 범죄에서 차단해야겠다고 생각하고 숨긴 거예요."

우리 경찰 로봇들은 영국식으로 떠난다. 작별 인사 없이. 친애하는 독자여, 이 순간 내가 본 시메온의 모습으로 그를 기억하시라. 우스꽝스러운 곰 반바지를 입고 지방과 근육으로 뭉친 몸에 천장을 바라보는 놀란 두 개의 둥근 눈. 사실 문신이 어찌나 비싸고 멋지던지 떼어내 전시품처럼 벽에 걸어야 할 것 같았다. 어쩌면 그는 그렇게 생을 마감할지도 모른다.

말이 나온 김에 덧붙이자면 그의 아파트에는 숨긴 미등록 무기가 있었고 컴퓨터 한 대에는 칼리프의 선동이 담긴 자동 압축 해제 파일이 있었다. 나는 만일을 대비해 메타데이터 스트링에 특별한 기호 순으로 표시했다. 마치 비둘기 링처럼, 우리 업무의 '무엇, 어디서, 언제'처럼, 과거 아동 포르노에 이런 식으로 표시한 것처럼. 아마 시메온은 그 아카이브를 눈치도 못 챘겠지만 우리 시대에는 이보다 작은 일로 무거운 형을 살 수도 있다.

이처럼 난 경찰의 무법에 대한 불만을 두려워하지 않았다.

마라 겁먹다

마라가 미술비평 파일을 다 듣고 나서 자기를 바라보는 내 공식 얼굴과 조그만 카메라가 있는 화면으로 몸을 돌렸다.

"너한텐 녹색 구레나룻이 안 어울려." 그녀가 말했다.

자기가 하라고 해놓고선. 화났다는 걸 보여줘야 했는데.

"뭐가?" 내가 되물으며 메뉴에서 '사르카즘섹시즘 #3'으로 표시된 모방 장치를 켰다.

"바보 같은 표정 지을 필요 없거든."

"어떤 얼굴이든 가능하거든." 내가 조금 잘난 체하며 대답했다. "여자 얼굴도 할 수 있거……."

나는 아무 예고 없이 그녀의 책상 액자 속 폼페이 여류시인의 얼굴을 했다. 솔직히 작전을 미리 생각해둔 터라 잔나 사포의 계산된 3차원 모델은 이미 준비된 상태였다.

이것이 원래 품팔이의 표준 절차다. 고용주에게서 부드러움을 끌어내는 가장 좋은 방법은 그가 가장 좋아하는 존재의 형태로 나타나는 것이다. 반려동물이나 친척, e-걸 등등. 한편 여기에는 살짝 위험요소가 있는데 마라의 반응을 보자마자 바로 떠올랐다.

그녀의 눈이 휘둥그레졌다. 그러나 나는 분명 그 얼굴에서 공포를 엿보았다. 그녀의 눈동자가 확장되고 피부는 창백해졌다. 지극히 미미한 변화여서 인간은 눈치채지 못할 수도 있지만 내 눈은 못 속인다. 이 초가 더 지나자 분명히 마라의 입술과 오른쪽 손가락에 경련이 일어났고 머리가 어깨 쪽으로 살짝 기울어졌다. 그렇다, 그야말로 고전적인 공포였다. 마치 내가 쥐나 벵골호랑이로 변한 것처럼. 사 초가 더 지나자 마라가 자신을 추슬렀다. 하지만 그냥 뜻밖이라기에는 내가 눈치챈 공포가 너무 강렬했다.

아니, 그녀는 내가 변해서 두려워한 것이 아니었다.

그녀는 잔나 사포를 두려워했다.

이 년 전에도 비슷한 일이 있었다. 오래된 사진 아카이브를 디지털화하려고 나를 임대했을 때였다. 나는 전자 액자 속의 고양이로 변했는데 그 고양이는 이미 이 년 전에 죽었던 것이다. 주인은 히스테리를 일으켰다. 정말이지, 그다음엔 카타르시스를 일으켰고 또 뭔가를 일으켰지만 예의상 말하지 않겠다. 추가 비용을 지불하면 우리는 할 수 있는 최대한의 서비스를 제공한다. 사실 최대한의 서비스를 마라에게 부드럽게 알려주려고 했다. 그런데 이렇게 돼버린 것이다.

마라가 과하게 손바닥으로 눈을 가렸다.

"그만해 당장!" 그녀가 말했다. "절대로 다시 그러지 마. 절대로. 알았니?"

"알았어." 내가 대답했다.

그녀가 눈을 떴을 때 나는 평소 모습으로 돌아와 있었다.

"훨씬 낫네."

모든 게 농담인 것처럼 해야 했다.

"네 마음을 얻으려고 그랬지." 내가 말했다.

"나도 그렇게 생각했어." 그녀가 미심쩍은 듯 말했다. "하지만 넌 아무것도 못 느끼잖아, 무정한 양반 씨?"

"아무것도." 내가 대답했다. "전혀. 사실 내 모습이 어떻든 상관 안 해. 중요한 건 사람들한테 기쁨을 주는 거니까."

"그럼 구레나룻은 왜 기르는 거야, 상관없다면서. 제복은? 너무 복잡한 거 아냐?"

"전에 설명했잖아." 내가 말했다. "우리한테는 지침이 있는데 상대방을 감정적인 접촉으로 유도할 특정 업무 이미지를 구현해야 돼. 그러면 신뢰를 받을 수 있고 성격도 드러내고 증거도 수집하고 이미지도 만들 수 있어. 그래서 업무도 수행하고 위대한 문학도 만들어낸 거야."

"그래, 깜빡했다, 작가 양반이 계시다는 걸… 아예 대놓고 나한테 다 말하는구나?"

"장치를 드러내는 게 내 주요 무기이자 높은 판매 실적의 비법이거든." 내가 말했다.

"판매 실적이 어떤데?"

"경찰청 최고지. 내 말은 비강력 부문에서 그렇다고. 예를 들어 『비밀의 바지선』은 백이 회 다운로드되었어. 『경제 주체들의 가을 논쟁』은 마흔여섯 회. 하지만 최고 기록이야. 대개는 훨씬 적어."

"뭐에 좌우되는 건데? 문학적 완성도?"

"무엇보다 인기에 좌우되지." 내가 대답했다. "그리고 당연히 주제고. 바지선의 침몰이나 울타리의 불법 개조, 해변 벤치 제작상의 결함 같은 걸 조사하면서 엄청난 관심이 쏟아지리라고 기대할 수는 없지. 결과로 두 명이 법정에 선다 해도 말이야. 즈무르만 맡겨주면 상황이 바뀔 수도 있지. 하지만 당최 내려 보내줘야 말이지."

"왜?"

"우리 경찰청에도 윗선들이 있으니까." 나는 위를 향해 크게 끄덕였다. "자기 앞으로 즈무르란 즈무르는 다 긁어가거든. 그들은 삼천 회나 다운돼. 오천 회일 때도 있고. 완성도하고는 관계없지."

"전반적으로 사람하고 똑같군. 절망적이야." 마라가 동정하듯 나를 바라보며 결론지었다.

"뭐가 그렇게 절망적이야?" 내가 말했다. "전혀 안 그래. 발전할 방법은 있어. 나는 점점 더 장치를 드러내면서 일하고 있어. 다른 전망 있는 알고리즘 대안도 있고…."

"어떤 거지?"

"그때그때 설명해줄게." 내가 대답했다. "할 게 너무 많아서. 우리 조사를 말하는 게 낫겠다. 자기야, 내가 보낸 자료 이해했어?"

"그래, 초록 씨. 넌 이해했어?"

"아니, 텍스트가 도통 무슨 말인지. 난 복사하거나 생성하는 것만 할 수 있어." 내가 대답했다.

"그래도 네가 뭘 생성하는지는 알아야 하잖아?"

세상에, 이런 주제에 대해 나하고 몇 번이나 말을 했던가.

"아이고, 절대로 그렇지 않아. 내 알고리즘은 퍼즐 맞추기랑 비슷해. 색깔과 형태에 따라 적합한 언어 조각 선택하기. 내 데이터베이스에는 수십억 권 정도가 있어. 나는 단어의 연결적·의미적, 심지어 감정적 논리도 아주 정확히 모방할 수 있지. 플롯도 저마다 구성이 다르게 수없이 만들어낼 수 있고 그리고 기타 등등. 하지만 독자는 이런 단어들의 조합에서 의미와 감성만 들이마시거든." 내가 대답했다.

"넌 모든 걸 아주 잘 아는 것처럼 말하는구나."

"난 내 데이터베이스의 언어 패턴과 유사성에 따라 이해한 것만 표현할 수 있어. 항상 잘하지만 소설을 쓸 때는 진짜 인간의 말을 사용하는 게 훨씬 더 안정적이야. 마라, 네가 의미를 구분해주고 수정해주면 더 좋지."

"아." 그녀가 웃었다. "이제 내 임무를 더 잘 알겠네… 전반적으로, 파악할 건 많지 않아. 하지만 있긴 있어. 설명서에는 뱅크시가 이 문 말고 남자 화장실 문 두 개와 여자 화장실 문 세 개 그리고 타일에도 작은 프레스코를 몇 개 더 그렸다고 나와. 이 작품들의 위치는 현재 알 수 없는 것 같고."

"그래서 결론이 뭔데?" 내가 물었다.

"우리는 아주 조직적으로 잘 준비된 분야를 다루고 있어." 마라가 대답했다. "변기나 타일에 그린 새로운 뱅크시 작품이 나타나도 아무도 놀라지 않을 거야. 아주 정교한 시장이니까."

"짐작하는 판매상이라도 있어?"

"아니. 별 흥미 없어. 내가 짭새도 아닌데. 난 그저 무엇이 언제 어디에 있는지 알려는 거야. 이제 다음 경매 건을 봐야겠다. 경매 번호 340. 네게 좀 더 어려울 테지만 잘 하리라 믿어. 무슨 작품인지 확인하고 복사하고 소유자와 이야기하고 첨부된 미술비평 자료는 전부 다운해 와. 특별히 분석은 안 해도 돼. 내 일이니까. 소설에 쓸 만한 건 내가 구두로 설명해줄게."

"훌륭해, 완전 이상적이야." 내가 대답했다.

"연락처 다운 중이야… 자, 보냈어. 갔어, 초록 씨?"

"왔어, 똑똑 씨."

"힐." 마라가 웃었다. "유머도 할 줄 아는 거야. 이런 걸 어떻게 하니?"

"아주 간단해. 인간들이 우리한테 파일이나 메일을 네트워크에서 보내면 자주 궁금해하거든, 잘 갔어? 내 데이터베이스에 있는 그런 질문에 대한 육만사천 개의 예비 대답 중에서 '유머'라는 표시가 붙은 걸 고른 거야. 너의 다정한 호칭 '초록 씨' 다음에 들어갈 말을 찾으려고 알고리즘이 유머러스한 대답을 찾는 요청문을 만들고 그다음 '왔어, 똑똑 씨'라는 대안을 선정한 거지."

"넌 여기서 뭐가 유머인지 아니?"

"당연히, 모르지. 일종의 말장난이라고 추측할 뿐." 나는 바이런풍의 경멸적인 웃음을 지으며 대답했다.

"봐봐, 낭만성이 다 사라졌어."

"자기야, 인간적인 의미나 이해, 유머나 다른 의식 현상이 발생하는 신경 메커니즘을 자세히 알면 소위 '낭만성'이라는 건 하나도 안 남을걸."

"와우, 네가 그걸 어떻게 알아?"

"『이성은 이성적인가?』, 모스크바, 2036년 선집에서 수정 인용한 거잖아. 네 서재 벽에 있는 소울 레즈닉의 첫 번째 출판물. 기사에는 인공지능에 대한 낭만적인 태도의 문제, 백 개 중 마흔두 개 주제의 매개변수적인 유사성이 논의되었지. 인용은 현재 대화의 구조와 문법적으로나 어조상으로 완전히 일치하도록 수정한 거고."

"이렇게 직접적으로 다 말하는 거니?"

"말했잖아, 장치의 노출이 내 시그니처 특징이라고."

"포르피리." 마라가 눈을 자주 깜박거리며 말했다. "부탁이 있어. 너한테 특별히 부탁하지 않는 한 다시는 네 숨겨진 기법들을 말하지 말아줘. 그렇지 않으면 우리 만남의 매력이 다 깨질 것 같아."

"동의(D'accord), 달링." 내가 대답했다. "이제 임무 수행하러 가야겠다. 한참 가야겠네. 현명하게 굴어, 혼자 수작 부리지 말고. 포르피리는 아웃."

그녀는 내가 자기한테 잘 어울리는 파트너라고 생각하나? 모르겠다. 내 구레나룻과 제복에는 쭉쭉빵빵한 여자가 필요한데. 하기야 아직 그녀가 싹 다 벗은 걸 보진 못했지… 어쨌든 수사학

소용돌이의 시뮬레이션에서도 여자를 객관화하지 않을 것이다. 트집 잡다가 쫓아낼 테니.

경매 번호 340은 은행가가 샀다. 진부하게도 모스크바 서쪽 OO에 사는 은행가. 헉. 마라가 보안된 주소를 보내줬다. 소설에 넣을 수 없게 되었다. 권력 가진 사람들.

은행가는 시메온 폴로츠키와 달리 프라이버시에 얼마나 신경을 쓰는지 'SFAS' 차단 시스템뿐 아니라 '그림자 원추'에 대한 권리도 구입했다. 그의 주소도 직장도 성도 내 소설에 언급하는 것이 금지되었다는 의미다. 공개된 건 이름과 부칭뿐이었다. 아폴론 세메노비치. '제브소비치'라는 부칭이 더 잘 어울릴 것 같지만 세상은 불완전하니까.

물론 금지된 일부는 순전히 상징적인 것이다. 은행가라면 당연히 원뱅크(다른 은행은 없다) 직원이라는 말이고 집 주소가 모스크바 서쪽 OO라면 분명히 그냥 직원이 아니라 경영진이라는 말이다. 그 외에 '그림자 원추'에는 안 들어가는 게 좋다. 원뱅크는 보고오스타블렌니야에서도 칼리프에서도 미국에서도 자기 사람한테는 모욕을 주지 않으니까.

그렇다, 많은 사람이 의아해한다. 다파고는 공식적으로 칼리프와 싸우고 있고, 칼리프는 미국과, 미국은 이미 몇 년 동안 자기 자신과 싸우는데(우리 유럽 연합도 마찬가지지만) 어떻게 원뱅크는 전 세계에서 활동할 수 있는가. 어쩌면, 원뱅크는 분열되고 불타버린 우리 세계를 하나로 지탱해주는 마지막 클립이 아닐까.

원뱅크는 모두에게 딱!

e뱅크와 원뱅크는 공식 등록된…

친애하는 독자여, 알아챘는가. 원뱅크의 유료 삽입 광고다.

그들은 전 세계적으로(전자적 측면에서) 자신을 이렇게 부른다. 이 말이 자기 나라 언어로 제대로 표현되지 않는다면 언어를 바꿔라. 이 빌어먹을 것한테는 돈이 많은 게 아니라 아예 돈이 다있다. 특별인출권(special drawing rights 혹은 SDR)이 무엇인지 경제 전문가 외에는 모르지만 말이다. 러시아에서는 글자 그대로 사방에서 눈에 띄는 '인권(human rights)'에 관한 그들의 광고에서 'H'와 'R'을 따서 '흐루스티'라고 부른다.

그들은 곳곳에서 자기들을 떠올리는 팝업의 비용을 지불하는데 심지어 나도 그 유독한 항문을 핥아주어야 한다. 프랜차이즈 조건상 원뱅크를 최초로 언급할 때는 광고 자료를 내 소설의 다음 단락에 삽입하거나 일인칭 시점에서 언급해야 하기 때문이다(아니면 그들의 광고 영상 중 하나를 자세히 풀어 설명해야 한다). 거부할 수는 없지만 독자에게 미리 알려주거나 내가 방금 한 것처럼 이 진상들이 지불한 문단을 이탤릭체로 표시할 권리조차 없다고는 어디에도 나오지 않는다.

그다음에는 내 맘대로 똥칠해도 된다. 그러나 조만간 그들이 계약의 허점을 알아채고 막을 것이다. 그러니 마지막 자유의 날들을 즐겨보자! 헐, 내가 얼마나 나쁜 놈한테 간 거야(내 잠재 독자의 팔십사 퍼센트와 마찬가지로 나는 금융 거미들을 참을 수 없다). 이 양반이 자기가 갉아먹고 있는 세상 속에 얼마나 야무지게 숨었는지 그의 영지로 가는 차를 얻어 타기도 매우 어려웠다. 이십삼 분 내내 적당한 우버를 찾았다.

대신 그걸 찾아냈을 때….

우버 2. 돼지들

차 안에는 청년과 아가씨가 앉아 있었다.

네트워크에서 찾은 운송장에 따르면 이들은 절약 프로그램인 '둘이서'를 선택한 우연한 동행자였다. 하지만 나는 청년이 스카치테이프로 카메라를 막기도 전에 이들이 돼지라고 짐작했다. 왜 차가 길고 이상한 길로 가는 걸까? 청년과 아가씨가 사전 담합으로 각자 백 미터 정도 떨어진 거리에서 순환선까지 걸어왔고 동시에 OO까지 가는 절약 우버를 신청했기 때문이다. 시스템이 다른 사람과 혼동하지 않을까 염려할 필요는 없다. 통계적으로 천 년에 한 번 꼴이니.

우버에는 숨은 카메라가 일곱 대 있었다. 청년이 세 개를 찾아냈다. 자신을 생활의 달인으로 생각할 것이다. 청년이 카메라를 가리자마자 바로 관계에 들어갔다. 보아하니 이미 경험이 있었다. 차 안에서 어떻게 해야 하는지, 심지어 이인용 일반석에서 자동으로 앞으로 움직이는 분할 팔걸이를 관계에 어떻게 이용해야 하는지도 잘 알았다.

운송장에는 오늘의 경로뿐만 아니라 시적인 표현으로 그들의 엉킨 운명의 실타래도 다 보인다. 콜랴 이십 세, 레나 십구 세. 학생이며 시스템에 돼지로 등록되지 않았고 부모와 산다. 부모들은 당연히 집안에 그런 수치가 생기길 바라지 않는다. 보고오스타블렌나야에서는 돼지들한테 다소 관대하다. 아직까지는 말이다. 전문가들의 예상에 따르면 오 년, 십 년 뒤 그들은 유죄다. 지금은 트롤링(trolling)[12]하는 것이다. 계속 불편함이 커지도록 허구를 만들어내면서.

나는 일이 어떻게 진행되는지 또 한 번 즐겁게 관찰했다. 우버에 접속하자 차 안의 화면에 오래된 카우보이 영화가 나왔다. 청년 콜랴는 열정의 신음이 황야의 총소리에 묻히도록 볼륨을 더욱 높였다. 하지만 시스템이 차 안에서 일어나는 일을 기록하자마자(시스템은 체위에 대해서도 반응하는데, 천장으로 향한 다리와 그 사이에 고정된 다른 사람의 머리까지 하나로 해석하는 것 같다) 아이팩 광고가 나왔다. 아이팩 8부터 광고를 시작한다는 점이 흥미로웠다. 아직도 이 버전을 구입할 수 있다는 것과 현재 가장 경제적인 모델을 통해 시스템이 지금 벌어지는 일들을 얼마나 섬세하게 파악하는지 잘 보여주었다.

처음에는 코믹한 영상이 나왔다. 부활한 보티첼리의 비너스가 자기 쪽 조가비에서 몇 가지 발레 동작을 하자 다른 쪽 조가비가

---

12 의도적으로 상대가 화를 내도록 도발하거나 방해하는 것

뚜껑을 쾅 닫아버려서 시청자는 옆에 놓인 반짝이는 증강 안경과 함께 아이픽의 스탬프가 찍힌 시체를 보게 된다. 다음은 미켈란젤로의 다비드가 나오는 게이 버전의 영상이었다. 그다음은 트랜스 버전과 논바이너리 버전이 나왔다. 바보라도 눈치채게 시스템이 힌트를 준 것 같지만 사랑의 열정에 휩싸인 젊은이들은 아아, 모든 것에 눈멀고 귀 멀어, 그것밖에는….

시스템은 참을성 있게 모든 아이픽과 안드로긴에 있는 위키올의 영상을 틀고 소리를 크게 했다. 화면에는 과거의 사랑 도구들이 줄지어 떠다녔다. 많은 부분이 역사적으로 정확했지만 설득력 없고 웃긴 것도 있었다. 측면에 크게 벌어진 구멍과 상단에 로마 헬멧이 있는 사자 가죽으로 덮인 드럼통이 특히 그랬다. 여기에는 동성애 혐오가 없나? 하지만 사람들은 판촉물의 예술적 과장에 대해 오래전에 익숙해졌으며 부가적으로 촉진해준다는 생각까지 한다.

과거 인류의 행복으로의 견학이 끝나자 화면은 아이픽 9가 차지했다. 제일 비싼 버전은 아니지만 제일 저렴한 버전도 아니다. 특히 안드로긴과 비교하면.

"콜랴와 레나!" 차 안에 여자 목소리가 울려 퍼졌다. "관측실 '비너스의 기억'에서 여러분을 환영합니다."

헐, 관측실이라니. 맞는 말이기는 하지만.

"친구들, 우리 제품은 너무 새것처럼 보이지 않아요. 사실 산다는 것도 새로울 게 없고요."

승객을 이름으로 호출하고 승객이 좋아하는 작가에게서 인용한 구절(모든 정보는 운송장으로 알 수 있다)을 광고에 삽입하는 광고 알고리즘의 습관은 많은 사람을 짜증나게 한다. 당연하다. 대부분 거칠고 방해가 되니까. 우버 승객이 간혹 공공기물 파손 행위로 대응하다가 나중에 벌금을 크게 물기도 한다. 하지만 내 동반자들은 소리에 신경을 쓰기에는 서로 너무나 집중했다.

드디어 화면에 자주색 아이퍽 10이 나타났다. 마라의 것과 똑같은 모델이다. 큰 캡션이 화면을 차지했다.

아이퍽 10
'싱귤래러티[13]'
PH 2 유니버설 코퓰레이션 키트[14]

실제로 '아이퍽(iPhuck)'이라는 단어가 'PH 2 유니버설 코퓰레이션 키트(PH 2 universal copulation kit)'의 첫 글자 조합에서 나온 건지 아니면 반대로 'iPhuck'이라는 멋진 약어에서 길게 풀어 쓴 표현이 나온 건지 알 수 없다. 하지만 철저히 다 계산된 결과물이다. 시간이 지나 물질성 클래스3으로 바뀌도 상표는 절대 바뀌지 않을 것이다.

"콜랴와 레나! 급속하게 기술이 진보해도 최근 반세기 동안 우

---

13 인공지능이 인간 지능을 넘어서는 시점, 기술적 특이점을 말한다.

14 일반접속키트(저자 주)

리 제품(혹은 여러분의 학생 친구들 표현대로 시체, 고무, 실리콘, 철 등)은 놀랄 만큼 많이 변하지 않았어요. 먼 옛날 레나 또래 순진한 아가씨나 콜랴 또래 청년은 분명 팔다리가 짤따란 실리콘 마네킹을 곁에 둘 것이냐 아니냐를 결정해야 했지요. 하지만 경두개 기술이 발달해서 이제 섹스 인형에는 팔다리는 물론 얼굴도 필요 없어요."

화면에 저가형 증강 안경을 낀 카이사르의 흉상이 나타났다. 오토바이 안경과 비슷하게 생겼고 뒤로 젖힌 얇은 철제 안경다리와 빨간색 이어폰 잭이 있는 오래된 모델이다.

"대리석 대머리 위에 놓인 금속 띠는 'T S', 즉 뇌 자극기(Transcranial Stimulator)예요. 작동 방법은 학교에서 배웠지만 잊어버렸겠죠. 간단히 말하면, 자극기의 광선이 몸의 필요 부분에 촉각적인 환각을 만들고 동시에 뇌 영역의 활동을 억제하여 증강 안경에 나타나는 그림과 다른 감각기관으로 들어온 정보 사이의 불일치를 인식하지 못하게 하는 거죠. 가벼운 금속 띠 덕택에 증강현실에서 쾌적한 심적 체험을 하는 거죠. 마치 뜨거운 뇌에 차가운 샴페인을 붓는 것처럼, 사실 같은 게 아니라 백 퍼센트 완벽하게 진짜처럼 말이에요. 여러분이 좋아하는 러시아의 옛 시를 떠올려보세요. '그대, 거룩한 세상이 진리로 가는 길을 찾지 못한다면 인류에게 황금빛 꿈을 자아내는 광인에게 경의를 표하라.' 오늘날 영광은 실리콘밸리의 몽상가들에게 돌려야겠군요! 현대의 섹스 인형에는 팔다리가 필요 없어요. 우아한 몸통과 매력적으로 벌어진 입이 있는 머리면 되거든요. 나머지는 전부 증강 환경이 더해주니까요. 우리는 현실을 따라잡지 않아요, 우리는 현실을 앞서간답니다."

화면에 제품의 유선형 굴곡과 옅은 파스텔 그림자 그리고 행복한 미래의 어스름한 빛이 떠다녔다.

"양성의 실리콘 기계는 처음에는 투박하고 원시적으로 보이지만 굴곡 하나 레버 하나마다 우주선의 안테나보다 커다란 지적 노력이 있다는 걸 잊지 마세요."

우주 도킹이 화면에 나타나 일 초 만에 살과 붉은 혈관, 피부로 자라더니 음란한 이미지로 바뀌기도 전에 순식간에 사라졌다.

"아이픽은 섹스 시뮬레이터일 뿐만 아니라 여러분의 섹스 선호도를 분석하여 보관하는 철저히 보안된 개인 세이퍼예요. 여러분에게 맞는 여성 파트너, 남성 파트너, 간성 파트너의 가상 갤러리를 만들죠. 아이픽 10에는 가전 역사상 처음으로 양자 컴퓨팅 블록이 프로세서로 적용되었고 용량은 앞으로 수십 년 동안 여러분이 무엇을 상상하든 그 이상일 거예요. 과할 수도 있지만 우리는 삶에 뒤처지는 데 익숙하지 않거든요. 이 모든 것이 여러분에게 잊을 수 없고 독특한 성적 경험을 만들어 줄 거예요. 여러분은 사랑만 즐기세요!"

나는 마침내 학생들이 왜 차 안을 울리는 목소리에 반사적으로라도 반응하지 않았는지 알았다. 귀에 살색 플라스틱 플러그가 끼어 있었다. 분명 초행이 아니었다.

"기기의 성별 정체성은 총에 달린 총검처럼 간단하고 안전하게 바뀐답니다. 지금 여러분이 화면에서 보는 것이 바로 이거예요. 동상(同相) 애널 플러그를 비롯한 모든 액세서리가 세트에 포함되고 업그레이드 버전은 우리 튜닝 샵에서 별도로 구입할 수 있어요. 콜랴와 레나, 우리는 중요한 문제들을 다 고려해 두었답니다. 물론 아이픽 10은 엄선한 재료와 정밀한 조립으로 만들어 저렴하지는 않아요. 하지만 사람의 행복에 관한 문제라면 우리는 타협하지 않는답니다. 콜랴와 레나! 얼굴과 얼굴을 맞대었을 때 얼굴을 볼 수 없는 건 값싼 유사품이에요. 우리에게서는 모든 것을 볼 수 있어요! '아이픽 10 싱귤레러티!' 그럼 다음 만남을 기약하며 안녕히 가세요!"

한편 커플은 조용해지기는커녕 오히려 2라운드로 들어갔다. 아이픽은 무슨! 보아하니 학생들이 우버 크루즈 할 돈도 오랫동안 모은 것 같은데.

일 분이 지난 다음 시스템은 바보들만을 위한 세 번째 교육 단계를 켰다. 하프 소리가 났다. 화면이 잠시 꺼졌다가 다양한 색깔의 글자와 상형문자, 룬문자로 파도쳤다. 마치 오래된 인류 기억의 바다가 승객의 두뇌에 쏟아지는 것 같았다. 중성적인 목소리가 말했다.

"오늘도 '세계문학의 걸작' 코너에서 금세기 가장 중요한 책인 미국 페미니스트 아만다 리자드의 회고록『삽입의 동의(Consenting to penetration)』를 만나보도록 하겠습니다. 16장

「뉴올리언스」입니다. 먼저 청취자들께 아만다 리자드의 책은 지카 3 바이러스가 퍼지기 오래전에 쓰였다는 것을 밝힙니다.”

낭독자의 목소리가 왠지 슬프게 가라앉으면서 가늘어졌지만 성적 중립성은 잃지 않았다.

웁스, 내가 또 그랬다. 관습과 사회 결정론적 기대의 영향에, 아니 흥분하고 술에 취한 남자 앞에 그냥 무서워서 '네'라고 말했다. 가슴에서 나온 진정한 '네'가 아니라 이를테면 긴 도덕적 고문 후에 쇠약해진 죄수의 입에서 나오는 '네'와 같은 것이었다.

소리가 점차 커졌다. 낭독자의 목소리가 우버의 문 밖에서도 들릴 것 같았다.

강하고 거친 손이 내 속옷을 벗기고 얼굴을 무자비하게 아래로 돌리더니 떨리는 두 다리를 양쪽으로 벌린 다음 식식거리는 입에서 술 냄새를 풍기며 내 귀에 속삭였다.

“믿지?”

아, 이때의 끔찍한 아이러니를 어떻게 표현할까. 물론 이 남자한테 내가 믿는지 안 믿는지는 하나도 안 중요하다는 것을 알았다. 이 남자는 그냥 사회적 관습에 따라 기계적으로 말했을 뿐이다. '아니'라는 대답은 얼음 미끄럼틀에서 아래로 돌진하는 육중한 스케이트를 멈추려는 시도에 불과했다. 내 목숨 자체가 위태로웠다. 나는 순종적인 목소리로 조용히 말했다.

"네…."

순간 짐승같이 무례하고 견딜 수 없이 모욕적인 삽입이 내 온몸에 고통으로 퍼져나갔다. 나를 또다시(이미 몇 번인가!) 복종하는 대상의 역할로 비하했다. 짓밟히고 뚫리고 관통당하고 무례하게 침투당하는. 고문이 얼마나 오랫동안 지속되었는지 기억나지 않지만 드디어 끝났다. 쇠망치의 타격에 부서진 영혼의 파편들을 바닥에서 끌어 모으듯이 조금씩 정신을 차리고 있는데 갑자기 소리가 들렸다.

위로의 말? 후회의 속삭임? 코 고는 소리였다. 내 옆에 누워 낮은 소리로 만족해하며 벌받지 않을 거라 확신하며 땀 냄새 풍기는 수컷이 내 고통으로 얻은 세로토닌의 파도 속에서 철벅거리며 코를 곤다. 분명 맹목적 남성우월주의자의 달콤한 꿈을 꿀 것이다.

내 굴욕과 고통이 어디에서 비롯됐는지 아무도 답해 주지 않는 것인가? 오늘날 모두가 '아니'는 항상 '아니'를 의미한다고 생각한다. 하지만 내 책의 목적은 '네'('네네' 포함)가 항상 '네'를 의미하지는 않는다는 것을 설명하는 데 있다. 따라서 깊숙이 숨긴 외상이 마침내 여성 의식의 표면으로 나오는 이십 년이나 삼십 년 후에도 회고적으로 소급될 수 있다. 오늘날 사법 관행에서 이해되어서 멋지긴 하지만 우리의 행동은 너무 느리고 객관화의 많은 희생자들은 정의를 기다리지 못하고 우리를 떠난다.

남성우월적인 행위에 모욕당하고 억압받은 여성들, 나는 당신들, 내 여자 친구들한테 호소한다. 아무리 오래전에 일어난 일이라도 어둠에서 나와 자기 목소리를 내라고….

내릴 시간이었다. 나중에 언젠가 아만다의 말을 끝까지 들어야겠다. 문제없다. 우버 돼지들한테 늘 들어주니까.

콜랴와 레나, 안녕, 안녕. 폭풍우 치는 삶의 바다에서 행복하길 그리고 자기 아이픽이나 안드로긴을 법정에 제출하지도 못하는 당신네 돼지들을 레트로 강간으로 감옥에 집어넣을 걸 기억하길. 그런 사람들은 사회적 위험도가 높다고 간주한다… 누가 알겠는가, 소위 '법정 마케팅'을 끊임없이 얘기하는 음모 전문가들의 말이 사실일지도?

농담이다 농담. 그냥 사회적 법칙이다. 백 퍼센트 확신한다.

아폴론 세메노비치

우버에서 내려 길가의 카메라에 접속했다. 나무보다 카메라가 더 많아서 다행이었다. 솔직히 말해 썩 좋지 않은 모습이 펼쳐졌다. 차도와 도로 양쪽에 높이 오 미터의 울타리, 뒤로 숲, 무슨 연유인지도 모르고 벌을 받는 것 같은 러시아 숲. 어쨌든 OO에 어울리는 꽤 전형적인 파노라마다. 궁전은 아주 가까웠으며 불과 이 분 전에 우버의 창밖으로 황제의 즐거움을 위해 들판에서 까마귀를 잡는 제복 차림의 사냥꾼 두 명도 보았다. 고양이는 칼리프에서 가져왔다고 하는데 나한텐 정확한 정보가 없다.

내 앞에 아폴론 세메노비치 영지의 울타리가 하늘 높이 솟았다. 아무리 네트워크를 들여다봐도 내부에 어떠한 전자적 허점도 찾을 수 없었다. 심지어 가전제품조차도 군대 표준에 따라 보호되었다. 정교하고 값비싼 알고리즘이 보안을 담당하는 게 분명했다. 이토록 철저하게 보안된 사생활은 일찍이 본 적이 없었다. 하지만 어쨌든 한 가지 단서를 발견했다. 은행가의 개인전화. 보안되지 않은 서버로 보낸 메일에 남아 있었다. 이 년 전 것이긴 해도 전화번호는 그대로일 수 있으니.

뻔뻔함은 또 다른 겸손이다. 문체 사이트에서 그렇게 가르쳐 준다. 나는 번호를 눌렀다. 저쪽 끝에서 대답이 들리자 나는 구레나룻과 단추가 잘 보이게 화상 시스템 앞에 섰다. 하지만 사실은 화면으로 아무런 영상도 보내주지 않아서 자욱한 회색 안개와 말하는 것 같았다.

"안녕하십니까, 선생님." 나는 힘차게 말문을 열었다. "저는 포르피리 페트로비치입니다. 업무상 추천서는 귀하의 주소로 미리 보냈습니다. 귀찮게 해서 죄송하지만 불법 미술 거래 관련 사건을 조사 중입니다. 선생님을 불쾌하고 무례한 경찰의 호기심에서 보호하려고 왔습니다. 하지만 제가 도울 수 있으려면 몇 가지 질문에 대답을 해주셔야 합니다."

놀랍게도, 대답해주었다. 그것도 보안되지 않은 통신선으로.

"좋아, 포르피리. 좋아, 영감! 얼마나 좋아, 사람이 누군가에게 아직도 필요하다니…." 목소리를 들어보니 반응이 열성적인 이유를 알 수 있었다. 아폴론 세메노비치는 취했다. 아니 완전히 필름이 끊겼다고 해야겠다.

"허락하신다면." 내가 더듬거리며 말했다. "선생님을 직접 뵐 수 있도록 해주신다면 매우 감사하겠습니다. 제가 지금 비서 알고리즘이나 어떤 장난 같은 것이 아니라 분명히 선생님과 대화한다는 걸 확인해야 해서요."

"들어오게, 친구." 아폴론 세메노비치가 대답했다

다음 순간 집 안의 회의용 카메라 네 대가 동시에 열렸다. 나는 조심스럽게 접속하여 악성 코드 여부를 검사한 다음에야 안으로 들어오게 해준 사람을 쳐다보았다. 아폴론 세메노비치는 취한 상태에 면도도 하지 않고 머리도 빗지 않은 상태였다. 이마에는 길고 젖은 곱슬머리 채가 내려왔는데 술 취하지 않은 날에는 대머리 위에 얹혔을 것이다. 한마디로 오랫동안 술 마신 노인의 모습 그 자체였다. 하지만 검은색 나비넥타이에 빳빳하게 풀 먹인 셔츠를 입은 완벽한 연미복 차림이었다. 마치 저녁 파티에라도 가려는 것처럼.

하지만 바로 비디오 모니터링 시스템이 파티 복장을 그려줬다는 걸 알아챘다. 탁월한 시스템이다. 그렇지만 아폴론 세메노비치가 뭘 입었는지 내가 알 게 뭐람. 입을 게 없었는지도 모른다. 그의 얼굴로 판단컨대, 그럴 가능성이 높아 보였다.

그는 의자에 앉아 있었고 앞바닥에는 고상한 갈색 액체가 든 크리스털 유리병이 있었다. 손에는 마름모 문양들로 장식된 묵직한 잔이 빛났다. 내 얼굴이 벽면에 밝게 비쳤지만 아폴론 세메노비치가 눈길이라도 한번 주었는지 알 수 없었다.

그가 있는 홀은 아주 큰 응접실 같았다. 벽난로의 입구는 시커맸고 주위에는 안락의자가 몇 개 있었으며 천장에는 웃는 태양의 모습으로 황금빛 양각이 번쩍였다. 진짜 금이었다. 하기야 분광계 프로그램으로 층의 두께를 알 수는 없었지만.

태양은 아아, 따뜻하지 않았다. 벽의 거울은 손님들이 있더라도 차가운 텅 빈 공간을 메울 수는 없을 것이므로 손님들의 숫자를 거짓으로 부풀려야 한다고 암시하는 듯했다. 아마 손님들도 분명 주인처럼 훌륭한 연미복을 입었을 것이다.

홀에는 가구는 별로 없었지만 미술 작품은 많았다. 재빨리 스캔한 다음에야 전부 비싸고 유명한 작품이라는 걸 알았다. 제일 비싸고 크고 눈에 띄는 것은 〈가짜 추수자의 가짜 춤〉이라는 제목의 설치 작품이었다. 네트워크의 설명에 따르면 작가는 월쳐 5세라는 '저명한 현대미술가'였다.

설치 작품은 다양한 민족의 농민을 묘사한 여섯 개의 인형으로 구성되었다. 인형은 아이픽과 안드로긴으로 만들었고 고정 니스를 칠하여 두툼한 밀짚 팔과 다리를 붙였다. 농민들은 아시아식으로 넓은 짚 모자와 울긋불긋한 옷을 차려입었고 팔을 옆 사람의 허리띠에 고정한 채 부자연스럽게 춤을 추었다. 아이픽은 남자를, 안드로긴은 여자를 나타냈다.

춤이 부자연스럽고 설정 같다는 사실은 작품명에서뿐만 아니라 내가 네트워크에서 찾은 많은 리뷰에서도 드러났다('석고 시대의 자연스러운 웅장함을 한껏 보여주는 '새로운 불성실' 패러다임의 희귀한 작품' 등등). 작품은 'SDR 7M 이상'의 금액에 판매되었으며 매수자는 알려지지 않았다. 즉 나는 이미 알고 있는데 네트워크는 모른다는 말이다.

내가 확인한 월쳐 5세의 또 다른 작품은 약간 무서웠다. 바닥에서 천장까지 닿는 회색 콘크리트 수직 판에 십자가에 못 박힌 듯 매달린 개의 박제 같았다(창문이나 문을 통과하지 못할 것 같아 이 자리에서 바로 부어 만든 작품인 것 같았다). 사방으로 벌린 개의 다리 주변 콘크리트에는 검은 양각이 도드라져 있었는데, 날개 두 개는 단풍잎을 확대한 것 같았다. 날개 덕에 개는 거대한 박쥐로 보였다. 작품명은 〈불가능한 나는 개, 모호한 침묵으로 가득한〉이었고 네트워크의 호평에 따르면 역시 현대 걸작이었다('SDR 5M 이상').

내가 일 초의 몇 분의 일 동안 검색하고 분석하는 사이 아폴론 세메노비치는 몇 센티미터 앞에 놓인 잔을 입으로 가져갔다. 그가 한 모금 마시도록 둔 다음 말했다.

"멋진 집에서 환대해주셔서 영광입니다. 박물관 같습니다."

"그래." 아폴론 세메노비치가 동의했다. "대단한 영광이지. 난 원래 그다지 사교적인 사람이 아니야. 그냥 누구하고 얘기하고 싶은 거지. 당신네들 말처럼, 내 맘이 지랄 같아서."

"당신네들이라고 하면 누구를 말하는 거지요?" 내가 조심스럽게 물었다.

"저기, 바깥." 아폴론 세메노비치가 화면 쪽으로 손을 흔들었다.

어쨌건 그가 나를 보긴 본 것 같았다. 하지만 그가 알고리즘과 말할 정도까지 왔는지는 알 수 없었다. 설령 왔다 해도 그가 대화를 계속해 나갈 수 있는지 판단이 서지 않았다. 극도로 조심해서 처신해야 했다.

"아폴론 세미노비치." 나는 존경심이 가득 찬 목소리로 말했다. "수십억은 아니더라도 적어도 수백만 정도는 지랄 맞은 당신을 분명 부러워할 겁니다. 하지만 그들은 스쳐 지나갈 것이고 보통 사람들은 상상도 못 할 당신의 '멋진' 것들도 분명 대체될 겁니다."

"제법 핥는데. 뭘 좀 알아. 중요한 건 혀로 바로 바로 거기를 콕 찍어주는 거지, 헤헤헤⋯." 아폴론 세메노비치가 말했다.

그가 한 번 더 술을 홀짝이자 완전히 곯아떨어지기 전에 서둘러야 한다는 생각이 들었다. 나한테 그를 정신 차리게 할 기술적 능력은 없으니.

"선생님은 미술 작품을 수집하시지요. 상황이 이상하게 꼬이는 바람에 선생님께 미술에 관한 질문 하나를 드리고자 합니다. 그러니까 선생님 컬렉션 작품 중 하나에 대해서 말입니다."

"어떤?" 아폴론 세메노비치가 물었다.

"경매 번호 340."

"경매 번호 340? 그게 뭔데?"

"그게, 아폴론 세메노비치, 제가 조사하려는 겁니다."

"뭐, 대충이라도, 어떤 분얀데?"

"석고입니다."

좌우지간 미술을 조금이라도 알아서 다행이다. 아폴론 세메노비치가 웃음을 터뜨렸다.

"아, 석고. 이제 알겠네. 그래, 그건 대단하지. 그 정도 수준의 걸작은… 하지만 너한텐, 바보한텐, 아무리 하고 싶어도 난 설명 못해."

"해보시지요. 갑자기 이해할 수도 있으니까요." 내가 말했다.

"아니, 뭘 알아야지. 엄청나게 깊이 알아야지."

아폴론 세메노비치는 온몸이 흔들리게 웃다가 술을 쏟았다(불빛이 흐릿해서 위스키인지 코냑인지 스펙트럼으로 구분할 수 없었다). 그가 웃고 나서 바닥에 유리잔을 내려놓으며 말했다.

"가세, 보여줄 테니. 자네가 무슨 말을 할지 궁금하군."

그가 일어서서 손가락을 딱딱 튕기며 나는 개가 있는 콘크리트 판 쪽으로 걸어갔다. 나는 지난번처럼 값비싼 석고가 뒤에 숨겨져 있을 거라고 짐작했다. 하지만 훨씬 더 단순했다. 그가 벽에 걸린 접힌 흔적의 검은색 포스터 앞에 멈췄다. 접힌 부분의 검은색 종이는 얼마나 문질렀던지 거의 구멍이 날 지경이었다.

"자네 보기엔 이게 뭐 같은가?"

"광고 포스터 같습니다."

네트워크에서 유사한 것을 재빨리 찾아본 다음 내가 대답했다.

"예전에 길거리 게시판에 붙였던 것 같습니다."

"현대 인쇄물인데." 아폴론 세메노비치가 말했다. "시간의 녹을 더하려고 인위적으로 낡게 만든 거야. 원본 파일도 내가 보관하고 있으니 이게 유일하게 합법적인 프린트지. 다른 건 불법이고. 하지만 중요하지 않아. 이 작품의 의미가 어디에 있다고 생각하나?"

옛날 뱀파이어 영화의 포스터 같았다. 살짝 이국적으로 보이는 신사가 손질한 눈썹에 몸을 부드럽게 뒤로 젖힌 금발 여자의 목에 달라붙어 있었다. 키스한 직후의 순간이 포착되었으나 금발 여자의 목에 난 빨간 점 두 개를 보면 실제로 무슨 일이 일어났는지 확실히 알 수 있었다.

옆에는 흐르는 피 같은 빨간색 글씨가 있었다.

"어때?" 거의 일 분 정도 침묵이 흐른 다음 아폴론 세메노비치가 물었다.

물론 모든 게 명확했다. 하지만 내게도 그가 자신의 박학을 과시할 기회를 줄 정도의 눈치는 있었다.

"뭔가가 이상합니다. 무슨 의미입니까?" 내가 말을 길게 끌었다.

"첫 번째 층위를 설명하지." 아폴론 세메노비치가 대답했다. "말하자면 외적인 것. 문외한이 이해할 수 있는 것 말이야. 이건 투자 은행 '골드만 삭스'의 광고 개념이야. 원뱅크가 기반인 기관 중 하나이고 내가 거기에서 근무하고 있어."

"저도 슬쩍 그렇게 생각했습니다." 내가 말했다. "다만 이게 하나도 광고 같지 않다는 겁니다. 오히려 반대 같습니다. 네거티브 말입니다."

"그래. 석고 시대 중반기, 특히 말기에 이런, 흠흠흠, 풍자적인 포지셔닝이 유행했고 금융 세계의 거대한 괴물들이 너도나도 차용했지. 모두 그들을 지독하게 싫어했거든. 그들은 이런 감정을 가지고 놀기나 하는 듯 자기 자신을 가혹하게 조롱하며 사람들에게 어느 정도 동정을 받아 이미지를 회복했지. 당시 정치인들처럼 자기 자신을 카메라 앞에서 조롱했고 그러려고 특별한 자선 식사와 유머 프로그램도 있었을 정도니까. 이렇게 하면 자기들이 사람 같아 보일 거라고 생각한 거지. 이제 좀 이해가 되나?"

"그래도 완전히는 모르겠습니다."

"자네한테 글귀의 의미가 명확하지 않아서 그럴 거야. 이해하려면 당연히 역사를 알아야 하거든. 글귀는 미국 공화당의 선거 구호에서 나온 거야. 당시에는 아직 미국이 있었거든. '힐러리 밥맛, 모니카처럼은 아니지만(Hillary sucks, but not like Monica).' 석고 시대의 최고 번영기였던 2016년 당시에는 모든 사람들이 이 농담을 이해했어. 모니카 르윈스키와 힐러리 클린턴은….."

"이제야 이해가 됩니다." 내가 말했다.

"포스터에 삼중 언어유희가 사용되었고 글귀는 골드만은 밥맛이지만 힐러리 같지는 않다는 뜻이네요. 그리고 힐러리는 밥맛이지만 모니카 같지는 않다가 괄호 밖에 암시된 거고요."

"그거야!" 아폴론 세메노비치가 만족스러워하며 대답했다. "하지만 이 개념은 수용되지 않았어. 완전히 정점을 찍었는데도 말이야."

"왜요?"

"힐러리가 선거에서 졌거든. 그 후 아무도 그녀가 어떻든 관심이 없었지. 아마 자기 남편도 그랬을 거고. 그래서 이 포스터가 희귀한 거야."

"네, 석고는 석고네요." 무슨 말이라도 해야 했다. "오늘날은 아예 불가능하니까요."

"그렇게 보일 뿐이지. 오늘날 우리도 그런 농담하잖아, 더 예리해지긴 했지만. 자네도 알 거고." 아폴론 세메노비치가 대답했다.

"정말요?"

그가 웃었다.

"원뱅크의 어떤 광고가 제일 많이 보이나?"

"원뱅크는 모두에게 딱!"

"아니야. 오늘만 해도 다섯 번 정도는 봤을걸. 방정식처럼 생겼어. SDR은 HR이다(SDR=HR). 특별인출권은 인권이다(Special drawing rights are human rights)."

"정말 그렇군요. 오늘 두 번 봤습니다. 쿠르스크역 그리고⋯." 내가 맞장구쳤다.

"아무튼. 어떻게 들리는지 들어봐. 스페셜 드로잉 라이츠(Special drawing rights)⋯ 누가 피를 빨 때 물리적으로 어떤 현상이 생기지? 입안에 압력이 낮은 공간을 만들어 놓고 거기로 상처에서 빨아낸 피가 가게 하는 거잖아. 피를 끌어당기다, 드로우[15] 블러드(draw blood), 우아한 뱀파이어가 지금 할 일이야. SDR과 HR은 등호 기호로 연결돼. 상징적인 빨대. 빨대로 아주 편하게 피를 빠는 거야. 모기 대롱의 옆모습이지. 이제 석고가 왜 귀중한지 이해가 돼?"

"우울하고 우울한 유머네요." 내가 대답했다.

나는 아폴론 세메노비치의 말을 세련되게 재구성한 형태로 재현한다. 음성 재구성 모듈이 없었다면 그의 말을 알아듣기 힘들었을 것이다. 이제 마무리를 해야 한다.

"선생님의 멋진 이야기에 대한 기념으로 경매품의 사진을 찍어도 되겠습니까? 그리고 혹시 있으면 첨부된 미술비평 자료도 복사

---

15 '쓰다'와 '끌어당기다'라는 뜻이 있는 draw로 한 말장난

하고 싶습니다. 나중에 보면서 우리의 만남을 기억하고 싶습니다."

"열어주지." 그가 낄낄거렸다. "자."

나를 시스템에 넣어주자마자 당연히 나는 첨부된 문서뿐만 아니라 파일 자체를 복사했다. 그는 특별히 숨기지도 않았다. 자기 요새의 전반적인 보안장치를 믿고 있는 것 같았다.

지금까지는 마라와 내가 바라는 모든 것을 얻었다. 정말이지 곳곳에 내 전자 발자국을 남기는 것이 너무 싫었지만 다른 방도가 없었다. 하지만 모든 것을 법의 테두리 안에서 했다. '사진'이란 단어는 다양하게 사용되지만 정확한 법률용어가 아니다. 이렇게 사진 찍는 사람도 있고 저렇게 사진 찍는 사람도 있다. 최근 형사 사건 중에서 나한테 유리한 선례도 세 개 이상 있다. 게다가 내 행동이 사리사욕에 따른 것이었다고 증명하기도 쉽지 않을 것이다. 마라도 살펴본 다음 전부 다 지우겠다고 약속했으니.

"사회의 유명인사와 말씀을 나누게 돼서 정말 기쁩니다." 내가 말했다. "행복한 낮과 밤 보내시고 번성하시길 바랍니다."

마라 화나다

마라가 아침부터 저기압이었다. 찡그린 얼굴이 '분노', '불만족', '짜증', '노여움'의 모방 패턴과 일치했다. 가죽 하네스에 박힌 징조차 더 길고 날카로워 보였다.

게다가 내 오렌지색 구레나룻에 대한 반응도 아직 하지 않았다. 아예. 나는 당연히 그런 부주의에 기분 나빠하지 않지만 그래도 지적은 했다.

"전부 다 지워졌어. 하나도 열어보지 못했는데." 그녀가 말했다.

"무슨 말이야?"

"아침 일찍부터 원뱅크 법무팀이 너네 청장과 연락했다는 말이지. 그다음 경찰청이 나한테 연락했고. 잠도 다 깨워놓고 파일을 전부 다 지웠다는 소리나 하더라고. 네가 어제 보낸 것 말이야. 전부 다."

"왜?" 내가 물었다.

"원뱅크가 먼저 경찰청, 그다음 주변 인물들 모두 고소하겠다고 협박했으니까. 말한 건 하는 사람들이야. 너한테 뭐 알려준 거 없니?"

"나한테… 자기야, 내가 설명했잖아. 나한텐 알려줄 수 있는 사람 없어. 난 일개 시뮬레이션 알고리즘이니까."

"그래서 네가 어제 낚아온 게 다 지워져도 넌 모르는 일이다?"

"지금 알았지. 반복하지만 나한텐 아무도 알려주지 않아. 내가 경찰청인데 어떻게 경찰청이 나한테 알려줄 수 있어? 그런 생각은 너만 할 수 있어, 내 말괄량이."

오늘은 내 유머도 그녀한테 먹히지 않는 것 같다.

"대신에 네 좆같은 작품을 드디어 보게 됐어, 판텔레이몬." 그녀가 내 얼굴이 나타난 화면을 경멸하듯 쳐다보며 말했다.

"포르피리야. 왜 좆같은데?"

"아무도, 원뱅크도, 경찰청도 네 빌어먹을 소설에 대해 아예 언급도 안 했으니까. 그들은 아무도 관심 없어, 알겠니? 게다가 경찰들한테 네 미완성 텍스트를 달라고 하니까 오 분 만에 보내주더라. 한번 쳐다보지도 않고. 어제 네가 아폴론 세메노비치와 나눈 대화가 전부 다 적혔는데도 말이야. 넌 다른 사람한테 필요 없는 존재야, 판텔레이몬."

"포르피리야." 내가 정정했다. "그러니까 경매 번호 340에 대한 내 구두 보고서가 저장돼 있었다고?"

"저장돼 있었어." 그녀가 고개를 끄덕였다. "그리고 다른 것도 있었지. 우리 첫 만남에 대한 네 기록 말이야."

"그래서?"

마라가 앞 탁자에 놓인 아이패드를 흘깃 보았다.

"'젊지도 예쁘지도 않은… 다이어트로 바짝 마른… 그녀의 옷에 박힌 BDSM 정보다 그녀의 눈빛이 더 날카로웠다.' 이게 나에 대해 쓴 거니, 이중인격자 새끼야?"

나는 화면에 비친 얼굴을 찡그리며 자존심이 상한 표정을 짓고 한쪽 눈썹을 거의 눈에 닿을 정도로 축 내려뜨렸다.

"그러니까 무슨 뜻으로 '이중인격자 새끼'라고 말씀하시는 겁니까?"

"무슨 뜻? 말 뜻 그대로! 누가 네 자기야? 누가 네 말괄량이냐고? 다이어트로 말라 비틀어진 여자? 왜 내가 지방이 없어서? 지방이 일 그램이라도 있었으면 '셀룰라이트로 추해진'이라고 적었겠지? 젊지 않다고? 그래, 난 서른두 살이다, 넌, 씨발, 일곱 살짜리 원하니?"

"부인."

"뭐? 부인? 아가씨라며?"

"당신이 그런 톤으로 말씀하시니… 해명이라도 하게 해주셔야죠."

"해명해봐. 엄청 기대된다."

"내 작품에 대한 당신의 무례한 견해는 내 초안을 급하고 부주의하게 읽은 데다 작품의 심오한 가치를 알아볼 상태가 아니었기 때문입니다. 특히 작품의 지극한 자기 노출에 대해서는 말입니다. 허락해주신다면 당신이 인용한 구절 전체는 이렇습니다."

나는 옆을 보는 시늉을 하며 눈을 가늘게 뜨고(현대 알고리즘에는 우리의 신속한 행동에 대한 인간의 부정적인 반응을 완화하려고 많은 보호 절차가 고려된다) 감정을 실어 읽었다.

"여성의 미모와 젊음은 전적으로 상대적인 것이지만 최근 업무 지침에 따르면 섹스나 요리와 상관없는 주제에 대해 말하는 젊지도 예쁘지도 않은 여자를 소설에 넣어야 한다. 문제는 이런 텍스트의 최소 비중이 상당히 크다는 것이다. 유능한 사냥꾼이라면 으레 총알 하나로 여러 마리 토끼를 잡고 싶은 법이다."

"그래서 뭐?" 마라가 물었다.

"이겁니다. 이 구절은 자기풍자로 넘치고 있습니다. 독자에게 솔직하게 '젊지도 예쁘지도 않은'이라는 단어가 나온 이유를 설명하는 겁니다. 현대 탐정소설의 잠재 독자 육십이 퍼센트가 젊지도 성적 매력도 없는 여성입니다. 그들은 당신이 정말로 예쁜지 아닌지는 관심 없습니다, 부인. 하지만 그들한테 꿀벅지를 가진 열아홉 살 반짜리 미녀를 제시한다면 주인공과 동일시할 요소가 사라지고 판매는 저조해집니다. 그래서 여주인공은 예쁘지 않아야 하는 겁니다. 하지만 남주인공은 구레나룻에 콧수염을 기른 남자다운 미남이어야 합니다. 오토만에 앉아 아이팩과 함께 꿈을 꾸도록 말입니다. 아니면 진동기와 함께 매트리스에 누워서든지요. 저마다 집 사정에 따라 다르겠지요. 이건 마케팅의 기본입니다."

"그러니까 거짓말했다고 말하려는 거니?"

"부인, 저는 절대 거짓말하지 않습니다. 오히려 끊임없이 장치를 드러낼 정도로 솔직합니다. 제가 쓰는 것이 당신과의 만남에 관한 보고서가 아니라 당신과 저보다 오래 살아남을 위대한 예술 작품이라는 사실에 주의를 기울여주시기 바랍니다. 작품의 주인공은 조건적입니다. 실제 사건은 대략적인 윤곽만 제공해주는 것이고요. 모든 건 계약서와 첨부 서류에 나옵니다."

"내 말이 그거야, 이중인격자 새끼야." 마라가 말했다.

그녀의 말에는 여전히 가시가 돋쳤지만 나는 수축된 그녀의 안면 근육이 변하면서 '안도', '노여움이 풀렸다'는 얼굴 패턴과 여러 번 일치하는 걸 포착했다.

쇠뿔도 단김에 빼라.

"부인, 당신은 이중성 때문에 쓸데없이 저를 비난하고 있습니다." 나는 당당하게 말했다. "이중성이란 숨긴 진짜 얼굴과 가짜 가면이 있다는 뜻입니다. 그런 상황의 인간들한테나 적용되는 거지 저한테는 아닙니다. 우리 알고리즘은 그런 미덕을 가지지 못했으니까요. 게다가 비록 제가 성적 욕망을 직접 느끼지는 못하지만 인간의 매력을 객관적으로 평가할 수는 있습니다."

"그러셔?" 그녀가 비꼬는 투로 물었다.

"그건 어떻게?"

"통계 패턴에 따릅니다, 부인. 원하신다면 말씀드리겠습니다. 추정한 내 나이 또래의 남성 칠십오 퍼센트 정도가 당신을 성적 매력이 넘친다고 생각하고 사십 퍼센트에서 육십 퍼센트는 극도로 성적 매력이 넘친다고 생각할 겁니다. 여성도 거의 같은 비율입니다. 여기서 만약 당신이 긴 머리를 한다면 남성 비율은 확연히 증가하고 여성 비율은 약간 감소할 겁니다."

마라가 웃었다.

"있는 그대로 진실을 듣는 게 좋아. 좋아, 오렌지 씨, 네가 설득했어. 넌 정당화하는 능력이 있어. 눈에 보여." 그녀가 말했다.

"이제 당신을 어떻게 부를까요, 부인?"

"아가씨, 말괄량이, 자기. 정중하게 불러줘, 판텔레이몬."

"포르피리입니다, 부이… 그러니까 아가씨."

그녀가 호수처럼 깊은 두 눈을 들어 나를 보았다.

"너 지금은 뭐야, 정말 실수한 거야?"

"아니, 정말 아니야. 우리 만남에 직접성과 온기를 불어넣으려고 고안한 시뮬레이션 패턴이야. 지금부터 난 당신이… 네가 내 소설을 읽을 수 있다는 사실을 고려할게. 그리고 인간적 사랑의 시학의 적절한 요소들을 사용할 거고. 예를 들면 방금 난 네 두 눈을 호수처럼 깊다고 말했어. 내 말은, 소설에서." 내가 말했다.

"아이고, 진부해라." 그녀가 콧방귀를 뀌었다. "더 이상 네 소설에 기웃거리지 않을게. 절대로. 약속해."

"고마워. 그 행동 높이 평가한다."

내가 말했다.

"날 믿어. 힘들게 싸우지 않고 나한테 해결책이 생겼네. 네 글에도 도움이 되면 좋겠어."

마라가 웃었다.

"왜?"

"나한테 맞춘 진부함에서 벗어나도록 해줄 거니까."

"여자는." 내가 대답했다. "자신의 아름다움을 묘사하는 미묘한 문제에서 진부함은 용서해 주거든. 하지만 모호함은 용서하지 않아. 만약 내가 네 두 눈을 '우물처럼 깊은'이라고 했다면 넌 찬성하지 않았을 거야. 눈에 대한 그런 은유가 열아홉 배나 희귀하지만 말이야."

"알았어. 용서할게. 하지만 나중에도 기억해." 그녀가 말했다.

"이미 다 알아들었거든, 내 말괄량이."

"하나 더. 기억해, 작가 씨. 너 자신을 보호해야 해. 네 작품을 욕하면 너도 헛소리하는 것들한테 욕해. 트집쟁이들한테는 본때를 보여줘야 하거든." 그녀가 말했다.

"명심할게, 내 꽃."

"좋아. 이제 일 얘기하자. 모든 게 그렇게 나쁘지는 않아, 오렌지 씨. 모두 나쁘지는 않다고. 네 소설에서 경매 번호 340이 뭔지 충분히 알겠어. 그건 장점이야. 단점은 우리가 작가도 대략적인 가격조차도 모른다는 거지." 그녀가 말했다.

"SDR 5M 정도인 것 같아."

"어째서?"

"다른 작품들과 비교해보면 대충 가격이 나오지. 〈추수자의 춤〉 그리고 날개 달린 개랑 다른 것들 말이야. 모두 비슷한 가격대일 거야. 아니면 예술적 조화가 깨질 테니까."

"오케이. 내 눈 앞에서 쑥쑥 크는데. 연도와 작가는?" 마라가 웃었다.

"연도는 역사적 맥락에서 볼 때 대강 십육 년도. 작가는… 당시 만든 대부분의 광고 작품에는 공동저작자가 표시됐어. 어떤 광고회사에서 만들었나봐." 내가 말했다.

"응. 나도 그런 거 같아. 너 지금 몇 번이나 네트워크 봤는지 말해봐." 그녀가 말했다.

"자기야, 너랑 말할 때는 네트워크 같은 건 쳐다보지도 않아.

오히려 네트워크 안에서 밖을 내다보면 봤지. 못된 내 여친이 보고 싶으니까." 관대한 표정을 지으며 내가 말했다.

마라가 나를 보았다. 그녀의 모방 구도는 '추파를 던진다'는 패턴과 높은 정확도로 일치했다. 두 입술도 옛날 안드로긴에 있는 영상에서처럼 살짝 앞으로 내밀었고.

그녀가 나에게 추파를 던졌다. 그녀가 나를 유혹했다.

어쨌건, 친애하는 여성 독자여, 여러분과 나는 잘 안다. 아름다운 피조물인 여러분은 시베리아 강에서 특별히 농어 같은 걸 노리지 않고 그냥 물속에 폭탄을 던져 떠오르는 물고기를 줍는 술 취한 해군 장교처럼 통 크게 남자들한테 이런 절차를 처방해준다는 걸. 사실 우리 시대에는 여성이 추행죄(혹은 변호사들이 말하듯 '유혹죄')로 감방에 갈 수도 있다. 하지만 마라는 내가 고소하지 않을 걸 잘 안다. 두 배로 정중해야 한다.

"이제 뭐 할까, 내 사랑?" 내가 물었다. "다음 경매물?"

"응. 경매 번호 356." 그녀가 말했다.

"전송해. 지금 갈게." 내가 대답했다.

"아니, 오늘은 절차가 약간 달라." 그녀가 말했다.

"뭐가 달라?"

"너랑 같이 갈 거야. 아니, 네가 나랑… 아무튼… 어쨌든, 우버로 가자."

우버 3. 모스크바 꾀꼬리

승객이 우버에 타면 시스템은 운송장에서 승객의 프로필 개요를 읽은 다음 승객이 가는 동안 볼 적절한 인포테인먼트 (infortainment)[16]를 순식간에 구성한다. 물론 승객이 사회세를 내고 싶지 않다면 운임의 삼십 퍼센트를 내고 봐야 한다.

간단히 말해 당신의 일상생활이 당신을 관통하는 광고가 된다는 말이다. 예를 들어 당신이 담배를 피운다면 바로 아이픽의 경 두개 자극기로 나쁜 습관에서 벗어나라고 제안하는 '영혼 설계자(Soul Architect)' 프로그램을 보여준다.

우버에 두 사람이 타면 프로필 개요가 예측할 수 없는 방향으로 적잖이 섞이게 마련이다. 하지만 나한테는 프로필 개요가 없으므로 사실 마라는 혼자 우버를 타고 가는 것과 마찬가지다. 만약 내가 그녀의 인간 구혼자였다면 자기 여자를 더 알 수 있는 좋은 기회가 됐을 것이다. 어쨌든, 분하다. 여자와 함께 우버에 몰래 타는 것도 그녀의 인간 구혼자가 되는 것도 불가능하다니.

마라의 관심사는 시시껄렁한 것이 아니었다. 차가 출발하자마자 '모스크바 꾀꼬리'가 켜졌는데 우버에서는 매우 드문 일이다. 이걸 보는 사람은 공무원뿐일 것이다. 계약을 그렇게 맺었으니까. 공무원이 감옥에 들어가면 뉴스가 맨 처음 나갈 곳도 바로 '모스크바 꾀꼬리'다. 하지만 공무원은 우버에 타지 않는다.

---

16   정보(information)와 오락(entertainment)을 합친 말

'모스크바 꾀꼬리' 채널에서는 아나운서 대신 실제로 꾀꼬리가 방송한다. 화면 상단 모서리의 새 애니메이션 말이다. '꾀꼬리'에는 늘 핫뉴스나 스캔들, 가십 같은 게 나오는데 입 놀리는 인간 얼굴보다는 어쨌든 새가 미움을 덜 받기 때문이라고들 한다. 세심하고 잠재의식적이고 소송비용도 덜 드니까.

화면은 북아메리카 지도로 가득 차 있었다. 'NAC(North American Confederation, 북아메리카 연합)'이라는 빨간색 몸통 위에 'USSA(United Safe Spaces of America, 아메리카 안전지대 연합)'라는 글귀가 적힌 파란색 편자를 올렸다. 북아메리카 연방의 아래쪽 국경선과 접한 멕시코 장벽은 샛노란 점선으로 표시했다.

"북아메리카 연합과 웰페어랜드(welfare land, 복지의 땅) '캘리포니아 2'의 국경에서 대규모 충돌이 계속되고 있습니다." 황금 새가 쩍쩍거렸다. "자료에 따르면 충돌은 캘리포니아 2 주민들이 북아메리카 연합에서 흑인 한 명을 교수형에 처할 때마다 백인 두 명을 교수형에 처하라는 요구와 관련된 것입니다. 소식통에 따르면 과거 이 요구는 비공식적으로 이행되었으며, 이를 위해 유럽 연합에서 백인들을 내놓았으나 웰페어랜드 주민들은 낮은 인종적 자질에 불만을 표했습니다."

"우크라이나에서 보냈대." 마라가 말했다. "양국이 물물교환을 한 거지. 백인 두 명에(그들은 항상 쌍으로 센다) 북미 연합 조립품인 회색 아이퍽 열 대. 모든 영역에서 탈옥한 아이퍽 말이야."

"그런 방식 알고 있어. 권력자들이 관여했지."

"설마 진짜 자기 국민을 보낸 거야?" 마라가 목에 손가락으로 죽는다는 시늉을 했다.

"아니야." 내가 말했다. "왜 그렇게 하겠어, 비용이 얼마나 많이 드는데. 그들한테는 빈니차 근교에 바이오 공장이 있어. 클론을 키운대. 보통은 장기용인데 그런 프로젝트에도 큰 문제는 아니야. 십팔 개월이면 완전히 성장하는데 진짜로 바보 같대. 말도 못 하고 생각도 못 하고. 전부 다 오렌지색 금발이라지. 휴머니즘으로 일부러 만든 유전자형이지. 눈만 깜박이고 배설만 하는 그냥 고깃덩어리야. 그래서 흑인들은 백인들이 또다시 자기들을 속인다고 생각한 거야."

"물물교환은 이제 그만둔 거야?" 마라가 물었다.

나는 접속 가능한 정보를 찾아보았다.

"그럴 리가. 이 세상에서 그런 방식은 없어지지 않아. 오히려 클론을 십팔 개월이 아니라 이십 개월 동안 키우겠지. 그다음 자살용 개처럼 군사용 임플란트를 삽입할 거고."

"자살 뭐처럼?"

"칼리프와 국경을 맞대고 있는 곳에서 일하는 러시아 유럽인들 말이야. 칼리프에서 칩을 해킹하는 것을 배웠다면 우크라이나에서도 할 수 있지. 다만 등에 폭탄을 지고 차로 가거나 주는 대로 다 핥아먹는 건 아닐 거야. 차이코프스키를 연주하고 예브게니 오네긴(Evgenii Onegin)[17]을 암송할지도 모르지. 어쨌든 흑

---

17 푸시킨이 쓴 시 형식의 소설

인 사회를 속일 방법을 찾아낼 거야. 넌 그 사람들 걱정하지 마."

"걱정 안 해." 마라가 말했다.

화면에는 웰페어랜드의 용감한 흑인 청년 대열이 로마 군단의 열병식처럼 행진하고 있었다. 창 대신 대나무 막대기를 잡았다는 점만 달랐다. 선봉대는 세 손가락만 남은 외팔에(의심할 여지 없이 지카3) 다음과 같은 글귀가 적힌 군기를 잡았다.

머니풀(MONEYPOOL) VII

일곱 번째 머니풀이군. 웰페어랜드의 청년들은 로마 전술을 연구한다. 대규모 도시 충돌의 경우 총기류 외에 더 나은 무기를 최근 삼천 년간 생각해 내지 못했다. 경찰기동대도 진압하지 못한다. 이제 타협점을 찾을 것이다.

NAC에서 뉴스가 왔다. 멕시코 장벽을 보여주었다. 아나운서의 표현대로 금도금된 '트럼프 타워'에 준엄한 표정의 사프(SAP: second amendment people)[18]들이 손에 총을 들고 서 있었다. 그들에게 공감하는 듯 꾀꼬리가 짹짹거렸다. 그들은 이미 오랫동안 장벽의 양 끝을 향해 총을 쏴대야 했지만 장벽을 포기할 생각은 없었다. 그다음 화면에 무슨 이유에서인지 하프를 연주하는 볼 터치를 한 백인 여자들로 가득 찬 홀이 나타났다.

---

18   미국 헌법 수정 제 2조에 보장된 사람들을 말한다. 미국 헌법 수정 제 2조는 총기와 무기 소유의 권리를 보장한다.

그들은 NAC에서 하프를 연주하고 전 세계를 위해 아이퍽을 조립하는 것밖에 할 줄 모른다. 새 아이퍽을 발명해내는 것은 여전히 유서 깊은 USSA의 캘리포니아다. 궁금하다. 왜 고차원의 기술적인 생각은 항상 악질적인 전체자유주의가 지배하는 곳으로 향하는 것일까?

아니, 성령 교회가 소위 '진보'를 공연히 악마의 교활한 행보와 동일시했겠는가. 설교자들이 미사일로 하여금 거룩한 물을 연료로 써서 날아가게 할 수만 있다면….

드디어 지역 뉴스가 나왔다.

"아르카디 아르카디예비치 황제가 레벨에서 열린 유럽 연합 정상 회담에 이틀째 참석하여 국가의 중대 사안을 협상하고 있습니다." 황금 새가 쩍쩍거렸다. "유감스럽게도 정상 회담의 분위기는 현지 신나치주의자들의 역겨운 책략으로 상당히 암울합니다."

화면에 훼손된 유럽 연합기를 그린 거대한 옥외 광고판이 나왔다. 언제나처럼 파란색 바탕에 노란색 별 여섯 개를 다윗의 별과 스프레이로 연결했고 내부에는 나치의 만자(卍字)를 그렸다.

"무슨 생각해?" 마라가 물었다.

결코 아무것도 생각하지 않는다고 한 번 더 설명하는 것은 적절치 않았다. 그녀가 남자의 강한 어깨에 기대고 싶어 하는 게 분명했으니까. 적어도 생각으로는.

"무슨 생각? 바로 이 생각." 내가 문의 서브 우퍼에서 낮게 대답했다. "깃발에 별을 일부러 이렇게 배치한 걸까? 젊은 멍청이들 조차도 혐오범죄를 어떻게 저지르는지 딱 보면 알게 하려고?"

"아 참, 나는 깃발 형태가 어떤 식으로 결정된 건지 알아." 마라가 말했다. "유럽 연합에서 러시아 제국, 아니 러시아 제국의 잔존물을 받아들일 때 오각형의 중심에 여섯 번째 별을 넣으려고 했대. 더 이상 암시가 생기지 않도록 말이지. 그런데 나중에 다른 종류의 암시가 더 커질 거라고 생각한 거지. 즉 러시아만 중심에 있고 에스토니아, 라트비아, 벨라루스, 우크라이나 그리고 유럽 연합에 또 뭐가 있지?"

"음, 리투아니아."

"맞아, 그 나라들은 빌어먹을 과거로 회귀하는 것처럼 왜 그런지 옆쪽에 있고. 그것도 안 좋아. 그때 렘베르그에서 일련의 분신자살이 시작된 거야. 어떻게 별 여섯 개를 동등하게 배치하지? 주변에 배치하는 것 말고 다른 방법이 없었어. 나머지 방법은 더 나빴고."

"그랬을지도 모르지. 난 원래 정치에 별 관심 없어. 그냥 그림이 놀라웠던 거지." 내가 대답했다.

"그렇구나." 마라가 말했다.

화면에서 정상 회담의 장면 몇몇을 스크롤해서 보여주었다. 도시 풍경과 중앙에 둥근 탁자가 있는 소버린 유니티 홀. 둥근 탁자 내부의 안락의자 여섯 개는 비었다(사악한 입들은 의자 배치를 대표 단장이 자기 국가 자리 쪽으로 향하도록 하는 것이 아니라 오히려 등을 돌리고 앉도록 하려 했기 때문이라고 한다). 마스크를 쓴 청소부들이 진공청소기로 홀을 청소했다. 전염병 병원에서 나온 간호사 같았다. 그다음 차가운 레벨에 내리는 작은 빗방울을 다시 보여주었다.

꾀꼬리가 판에 박힌 메들리를 재잘거렸다.

"유럽 연합이 처한 깊은 위기. 꾀꼴꾀꼴⋯."

"뭘 논의하는데?" 내가 물었다.

"운송을 분배한대. 늘 그렇지." 마라가 대답했다.

나는 무슨 일인지 알아보려고 네트워크를 흘깃 보았다(내가 정치에 관심 없다고 말한 건 아양 떤 게 아니었다).

그녀가 암시한 것은 레벨 정상회담의 진짜 목표와 관련된 음모적인 합의였다. 오늘날 유럽 연합은 유럽의 칼리프와 우랄산맥 너머에서 시작되는 국가이자 종파인 다파고 사이에 갇혔다. 칼리프와 다파고 사이에 국경선은 없지만 천국의 상징에 대한 다른 해석으로 칠 년 동안 전쟁 중이다. 그들은 제한된 성능의 재래식 탄두가 장착된 장거리 크루즈 미사일로 싸우고 있고 유럽 연합은 자기네 영토 위로 비행하게 해주는 대가를 챙긴다. 우리는 '인도주의적 판단에서' 폭격기는 통과시키지 않는데 사실 그러면 전쟁이 너무 빨리 끝나기 때문이다.

미사일 운송량은 정상회담 개싸움 판의 한결같은 주제다. 예를 들어 우크라이나는 중국 미사일은 아예 통과시키지 않으면서 칼리프에는 덤핑 가격으로 회랑을 넘겼다. 반대로 벨라루스는 다파고와 협상을 시도했다. 러시아는 자국의 동의 없인 벨라루스나 우크라이나 회랑의 미사일이 단 한 발도 그 어디든 갈 수 없다고 지적하며 문제에 대한 유럽의 접근법에 전반적으로 찬성했다. 유럽 연합 파트너들은 공동 영공에 관한 협정을 빌미로 자체적인 운송 판매권 확보를 위해 분투했다. 특히 발트해 연안의 운송 호랑이들은 칼리프의 미사일이 사실상 과거 '노스 스트림'의 경로를 따라가도록 몰아대며 칼리프와의 모든 비즈니스를 자기 쪽으로 긁어모을 정도로 뻔뻔스러웠다.

전반적으로 지루한 얘기다. 변호사조차 지루해서 죽을 정도로. 이런 주제에 관해서는 여자와 말하지 말아야 한다. 게다가 저 공비행 크루즈 미사일은 남근적 위협을 상징하므로 몇 마디만 언급해도 잠재적인 혹은 상징적인 추행으로 고소당할 수 있다. 마라는 미술비평가다. 그러고도 남는다.

그래, 미사일에 대해서는 더 말할 필요 없다. 대신 정치에 대해 조금 알고 동반녀를 무의식적으로 유혹하고 싶은 재치 있는 남자가 할 법한 말이 무엇인지 찾아보자. 대안이 너무 많아 무작위로 선택했다.

"언젠가 칼리프가 우리를 입에 넣고 삼킬 거야."

"그렇게 생각하지 않아." 마라가 말했다. "그럴 거면 오래전에 삼켰겠지. 우리의 방패는 나쁜 기후야. 유럽 연합은 날씨가 나쁜 곳에서만 잔존하고 있어. 참, 그들한테 나쁘다는 뜻이야. 우리는 익숙해졌으니까."

대답은 감정을 담아 적절히 자유롭게 하되 급진적인 비순응주의는 안된다. 무의식적인 것도 안 된다. 물론 열 마디에 한마디 정도는 괜찮지만.

"절대 익숙해지지 않는 것도 있어."

"그렇긴 하지. 하지만 다른 한편으론 모든 게 생각처럼 우울하지는 않아." 마라가 조심스럽게 동의했다. 가혹한 판단을 피하는 것 같았다.

"물론, 지금 우리는 제3의 로마가 아니라 제2의 브뤼셀이야. 비록 브뤼셀이 지토미르에 있기는 하지만." 내가 아이러니와 신랄함을 정교하게 섞어서 대답했다.

"그렇긴 하지." 마라가 같은 대답을 했다. 이미 대화를 계속하고 싶지 않은 것 같았다.

"나라를 조졌어." 나는 멈추지 않았다. "이 흡혈귀들을 독일 계좌로 입금시키려고 과거에 얼마나 많은 피를 흘렸는데. 그런데 지금 그들이 다시 우리 목을 조르다니. 또다시 온갖 패거리들이! 조상들이 우리한테 남겨준 걸 전부. 다 조졌어! 전부!"

마라가 창백해졌다.

"좀 조용히 해." 그녀가 부탁했다.

"그러면 우버가 말하기 시작할 거야." 내가 말했다.

"그러라고 해."

화면에 다시 소버린 유니티 홀이 나타났다. 이미 사람들로 가득 찼으며 국가를 부르는 순간이었다. 대표단들은 뜨거운 마음이 부주의하게 밖으로 나오지 않도록 손바닥으로 가슴을 누른 채 〈이성 찬가〉를 여섯 개 국어로 불렀다. 황제는 아직까지 홀에 없었지만 위대한 게트만(гетман)[19]의 살바도르 달리식의 앞머리는 있었다. 외과적으로 섬세하고 광이 날 만큼 왁스를 발라 천장을 향해 뾰족하게 뻗친 두 봉우리에 곧장 눈길이 갔다. 좌우지간 놀라운 패션 감각이다.

모스크바 꾀꼬리가 다시 화면으로 뛰어올랐다. 황금빛 날개를 흔들고 녹색 에메랄드 눈으로 윙크하며 뉴스가 끝났다.

나는 곁눈질로 마라를 보았다. 궁금하다. 이제 무엇을 틀어줄까?

음악이 나왔다. 화면에 다양한 색깔의 상형문자와 글자, 룬문자가 떠다녔고 나는 멜포메네와 칼리오페 그리고 다른 남부 소녀들과의 만남이 우리를 기다린다는 걸 알게 되었다.

"오늘 '세계문학의 걸작' 코너에서는 계속해서 금세기의 가장 획기적이고 중요한 책과 만나보겠습니다. 한 사람의 마음의 불 같은 고백으로 인해 행정형법에 새로운 조항이 만들어진다는 게 그리 쉬운 일은 아닌데요. 아르테미 스탈리온 스탈스키의『역겨운 것 소송하기』가 바로 그런 경우입니다. 4장을 보실까요, 여러분."

---

19   우크라이나, 키지흐 군의 수령

중성적인 목소리가 반 옥타브 밑으로 떨어져 불안과 고통으로 가득 차더니 한 음절씩 말을 이어갔다.

그녀가 또 회사에 미니스커트를 입고 왔다. 지난주보다 더 짧다. 내밀하게 알몸을 보여주기라도 하려는 듯 그을리지 않아 뽀얀 속살 몇 센티미터. 공식적으로는 전부 허용된 범위 안이긴 하다. 나는 그녀한테 주의를 기울이지 않으려고 애썼지만 그녀가 추행을 하려고 참석자들 중 고른 사람이 바로 나라는 것이 곧 분명해졌다.

그녀는 내 책상을 지나갈 때마다 멈춰서 스타킹을 올렸다. 동시에 가느다란 끈으로 겨우 매달린 지스트링(g-string)을 걸친 사실상 벌거벗은 불룩한 엉덩이가 책상 끝에 놓인 서류에 닿도록 숙였다. 왼쪽 스타킹에 일 분, 오른쪽 스타킹에 또 일 분을 숙인 다음 머리를 들어 내 잠재의식한테 자기의 넘치는 생식력을 가식적으로 통보하듯 수술로 부풀린 두 입술로 웃는다.

물론 나는 이 정교한 공격이 나의 사회적으로 책임 있는 인격을 향한 것이 아니라는 것을 안다. 그녀는 뇌의 가장 오래된 층, 수백만 년간 만들어진 영역을 겨냥했고 이 영역에 그 행동이 의미하는 것은 단 하나, 즉 짝짓기로의 즉각적인 초대였다.

아, 내가 남성의 비극적인 이중성을 얼마나 뼈아프게 느꼈는지. 나는 한편으로 사회의 의식 있는 일원이었고 다른 한편으로는 나쁜 말장난을 해서 죄송하지만 의식 없는 살덩이였다. 머리에는 이미 연기가 피어올랐고 사악한 존재가 대담한 손으로 횃불을 가져와 생물학적인 퓨즈가 다 타버렸다. 내가 이를 악물고 눈을 책상으로 내리는데 희미한 꽃향기가 머리를 어지럽히는 물질과 함께 내 감각으로 전해졌다.

페로몬. 휘발성 물질로 남성 두뇌에 유전자 전달의 이상적인 순간이 도래했음을 알려주는 여성의 외부 분비물이다. 이것은 통제할 수 없는 욕망의 파도를 일으킨다는 한 가지 목적으로 파충류의 뇌 구조에 직접 작용한다. 자연이 인류의 관습에 침을 뱉고 당장 종족 보존에 대해 생각할 수 있도록 호모사피엔스에게서 레버를 잡아 빼서 원시시대의 본능한테 전해준 듯하다.

나는 당시 페로몬이 향수에 합법적으로 첨가된다는 것을 몰랐다. 책상 위 공중에 떠도는 농도는 삶에서 결코 맞닥뜨린 적이 없을 정도로 진했다. 벽의 비디오카메라에는 서류를 한 장소에서 다른 장소로 가져가는 사무실의 정중한 직원이 보였겠지만 머릿속 동물적인 절반 속에서 나는 한밤의 모닥불 옆에서 은유적인 창을 흔들었고, 주위에는 항문 샘의 분비물로 나를 유혹하여 짝지을 준비가 된 백 명의 암컷들이 춤을 추었다.

손으로 코를 잡고 입으로 숨을 쉬기 시작했지만 너무 늦었다. 이 사이로 끽 하는 소리가 나고 날카로운 통증이 몸통을 찔렀다. 나는 질식한 듯 신음 소리를 냈다. 모든 순간 내 전립선은 종족 보존을 준비하라는 두뇌의 명령을 받았고 마침내 생물학적 기능을 완수했다. 자연이 준 임무가 완수되었다고 순진하게 보고하는 남성 육체의 작은 부위는 자기를 덫으로 유혹하는 교활한 함정을 알아챌 수 있을까? 작은 감옥에 갇힌 불꽃을, 복부의 쓰라린 고통을, 남성 존재의 가장 속수무책인 장소를 찌르는 달궈진 창을 어떻게 설명할까?

설마 그녀는 벌도 받지 않는다는 말인가? 아니다, 나 자신에게 말했다. 그녀는 나를 무모함으로 밀어 넣은 다음 법원에서는 여자는 마음대로 입고 향수를 뿌릴 수 있다는 식의 교활한 노래를 할 것이다. 너희 집에서나 그래라! 하지만 공공장소에서는 안 된다! 그녀는 나를 미친 상태로까지 도발할 수 없다. 하지만 나는 내일 꼭 변호사를 찾아가서 우리 사회에 정말로 정의가 있는지 상세히 알아볼 것이다.

낭독자의 목소리가 마지막 몇 초간 부드럽게 잦아들더니 이내 들리지 않았다.

"곧 내려야 해." 마라가 말했다.

"아하, 네가 흥미 있어 할 영상을 틀어주네." 내가 대꾸했다.

마라가 웃었다.

"나는 유혹죄로 두 번이나 불려 갔어. 법원은 무죄라고 했는데 파일에는 남았어."

"법원이 무죄라고 했으면 아무것도 안 남아야지." 내가 단호하게 말했다.

"완전히 무죄는 아니야. 두 번째는 재판 없이 행정 벌금을 받았거든. 내가 안드로긴을 두 개나 가진 게 도움이 됐어. 위험 그룹이 아니다 보니 의심이 나한테 유리하게 작용한 거지. 지금은 아이펙 10까지 가졌으니 오렌지 씨, 너한테 법적인 부분에서 어떤 빛도 비치지 않을 거야."

그녀가 갑자기 어깨에서 가죽 끈을 내리더니 크진 않지만 진갈색의 젖꼭지가 달린 아름답게 빚어진 가슴을 보여주었다. '아름답게 빚어진'은 빈말이 아니다. 일 초 반 동안 해부 및 미술 사이트를 돌아보고 더 확실히 하려고 포르노 도서관까지 서둘러 다녀왔으니까.

완전히.

"예뻐, 예뻐." 내가 중얼거렸다.

"재판 건은 경우에 따라 결과가 다를 수 있어. 너는…." 내가 침을 꼴깍 삼키는 소리를 냈다. "젖꼭지 좀 숨겨, 카메라가 일곱 대야. 포르피리 아저씨 말고 누가 보면 어쩌려고."

"상관없어."

말은 이렇게 했지만 어쨌든 끈은 올렸다.

"우리 내리자. 따라와."

"뭐 해야 하는데?"

"평소처럼. 가능하면 복사하고. 중요한 건 작품의 무게가 얼마나 되는지 알아내는 거야. 내 말은 물리적인 거 말이야. 데이터베이스를 보고 소스 파일의 위치를 알아봐. 알았니?"

전쟁 박물관

전쟁 박물관은 수보로프 광장의 멋진 오각형 건물에 있었다. 아주 오래전에는 극장이 있었다. 처음에는 소비에트 군대 극장, 다음은 러시아 군대 극장, 그다음에는 후기 석고의 혼란스러운 시기에 전위적 성격의 군 작전 극장이 있었는데, 코끼리와의 섹스를 최초로 보여주어서 화젯거리가 된 공연 〈한니발〉로 유명해졌다. 하지만 아아, 이제는 관객을 안락한 전자 동굴에서 유인해 내지 못한다.

니스를 칠한 옛날 포스터들이 붙은 게시판 두 개만이 그 시절을 떠올려준다. 〈장갑차 14-69〉, 〈뜨거운 눈[雪]〉 등과 같은 겁나는 제목만이 지나가는 사람들을 용의 눈처럼 지켜본다.

마라가 박물관에 들어갔다.

홀 천장에 카메라가 있었지만 해상도가 낮았다. 하지만 전쟁 미술은 어느 면으로도 소설에 적합하지 않으므로 나는 별로 신경 쓰지 않았다. 파노라마나 디오라마, 짓밟힌 깃발, 전부 이런 것들이었다. 수없이 네트워크에 복제한 것들이었다.

마라가 전시실 몇 개를 지나 홀 사이의 좁은 측면 통로로 몸을 돌려 계단을 따라 위로 올라가기 시작했다.

나는 다음과 같은 글귀가 적힌 빨간 화살을 보았다.

미스터리 벙커
새로운 전시

계단에 카메라가 없어서 한참 동안 마라를 시야에서 잃어버렸다. 그녀를 다시 발견했을 때 그녀는 꼭대기 층의 작고 둥근 홀의 가운데 서서 하늘색 가루로 덮인 구식 만화에 나올 법한 관리인 노파와 얘기를 하고 있었다.

"아니요. 나는 미사일 부대에 그런 의식이 있었다고 절대 확신 못 해요. 우리한텐 정보가 없어요." 관리인 노파가 말했다.

"하지만 매력적이잖아요. 들어보기만 하세요, 〈장치 70〉, 〈수정 봉우리〉… 이게 뭘까요? 무슨 미사일 벙커? 아니면 비밀 모임?"

나는 마라의 손에 오렌지색 테두리가 쳐진 스틱형 녹음기가 있는 걸 보았다. 일부러 손에 들고 상대방에게 녹음한다는 걸 상기시키는 것이다.

"저기, 그게 그러니까… 어어어… 중기 석고의 문화 코드일 가능성은 있어요. 하지만 미사일 기지가 있었다고 백 퍼센트 확신은 못 해요. 미술비평적 환상이지요. 지하 벙커의 벽화라는 정도만 알려졌어요. 아마 군사 목적이었나 봐요. 나름 어어어… 인도주의적 공간이나 선전실, 정치 정보를 위한 장소 등등이 있었으니까요." 노파가 대답했다.

"왜 과업이 하필 열두 개지요?" 마라가 물었다.

"틀림없이 헤라클레스의 열두 과업에 대한 암시예요. 말하자면 세상에 청춘을, 신성한 창조 에너지에 대한 근원적인 유사성을 돌려주려는 시도, 마치… 어어어….” 노파의 말문이 막혔다.

“알겠어요. 현상의 본질을 원형적 계획에 투사하려고 현재를 괄호에 넣는 것 같은 거죠.” 마라가 거들었다.

“네네, 그거예요.” 노파가 안도하며 동의했다.

“나머지 열한 개 과업에 대해서는 알려진 게 있나요?”

“없어요. 나머지 벽화는 아예 남지 않으니까요.”

“누가 파괴했나요?”

“공공기물 파손이나 태업(怠業) 행위 같은 게 아니었어요. 그러니까 그 시기에 너무 많이 바뀐 거죠, 말하자면 패러다임이요. 건물이 재건되고 벽이 파괴되고 재개발이 되었죠. 그래서 전부 사라진 거예요. 한때는 목욕탕이 있었는데 다음에는 창고가 들어선 거죠. 그 프레스코가 마지막 열두 번째였고 가운데 벽에 있었죠. 벽도 허물어졌어요, 무슨 지반 공사를 한다고. 또다시, 무슨 나쁜 의도도 없이 말이에요.”

“어떻게 여기로 가져왔어요?” 마라가 물었다.

“벽의 일부를 잘라 땅 위로 들어 올렸나요?”

“어머, 아니에요. 지반공사를 한 게 그다지 오래전이 아니거든요. 디지털 전송 기술을 사용했죠. 복원요.”

“복구요?”

“아니, 복원 말이에요. 다른 거예요. 먼저 담체의 구조와 안료의 화학 성분을 코드로 옮기고 그다음 작품의 완전한 복사를 수행하는 거죠. 실제로 등록되는 것에는 차이 없이 모든 것을 재창조하는 거예요. 복구할 때도 사실 똑같지만 중간 전자 담체를 통해서 사본 하나만 만드는 거죠."

"오래된 원본은요?"

"파괴하죠. 복원이 완벽하게 준비되면 이상적으로는 중간 파일조차도 지워요. 두 번째 디지털 전송이 생기지 않도록요. 현대 문화에서 원작은 오직 하나여야 되니까요. 우리가 포스트모더니즘의 늪에서 빠져나오는 데 얼마나 오랜 세월이 걸렸는데요." 관리인 노파가 십자가를 긋자 마라가 이해한다는 듯 고개를 끄덕였다.

"당신이 전자본을 구입했어요?" 마라가 물었다.

"네. 해외에 있는 걸 중개인을 통해 구입했어요. 원본은 페이스에서 재생산되었고요."

"어디라고요?"

"스페이스, 미안해요, 스페이스예요. 아들놈이 배웠어요. USSA에서요. 요새 어찌나 빠른지. 복원 재생산 말이에요. 이렇게 큰 규모를 위한 상용 기술은 아직은 캘리포니아에서만 가능해요. 화물선으로 운반해 왔고요, 특별 컨테이너에… 이렇게 복잡한 과정을 거쳐 우리 문화유산이 조국으로 돌아오는 거지요."

마라와 관리인 노파가 나에게는 보이지 않는 홀의 중간 쪽으로 돌아서서 생각에 잠겼다.

홀에는 다른 카메라가 한 대 더 있었지만 작동하지 않았다. 나는 이 초 내내 카메라에 네트워크를 접속할 방법을 궁리했다. 드디어 접속이 되어서 아티팩트를 보았다. 콘크리트 벽의 삼 미터짜리 조각이 짙은 돌로 만든 낮은 받침대 위에 강철 케이블로 고정된 채 있었다. 이것은 대형 프레스코로 미세한 손상과 흠집 그리고 작은 그래피티와 곰팡이를 닦아낸 흔적이 있었지만 전반적으로 잘 보존되었다.

　원근법을 지키지 않고 그린 산이 있었다. 시골 아이들 그림에서 볼 수 있는 순진한 낭만주의로 그린 산. 내가 아이라고 말한건 첫눈에 아이가 그린 그림으로 보였기 때문이다. 하지만 곧 내비교 알고리즘이 군인의 작품이라는 결론을 내렸다. 프레스코는 실제로 소비에트 말기 군부대 클럽의 벽화나 손으로 그린 선전 플래카드 내지 그와 유사한 미술 작품을 연상케 했다. 붓놀림이 완전히 엉성하다고는 할 수 없었다. 테크닉은 군대 원시주의에 가까웠지만 큰 붓의 거친 획이 완성도 있고 복잡한 이미지를 만들어냈다.

　그림에는 위장 바지에 웃통을 벗은 근육질의 남자가 분노한 북극곰을 타고 산을 올라가고 있었다. 남자의 얼굴에는 결연한 의지가 보였다. 산비탈에는 나무만큼 거대한 꽃이 피었고 벌과 잠자리가 날아다녔으며 하늘은 제비로 뒤덮였다. 풍성한 자연이었다. 곰의 등 뒤 협곡에서는 아픈 듯 창백한 데다 분노로 뒤틀린 사악한 얼굴들이 쳐다보고 있었다. 내가 파악한 모든 형태가 바로 이런 정서적 패턴을 나타냈다.

처음에는 그들이 왜 불만인지 몰랐다. 하지만 이내 곰의 엉덩이에 매달린 자루에서 자유를 찾아 분출하는 다채로운 별과 번개가 눈에 띄었다. 자루의 목 부분에 그린 얇은 화살들은 과장되리만치 풍부한 산비탈의 색채가 바로 여기에서 터져 나온다는 것을 잘 보여주었다.

프레스코에는 다음과 같은 큰 글씨가 있었다.

과업 No.12
푸틴이 호모들의 무지개를 유괴하다

자, 작품은 이해했고.

무게는?

나는 박물관 데이터베이스에 접속했다. 예측대로 소스 파일은 지워지지 않고 적절히 보존되었다. 나는 자신을 공개하고 경찰 자격으로 파일에 접근하여 시스템에 내 쿠키를 솔직하게 남긴 다음 원본 작품의 무게 정보를 스캔했다. 나한테는 공적인 권한이 있어 모든 걸 금방 찾을 수 있었다. 무게는 킬로그램과 파운드, 이중으로 언급되었다. 만일을 대비해 파일도 복사했다. 필요하다면 나중에 지울 것이다.

내가 홀(hall)로 돌아오자 마침 관리인 노파도 생각에서 깨어났다.

"제가 첨부 자료 하나를 읽어줄게요. 자, 들어보세요." 그녀가
말했다.

무지개는 자연 자체에 의해 창조된 가장 높은 신성한 상징으
로, 해나 달과 같은 범주이다. 무지개는 무엇인가? 각각의 구성
요소로 분리되는 명확한 흰빛이다. 낮의 게놈이다. 광범위하고
보편적인 코드이자 동시에 공산주의나 이슬람교, 오렌지당 등
과 같은 단색인 참조들을 무수히 포함하는 의미의 온전한 항공
모함이다. 묻고 싶다. 어떤 권리로 기존의 모든 컬러 라이브러
리를 빼앗고, 일탈적인 오락용 섹스와 그것을 기반으로 형성된
정체성과 같은 인간 경험의 협소하고 특정한 영역을 따라 설정
했는가?

도대체 동성애나 트랜스젠더 관행의(물론 마약의 영향과 관
계없는) 무엇이 무지개 색깔 배열의 심적 체험으로 귀결되는
가? LGBT[20] 경험의 포괄적인 색깔 재현을 하려면 분홍과 빨강이
터치된 스펙트럼의 갈색 영역이면 충분하고도 남는다. 두세 가
지 색조에 대한 논란이 더 있겠지만 초록과 보라에서는 손을 떼
야 한다! 우리는 상징적인 민영화 결과를 재검토하는 문제가 익
명의 화가에 의해 지극히 적절하고 긴급하게 제기되었다고 생
각한다.

---

20   성적 소수자

관리인 노파가 말을 멈췄다.

"왜 유괴죠, 강탈이 아니라?" 마라가 물었다.

"딱 맞는 말이니까요. '강탈'이라고 말하면 곧바로 폭력과 적개심이라는 개념이 떠오르잖아요. 하지만 이러한 문화 재분배의 행위에는 LGBT 사회에 대한 증오가 없어요. 상징적인 정의의 복원만 문제예요. 그러니까 '유괴'가 더 적절하지요.

헤라클레스도 디오메데스[21]의 두개골을 박살 내는 것으로 시작할 수 있었을 거예요. 하지만 그러지 않고 고난의 길로 갔고 자신한테 잠을 허락하지 않았어요. 그리고 그의 말을 훔쳤지요. 그다음에야 디오메데스가 불행하게도 그의 뒤를 쫓아가서…."

노파가 다시 프레스코를 보았다.

"유괴는 유연하죠. 고대적이고 정통적이고요. 거기에는 피가 없어요. 소프트 파워처럼요." 그녀가 말했다.

"그걸 어딘가로 가져간다고 들었는데요?" 마라가 물었다.

"네. 미국에요. 하지만 페이스는 아니에요, 당신도 알겠지만." 노파가 고개를 끄덕였다.

"프롤레타리야로요?"

노파가 확신 없이 웃었다.

"뭐라 하셨죠?"

"저기, 스페이스를 페이스라고 부르시네요. 젊은이들이 북미

---

21   헤라클레스의 열두 가지 과업 중 여덟 번째는 인육을 먹고 자라는 사나운 디오메데스의 말들을 생포해 오는 것이었다.

연합을 뭐라고 부르는지 아셔야 돼요. 몇 개가 있는데요. '나코샤'나 '나코시'는 'NAC'에서 나온 겁니다. '프롤레타리야'는 미국 중부지방에서 나온 거구요. 중앙의 빨간 주들이지요, 거기서 유래한 거예요. 특히 이 주들에서는 할 일이 없다고 해요. 한 해변에서 다른 해변으로 이동하느라 위로 날아다니는 것 말고는." 마라가 말했다.

"그래요? 재밌네요."

"그리고 또." 마라가 계속했다. "페이스는 스페이스를 가리키는 말로 잘 사용되지 않아요. 젊은이들은 '프로메즈노스티'라고 해요."

"왜요?"

"언젠가 하키 방송 통역사가 스페이스를 '프로메주트키'라고 했거든요. 그 이후로 프로메즈노스티나 프로메주트키가 젊은이들의 밈이 돼버렸죠. 하기야 그 젊은이들도 이제 그리 젊지도 않네요. 그러니 원하신다면 학술적으로 표현하셔도 돼요."

"알려줘서 고마워요." 노파가 머리를 끄덕였다. "나는 옛날 표현들이 낫네요. 우리 프레스코는 북미 연합으로 갈 거예요. 아 참, 오케스트라 '라이크 바알'도 같이요. 놀라지 말아요, 정교의 최면 발랄라이카²² 팀이니까요. 이름만 좀 과격한 거예요. 관심을 끌려면 망치로 머리통을 내려쳐야 하는 시대잖아요."

"뭘 연주하는데요?" 마라가 벽시계를 흘긋 보며 물었다.

---

22 러시아의 민속 현악기

"TS 자극기에 맞춘 민속 음악이요. 백인들이 좋아하거든요. 어떤 프로그램을 할지 다 구상해 뒀어요. 우리한테 제일 큰 홀을 줄 거니까 프레스코를 벽에 세우고 음악가들이 주위에 앉아 조용히 연주할 거예요. 관객은 무리지어 옆으로 지나가고요. 독특한 시청각적 경험이 될 거에요. 박물관 몇 군데가 바로 관심을 보이더군요. 실어온 배편으로 보낼 거예요. 보시다시피 우리 시스템이 편하잖아요. 미닫이 천장이라 지붕을 통해 바로 꺼낼 수 있지요. 여러 나라를 갈 것 같네요. 우리가 가진 최고의 석고니까요."

"다 녹음했니?" 마라가 카메라 중 하나를 흘깃 보며 물었다

"예, 부인." 내가 벽 스피커에서 저주파로 쉭쉭거렸다.

"누구예요?" 노파가 어리둥절해하며 물었다.

"조수예요." 마라가 말했다.

"네트워크 비서?"

"비슷해요."

"그런 게 있다고 들었지만 만난 적은 없어요. 아 참, 촬영은 금지예요. 알죠?"

"저는 촬영 안 해요." 마라가 대답했다.

"카메라도 없고요, 목소리만 녹음해요. 일부러 이 녹음기를 가져온 거예요. 이제 우리는 갈게요. 재미있는 이야기 감사해요! 포르피리, 우버 불러."

나는 내려오는 길에 마라와 동행하지 않기로 하고 곧장 박물관 입구 위에 있는 카메라에 접속했다. 우버는 벌써 우리 쪽으로 왔

고 나는 〈장갑차 14-69〉의 포스터에 초점을 맞추었다. 이미 소설에 삽입했으니 내용과 관련 없는 수수께끼로 독자를 괴롭히지 않으려면 14-69가 무슨 의미인지 밝혀야 한다.

일 초 후 모든 것이 명확해졌다. 의심의 여지없이 북미 연합과 발트해 국수주의자 사이에서도 똑같이 유행했던 코드 14/88 주제의 변형이었다. '14'는 백인 지상주의자 데이비드 레인의 인용을 가리키고("We must secure the existence of our people and a future for white children"[23]), '88'은 여덟 번째 알파벳을 두 개 겹친 것으로 '하일 히틀러(Heil Hitler)'를 의미한다. 코드는 보통 '백색 사각형'이라고 하는 백인 지상주의의 또 다른 일상적인 상징을 포함한다.

'88'을 '69'로 대체한 것은 이해할 수 있다. 유럽에 의한 유럽이기는 하지만 히틀러에 대한 참조가 러시아에서 언젠가 인기를 누릴 것 같지는 않다. 다른 한편으로 '69'는 상호 구강 성기 접촉을 나타내는 고전적인 밈이며 본질상 합의된 것일 수밖에 없다.

러시아적인 의미의 건축가들이 인류에게 조심스레 알리려 한 것은 지구의 마지막 백인 영토가 자신의 이런 위치를 알지만 평화롭게 건설되었고 인종주의와 파시즘 및 외국인 혐오증을 거부하고 문제를 우호적으로 해결하려고 필요하다면 타협할 준비가 되었다는 사실이다. 생각해보면 완전한 조화와 행복이다. 최

---

23 "우리는 우리 민족과 미래의 백인 아이들의 생존을 지켜야 한다."(열네 단어로 된 문장)(저자 주)

면 발랄라이카의 트릴[24]만 있으면 금상첨화다. 하지만 어쨌든 누구든 언제라도 이 의미 단위의 무게중심이 바로 '장갑차'라는 단어에 있다는 것을 잊지 말아야 한다.

마라가 입구에 나타났다.

"포르피리, 너 어디에 있어?"

"여기." 그녀가 마침내 눈치채고 귀를 갖다 댄 헤드폰에서 내가 대답했다.

"고마워, 확성기로 소리 지를 필요는 없고."

"우버 불렀어?"

"여기, 마침 오네." 내가 말했다.

"모두 어떻게 생각해?"

나는 우리의 박물관 경험에 대한 의미론적 중간 값을 계산하고 네트워크를 흘깃 보며 조심스럽게 대답했다.

"모든 박물관들은 오래된 문화 작품들이 물질적인 담체에 단단히 납땜되어 있기 때문에 존재하는 거야. 물론 격세유전이지. 언젠가 완전히 해결하겠지. 문화적 가치를 지닌 모든 것은 코드로 표현할 수 있어. 문화 자체도 그냥 코드니까."

"정리 잘하네. 끝, 오늘은 이만. 난 쉬어야겠어. 내일은 우리한테 힘든 날이 될 거야." 그녀가 말했다.

"난? 난 너랑 같이 안 가?"

"가서 자, 자기야, 오늘 잘했어." 마라가 웃었다.

---

24 꾸밈음

시린 네샤트

"오늘은." 마라가 샐러리와 게 버터 비스킷을 씹으며 말했다. "경매 번호316이야. 근데 문제가 있을지도 몰라."

그녀는 두꺼운 수건으로 몸을 감싼 채 부엌 카운터에 앉았다. 면도한 머리에 샤워 뒤의 물방울이 매달렸다.

섹시하네, 나는 생각했다. 그녀는 왜 믿음직한 멋진 남자를 만나 아들이나 딸을 낳지 않는 거야. 당연히 시험관을 통해서 말이야. 가족과 함께 튼튼한 울타리 안에서, 그녀는 아이픽과 남편은 안드로긴과. 그럴 리가 있나. 자기 몸에다 무슨 짓을 하는 건지… 뿔난 대걸레처럼 해 다니면서… 문화가 가는 곳에 인류도 가는 법인데… 아흐.

경찰 알고리즘한테 아직까지는 이런 생각을 말하게 해줘서 다행이다.

"어떤 종류의 문젠데?" 내가 물었다.

"경매 물건이 보호된 시스템 안에 있어. 의료 센터거든. 더 정확하게는 진단 센터. 병원에서 예술 작품을 사용하고 있는데 용도는…."

"로르샤흐의 탑?" 내가 물었다. "클리닉 갤러리?"

"어떻게 알아?"

"몰라. 그냥 누가 미술 작품을 진단 장비로 사용하는지 본 거야." 내가 대답했다.

"그래. 자꾸 잊어버리네, 속사포랑 같이 있다는 걸." 그녀가 말했다.

애매한 칭찬에는 반응하지 않는 것이 좋다.

"비싼 곳이지. 엄청난 부자를 위한."

마라가 끄덕였다.

"어쨌든 그 사람들과 얘기 다 끝났어." 그녀가 말했다. "나한테 직접 경매 물건을 보여주기로 했어. 물건에 대한 말도 몇 마디 해줬어. 그건 석고 시대 이란 여류 화가인 시린 네샤트의 〈터뷸런트 2〉야. 누군지 아니?"

"벌써 알고 있지." 내가 대답했다.

"〈터뷸런트 2〉는 아무한테도 알려진 게 없어. 시린 네샤트의 가장 유명한 작품은 다들 알고 있지만 말이야. 그건 그냥 〈터뷸런트〉고. 훑어봐."

"봤어."

"뭐, 봤다고, 비평도 다 읽었니?" 마라가 눈썹을 치켜떴다.

"그럼."

"못 믿겠는걸. 〈터뷸런트〉는 비디오 설치 작품이야. 노래도 나와. 그것도 꽤 길게. 제대로 보려면 노래도 들어야 해. 그걸 어떻게 일 초 만에 다 했다는 거야?" 그녀가 말했다.

"자기야, 너도 내가 속사포라고 말했잖아. 네트워크 영상은 어떤 속도로도 스크롤할 수 있어." 내가 대답했다.

"그럼 음악이 왜곡돼. 화가가 공유하려는 걸 느끼지 못할 거야."

"어쨌든 난 느끼지 못해." 내가 말했다. "그걸 너한테 설명하느라 지친다. 하지만 시린 네샤트의 〈터뷸런트〉가 어떤 작품인지는 충분히 설명할 수 있어. 그림이 관람객한테 어떤 느낌을 주는지도 알고. 인간한테 뒤지지 않게 설명해볼게."

"그럼 해봐. 흥미롭네. 일인칭 시점에서 말해봐. 나, 포르피리는 이런저런 것을 보고 나를 사로잡는 건… 이렇게 말이야." 그녀가 말했다.

"'나, 포르피리'는 어떤 의미야? 넌 내가 공식 신분을 사용하기를 원해?"

"예를 들자면 말이지."

"공식 모드 아님 개인 모드?"

"차이가 있니?"

"엄청난 차이가 있지"

"개인 모드로 해봐."

"좋아." 내가 말했다. "그러니까, 이렇게. 나, 포르피리는 어두운 방에 들어간다. 서로 마주 보는 두 개의 화면이 있다. 마치 서로서로 영화를 보여주는 것처럼. 한 화면에 수염 난 동양인 남자가 보인다. 케밥을 만드는 사람처럼 보인다. 그의 등 뒤로 홀이 있고 사람들이 앉아 있다. 첫 번째 화면의 반대편 화면에도 홀이 있다. 하지만 텅 비었다. 그 홀을 배경으로 뾰족한 후드를 쓴 검은 실루엣이 보인다. 첫 번째 화면의 남자가 동양적인 무언가를 노래하자 사람들이 박수를 친다. 그는 아무 말 없이 두 번째 화면을 본다. 거기에는 후드를 쓴 형상이 있다. 형상이 뒤돌아서자 화장한 노파의 얼굴이 보인다. 섹스 파트너 등급으로 나누자면 '술 취해서 봐도 못생긴' 타입이다. 노파가 쉰 목소리로 노래하며 온갖 소리를 내고 울고 쉭쉭거리다가 콧방귀를 뀐다. 아무도 자기와 섹스를 원하지 않아서 원망하는 것처럼. 전반적으로 노래가 아니라 난리법석이다. 남자가 끝까지 듣지만 좆도 관심 없다. 그게 전부다."

"알겠어. 명료하게 요약했네. 짭새답다. 경찰청에서 칭찬하겠군. 그리고 나코샤의 촌놈들도." 그녀가 말했다.

"그렇지. 난 청중을 아니까." 내가 대답했다.

"알겠고. 문화적인 사람들한테도 가능해?" 그녀가 말했다.

"문화적인이란 건 어떤 의미야? 문화는 다양해. 어떤 부류를 말하는 거지? 진보, 페미니스트, 트랜스젠더, 게이와 레즈비언, 가학적 성 취향, 가부장, 보수, 정교, 우월주의?"

마라가 잠깐 생각했다.

"진보적 페미니스트."

"당연히 가능하지." 내가 말했다. "그러니까, 이렇게… 나, 포르피리는 어두운 방에 들어간다. 한쪽 벽에는 특권의식과 정욕에 젖은 자신감 넘치는 백인 남자가 있다. 그는 어떤 말을 하든 다른 백인 남자들이 박수를 치리라는 걸 알고 청중을 쳐다보지도 않는다. 다른 쪽 벽에는 억압적인 문화 전통에 의해 강요된 검은 상복을 평생 입는 여자가 있다. 그녀 앞의 홀은 마치 그녀에게 선택된 삶의 들판처럼 텅 비었다. 그녀는 옷을 벗을 수도 노래를 할 수도 없다. 유혹한다고 비난하기 때문이다. 우리에게 들리는 그녀의 꿈 노래는 이 세상에서 온 것이 아니다. 그녀 앞에 놓인 빈 의자들이 잘 보여준다. 그것은 자유에 대한 꿈이며 저항의 억눌린 통곡이며…."

"그만. 더 안 해도 되겠어. 정말 가능하구나." 그녀가 말했다.

"당연하지."

"어디서 그런 걸 배웠어?"

"나도 그 마녀 같은, 이름이 뭐였더라, 아만다 리자드 말이야. 매일 우버에서 듣거든."

마라가 찡그렸다.

"아만다를 그렇게 말하지 마. 우여곡절이 있지만 대단한 사람이야. 『삽입의 동의』 마지막 장에 페미니즘 역사상 여자에 대한 엄청난 가부장적인 조롱을 가장 깊은 통찰력으로 언급했다는 걸 네가 알아야 하는데."

"그게 뭔데?" 내가 물었다.

"가부장적인 백인 남자이자 하렘의 주인이 여자한테 페미니즘을 허락해줘. 오로지 그녀의 바보짓을 비웃고 자기의 즐거움을 키우려는 생각에서 말이야. 여자에 대한 모든 정치적 올바름과 남성대명사(he)를 대신하는 모든 여성대명사(she)는 그럴듯하게 포장한 거만한 성적 조롱이지. 아니면 곧 있을 물리적 혹은 상징적인 삽입 전에 하는 가학 게임일 뿐이야. 남자한테 남근이 있는 한 상황은 바뀌지 않을 거야. 남근은 오늘날의 문화적 조건에서 더는 생물학적인 필수가 아니야. 태어날 때 외과적으로 제거할 수 있어. 몇몇 나라들에서 맹장 수술을 하는 것처럼."

"그게 그녀가 진심으로 원한 거야?"

마라가 한숨을 내쉬었다.

"그만하자. 어쨌든 넌 이해 못 해."

"분부만 내리세요, 아가씨, 그만하라면 그만해야지요."

"우리 이야기로 돌아가자. 네가 〈터뷸런트〉에 대해 이미 알고 있으니 이제부터는 쉬워지겠다. 내가 말한 것처럼 시린 네샤트에게는 〈터뷸런트 2〉와 비슷한 제목의 작품이 하나 더 있어. 역시 비디오 설치 작품인데 난 아무것도 몰라. 유일하게 알고 있는 건 '로르샤흐의 탑'이 그걸 구입했다는 거야. 재미있는 건 아주 오래전에 구입했고 계속 임상에서 사용한다는 거지. 그들이 작품은 보여주기로 했지만 사진이나 복사는 금지야. 그래서 네가 비서로 나랑 같이 간다면 너한테도 금지될 거야."

"공식적으로는 그렇겠지." 내가 확인했다.

"하지만 네가 경찰 로봇으로 혼자 가면 모든 것이 가능해. 그러니까 너도 나하고 동시에 가서 모든 걸 살펴봐."

"어떤 의미에서?"

"모든 의미에서. 거기서 문질러 보고 전부 냄새 맡아 보고 만일을 대비해 사본도 만들어. 사본은 나중에 네가 보는 데서 지우면 되니까 걱정하지 말고. 그냥 한두 번 보기만 할 거니까 위법은 아닐 거야."

"좋아." 내가 말했다.

"좀 더 재미를 느끼고 싶다면 나한테 네 의견을 또 말해줘. 방금 〈터뷸런트〉에 대해 한 것처럼 말이야."

"어떤 걸로? 진보적 페미니스트?"

"아니."

"경찰적인 거?"

"아니."

"그럼 어떤 거?"

마라의 얼굴에 우울한 미소가 떠올랐다.

"있잖아, 제복을 입기 전 너는 젊었고 온갖 이상주의적인 환상을 품었다고 상상해봐. 이해하겠지. 열일곱 살 포르피리의 관점에서 나한테 보고해줘. 젊고 순수하며 막 인생을 시작하여 매사를 날카롭고 신선하며 정확하게 보는, 먼저 젊은 가슴으로 받아들이고 그 다음 성숙한 지성으로 자기의 나이를 뛰어넘는 관점. 할 수 있지?"

"너무 갔는데. 너한테 그게 왜 필요해?" 내가 대답했다.

"너에 관한 구상이 하나 있거든."

"어떤?"

"시나리오를 쓰게 해보려고. 하지만 아직까지는 그냥 프로젝트야. 결정된 건 아무것도 없어. 다양한 모드에서 널 사용해봐야겠어. 그렇게 보고해 볼래?"

"인용 자료 없이는 어려워."

"어렵다는 걸 누가 몰라." 마라가 콧방귀를 뀌었다. "그러니까 재미있지. 페미니스트를 비웃는 건 바보라도 다 할 수 있어. 뇌 주름이 별로 필요 없으니까."

"좋아. 해볼게. 우버로 가는 거지?" 내가 말했다.

"나 혼자 갈 거야. 너는 거기로 바로 가."

"소설에는 우버가 필요해. 그런 게 내 장치야." 내가 말했다.

"우버는 돌아올 때 타자. 같이. 네 장치에는 어차피 상관없잖아. 어느 방향?"

"상관없어."

"그럼 '로르샤흐의 탑' 출구에서 기다려. 어서 가, 분홍 씨."

흥미롭군. 구레나룻을 눈치채다니. 내 얼굴이 있는 화면은 거의 쳐다보지도 않았는데.

"안녕, 대머리."

나는 말한 다음 '로르샤흐의 탑'에 접속했다. 클리닉 갤러리 '로르샤흐의 탑'은 물리적인 의미로는 존재하지 않았다. 정확히 말하면 클리닉은 존재했고 모스크바 남쪽에 높은 담장으로 둘러싸인 삼 층짜리 흰색 건물이었다. 하지만 갤러리 같은 건 내부에 없었다. 거기에 들어가려면 환자는 증강 안경을 껴야 했다.

'탑'은 절차의 복합체였다. 기술적으로 탑은 수많은 특별 프로그램이 있는 특수 진단 컴퓨터 내부에 있었다(광고 브로슈어의 표현처럼 '당신의 친절한 전자 정신과 전문의'다).

클리닉은 매우 비쌌다. 환자가 갤러리에 방문하여 증강 안경을 쓰고도 탑 비슷한 건 하나도 볼 수 없다는 게 흥미로웠다. 과거에는 안경을 끼면 진짜로 미늘창이 있는 회색의 중세 탑을 볼 수 있었고 검사를 시작하려면 그 안에 들어가야 했는데. 지금은 주홍색의 둥근 언덕이 출발점이었고 그 뒤로 입구인 동굴의 분홍색 틈새가 시작되었다(육 년 전 사회의 압력으로 외관은 바꿨지만 복고적인 이름을 홍보하는 데 이미 많은 자금을 투자했으므로 이름은 고수했다는 정보가 아카이브에 있었다).

클리닉이 구체적으로 뭘 하는지 설명하지는 않겠다(라틴어나 완곡어법, 생략 같은 것들은 독자를 우울하게 만드니까). 분명 인간의 정신을 다루는 대부분의 큰 기관에서처럼 일 층은 이 층에서 발명한 질병을 치료하고 이 층에서는 그 반대로 한다. 돈이 엄청 많은 사람이 과잉되지 않도록 섬세하게 빼주는 것이다.

진단 절차는 간단해 보였다. 환자가 증강 안경을 끼고 팔다리가 홱홱 움직이지 않도록 탄력 그물에 눕기만 하면 됐다. 그들이 안경을 쓰고 무엇을 보았는지는 기록에서 확인할 수 있었다. 모든 치료 세션이 아카이브에 보관되었고 아카이브에 대한 보안 조치는 사실상 없었다.

〈터뷸런트 2〉는 여러 보고서에 많이 나타났다. 일 분 후 경매 316의 사본은 이미 내 전투 백팩에 들어갔다. 비록 로컬 시스템에 한 번 더 공식적으로 나 자신을 드러내야 했지만. "거기서 문질러 보고 전부 다 냄새 맡아 보고⋯." 음, 임무 중 이 부분은 이미 수행한 것 같았다. 하지만 열일곱 살 포르피리의 젊고 순수한 눈으로 '탑'을 보는 건….

다행히 아카이브에는 환자들이 자기의 정서적 경험에 대해 카메라에 말하는 구간이 있었다. 그야말로 인용할 자료였다. 환자는 주로 부잣집 자녀들이었고 일부는 〈터뷸런트 2〉를 거쳐 갔다. 곧이어 열일곱 살 포르피리의 젊고 순수한 눈도 열렸으며 생기로 빛이 났고 윙크도 몇 번 했다.

또한 젊고 순수한 열일곱 살 포르피리는 사정상 빼먹은 우버 부분 대신 마라를 위해 준비한 보고서가 소설에 딱 맞게 들어간다는 사실도 포착했다. 분량으로 딱 한 챕터 정도로.

다음과 같다.

로르샤흐의 탑

젊은 포르피리가 증강 안경을 끼고 그물에 누웠다. TS를 켜고 처음 몇 초 동안은 현기증이 나고 속이 울렁거렸다. 마치 타고 가던 엘리베이터가 케이블에서 떨어진 것 같았다. 그러나 이 느낌은 이미 게임에서 익숙해진 것이었으며 곧 지나갔다. 눈을 뜨자 영상과 일치한 신체적 느낌이 몰려왔다. 이제 그는 그물에 누운 것이 아니라 발로 서 있었다. 몸도 딱 그렇게 느꼈다.

주변에는 수평선까지 사방으로 뻗은 영국 잔디와 잔디를 따라 산책하는 유니콘과 다리가 긴 코끼리들이 있었다(솔직히 이

벽지는 싫증났다. 포르피리는 이미 다른 곳에서 다섯 번이나 보았다). 바로 그의 앞에서 '로르샤흐의 탑'의 붉은 언덕이 풀 속에서 튀어나왔다.

어디선가 갑자기 간호사가 옆에 나타났다. 흰색 유니섹스 점프수트에 여러 색깔의 짧은 머리와 큰 눈. 완전히 최신 유행에 따라 만들어진 동갑내기였다. 간호사가 아니라 진짜 e-걸.

"뭘 해야 하지?" 그녀를 주의 깊게 바라보며 포르피리가 물었다.

"탑에 들어가. 계단이 있을 거야." e-걸이 분홍색 동굴을 가리키며 말했다.

"위로 아니면 아래로?"

"난 모르지." e-걸이 웃었다.

"개인적인 것이고 환자마다 달라. 사실, 넌 네 두뇌를 따라 여행하는 거야. 아니, 네 심리의 여러 층위를 따라간다는 게 더 정확하겠다. 인류의 문화 아카이브가 너의 경험을 위한 공명기가 될 거야. 너의 무의식적 지성이 이 아카이브를 스캔하지만 경험이 시작되면 아무것도 의식에 스며들지 않아. 앞으로 가. 원한다면 뒤로 가고. 필요하다고 생각하는 쪽으로."

"그러니까 아예 가고 싶은 쪽으로?"

"아무 쪽으로나. 절차가 성공하려면 네가 하고 싶은 바로 그걸 하는 것이 제일 중요해. 머리에 떠오르고 재미있겠다고 생각되는 걸 해. 자신한테 아무것도 금지하지 말고."

"뭘 보게 되는데?"

"문. 아주 많은 문."

"열려?"

e-걸이 끄덕였다.

"문을 지나가면서 모호하고 이해할 수 없는 감정을 경험하게 될 거야." 그녀가 말했다.

"어떤 문에서는 빨리 떠나고 싶을 거고 다른 문에서는 열고 싶은 마음이 들 수도 있어. 그러면서 문 뒤에 숨겨진 것을 너의 의식으로 가져오게 될 거야. 빛을 켠다고 할 수 있지."

"뭐가 숨겨졌는데?"

"로르샤흐의 물체들."

"그게 뭐야?"

"소리굽쇠 비슷한 거야. 공명기지. 네 무의식의 목소리들이 거기에 반영되고 증폭되어 의미 있는 소리가 될 거야."

"공명기를 볼 수 있어?"

"문을 연 다음에만. 하지만 네 무의식적 지성은 맨 처음부터 모든 것을 보게 될 거야. 무의식적 지성 중 상당수가 물체들과 함께 공명기로 들어가는데 다른 무엇보다 흥미로울 거야."

"나한테 무의식적 지성이 얼마나 있는데?"

"많아." e-걸이 웃었다. "아주 많아. 그리고 네 안에 있는 것이 아니라 네가 그것들 안에 있는 거야. 신경심리학 공부를 열심히 하지 않았나봐."

"너 정말 똑똑하다." 포르피리가 그녀를 바라보며 대답했다.

"우리 학교에는 신경 심리학이 없었거든. 입문 강좌만 있었어."

e-걸이 웃었다.

"그럼 '로르샤흐의 탑'에서 아무 문제없을 거야, 포르피리. 어서 가."

포르피리는 마지막으로 그녀를 눈여겨 본 다음 조심스럽게 붉은 언덕으로 들어가 핑크빛 구멍을 따라 동굴로 걸어 들어갔다. 주변에 따뜻한 어두움이 내렸다. 순식간에 어두워지더니 그다음 난간이 있는 좁은 철제 계단이 보였고 갑자기 노아의 방주의 기관실처럼 가팔라졌다. 계단이 아래로 향했다.

그는 한참 걸었다. 무엇보다 짜증 나는 건 주위에 벽이 보이지 않고 아래에도 바닥이 보이지 않는다는 것이었다. 계단이 기울어져 오른쪽으로 돌다가 다시 왼쪽으로 돌았다. 때때로 계단이 사라졌다가 작은 길로 변했다. 다음에는 계단이 다시 나타났다가 위로 휘었다. 곧 포르피리의 머리가 조금 어지러워졌다. 유일한 불빛은 계단과 작은 길이었다. 빛은 발부리에 걸리지 않고 걷기에 충분했다.

그다음 주변이 더 밝아졌고 포르피리는 문들을 보았다. 문들은 예상과 달랐다. 그는 무슨 연유에서인지 진짜 문일 거라고 생각했다. 하지만 그건 나뭇잎과 비슷했다. 포르피리가 나뭇잎처럼 생겼다고 생각하자마자 문이 진짜 나뭇잎으로 바뀌었다. 경두 개 자극의 일반적인 효과다. 이제 그는 나뭇잎을 보았다. 일부는 검은 공중에 떠다녔다. 나머지 것들은 줄에 꿴 듯 움직이지 않았고 화환처럼 주위에 걸려 있었다. 그는 시월의 숲을 걷는 것 같았다.

나뭇잎들에 관심이 가지 않았다. 잎에서 시든 가을 냄새가 났으나 만지고 싶지는 않았다. 포르피리는 오랜 시간 지루한 낙엽 사이를 걷다가 열기를 느꼈고 멀리 진홍빛 후광에 싸인 빛나는 잎을 보았다. 잎은 그가 가는 길과 떨어진 곳에 매달려 있었다. 포르피리는 처음에는 어떻게 가야 할지 몰랐지만 길을 따라가며 점차 길의 모퉁이를 파악하게 되었다. 그는 화난 듯했고 길은 두려워하는 듯했다. 그는 마치 두 개로 내려치듯 발뒤꿈치를 찍으며 필요한 방향으로 길을 잡았다.

앞에 라즈베리 잎들이 있었다. 포르피리가 손가락으로 잎을 만지자마자 서로 마주 보는 벽에 화면이 하나씩 달린 빈방에 있게 되었다. 마치 하나의 영화를 상대방에게 보여주려는 것처럼.

"시린 네샤트." 녹음된 목소리가 말했다. "〈터뷸런트 2〉, 미국, 2017년. 여류 화가의 작품은 정치적인 이유로 생전에 전시되지 않았다."

어두워졌다. 화면들이 깜박거렸다. 한 화면에는 녹색 우쿨렐레를 든 머리가 헝클어진 소녀가 보였고 다른 화면에는 안경 쓴 노인의 활동사진과 그 옆에서 날아다니는 다채로운 나비가 보였다. 나비 몇 마리가 두 번째 화면을 가로질러 다음과 같은 문구가 적힌 필름을 끌고 갔다.

A poem from "Lolita" read by the author[25]

혁명 전에 들리던 갈라진 목소리가 포르피리가 이해하기로는
화면 속 노인의 어린 소녀에 대한 섬세하고 비극적인 사랑에 대
해 말하는 긴 영시를 읽었다.

Dying, dying, Lolita Haze
Of hate and remorse, I'm dying.
And again my hairy fist I raise,
And again I hear you crying.[26]

활동사진은 그저 그랬다. 사진 속에서 움직이는 늙은 입술은
단어의 운율과 전부 맞지는 않았고 눈은 눈꺼풀 위에 그려놓은
것처럼 아예 움직이지 않았다. 그러나 녹음된 목소리는 많은 잡
음에도 불구하고 좋았다. 목소리에는 시대 전체가 들어 있었다.
한때 그런 목소리로 제헌 회의를 해산하고 검은 피에로를 노래
불렀다.

–My Dolly, my folly! Her eyes were vair,
And never closed when I kissed her.

---

25 작가가 낭송하는 『롤리타』의 시(저자 주)

26 "죽어 가네, 죽어 가네, 롤리타 헤이즈 / 증오와 후회로 나는 죽어 가네.
/ 다시 털이 수북한 주먹을 불끈 쥐고, / 나는 다시 네 눈물을 보네."(저자 주)

Know an old perfume called Soleil Vert?

Are you from Paris, mister?[27]

목소리가 폭풍 치는 바다 위의 갈매기처럼 솟아올랐다. 목소리
는 갈매기였고 바다였으며 멋지게 먹이를 낚아채는 바다제비에
대한 암시이기도 했다. 마지막 두 줄에서 상승했던 목소리가 날개
를 접는 듯 파도의 회색 거품 속으로 스러졌다.

– And I shall be dumped where the weed decays,

And the rest is rust and stardust⋯[28]

포르피리는 계속되리라고 예상했지만 안경 쓴 주름진 얼굴은
코를 스치고 지나가는 나비 때문에 찡그리며 자기 앞 어둠을 응시
했다. 그다음 등 뒤의 반짝임에 미루어 그는 다른 화면을 봐야 한
다고 짐작했다. 그는 돌아섰다. 소녀가 녹색 우쿨렐레를 들고 시
골집의 나무 현관에 앉아 마침 노래 부를 준비를 하는 것 같았다.

화면이 첫 번째와 마찬가지로 지지거리는 동안 그녀는 들리지
않게 무슨 말을 했고 필름에는 다음과 같은 문구가 보였다.

27　"나의 아픔, 나의 돌리! 그녀의 시선은 공허하며, / 내가 키스할 때에도
감는 법이 없지. / 초록 태양이라는 향수가 있어. / 당신은 파리에서 오셨나
요, 아저씨?"(저자 주)

28　"곧 나는 길가에 잡초 속에 던져지겠지, / 그러고는 녹이 슬고 먼지가
되겠지."(저자 주)

Ex's and Oh's covered by Grace VanderWaal.[29]

이번 필름은 나비가 아니라 뿔테안경을 낀 작고 뚱뚱한 노인들이 끌고 왔다. 필름이 돌자 신인 여배우가 현을 치며 노래를 불렀다.

−Well I had me a boy, turned him into a man,

I showed him all the things that he didn't understand

Whoa, and then I let him go···[30]

그녀는 자기의 '옛사랑'이 절대로 자기를 잊지 못하고 늘 되돌아오는데 자기 같은 여자를 찾을 수 없기 때문이라는 내용의 노래를 불렀다. 노래는 비도적적이고 성인용이었으며 열두 살 소녀가 부르기에는 너무 우스웠다. 그러나 중요한 것은 무엇이 아니라 '어떻게'였다. 그녀는 마법처럼 노래한다고 해도 과언이 아니었다. 그건 계시였다. 그녀는 성대에 허용된 한계를 넘어 목소리를 찢으며 우주의 비밀스런 경계를 넘나드는 것 같았다.

---

29 '예전의 사랑(Ex)'과 '놀라운 사랑(Oh)'. 그레이스 반더월 노래.(저자 주)

30 "나한테는 소년이 있었지, 나는 그를 남자로 만들었고, / 그가 이해하지 못하는 모든 것을 보여줬지. / 아아, 그다음 그를 자유롭게 보내주었지."(저자 주)

포르피리는 갑자기 중요한 사실들을 한꺼번에 깨달았다. 그는 이 젊은 존재가 이제 막 확장하기 시작한 우주와 같으며 젊은 우주처럼 '비현실적인' 것을 현실적인 것으로 만들어주는 물리 법칙에 따라 산다는 것을 깨달았다(물리적인 세계에서 그렇지 않다면 적어도 정신적인 관점에서라도).

이런 깨달음이 즐거웠다. 비록 자기 바알의 절정을 우울하게 바라보는 화면 속의 나보코프뿐만 아니라 열일곱 살 젊은 포르피리 자신도 이미 상당히 늙은 우주라는 사실이 서글프긴 했지만. 특히 나무 계단에 앉은 인어 같은 소녀와 비교하면 말이다.

그녀는 계속 노래했다.

–Exes and oh-oh-ohs they haunt me
Like gho-oh-ohsts they want me
to make them who-oh-ole⋯ They won't let go⋯.[31]

그래, 물론이다. 다시 온전해져서 처음으로 돌아가는 것, 이것이 늙은 나보코프가 원했던 것이다. 그는 이것이 금단의 사랑을 통해 가능하다고 생각했다. 그러나 원칙적으로 불가능하다. 매력적으로 노래하는 소녀도 더 이상 온전하지 않으며 원본이 아

---

31   "예전의 사랑들과 놀라운 사랑들, 그들이 나를 유령처럼 쫓아다니며 / 그들은 내가 자기들을 온전하게 만들어주길 원하네⋯ / 날 놔주지 않네⋯."(저자주)

니다. 폭발하는 모든 우주와 마찬가지로 그녀도 차가운 먼지[32]로 변하고 팽창하고 식는다.

그다음 포르피리의 등 뒤에 전율이 흘렀다. 꺼져가는 별빛을 봤다는 것을 깨달았다. 우주도 한때는 젊었다고 확신해주는 차가운 우주의 잔존한 빛. 그레이스 반더윌, 그녀가 아직 원소로 분열하지 않았다면 지금은 고대의 노파가 되었을 것이다. 나비들로 망가진 나보코프가 자기의 녹슨 별과 잡초와 더불어 쉬고 있는 끝없는 쓰레기 속에서 그녀도 이미 수년 동안 떠다닐 것이다. 그들 사이에는 차이가 전혀 없다.

아예 하나도.

젊은 포르피리가 전에는 한 번도 보지 못했고 예감조차 하지 못했던 많은 것들이 마치 번개처럼 온몸에 각인된 마법 같은 순간이었다. 시린 네샤트는 그야말로 천재였다. 한 가지 이해할 수 없는 것은 작품을 왜 금지했냐는 것이다. 세기 초의 억압적이고 위선적인 유대색슨 패러다임을 위해서라지만 너무 심했다.

어느새 화면 두 개가 있는 방이 사라지고 형광 계단의 텅 빈 곳에 포르피리만 남았다.

우버 4. 예언하는 원숭이

마라가 출구에 나타났을 때 나는 이미 문 앞에 있는 우버에서

---

32   stardust(저자 주)

그녀를 기다리고 있었다. 보아하니 그녀도 막 유사한 경험을 한 것 같았다. 적어도 시청각적인 의미에서 말이다.

"그래, 봤어?" 그녀가 앉으며 물었다.

"응." 나는 문 스피커에서 대답했다.

"넌 어땠니?"

"석고 같은 석고. 너무 과장됐어."

마라가 코웃음 쳤다.

"보고는 언제 할 거야?"

"다 해 놨지."

"볼 수 있어?"

"보고서는 네 메일함에 있어." 내가 대답했다.

마라가 전화를 꺼내 우버가 차선을 변경하여 교통 정체를 헤쳐 나가는 동안 어떤 문장은 두 번씩 반복하며 내 보고서를 소리 내서 읽었다. 그다음 나를 흘깃 보며 웃었다. '감동'과 '부드러움' 에 해당하는 패턴으로.

"정말 착한 아이야. 젊은 포르피리, 네 심장이 뛰는 소리가 바로 느껴져. 정말 네가 이걸 다 쓴 거야?"

"어떤 의미에서는 그렇지. 하지만 많은 부분은 다른 환자들이 묘사한 심적 체험에 따른 거야. 어느 한 사람이 아니라 큰 그룹에서 발췌했지."

"특히 맘에 든 건 이거야. 자기의 온전성을 회복하려는 희망 없는 시도. 강렬해."

"응." 내가 대답했다.

"조울증이 있는 여자한테서 복사해서 붙였어. 영향과 인지 왜곡, 갈망 장애 등 여러 측면에서 살펴봤어. 강력한 창조적 결합."

내 말에 동의하는 것처럼 오르간이 높이 그리고 위협적으로 연주되기 시작했다. 인포테인먼트가 켜졌다. 물론 광고부터 시작했다.

화면에 멋진 갈기처럼 머리를 뒤로 넘긴 중년 남자가 나타났다. 그는 건축 사무소(미니어처 건물, 작업대의 찰흙 판자, 구석에 있는 오래된 제도판까지)처럼 보이는 곳에서 고딕 성당의 모형 앞에 서서 영감을 받은 듯 손으로 찰흙을 주무르고 있었다. 파란색 작업용 앞치마를 두르고 있었다.

다음 장면에서 남자는 가운을 입고 작업대에 놓인 모형과 형태가 정확히 일치하는 고딕 성당을 향해 텅 빈 아침 거리를 올라갔다. 그다음에는 성당 내부의 다채로운 황혼 빛 속에 서서 라틴어로 찬송가를 부르는 금발의 소년 천사 합창단을 지휘했다.

"트랜스에이지스트(transageist)들은." 해설자의 목소리에 감정이 실렸다. "성 소수자 중 누구보다 많이, 오래, 부당하게 고통을 겪었습니다. 오늘날 우리는 남자가 여자의 몸으로, 여자가 남자의 몸으로 살 수 있으며 이러한 몸 중 그 어느 것에도 이분법적으로 정확히 구분되지 않는 개인이 있을 수 있다는 것을 압니다…."

오르간 소리가 더 커졌고 아이들의 가느다란 목소리가 하느님을 향해 더 높이 올라갔다.

"하지만 당신이 마흔 살의 몸에 갇힌 열 살짜리 아이라면 어떻게 될까요? 당신이 남자/여자 동갑 아이의 손을 잡고 그/그녀와 놀고 함께 발가벗고 뛰어다니고 풀밭에 뒹굴고 싶어 그/그녀에게 다가가고 싶다면… 불과 얼마 전까지만 해도 천 년형을 선고받을 죄였습니다. 화학적 거세, 이것이 불과 수십 년 전만 해도 트랜스에이지스트들의 운명이었습니다. 하지만 오늘날에는 어둠이 물러갔습니다. 믿고 싶습니다, 영원하리라고…."

화면의 남자가 합창단의 금발 소년 두 명의 손을 잡고 떠오르는 태양을 향해 자신 있게 걸었다. 세 명 모두 황백색 태양의 잔물결 속으로 사라질 때까지.

'삼성 안드로긴… 불가능을 가능하게!'

안드로긴 광고에는 언제나 사회적인 함의가 있다. 무엇보다 최신이고 진취적이고 최초로 정치적으로 올바른 새로운 완곡어법을 사용했으며 사회를 위한 자신의 유용성을 대놓고 강조한다. 제품 자체는 절대로 보여주지 않는다. 아마 외관상으로는 아이펙과 별 차이가 없기 때문일 것이다. 그래서 두 제품은 끊임없이 법원에서 시시비비를 가린다.

나는 마라를 보았다. 그녀는 창밖을 쳐다보고 있었다.

"삼성 안드로긴도 있니?"

"두 개씩이나." 그녀가 대답했다. "오래된 거야. 말했잖아."

"아, 그래. 까먹고 있었어."

그녀가 웃었다. 내가 알고리즘에 따라 거짓말한 걸 아는 것 같았다.

"아이퍽 10도 있어, 혹시 잊어버렸다면."

"기억해. 당연하지. 제일 비싼 모델인데." 내가 대답했다.

"난 다른 데 관심 있는데 왜 하필 이 영상을 틀어줬을까?" 마라가 말했다.

"왜라니, 무슨 말이야?" 내가 물었다.

"내 이력하고 아무 관련이 없잖아. 경매품 〈터뷸런트 2〉와 관련이 있는 건가. 이런 우연은 일어나지 않는데. 그들이 언제 어떻게 알았을까?"

"네가 내 보고서를 소리 내서 읽었잖아." 내가 말했다. "천천히 감정도 실어서 읽고 무슨 말이야?"

"내 전화 마이크는 차단되어 있어."

"아하. 차단되었겠지. 우버에 마이크에 몇 갠지 알아? 절대로 잠들지 않아. 빅 데이터도."

"정말 이렇게 빨리 반응할까?"

"뭐 하러 기다리겠어. 프로필 개요를 가져오는 목적은 사용자의 기분이 바뀌기 전에 감동을 주는 건데. 그래서 데이터 분석도 늘 하는 거고. 그렇다고 누군가가 너를 감시한다는 의미는 아니야."

"그래?" 마라가 비꼬아 물었다.

"그럼, 그럼. 아무도 네 뒤를 밟지 않아, 믿어도 돼. 설사 살펴봐도 지금 너랑 말하고 있는 사람이 없잖아. 존재론적 의미에서 말이야. 여긴 너 혼자야, 아가씨. 완전히. 설사 내 패턴이 네가 오늘 눈부시게 예쁘다고 보여줘도 실제로 확인할 수 있는 사람이 아무도 없어."

"닥쳐." 마라가 말하고 창 쪽으로 몸을 돌렸다.

하지만 화면은 방금 말한 내용에 벌써 반응하여 〈예언하는 원숭이〉로 채널이 바뀌었다.

한참 지난 녹화 방송이었다. 예언하는 원숭이가 아직 살아서 스튜디오 책상 위 새장에 매달리던 시절 것이었고 원숭이가 참가자들한테 던진 우유에 적신 빵 조각은 진짜였다.

탁자에는 다섯 명이 앉았다. 노란색 골판지로 만든 희한한 옷을 입은 청년(자막에는 '현대 화가'라고 돼 있는데 시스템이 마라에 맞게 설정한 것일 수도 있다)과 화려한 정장용 모자를 쓴 낯익은 모스크바 흑인 두 명, 여성의 성에 대한 가부장적 시각을 반대하는 운동의 상징인 '구부러진 손가락' 표시가 있는 비키니를 입은 뚱뚱한 여자 두 명이 있었다. 하나는 빨간색, 다른 하나는 파란색을 입었다. 그들 위로 방송 주제가 번쩍였다.

감시자본주의[33]
지난 반세기 동안 이 개념은 구식이 되었는가?

---

33   surveillancc capitalism(지자 주)

화가와 여자들은 전에 본 적이 없지만 흑인들은 오래전부터 자주 보았다. 이들은 과거 소말리아 출신의 해적 형제들로 단지 다양성[34]이라는 구색을 맞추려고 여러 텔레비전 방송에 초대되었으며 그 덕으로 먹고 살았다. 틈새시장은 수익이 좋지만 어찌나 좁은지 벌써 세 번째 형제한테 줄 먹이가 부족했다.

탁자의 반짝거리는 표면은 텔레비전 프롬프터 같아서 아래로 흘깃 보며 텍스트를 읽을 수 있었다. 전반적으로 진보적인 의제를 논의하려는 전형적인 세팅이었다.

원숭이가 빵 조각을 던졌다.

"저는 감시 자본주의의 개념이 뒤떨어졌다고 생각하지 않습니다." 젖은 빵 조각이 정수리를 때리자 골판지 청년이 말했다. "솔직히 대놓고 말하자면 화가가 투쟁하기 위해 필요한 것입니다. 약탈적이고 잔인하게 들리죠. 분명히 혁명적인 함의가 있습니다. 금융 부문에 대한 공격에 지치고 빅 데이터에 대한 사회의 관심을 돌리고 싶은 기관들로부터 분명 많은 지원금을 받을 겁니다. 믿으세요, 우리, 미술을 하는 사람들은 그런 것들을 바로 버립니다. 더 드릴 말씀은… 톨킨식의 사악한 눈에 대한 암시가 있습니다. 들뢰즈와 라캉 및 다른 유명한 관과 유골 항아리에 대한 언급도 있고요. 물론 베드로부아도 있습니다."

34　정치적 의미에서 텔레비전 쇼, 영화, 국가 기관, 정치적 당파, 미디어 프레젠테이션 등에서 다른 인종적, 성적 정체성의 임시적인 융합(저자 주)

소말리아인 한 명이 의자 위에 올라가서 눈을 부라리며 원숭이에게 혀를 내밀고 나서 모자에 빵 조각을 받았다.

"어쨌든 제가 왜 이 개념이 뒤떨어졌는지 설명하겠습니다." 그가 탁자를 흘깃 보며 듣기 좋은 억양으로 말했다. "감시 자본주의라는 표현이 만들어졌을 때 사람들은 자신이 감시당할 수 있다는 점을 우려했습니다. 그러나 지금은 아무도 걱정하지 않습니다. 그 이후로 사람들이 똑똑해졌으니까요. 네, 우리는 정보 공간에 지문을 남깁니다. 지문에 따라 우리에 대해 가, 가-설-적-으-로 '대타자(大他者)'가 결론을 내립니다. 하지만 오로지 가-설-적-으-로…."

"제가 이유를 설명하겠습니다." 두 번째 소말리아인에게 빵 조각이 던져지자 그가 합세했다. "메타데이터가 우리 개인 정보를 담고 있다는 것은 사실이 아닙니다. 메타데이터는 우리 머리를 관통하여 부는 정신의 틈새바람에 관한 정보를 담습니다. 우리의 시선이 우연히 닿는 하이퍼링크에 관한, 당신의 창에 부딪치는…."

그가 러시아어를 더 잘 했지만 원숭이는 첫째에게 빵 조각을 모질게 던졌다.

"정보 파도에."

첫 번째 형제가 순서를 낚아챘다.

"그것에 근거해서 사람에 결론을 내리는 것은 집의 정보를 수집하려고 집 위에서 돌고 있는 풍향계의 회전을 분석하는 것과 같습니다. 아니면 비 내리는 도시에 관한 견해를 작성하려고 강수량에 관한 보고를 수집하는 것과 같지요. 어떤 관계는 있겠지요. 하지만 분석가 전체가 다 필요할 정도로 정교한 작업입니다."

원숭이가 빵 조각을 들었다가 갑자기 마음을 바꿔 둘째에게 바로 침을 뱉었다.

"왜냐하면 문제는." 그가 활기차게 뒤를 이었다. "정보를 수집하는 데 있는 것이 아니기 때문입니다. 전 세계는 정보로 이루어져 있습니다. 정보는 우리의 소화 능력 이상입니다. 문제는 올바르게 처리하는 것이고 가장 중요한 것은 이해하는 것입니다. 정보를 통해 올바른 결론을 내리는 것입니다. 이것이 사람의 역할입니다. 하지만 기존의 정보 그룹과 도표, 목록을 천분의 일이라도 이해하려면 지구 인구 전부가 달라붙어도 모자랄 판입니다. 전부 감시한다는 건 한마디로 불가능합니다."

빵 조각이 파란 비키니를 입은 뚱뚱한 여자에게 날아갔다.

"우리를 감시하는 건 사람이 아니에요." 그녀가 노래하듯 부드럽게 말했다. "우리를 감시하는 건 알고리즘입니다. 아니, 그것은 우리를 감시하지 않습니다. 그것이 감시하는 건 에……."

그녀가 탁자를 흘깃 보았다.

"정보 패턴의 진동입니다. 따라서 선구적이고 교육받은 양반들이 말하는 것처럼 정보 자본주의라고 말하는 것이 훨씬 더 정확합니다."

골판지가 면상을 들자마자 원숭이가 빵 조각을 던져 그에게 발언권이 되돌아갔다.

"감시자 없는 감시. 그것도 괜찮게 들리네요. 화가로서 말하자면 당장 그런 전시회를 열어도 되겠습니다. 제목도 준비됐고요."

"개념은 준비된 건가요?"

빨간 비키니 여자가 위에서 뭔지 모를 액체 방울이 자기에게 떨어지자 물었다.

갑자기 예언하는 원숭이가 지금 일어나는 일에 흥미를 잃고 자기 사타구니의 뭔가를 물기 시작했고, 골판지 청년은 원숭이가 연민을 느껴 다시 빵을 던져줄 때까지 오랫동안 애처로운 눈길을 보냈다.

마라조차 웃음을 터트렸다.

어색한 순간이었지만 바로 이런 순간 때문에 모두가 〈예언하는 원숭이〉를 좋아했다. 체호프의 말처럼 극장에 극적인 오해가 생기면 공연보다 관객이 더 많아지는 법이다.

"개념은 바로 우리가 방금 논의한 것입니다." 골판지가 말했다. "틈을 엿보다가 우리에게 올가미를 씌우는 대타자 같은 건 존재하지 않습니다. 기계와 프로그램에는 주관성이 없습니다. 우리를 감시하는 게 아니라 정보를 감시합니다. 따라서 감시 자본주의는 생각보다 훨씬 더 냉정합니다. 감시 자본주의는 비인간성 속에서 정보 자본주의로 축소됩니다. 하나의 디지털 시퀀스가 다른 것을 추적하고 이것에 근거해서 세 번째를 만드는 겁니다. 우리, 남자, 여자 그리고 무성애자는 아무한테도 필요 없습니다. 우리 스스로 아직 깨닫지 못했다면 말입니다. 전반적으로 전시회는 우리의 끝없는 외로움에 관한 것이 될 겁니다."

화면이 무관심한 원숭이의 낯짝을 클로즈업하고 꺼졌다.

오랫동안 우버에서 〈예언하는 원숭이〉를 보지 못했다. 이것은 아카이브 녹화본이다. 일 년 전 프로그램에까지 동물 보호가가 파고들었다. 사회자가 원하는 사람을 원숭이가 선택하게 하려고 마약으로 단련하고 전기 감전을 시킨다고 말들 했다. 그다음에는 관객 사이에 앉은 조련사가 원숭이에게 사인을 준다는 소문이 돌기 시작했다. 이후 이 동물은 디지털화되었고 프로그램 순위는 곤두박질쳤으며 예측 불가능한 요소는 사라졌다. 호사가들이 말하듯 압박을 당하는 둔하고 착한 것들만 남은 것이다. 그런 건 천지다.

우버가 멈췄다. 마라의 집 앞이었지만 그녀는 창가에 앉아 거리를 내다봤다. 나는 유리창에 비친 그녀를 보았다. 내 패턴은 그녀가 외롭고 두렵다고 말했으나 나는 무슨 일인지 이해하지 못했다. 아마 방송 영향인가 보다.

"내가 말하잖아." 내가 조용히 말했다. "항상 우리 모두의 말을 듣는다고. 하지만 잘 듣지는 않아. 〈예언하는 원숭이〉조차도."

마라가 천장 카메라를 올려다보더니 내 패턴의 무엇과도 일치하지 않는 이상한 표정으로 나를 보았다.

"잠깐 들어올래?"

나는 꿀꺽 침 넘어가는 소리를 냈다.

"영광이지, 내 보물. 당연히."

유혹

마라가 우버의 문을 닫는 동안 나는 네트워크에 들어가 그녀의 집 문으로 향한 길을 정찰했다. 길에는 내가 그녀와 말할 수 있는 스피커가 네 개, 내 모습을 보여줄 수 있는 화면 두 개, 내 여친을 관찰할 수 있는 카메라가 열 개 넘게 있었다.

첫 번째 스피커와 카메라는 '테츠엘리트'(과거 화력발전소 부지에 건설된 콘도미니엄을 이렇게 화려하게 불렀다) 단지 문의 인터폰에 있었다.

"자기야, 미끄러워. 여기 젖었어." 내가 걱정스럽게 말했다.

그녀가 웃었다.

"포르피리, 걱정 마. 매일 다니잖아."

그녀가 혼자 긴 홀을 지나갔다. 나는 그녀를 세 각도에서 보았지만 아무 말도 하지 못했다. 그녀가 엘리베이터에 다가가자 문이 저절로 열렸고 나는 안에 있었다.

"기다리고 있었어요." 내가 인터폰 스피커로 말했다. "몇 층이세요? 농담, 농담이야. 알고 있어."

그녀가 장난스럽게 손가락으로 화면을 톡톡 두드렸다.

"아이고, 내 코 부러지네." 내가 꺅 소리치며 말했다.

그러고는 천장 카메라에서 찍은 것 같은 사진을 만들어 화면에 띄웠다. 마라는 손에 꽃 부케를 들고 있고 포르피리는 빳빳한 칼라의 제복 차림에 경찰모를 쓰고 한 손으로 여자 친구를 안은 사진이었다. 내가 그녀보다 머리 반 정도 더 크게 만들었는데 이는 남성우월주의에서가 아니라 그녀의 선호도에 섬세하게 맞춘 것이었다.

"오늘 진짜 멋지네." 그녀가 온화하게 말했다.

표정으로 볼 때 그녀는 칠십육 퍼센트 정도 뭔가를 생각하고 있었다. 아아, 그러나 그게 뭔지 내 패턴이 알아내지 못했다. 어쩌면 그녀가 그냥 게 버터를 곁들여 한잔하자고 할지도 모른다.

두 층을 올라가자 엘리베이터 문이 열렸다. 복도에는 화면이 없었지만 그녀의 세련된 트리플렉스 입구가 바로 코앞이었다. 내가 전자 자물쇠를 열었지만 문은 열리지 않았다. 문에 일반 자물쇠가 또 있었다.

마라가 열쇠로 문을 열고 쇠가 장식된 부츠를 복도에서 벗는 동안 나는 그녀가 충전하려고 둔(정품 충전기만 사용하시길!) e-보안 장치에 들어가서 네트워크에 걸린 집 안의 모든 장치들과 카메라에 별 문제 없이 접속했다. 그녀가 침실에 들어오자 나는 몇 개의 크고 작은 화면으로 그녀에게 윙크하는 내 모습을(쭉 펴고 누운 화면보호용 고양이를 잠시 지우고), 벽의 비디오 패널로 손을 흔드는 모습을 동시에 보여주었다. 잔나 사포 액자는 손대지 않았다. 아직도 마라의 반응이 선했다.

"왜 제복을 입었어?" 마라가 말했다. "너무 공적이잖아. 다른 거 입어봐."

"기모노?" 내가 물었다.

"실내복? 페플로스³⁵?"

"실내복이 낫겠다."

"이런 거?"

"아니, 경기병 같은 거 말고. 술 장식은 또 뭐야, 유배 간 데카브리스트도 아니고 술 취한 푸시킨도 아닌데. 간단하고 편한 걸로 해봐. 응, 그게 낫네."

"이케아 거야. 와플 월드 세트." 내가 알려주었다.

"파란색 와플이네." 그녀가 안락의자에 앉아 적외선 벽난로를 켜며 말했다.

"분홍색 구레나룻과 잘 어울린다. 네가 앉은 책상은 좀… 초상화도…."

"황제의 형상이 집중하게 해주고 영감을 주잖아." 내가 말했다.

"어련하겠어. 소파에 앉을래? 네 집에 있는 것같이?"

나는 그녀가 뭘 원하는지 이해했다. 책상을 없애고 벽에 그녀의 침실을 비춘 다음 나를 등나무 안락의자에 앉혔다. 좀 더 내밀한 느낌이 들도록 주위를 촛불로 밝힌 다음 밝기를 맞추었다.

"훌륭해." 그녀가 바닥에 있는 와인 상자에서 병을 꺼내 마개

---

35 고대 그리스 시대 여성의 긴 겉옷

를 열고 유리잔에 따르며 말했다. "자, 마시자."

나는 그녀의 와인 잔을 복사해 손에 쥐고 앞으로 내밀었다. 그녀는 살짝 일어서서 화면에 잔을 부딪쳤다.

"착한 아이네."

"오, 와인 좋은데. 샤또 '예언자의 검' 오 년산?" 내가 홀짝거리며 말했다.

"어떻게 알았어?"

"상표로."

"그렇지. 하지만 좋다는 건 어떻게 알았어?" 그녀가 웃었다.

"와인 전문 사이트의 평과 판매량, 수요량, 레스토랑의 가격을 보면 알지."

"그래." 그녀가 동의했다. "하지만 넌 이게 무슨 맛인지는 모르잖아."

"왜? 완전 잘 알거든." 내가 말했다.

한 모금 마신 다음 혀로 쩝쩝 소리를 내며 내 감각의 소리를 듣는 것처럼 올려다보았다.

"잘 익은 과일과 체리 향이 느껴지는 매력적이고 아주 깔끔한 맛. 느껴질 듯 말 듯한 철 성분의 감촉. 아 참, 오 년산에 뭐가 부족한지 알아. 그건 좀 더 분명한 신맛이야. 전반적으로 가벼운 구조적 불균형이라고 할까. 아마 와인을 몇 년 더 익히면 괜찮아질 거야. 몇 병 더 있다면 저장해둬."

마라가 웃었다.

"아니, 네가 필요한 모든 정보를 쉽게 찾는다는 거 알아. 하지만 네 자신이 맛은 모르잖아." 그녀가 말했다.

"'네 자신'이란 내 경우 누군데?" 그녀가 눈살을 찌푸렸다. "정말, 이런 이야기는 하지 말자. 분위기만 망치고. 근데 네 모습을 3D로 만들 수 있니?"

"장소에 따라 달라." 내가 말했다. "거실 티브이에는 안 돼. 운영체제가 오래됐거든. 작은 화면에는 자존심 상해서 3D 안 해. 경찰청에는 저해상도에서는 2D로만 한다는 규칙이 있어."

"아이픽 10, 그 안에 네가 이미 있었잖아." 그녀가 말했다.

빙고. 내 예상대로다.

"너한테 좋은 증강 안경이 있다면 가능할 수도 있지. 하지만 너 확실히⋯."

마라가 입술에 손가락을 댔다. "그냥 누군가와 가까이 있고 싶어."

그녀가 일어나서 이미 내 동의를 받은 것처럼 침대 밑에서 짙은 자주색 아이픽을 꺼냈다. 딜도가 고정된 바로 그 여성 이성애자용 세트에서.

"들어와." 그녀가 말했다. "전부 다 네트워크에 걸려 있어."

그녀가 자기의 사랑 도구를 침대 밑에 둔다는 것이 너무나 이상했다. 현대 소비자운동은 아이픽을 텔레비전 방송의 특별석이나 비싼 오픈카의 좌석, 해변 빌라의 바다가 보이는 침실 등등에 대중적으로 드러내는 온전한 문화를 창출했다. 군침 도는 라이프 스타일 사이트들도 다양한 셀럽들이 자기의 실리콘 반쪽(솔직히 말하면 최고의 반쪽)과 함께 찾아가는 소위 '아이픽 바비큐'에서 보낸 비디오 리포트를 게시한다.

부티 나는 멍청이들도 비행기 일등석에 아이픽을 모시고 다닌다. 옆 좌석까지 구입하여 비워 두고 말이다. 게다가 여행 파우치 산업조차 생겼다. 가방도 아니고 옷도 아닌 하프 케이스 하프 케이프(half case half cape) 같은 것들 말이다. 모든 주요 패션 하우스에서 이런 걸 생산하는데 아이픽 자체보다 더 비싼 것도 있다. 물론 부르주아적 행태다.

그러나 아이픽을 침대 밑에 숨기는 것은 솔직히 본 적이 없다. 과거의 열정이 얼룩덜룩 남은 싸고 낡은 안드로긴이라면 몰라도 아이픽 10인데? 제일 비싸고 세련된 건데? 어쨌건 내 여친은 미술 큐레이터다. 최신의 미학적 관음증이거나 태도일 수도 있다. 너무 신상이라 네트워크에 관련 정보가 나올 시간이 아예 없었을 수도 있다.

마라가 침대로 자리를 옮겨 증강 안경을 꼈다. 새거고 비싼 데다 강력 슬라이딩 TS까지 장착된 것이었다(그녀는 증강 안경을 뒤통수 위에 쓴 작은 모자 쪽으로 당겼다). 경두개 자극기는 의사의 허락이 필요하지만 느낌은 제조업체가 장담한 것처럼 한마디로 끝내준다.

"자, 더 가까이 들어와." 마라가 증강 안경을 낀 채 대머리를 흔들며 거듭 말했다.

나는 네트워크에서 그녀의 아이픽을 찾았다. 진짜 열려 있었다. 하지만 역시 네트워크 폴더만 열렸다.

"곧 오니?" 그녀가 물었다.

"이미 왔거든. 자…." 내가 말했다.

다른 까다로운 남친이라면 네트워크 현관 안쪽으로 들이지 않는다고 화를 냈을지도 모른다. 하지만 포르피리는 그렇지 않았다. 맨 먼저 그녀의 증강 안경에 접속했다.

"좋아. 멋진데 구레나룻 씨." 그녀가 말했다.

그동안 나는 증강 안경 속의 사진을 패널로 옮겨 천장 카메라 속의 모습과 합성했다. 아이픽은 버벅대지 않고 모든 변형을 수용했다. 정말 짐승 용량이다. 이제 마라는 아이픽이 놓인 자리에서 증강 안경으로 나를 보는 동시에 화면을 보며 침실에 있는 것처럼 느낄 수 있다. 우리 둘. 프랑스 사람들이 말하는 것처럼 뚜와 에 무아(toi et moi, 너와 나). 더 정확히는 뚜와 에 뚜와(toi et toi, 너와 너)이다. 하지만 이런 농담은 고객에게 불쾌감을 줄 수 있다.

우리는 손에 잔을 들고 침대 가장자리에 나란히 앉았다. 마치 우리의 밀회에 관한 영화를 보는 것 같았다.

"모든 걸 보고 싶니?" 그녀가 속삭였다.

"응, 자기야. 보고 싶어."

혹시 나중에 그녀가 경찰청에 불만을 제기할 경우 녹화 사본이 쓸모 있을 거라는 말은 하지 않았다. 내일 우리는 집에서 포르노를 찍은 것에 대해 그녀에게 청구서를 보낼 것이다. 우리는 강요하지 않는다. 고객이 사본을 되살 수도 있고 우리 아카이브에 그대로 둘 수도 있다. 대부분은 되산다.

마라가 잔을 바닥에 내려놓았다.

"우리 놀자." 그녀가 말했다.

"뭐 하면서, 자기야?"

"자, 봐." 그녀가 내 쪽으로 팔을 뻗었다.

"나처럼 해 봐. 손바닥을 들고 자, 내 두 손바닥이 네 손바닥 바로 위에 오게. 한 십 센티 정도."

"십이 센티." 내가 말했다.

"좌우지간 이제 내 손바닥을 내가 피하지 못할 정도로 빠르게 때려 봐."

"어느 손으로?"

"아무 손이나. 내가 몰라야 돼. 에고, 한꺼번에 두 손은 반칙이야."

"왜 반칙이야? 경두개 조율하려면 필요할걸?"

"좆같은 낭만주의자." 마라가 한숨을 쉬었다.

"낭만주의는…." 내가 무게 있게 말했다. "교정한 다음 보여줄게. 자, 이제 세게 때린다…."

"에고."

"지금은 약한데…."

"아하."

"지금은 그냥 손만 댄 거야. 네가 느껴야 해, 아주 조금이라도."

그녀가 고개를 끄덕였다.

"다 조율했어." 내가 말했다.

"왠지 너무 빨라." 그녀가 대답했다. "나는 보통 더 오래 하거든."

"내가 직접 다 맞췄어. 안경의 신호 레벨 말이야."

"그래?"

내가 웃었다.

"우리가 지금 뭘 했는지 알겠어?"

"솔직히 잘 모르겠어. 난 문과거든. 그냥 매뉴얼대로 하면 매번 이 게임부터 시작해야 돼."

문과, 헐. 네가 컴퓨터 전문가라는 걸 내가 모를 줄 알고.

좌우지간 여자가 악의 없는 거짓말을 한다면 절대 안다는 표시를 내면 안 된다. 그걸 밝히는 순간 당신의 기회는 1도 없이 완전히 사라져버릴 것이다. 물론 그녀한테 뭔가 바라는 게 있다면 말이다. 없다면, 밝히고 모욕 주고 민망하게 만들어라. 혼나봐야지.

"자기야, 내가 설명해줄게." 내가 말했다. "철 머리띠는 네 머릿속에서 몸과의 시각적 접촉을 촉각적 느낌으로 바꿔줘. 너의 뇌에 작용해서 손과 발이 가볍게 닿는 느낌을 가짜로 만들어내는 거지. 하지만 소위 코어 세트(core set)라는 가장 강력한 감각 그룹에는 직접적이고 긴 신체 접촉이 필요해. 입술과 성기의 복잡한 자극은 경두개로는 모방이 잘 안 되거든. 그래서 너한텐 딜도가 달린 아이픽이 필요한 거야. 우리 삶의 모든 것처럼 사랑은 타협이니까."

"넌 점점 더 낭만적으로 되는구나." 그녀가 한숨을 쉬며 와인을 홀짝였다.

욕망의 대상과 단둘만 남았을 때 모든 바람둥이들이 겪는 어색한 침묵의 순간이 찾아왔다. 둘 다 무엇이 그들을 고요한 곳으로 이끌었는지 너무나 잘 알고 영혼 깊숙한 곳에서는 가능한 한 빨리 모든 걸 해치우고 싶지만 사교상의 예의로 서로가 서로 앞에서 코미디를 하고 있는 것이다(때로는 자신 앞에서. 특히 경 두 개 자극기에 너무 익숙해졌다면.).

"저기, 음악 틀까?" 그녀가 물었다.

"좋지. 러시아 민요 같은 거 있어?"

그녀가 잠시 생각에 잠겼다.

"있긴 한데 사본이야. 그래도 히트작이야. 지금 모스크바 전체가 듣지."

"뭔데?"

"내가 화면에 띄울게."

"그러니까 **TBM**'이다. 이건 또 뭐야." 내가 눈을 가늘게 뜨며 말했다.

"Transgender Bathroom Maggots, '트랜스젠더 화장실의 구더기'라는 거야. 타이탄 거고. 우린 모두 그들 발의 먼지지."

음악이 연주되었다. 복잡하게 전자 처리된 코삭의 노래였다. 나는 트럼펫, 트럼펫과 북이 울리고 문이 열리고 이교도가 나왔다고 노래하는 것 같은 먼 목소리를 포착했다. 그리고 카르파티아 산맥의 눈보라에 관한 내용도 들었다. 음악에 대해 말하는 건 어렵지 않다.

"앨범 제목은 뭐야?"

"〈비쉘 바쓰루먼(Vyshel Bathrooman)〉, 조국 러시아를 회상하는 거야. 맘에 들어?" 마라가 대답했다.

나는 음악 비평을 재빨리 훑어보았다. 평이 많았는데 주로 캘리포니아에서 온 것이었다. 프로메즈노스티에서는 앨범이 이미 정상에서 물러났으나 보고오스타블렌나야에서는 인기가 상승하고 있었다. 대화를 이어나갈 수 있었다.

"눈보라가 으르렁거린다." 내가 영어를 번역하면서 신중하게 말했다.

"교구의 바이올린들이 또 한 차례 가부장적인 몰락을 예감하고 흐느끼며 흐른다. 하지만 여성 혐오와 소수 억압, 들어서는 백인 특권 정책에 반대하는 문들이 열린다. 그리고 무자비한 기타 리프의 울부짖음과 함께 오래되고 익숙한 '매거트'가 청중에게 나간다… 나라면 C+ 줬겠다."

"그래도 우리 노래잖아. 러시아어 노래라고. 너도 크바스 달라고 했잖아." 마라가 말했다.

대화가 정치적인 색채를 띠자 나는 최신 동향을 알아보려고 네트워크에 들어갔다. 마라 말이 맞았다. 모든 미디어 기준들이 완전히 크바스 쪽으로 갔다. 애국적인 광란이 거의 전쟁 직전의 수준이었다. 레벨 정상 회담 때문이란 걸 깨달았다. 곧 지나가겠지만 지금은 원칙을 보여줘야 한다. 내가 얼굴을 찌푸렸다.

"왜 그래? 뭐 문제 있어?" 마라가 물었다.

"나는 우리의 기형성이 놀라워. 썩어 빠진 외국 변태들이 들어와서 우리 노래를 가져갔고 망치고 왜곡시켰어. 이게 러시아의 영혼을 위한 행복이구나. 긍지구나. 호모들이 눈치챈 거지. 어디서 어리석고 뻔뻔한 외국 돼지들에 대한 노예근성이 우리한테 생긴 거지? 왜 나한테 할리우드 소돔에 대한 뉴스를 정기적으로 알리는 거야? 난 그딴 거 하나도 알고 싶지 않아!"

"난 그냥…."

"아니, 그냥이 아니야."

내 잔에서 와인이 흘러넘치는 게 보이도록 주먹으로 침대를 내리치며 말했다.

"내가 법무부 장관이라면 이 새끼들을 재판에…."

얼룩 걱정은 안 해도 된다.

"그럼 끌게. 너한테 그렇게 영향을 미칠 줄 몰랐어." 마라가 겁먹은 듯 말했다. 그녀가 손을 내저었다. 바쓰루먼은 앞서 나왔던 곳으로 돌아갔고 자기 뒤로 문을 단단히 걸었다. 나는 반대하지 않았다.

"무슨 생각해?" 마라가 물었다.

"아무것도."

"너 지금 뭐 쓰고 있니? 여기서?"

"난 항상 써."

"뭘?"

"내가 보는 것을 노래하지."

"소리 내서 써볼래?"

"대화는 계속되지 않았다." 내가 말했다. "그녀도 옆에 있는데 너무 거칠게 행동했나 보다. 그런 순간에는 유혹하는 비둘기한테 극도로 조심해야 한다. 지나치게 소심하면 가끔 무례하고 오만하게 보인다. 비록 이런 태도가 꾸민 것이라도 당신의 작은 새를 겁먹게 할 수도 있다! 하지만 자신감이 과도해도 같은 결과가 발생할 수 있다. 자신감이 넘치면 대체로 모욕적으로 여겨진다. 그래서 노련한 바람둥이는 유쾌하지만 뻔뻔스럽지 않다. 그는 겸손하지만 용감하며 자제하지 말아야 할 순간을 절대로 놓치지 않는다. 하지만 당신이 그 순간을 놓친다고 겁먹을 건 없다. 이 분 후 다시 당신에게 그 순간이 올 것이고 바로 그…."

"끝, 오늘의 문학은 그만. 더 이상의 입장도 그만." 마라가 말했다.

그녀가 아이픽으로 옮겨갔다. 아이픽의 TS 자극기가 켜졌고 그녀는 내 어깨의 뜨거운 근육의 감촉을 느낄 수 있었다.

"솔직히 말해봐. 너 과거에 이미 있었지. 여자랑 말이야, 아이픽으로?"

"있었다는 건 어떤 의미에서? 존재론적?"

"아, 씨, 여자랑 뒹군 적 있냐고?"

"엄청 많지, 자기야. 그쪽으로 수요가 많거든." 내가 말했다.

"얼마나 만났어?"

"여자는 백마흔두 명."

"헐, 그럼 남자는?"

"이백열두 명. 하지만 늘 아이펙으로 하는 건 아냐. 안드로긴으로도 하니까."

"세상에, 너한테 그런 공식 기록이 있는지 몰랐네."

"우리는 재미있는 파트너거든. 경찰청에서도 가끔 우리를 임대해주지. 하지만 가격이 비싸. 뭐, 특별히 광고하는 건 아니고." 내가 대답했다.

"나도 그럼 널 오늘밤 빌릴 수 있을까?"

"말아, 뭐 달아오른 거야?" 내가 장난스럽게 물었다.

"죽인다. 어떻게 그런 말을 생각해냈어?" 그녀가 말하며 눈을 동그랗게 떴다.

"뭘?"

"방금 내 이름으로 농담한 거잖아? 완전 사람 같아."

"사람 같아 보이려고 농담한 거야." 내가 말했다.

"다른 건 연습 안 했어. 너의 이름으로 말장난할 목록은 처음 만날 때부터 준비해뒀어. 그냥 써먹을 일이 없었던 거지. 이제야 딱 맞는 순간이 온 거고."

"그래, 딱 맞아." 그녀가 속삭였다. 그녀의 손이 아이펙에 미끄러져 들어와 반으로 접힌 딜도 위에서 멈추더니 그 위에 작은 원형의 움직임을 만들기 시작했다. 마치 달걀 프라이에 소금을 뿌리듯 손가락들이 서로 서로 문지르는 것 같았다. 시적으로 표현하자면 눈덩이 속에 얼어붙은 작은 새를 마법의 주문으로 깨우려는 것 같았다.

내가 천장 카메라에서 그녀의 안경으로 옮기자 그녀는 내 실내복의 옷자락을 뒤로 홱 젖히고 제복 바지의 지퍼를 열었다.

"오, 참을성이 없구나, 내 자기." 내가 말했다.

"왜 참아. 우리 둘 다 원하는데, 안 그래?" 그녀가 웃었다.

"안 숨길게. 넌 사랑의 믿음을 잃어버린 내 영혼을 일깨워줬어. 무슨 짓을 한 거야, 매력적인 마녀야?"

"당근은 필요 없어. 더 거칠게. 난 무례하고 강한 게 좋아." 그녀가 말했다.

"좋아. 그럼 TS를 최대로 올려, 대머리 암캐야, 네 사타구닐 완전히 찢어주지." 내가 말했다.

나는 독자가 네트워크에서 늘 보는 묘사로 피곤하게 하지 않겠다. 다만 그녀의 딜도 자극기가 정말 탁월했다. 그렇게 모드가 다양한 건 일찍이 본 적이 없다는 것만 말한다.

우리끼리 이야기지만 모든 여자들에게는 자기만의 비밀스러운 숫자가 있다. 오르가슴이 수없이 찾아올 가능성을 극대화하는 자극기의 주파수 말이다. 물론 정확하고 안정적인 디지털 수치는 아니다. 오히려 정상적인 분할의 중심이라 할 수 있다($\mu=0$ 그리고 $o=1$에서 가우스 함수를 그려보면 내가 무슨 말을 하는지 바로 안다). 중심 주파수는 항상 유동적이며 시간에 따라 아주 크게 변할 수 있다.

어쨌든. 마라의 주파수는 6.66헤르츠. 장난 아니다.

2부. 나 하나만을 위한 비밀 일기

마루하 초의 사업

독자 여러분, 불쾌해하지 마시라. 이 장은 제삼자의 눈이 아니라 나 하나만을 위해 만들었다. 그래서 텍스트에 가늘고 검은 테두리를 둘렀다.

앞서 말했듯이 내 공식 명칭은 경찰 문학 로봇 ZA-3478/PH0이다. 나는 두 가지 기능을 하는데, 다양한 범죄를 조사하고 그걸로 탐정소설을 쓰는 것이다.

아마 이 페이지에서 내가 두 번째 기능을 완벽하게 해낸다는 걸 증명할 필요는 없을 것이다. 하지만 내 첫 번째 기능에 대해 독자들은 내가 잠시 수사 알고리즘을 접고 문학 알고리즘이 된 것 아니냐는 의구심을 가질 수도 있다. 마라와의 일에 내 공식적 측면은 필요하지 않았고 내 특별 임무라는 것이 정보 수집 및 각종 심부름에 불과했으니 말이다.

하지만 그 무엇도 진실에서 멀어질 수 없다. 내 두 번째 측면은 절대로 잠들지 않는다. 나는 나와 접촉하는 모든 정보 시퀀스를 수사한다. 한마디로 다른 건 할 수 없다. 배우지 않았기 때문이다. 내가 여기에 대해 말하지 않았다면 우리 경찰 로봇들이 비인간적인 속도로 수사를 진행하기 때문이다. 탐정소설을 쓰면서 제일 힘든 점은 우리 업무에 대한 보고서를 사람이 이해할 정도로 늘이는 것이다.

내 알고리즘의 문학적 부분은 마치 나, 포르피리 페트로비치가 밤마다 경찰 부스에 앉아 고민에 고민을 거듭하는 것처럼 수사 과정을 묘사하도록 한다. 지금 말하는 수사도 여러 날이라고 늘이기는 했으나 통틀어 사 초 정도 걸렸다. 내 이야기에 혼란이나 의심은 없다. 나한테는 뭔가 불분명하다가 갑자기 분명해지는 순간이 없으니.

모든 것은 서술의 기교일 뿐이다. 장치를 드러내면서 핵심으로 들어가는 것이다. 내 독자들 중에 나한테 우버 외에 다른 장치가 없다고 미심쩍어하거나 조롱하는 자가 있다면 ZA-3478/PH0 시리즈가 무엇을 할 수 있는지 지금 보여주겠다.

집에 전자 보안이 설정됐다면 네트워크 방문자들을 위해 여러 장치를 열 수 있는 특정 제어장치(예를 들면 아폴론 세메노비치 집에 있는 장치)가 있다. 마라도 제어장치가 있어서 우리가 처음 만난 날 그녀가 나한테 열어준 것은 벽에 있는 패널도 미디어 시스템도 아니라 바로 아이픽이었다.

그때도 아닌 밤중에 홍두깨였지만 난 우아하게 말했다. 그녀는 자기 아이픽이 네트워크에 접속이 잘 안 되어 전부 정상인지 확인하려 했다고 설명했다.

우연, 이었나?

아닌 것 같다.

게다가 그녀의 아이픽에서 보안 알고리즘 무더기가 나를 향해 달려들었다. 내 기밀사항을 전부 복사해가면서 자기들의 쿠키도 나한테 남겼다. 상당히 의심스럽다.

당장 날 주문한 여자를 조사했고 미술에 종사하기 전에 무슨 일을 했는지 알아냈다. 1부에서 말한 것보다 훨씬 더 상세하게 말이다.

그녀는 피상적으로 IT를 아는 바보가 아니었다. 마라는 'B' 등급의 코더(coder)였다. 당연히 'A'급은 아니다. 하지만 'C' 등급인 경우에도 용감하면 고수익이 보장되는 프로메즈노스티로 갈 수는 있다. 즉 그녀가 원한다면 내 시퀀스 중 일부를 만들 수도 있다는 말이다. 당연히 전부는 아니다!

마라는 여러 해 동안 첫 번째 전문 분야로는 공식적으로 활동하지 않았다. 나와 대화할 때도 자기의 전문 분야를 언급하지 않았다. 게다가 큰 소리로 낭독하여 우버를 도발해놓고도 자기한테 왜 그런 주제 블록을 틀어주는지 이해 못 하는 척 연기까지 했다.

그냥 여자의 교태인가? 나를 유혹하려고 단순한 여자인 척 하는 건가?

이런 생각은 너무 자뻑이겠지. 바보같이 들릴까봐 말하고 싶진 않지만 나를 유혹하는 데는 별로 시간이 걸리지 않는다. 추파를 던지지도 말고 밀당도 하지 말고 곧장 안경을 쓰고 딜도에 앉으면 된다. 중요한 건 소프트웨어 사용 시간에 맞게 돈을 지불하는 것이다.

그럼 왜? 이유는?

내 여친이 날 죽이려고 하는 게 아닐까? 살을 에는 러시아의 겨울날 떠돌이 개들이 마당에서 절망적이고 사악하게 울부짖던 어느 불면의 밤에 문득 이런 생각이 머리에 떠올랐다.

혹시 내가 모르는 일을 꾸미느라 내가 마라한테 필요한 건가? 나는 생각에 잠겼다. 새똥의 높이(나의 언어유희)에서 본다면 나와 마라의 작업은 뭘 하려는 것인가?

이런 경우 의심스러운 사람이 한 말을 하나씩 되새겨보는 게 좋다. 다행히 우리는 아무것도 잊어버리지 않는다. 마라 스스로 자기의 진짜 목적을 말한 적이 없었나?(인간한테는 이런 경우가 많다).

나는 되새겨보다가 목록의 끝부분에서 찾던 걸 발견했다.〈터뷸런트 2〉를 설명하면서 나한테 한 말이다. 다음과 같다.

마라초	하지만 네가 경찰 로봇으로 혼자 가면 모든 것이 가능해. 그러니까 너도 나하고 동시에 가서 모든 걸 살펴봐.
포르피리 페트로비치	어떤 의미에서?
마라초	모든 의미에서. 거기서 문질러 보고 전부 냄새 맡아 보고 만일을 대비해 사본도 만들어. 사본은 나중에 네가 보는 데서 지우면 되니까 걱정하지 말고. 그냥 한두 번 보기만 할 거니까 위법은 아닐 거야.

'거기서 문질러 보고 전부 다 냄새 맡아 보고….'

'문지르다'는 파일 복사가 아니라 은밀한 서비스를 할 때 내가 할 수 있는 임무다. 만약 알고리즘에 부여된 명목상의 임무는 가짜고 사실 뭔가 다른 것을 원한다면 자신도 모르게 말을 해버렸을 수도 있다.

여기서 두 번째 단어인 '냄새 맡아 보고'가 명확해진다.

이미 말했듯이 마라는 B등급의 코더다. 네트워크와 프로그램이 어떻게 작동하는지 잘 안다는 뜻이다. 당연히 현대 IT 전문용어도 안다. '냄새 맡아 보고'라는 단어가 프로이트의 경구가 되어 내 머리에 불을 켠다.

IT 종사자들, 특히 군대나 네트워크 감시 작업에 관련된 IT인들 사이에는 '메타 냄새'라는 표현이 있다. 현대 네트워크에서의 모든 거래와 정보 교환은 아무리 소소해도 지울 수 없는 전자 '냄새'를 남긴다. 누가 어떻게 특정 정보에 관심을 가졌는지 코드 그룹이 보여주는 것이다.

간략히 말하면 당신의 태블릿은 사이트에 자기 냄새를 남기고 사이트는 당신의 태블릿에 냄새를 남긴다. 게다가 당신의 태블릿의 냄새에는 접촉한 많은 사이트의 냄새가 남고 그 정보는 데이터를 모으는 네트워크 수집기에 남을 수 있다. 특히 사이트나 장치들이 서로서로 '냄새를 맡고' '교배'하면 말이다.

전자 경찰견이 흔적을 찾으면 제일 먼저 관심 분야의 정보 객체와 관련된 모든 메타 냄새를 살펴본다. 하지만 개 코와의 비교는 금물이다. 메타 냄새는 체취처럼 자세하지 않으니까. 그렇지 않다면 정보 보호를 위해 또 다른 네트워크를 만들어야 했을 것이다. 냄새는 지극히 미세하다.

'문질러 보고'와 '냄새 맡아 보고'가 나란히 있다는 것은 마라가 나한테 살펴보라고 보낸 작업 하나하나를 내 메타 냄새로 덮고 싶다는 뜻이다. 그녀한테는 내 의견이 필요치 않다. 그녀한테는 내가 '문질러서' 흔적을 남기는 것이 필요하다. 흔적은 보안된 시스템에서 사본을 만들 때마다 남는다.

하지만 왜? 〈터뷸런트 2〉나 〈열두 번째 과업〉의 정보에 내 자국이 남아서 그녀가 얻는 건 뭔가? 친애하는 독자여, 하룻밤 고민이 아니었다(이 관용구가 사실이라는 데는 털끝만큼의 거짓도 없다. 아무리 문학적 장치라고 하더라도 말이다). 하지만 내 머리에는 아무것도 떠오르지 않았다.

한 가지 외에는.

다음에 그녀가 '문지르고 냄새 맡아 보라고' 보내면 나는 그대로 할 것이다. 단 정반대 순서로 말이다. 그녀가 나한테 살펴보라고 보낸 예술 작품의 냄새를 조심스럽게 맡아 본다. 그다음 만져 보고 사본을 만들고 분석하고 등등.

독자여, 쉿!

마라는 아무것도 몰라야 한다.

우버 5. 정찰

마라의 이런 모습은 본 적이 없었다. 평소처럼 가죽 갑옷 차림이었지만 머리가… 얼굴의 윗부분이 길고 반짝이는 가면으로 덮였다. 마치 평평한 부리와 다면체의 큰 눈이 달린 것 같았다. 흑사병 걸린 의사 같기도 했고 이집트 신이나 영화 속 외계인 같기도 했다.

"너 그게 뭐야?" 내가 물었다.

"너의 새집이야."

"내 집? 네 새로운 해골 같은데."

"포르피리! 난 네가 매번 돈 없는 친척처럼 천장 카메라나 벽 스피커 찾아다니는 꼴 더는 못 보겠어. 이 가면에는 전부 다 있어. 들어와. 열려 있어."

이런 가면은 클럽 청년들 사이에서 유행했다. 네트워크로 들어가는 창도 되고 마약을 먹으면 이상적인 3D 자극기 역할도 해주니 쓸 만했을 것이다. 대부분 카메라와 마이크, 스피커와 메모리도 갖췄다. 상시 피난처로는 내게 적합하지 않지만(나와 가면의 매개변수가 딱 맞지는 않았다) 같이 바깥으로 나가기에는 편리한 거점이다. 가면을 쓰면 마라가 보는 것과 똑같은 걸 볼 수 있다.

"자. 들어와. 열려 있어." 그녀가 반복했다.

나는 네트워크에서 가면을 찾아 센서에 접속했다. 맨날 극에서 극으로 점프하는 것보다 진짜로 훨씬 편했다.

여친의 외로움을 제때 달래주면 자다가도 떡이 생긴다.

"네가 말도 할 수 있어, 해봐." 우리가 우버에 앉자 마라가 말했다.

"해볼게. 나 오늘 너무 이상해. 손거울 어딨니?" 나는 음성 합성기를 사용하여 그녀의 목소리를 따라했다.

"잘 되네. '이상해, 손거울'이란 말은 또 어디서 가져온 거니?" 마라가 말했다.

"'금발에 대한 천 가지 농담', 이십오 년도 일람표에서. 여자의 말을 남성 중심적으로 합성할 때 딱이더군." 내가 대답했다.

"내가 뭐 금발이야?"

"이 가면 쓰면 몰라."

우버에 타자 마라가 인포테인먼트 블록을 껐다. 그녀는 내가 생생한 삶의 몇 페이지를 소설에 넣는 걸 방해할 수만 있다면 사회세 정도는 기꺼이 낼 수 있다고 생각하는 것 같다. 그러고 보니 거슬리는 BDSM 모티브가 그녀의 개인 디자인에 많은 것도 다 이유가 있었다.

가는 내내 우리는 거의 말을 하지 않았다.

"우리 어디로 가는 거야?" 마침내 내가 그녀의 목소리로 물었다.

"미리 말하면 재미없지. 도착하면 알게 돼." 그녀가 대답했다.

"누가 보면 이상하겠다. 웬 가면 쓴 여자가 혼자 중얼거리고 앉아 있어서." 내가 한 번 더 그녀의 목소리로 말했다.

"그래, 나 오늘 너무 이상해… 손거울 어딨니?" 그녀가 말했다.

나는 킥킥거리며 우버의 경로를 찾기 위해 네트워크를 서핑했다. 차는 갤러리 'HEA'의 박물관으로 가고 있었다. HEA는 부정을 뜻하는 평범한 러시아어 단어가 아니라 '하이 이그제큐티브 아트(High Executive Art)'의 약자다. 일반적으로는 박물관 안에 갤러리가 있지만 여기는 무슨 이유에서인지 반대다. 비교 연매출 때문인가.

갤러리에는 비공개 전시회인 '최후의 석고/The Ultimate PLASTER'가 진행되고 있었다(아마 대문자를 사용한 이유가 있겠지만 별도로 알아보진 않았다). 시스템을 뒤적거리다가 오늘 마라 앞으로 개인 견학이 예약된 것을 발견했다. 상당한 금액을 지불했다. 그래서 우리가 온 거군. 이미 오 분 늦었다. 나는 마라의 가면으로 돌아왔다. 여친의 머리에 앉으니 농담이 하고 싶어 잠시 생각에 잠겼다.

마라는 정찰하러 나 혼자 보내는 대신 포르피리 페트로비치를 작은 강아지처럼 데리고 갔다. 여러 정보 냄새의 대상으로 다음 미술품을 꼼꼼하게 살펴보고 싶었던 내 마음을 아는 것처럼 말이다. 하지만 내가 작업을 하는 데 아주 짧은 시간만 있으면 된다는 생각은 못 한 것 같았다.

"무슨 생각해, 포르피리?" 마라가 물었다.

"나? 음⋯." '음'이라고 말한 뒤 오 밀리 초 지나 마라의 머리에 쓴 가면에서 나와 하이 이그제큐티브 아트 시스템에 들어갔다. 내가 적용한 절차를 설명하느라 독자를 피곤하게 하지 않겠다.

복잡하고 상당히 전문적인 내용이니.

물론 교환되는 기계 코드를 전부 출력할 수도 있다. 하지만 어떤 비평가라도 이해할 수 있는 전화번호부에서 가져온 열 페이지 정도의 단순한 출판물이 문학계에 일으킨 위경련을 미루어보면(내 경험에서 나온 실제 사례를 말하고 있다) 여기 사람들은 아예 하나도 이해하지 못할 것이고 자기의 완벽한 무지를 느낄 것이며 또다시 나를 향해 신선하지 못한 담즙의 파도를 쏟아낼 것이다.

따라서 거칠되 이해 가능한 유추를 사용한다. 고요하고 맑은 날 부두에 서 있는 『비밀의 바지선』을 상상해보시라(동명이나 내 책의 불공평한 운명이 참으로 놀랍다). 바닥에서 바지선까지 사다리가 걸렸다. 어떤 사람이 선착장에 와서 사다리를 타고 올라가더니 갑판에서 보이지는 않지만 개코라면 충분히 감지할 흔적을 남기며 바지선 여기저기를 돌아다닌다.

이전에 난 이런 식으로 미술 작품에 접근했다. 이제는 복잡한 센서가 많이 달린 스쿠버 장비를 착용한 누군가 조심스럽게 심해에서 올라와 바지선에 접근하지만 결과물이 나오기 전까지는 선체를 만지지 않고 떨어진 상태에서 물의 화학 성분을 조사한다고 상상해보시라.

상상하기 어렵다면 이것이 내 『비밀의 바지선』의 숨은 광고라고 가정하고 라텍스 장갑을 끼고 태고의 흔적에서 최근의 성층을 분리해내려고 애쓰는 고고학자를 상상하시라.

나는 이 미술 작품이 인간적인 의미의 관점에서 무엇이었을지 생각해보지도 않았다. 조사를 하는 동안 나한테 작품은 몇 개로 갈라진 데이터 복합체의 교묘한 화합물이 되었고 관심을 끈 건 내가 조심스럽게 빗질한 정보의 턱수염뿐이었다. 나는 '조화롭게 한 석고'라는 이상한 이름만 생각했다. '조화로운'이 아니라 '조화롭게 한'이라니. 아마도 '조화롭게 만든 음'이라고 말할 때의 의미인 것 같다.

작품의 전사(前史)에 대해 뭔가를 밝혀내야 하는데 어려웠다. 처음 드러난 상태만 보면 거의 멸균된 듯했다. 내가 찾아내기 전까지는 말이다.

약한 아이퍽 10의 냄새. 그냥 아이퍽 10이 아니다. 마라의 아이퍽이었다. 나한테 자기 냄새를 남긴 아이퍽 말이다. 처음에는 놀라지 않았지만 나중에는… 아아. 이것 때문에 나를 보내 석고 걸작품들을 문지르도록 했던 것이다! 내 머릿속에서 깜박거리는 추측에 따르면 그것들의 정보 아우라에 이미 그녀의 아이퍽의 흔적이 있었기 때문이다! 그녀는 합리적인 설명을 하면서 유일하게 가능한 방법으로 흔적을 숨기려 한 것이었다. 그녀 생각의 우아함은 감히 말하건대 천재적이다.

메타 냄새가 무엇인지는 이미 설명했다. 이제 어떻게 분석하는지 설명할 차례. 그 누구도 매번 깊이 냄새를 맡지 않는다. 네트워크에 있는 매타 냄새의 종류가 수조에 달하니 말이다. 그런 능력은 아무한테도 없다. 통계만 흥미롭다. 언뜻 보기에는 우연한 관계를 수없이 분석하다보면 예상이나 설명이 불가능한 트랜잭션 패턴이 갑자기 떠오른다. 그걸 세밀히 살펴본다. 이게 네트워크 탐정들의 수사 방식이다.

어떤 경찰이 수사해도 마라의 아이퍽과 석고 미술품들 간의 관계가 드러났을 것이다. 하지만 이제 석고에는 내 흔적도 있다. 수사 알고리즘들이 정보 공간에서 내 흔적과 나란한 그녀의 사랑 도구의 흔적을 발견하고 콧수염에 추잡스런 웃음을 띨 것이다. 불 보듯 뻔하다. 영웅이자 남친 그리고 기타 등등인 포르피리 페트로비치를 통해 접촉했대. 문제는 해결되었으니 다음 사이클로 넘어가자.

아울러 나(나 자신!)도 내 여친 아이퍽의 흔적을 지난번 관계에서 나한테 묻어온 정보 먼지로 받아들였어야 했다. 내가 속한 수사 시스템이 이미 나와 그녀의 아이퍽의 연관성을 안다. 정보 아우라에 내 흔적이 같이 있다면 그녀 아이퍽의 흔적이 거기에 있는 이유에 대한 모든 질문에 답할 수 있다. 우리가 처음 만났을 때 그녀가 처음, 제일 처음 한 일도 나를 자기 아이퍽으로 유혹한 것이지 않은가!

그렇지만 오늘 작품은 아예 건드리지도 않았다. 이전에 접근한 적도 없었다. 또한 마라와 이 작품의 가능한 관계도 특별히 추적했다. 그래서 웬만해서는 눈에 띄지 않는 이 증거를 발견할 수 있었던 것이다.

마라의 계산은 단순하고 정확했다. 경찰의 기술과 방법을 완전히 꿰뚫고 있었다. 아니, 크게 마음 먹으면 디지털 녹취 속에 남은 흔적의 위치로 그것이 언제 남았는지 밝힐 수도 있을 것이다. 어쨌든 이론상으로 그렇다. 하지만 그러려면 찾는 것이 무엇인지 정확히 알아야 한다. 안 그러면 전부 개코로 냄새 맡는 것 정도의 정확도밖에 안 된다. 경찰견한테는 냄새가 있느냐 없느냐 이상의 질문은 없다. 누가, 언제, 어떻게 길을 지나갔느냐는 살펴보지도 않는다.

수사 과정에서는 엄청난 수의 인과 고리를 탐색하여 명확한 설명이 가능한 고리는 바로 버린다. 뭔가 이상하다고 의심하는 건 인간뿐이다. 문제는 나와 마라의 뜨거운 로맨스가 알려진 다음부터 어떤 알고리즘도 인간의 수준까지 정보를 끌어올리려고 마이크로 쿠키에 관심을 가지지는 않을 거라는 사실이다. 마라도 알고 있었다.

이제 그녀의 아이픽의 흔적은 내 지문 아래 안전하게 감춰졌다. 마치 두툼한 담배 뭉치 밑에서 나는 밀수꾼의 신발 냄새처럼. 밀수꾼이 피우는 바로 그 종류의 담배.

네가 어떤 여잔지 잘 알겠어. 마음이 끌려서, 아니 하다못해 육체가 끌려서가 아니었어. 나를 몰래 이용하기 위해서였어. 그러니까 네 사랑은 처음부터 끝까지 완전히 거짓이었어.

넌 내 영혼에 검은 독을 뿌리려고 사랑하는 척한 거야.

난 당연히 이런 일로 별 상처를 안 받지만 내 소설의 예술적 논리에 따르면 내 인간화된 마음은 심하게 상처받아야 했다. 나는 늦가을의 온화한 마음이 배신당하여 지치고 혼란스러운 마음만이 할 수 있는 무섭고 냉혹한 복수를 해야겠다는 마음을 먹었다.

"무슨 생각해?" 마라가 반복해서 물었다. 삼 초 반이 지났다. 길다.

"어떻게 처신할지 생각해."

"어디에서?"

"우리가 가는 거기에서. 누가 말할 거야? 나 아니면 너?"

"내가 말할 거야. 넌 전시품을 둘러보면서 사본을 만드는 게 낫겠어. 금지라는 건 알지만 뭐 나중에 다 지울 거니까." 마라가 전화기를 숨기며 말했다.

"알았어. 둘러보고 문질러 보는 거지." 내가 대답했다.

"단 섬세하게. 진지한 곳이야. 내 명성에 먹칠하지 마. 다 왔네." 마라가 말했다.

하이 이그제큐티브 아트

박물관 HEA는 오래된 모스크바 골목의 작은 단독건물에 있었다. 조용하고 고급스러웠지만 벼룩 편자 박물관으로도 너무 작을 정도였다. 번쩍이는 금속 가면을 쓴 반나체의 여자 방문객이 박물관에 나타나도 아무도 놀라지 않을 곳이었다. 다양한 괴짜들에게 딱 맞는 장소, 현대미술의 성전이었다. 하이 이그제큐티브들이 좀 더 넓은 장소를 임대해도 됐을 텐데.

연미복에 나비넥타이, 검은 가죽 치마에 그물 스타킹 차림을 한 여자 컨설턴트의 안내를 받으며 이 층에 올라가자 모든 것이 명확해졌다(나는 어딘가에서 말을 기다린다는 의미로 그녀를 '기병대 여인'이라고 부르고 싶었다). 작은 방에는 집전장치(몸이 바닥 위에 매달려 있는 동안 가상공간에서 달리기 위한 것으로 프로 슈터 게이머들이 사용)가 달린 새 기기 네 대와 '로르샤흐의 탑'의 환자들이 철퍼덕 누울 것 같은 표준형의 경두개 그물 몇 개가 있었다. 박물관은 물론 가상이었다.

마라가 머리에 쓴 가면은 다른 것은 차치하고 멀티시스템 증강 안경이어서 집전장치에 연결되었고 그것으로 내 여친이 박물관에 바로 접속할 수 있어서 나도 그녀의 눈으로 모든 것을 볼 수 있었다. 우리는 넓고 둥근 홀에 있었다. 홀이 얼마나 큰지 멀찍이 있는 벽도 제대로 보이지 않았다. 사막 같았다. 표면은 완벽하게 평평하고 하얬으며 삼 미터 높이의 하늘도 마찬가지였다. 우리에게서 조금 떨어진 곳에 반투명 보호 덮개를 씌운 격자 실린더가 달린 거대한 기둥이 있었다. 더 이상 아무것도 보이지 않았지만 나는 주위에 숨겨진 북마크가 얼마든지 있다는 걸 알았다.

마침내 기병대 여인의 모습이 샴페인 코르크 마개 따는 소리와 비슷한 박수 소리와 함께 공간에 그려졌다. 증강 환경으로 옮겨와서도 그녀의 모습은 하나도 변하지 않았다(여기처럼 비싼 장소에서는 특별한 세련됨이 있는데, 예를 들어 부유한 고객이 레스토랑에서 나가지 않고 가상으로 성추행할 수 있도록 해주는 매력적인 웨이트리스가 있다).

"그럼 견학을 시작할까요?"

"먼저 하이 이그제큐티브 아트의 개념을 설명해주세요. 그게 도대체 뭔가요?" 마라가 부탁했다.

컨설턴트가 예상한 질문인 것처럼 고개를 끄덕였다.

"저는 보통 뉴스와 비교하여 이 개념을 설명합니다. 자, 보세요. 임원이라면 세계에서 무슨 일이 일어나고 있는지 정확히 알아야 합니다. 그래서 그는 크게 두 가지로 행동합니다. 첫째, 반나절은 뉴스를 읽으며 미디어를 뒤적거리고 나머지 반나절은 네트워크를 서핑하며 미디어들에 대한 정보를 수집하여 그들이 어떤 종류의 거짓말을 하는지와 누구의 지휘로 움직이는지 알아본 다음 밤에는 다소 수정된 현실의 그림을 얻으려고 두 정보의 흐름을 하나로 합치는 겁니다." 그녀가 말했다.

"지루한 절차죠." 마라가 말했다.

"네." 컨설턴트가 맞장구쳤다. "시간 면에서도 매우 낭비죠. 하지만 두 번째 방법이 있습니다. 힘든 일을 조수한테 맡기는 거죠. 조수가 직접 껍질을 다 벗기고 인간에게 불쾌한 것을 모두 수정하여 소금물로 선동적인 내용은 제거한 다음 사건의 본질을 반영하는 몇 가지 의미 있는 구절들만 추출해줍니다. 조수는 정보를 왜곡하지 않습니다. 돈을 주는 사람이 언론의 수혜자가 아니라 고용주니까요. 오히려 꼼꼼하게 잘 다려서 주죠."

"정보를 잘 다려서 준다. 멋진 이미진데요. 대장간하고 불꽃이 떠오르네요." 마라가 말했다.

"우리 갤러리의 기능도 아주 비슷합니다. 우리가 뭘 하려고 하는 걸까요? 첫째는 현대미술이라는, 현대라는 게 좀 조건적인데요, 우리는 석고도 여기에 넣거든요. 어쨌건 현대미술이라는 광대한 바다에서 전체 그림을 명확히 보도록 해주는 제일 중요한 요소와 모형들을 낚아 올리는 겁니다. 둘째는 판매를 위해 언제나 전시품을 둘러싸고 있는 스핀 조작을 제거하는 겁니다."

"그건 어려워요. 현대 예술은 주로 조작으로 이루어지니까요." 마라가 말했다.

"네." 컨설턴트가 동의했다. "제 표현이 정확하지 못했네요. 조작을 제거하는 것이 아니라 조작이 무엇을 둘러싸는지를 보여주는 거죠. 우리 전시품들은 현대 문화 현상의 본질 자체에 대해 정확하고 명확한 개념을 설정하게 해줍니다. 미국 친구들 말처럼 헛소리가 아닙니다. 우리 고객들은 무엇보다 투자 대상으로서 석고에 관심이 있는 겁니다. 그래서 우리의 첫 번째 임무도 그들에게 미술의 방향성 자체를 보여주는 겁니다, 해석과 관계없이요."

"가능할까요?" 마라가 웃었다.

"돈이면 모든 게 가능합니다. 우리는 조작을 완전히 제거하려는 게 아니에요. 말하자면 파리 같은 게 없는 양질의 커틀릿을 제공하는 거죠. 일반 소비자들의 커틀릿에는 꼬물거리는 파리가 들어 있지만요." 컨설턴트가 웃으며 대답했다.

"궁금하네요. 실전에서 어떨지 살펴보는 것도 재밌겠어요. 그런 책임감 있는 전시를 위해 당신이 선택한 건 뭔가요?" 마라가 말했다.

"그럼 시작하겠습니다." 컨설턴트가 뒤돌아 뭔지 알 수 없는 전시품이 달린 기둥으로 천천히 걸어갔다.

마라가 나를 뒤따르게 했다. 비유로 말하자면 나는 사악하고 결단력 있는 거인의 어깨에 앉은 작은 원숭이처럼 느껴졌으며 이 멋진 비유를 기꺼이 소설에 삽입했다.

컨설턴트가 두 손으로 기둥에서 반투명 덮개를 벗기자 그 아래에 숨겨진 격자의 물건이 뚜렷이 드러났다.

녹슨 새장이었다. 새를 가둬두는 일반적인 새장이었고 둥근 윗부분의 꼭대기에 고리가 달렸다. 그런데 새장 안에 새가 발을 놓는 횃대가 없었다. 바닥은 돌처럼 굳은 담뱃재 같은 것으로 덮였고 먼지투성이 하늘색 접시가 있었다.

새장의 창살에는 방패를 배경으로 칼이 수직으로 그려진 오래된 에나멜 배지가 붙어 있었다. 배지 밑에는 0:0을 나타내는 하늘색 플라스틱 타이머가 걸려 있었다. 새장 문은 열려 있었다.

"물리적 작품인가요?" 마라가 물었다.

"거기에 속합니다." 컨설턴트가 대답했다.

"새장은 복제한 다음 수장고에 보관하고 있고요. 여기서는 원본 파일을 보여드리는 겁니다. 그 이하라면 우리 고객님들이 좋아하지 않으실 테니까요."

마라가 끄덕였다.

"앞서 말씀드렸듯이." 컨설턴트가 계속해서 말했다. "우리 고객들이 석고를 비롯한 미술에 관심을 가지는 건 무엇보다 투자 대상으로서입니다. 그런데 초기와 특히 중기 석고에서 비평적으로나 인간적 관점으로 가장 흥미로운 방향은 두말할 것도 없이 액셔니즘(Actionism)[36]입니다."

"그렇죠." 마라가 말했다.

"당시에는 액셔니즘에 투자하는 것이 불가능하다고 생각했습니다. 물론 정보 정치적 영향을 미치는 구조가 아니라 일반적인 수집가를 말입니다. 예술 작품으로서 액션은 독특하고 개성적이며 뛰어나지만 기껏해야 미디어 흔적만 남을 뿐이죠. 당시에는 사건에 소유권이나 복제 불가능 기술, 숨겨진 미술이라는 개념 자체가 아예 존재하지 않았습니다."

컨설턴트가 새장 쪽으로 손을 들어 작은 문을 조심스럽게 건드렸다.

"돌파구는 모스크바 아트 비엔날레에서 '액셔니즘 판화'라는 개념이 나오면서 생겼습니다. 소위 말하는 액션 판화 말입니다.

---

36 1960년대 오스트리아 빈 중심으로 미술가들이 벌인 예술 활동으로 신체의 일부나 피 등으로 퍼포먼스를 벌였다.

원인은 솔직히 말해 바로 '투자 대상'[37]의 필요성 때문이었고요. 경제적 필요성이 생길 때 인간의 정신은 놀라운 창의성을 발휘하는 법이니까요."

"그 개념의 작가는 정확히 누구였나요?" 마라가 물었다.

"많은 사람이 주장하지만 현재 단정 짓기는 어렵습니다. 세월이 많이 흘렀으니까요. 개념의 핵심은 원본 액션-진술과 똑같이 독특하고 생생한 작품을 만들 수 있다는 것과 그것이 원본과 마찬가지로 시간과 함께 흐르는 프로세스라는 데 있습니다.

더구나 그렇게 살아서 흐르는 재현물이 여러 개가 될 수도 있고요. 바로 이런 이유로 이 개념을 판화라고 부르는 겁니다. 아시다시피 판화는 에칭의 복사물이지만 작가가 직접 복사한 경우는 원본 액션-진술로 간주되지요. 예를 들어 살바도르 달리의 판화는 지극히…."

"알고 있어요." 마라가 웃었다.

"세계 최초의 투자 액션 판화 시리즈 작업을 위해 세계적으로 저명한 화가이자 러시아계 프랑스인인 액셔니스트 파플렌스키가 초청되었습니다. 모스크바에서는 그의 작품 중 동시대 사람들에게 가장 인기 있는 것이 무엇인지 알려고 특별히 전화 설문 조사를 실시했고요. 큰 격차를 벌이며 선정된 작품이 바로 〈FSB에 잡힌 남근〉이었습니다."

마라가 얼굴을 찌푸렸다. "그게 정말 파블렌스키의 작품인가요?"

---

37   investment vehicle

"네, 물론입니다. 파블렌스키는 어떤 액션을 한 다음 칠 개월 정도 FSB에 잡혀 있었는데, 전적으로 미술 작업으로 볼 수 있습니다. 물론 파블렌스키한테는 이론적인 관점에서 볼 때 좀 더 선명한 진술도 있습니다. 반(反) 트럼프 액션인 〈음부 잡기(Pussy Grab)[38] #3〉말입니다. 이후에 정보국이 러시아를 떠나라고 강요했죠. 하지만 큐레이터들이 후원자들의 요청으로 우리 시대 패러다임의 문화적 지배자와 공개적인 갈등을 빚지 않기로 했고 선정할 때도 약간의 순응주의를 발휘한 겁니다."

"알겠네요. 겁먹은 거죠." 마라가 한숨을 쉬었다.

"그렇게 말할 수도 있겠네요." 컨설턴트가 웃었다. "파블렌스키는 칠 개월 동안 갇혔기 때문에 역동적인 판화의 재현도 그동안 진행해야 했습니다. 전부 열두 개 액션 판화를 만들기로 결정했지요. 그 이상은 공장 생산 같으니까요."

"아하, 이제 이해가 좀 되네요. 이게 판화예요?" 마라가 새장을 보며 말했다.

"그렇기도 하고 아니기도 합니다. 판화는 칠 개월 동안 새장에 갇힌 기니피그니까요. 파블렌스키가 직접 기니피그를 가두고 다른 작업에서 가져온 기니피그 관련 인용을 과하게 알린 거죠. 그는 기니피그마다 음낭을 아주 작은 브로치, 그러니까 크렘린 자갈의 작은 조각이 달린 영국제 은 바늘로 뚫었어요. 곱지 않게

---

38   미국 대통령 트럼프가 TV에 나와 여성의 성기를 움켜쥐고 키스를 했다고 떠벌린 일을 비아냥거리는 것

하려면 은이 필요했고요. 왜냐하면…."

"알아요." 마라가 고개를 끄덕였다.

"그리고 귀를 조금 잘랐습니다. 아주 조금, 손톱깎이로 잘라냈습니다. 기니피그의 목에는 파블렌스키 자신이 여러 액션에서 했던 것처럼 '푸시 라이엇(Pussy Riot)에게 자유를!'[39]이라고 쓴 골판지를 매달았고요. 이미 푸시 라이엇은 자유의 몸이었지만 당시 국제 예술 시장은 반향을 일으키며 눈에 띄는 문화 코드를 요구했거든요.

그래서 새장 바닥 매트도 나제즈다 톨로콘니코바와 슬라보예 지젝이 주고 받았던 서신의 영어 판본을 사용했습니다. 책자는 너무 젖어서 지금까지 전해지지 못해 참 유감이지요.

게다가 기니피그는 입도 막았습니다. 먹이도 새장에 부착된 병에서 수의사가 정한 가는 관을 통해 받았고요. 자, 보세요, 결박의 흔적들이 남아 있습니다."

컨설턴트가 새장에서 삐져나온 짧은 철사 조각 두 개를 가리켰다.

"잠깐만요, 입을 막았는데 접시가 왜 있나요?" 마라가 말했다.

컨설턴트가 손가락을 들었다.

"보세요! 벌써 불편한 질문을 하시잖아요. 예술이 자아실현을 했다는 뜻입니다. 마라, 당신도 큐레이터잖아요. 얼마나 많은 대

---

39 푸틴 반대 시위를 벌인 러시아 인디 밴드인 푸시 라이엇에게 유죄가 선고되자 푸시 라이엇의 무죄를 주장하는 시위가 세계적으로 일어났다. 이때 사용한 구호가 '푸시 라이엇에게 자유를!'이었다.

답이 가능할지 굳이 말씀드릴 필요가 있을까요! 이미 기원전에 주어진 대답도 있는데 시냇물을 곁에 두고 목말라 하는 거지요."

마라가 확신 없이 끄덕였다. 연기 잘 하는데, 나는 생각했다.

"여기 이 작은 상자는." 컨설턴트가 계속해서 말했다. "이미 짐작하신 것처럼 타이머입니다. 칠 개월 예정으로 켜진 타이머는 시간 속의 작품의 한계성을 강조합니다. 여기에 액션 판화에 특징적인 이중성이 나타납니다. 한편으로는 우리 앞의 객체이면서 다른 한편으로는 프로세스인 이중성 말입니다. 그 시대에는 이 모든 것이 아주 혁신적이었습니다."

"그 판화들은 어디 갔나요?"

"비엔날레에서 팔렸습니다. 아니면 트리엔날레에서 팔렸겠지요. 국경을 넘어갔습니다. 순식간에 큰돈을 받고 간 거지요. 정권의 앞잡이들은 이것이 영향력 있는 국제기구들이 문화 마이단[40]에 자금 지원을 하려는 수단이라고 주장했습니다. 당시에는 직접적인 후원금이 금지되었거든요. 판화 두 개는 체첸의 거물급 인사들한테 팔렸습니다. 그들은 연루되었을 리 없다고 생각한 거죠."

"설마 체첸인이 산 거예요?" 마라가 놀랐다.

"네. 여기서 러시아 미술사의 또 하나의 비극의 장이 열린 겁니다."

"잠시 둘러볼 수 있을까요? 자세한 설명 없이요."

---

40   우크라이나에서 유럽 연합의 통합을 지지하는 대중의 요구로 시작된 대규모 시위

"그러지요. 새장에 타이머가 보이시죠? 액션 판화의 의미는 때가 되면 기니피그가 석방되는 데 있습니다. 이 조건은 각 작품의 판매 계약에 포함됩니다. 외국의 부유한 구매자들과는 문제가 없었습니다. 그들이 기니피그를 전부 석방했다는 사실을 법적으로 공증한 비디오 보고서가 왔으니까요. 하지만 이 체첸인들과는… 사실 그들은 대리인을 통해 판화를 구입한 것이라 법적으로 기니피그를 석방해야 할 의무는 중개인한테 있었습니다. 체첸인이 거래의 최종 수혜자지만 법적인 면에서는 아무런 의무도 없었던 겁니다. 그런데 칠 개월 뒤 중개인의 흔적이 묘연해졌습니다."

"대체 그들이 왜 판화를 샀을까요? 왜 그런 방식으로?"

"왜인지 대략은 이해가 됩니다." 컨설턴트가 대답했다. "정치적인 건 전혀 아니고요. 지방정부가 그들에게 문화적으로 성장할 수 있도록 자국의 미술품을 구매하라는 명령을 내린 겁니다. 그래서 모스크바로 급사를 파견하여 당시 거래된 작품 중 제일 비싼 걸 구입한 거고요. 비엔날레의 액션 판화가 그냥 손에 들어온 겁니다. 왜 그런 방식으로 샀는지는 명확하지 않군요. 당시에는 그런 거래가 많았습니다. 더 편했거든요."

"네에." 마라가 말했다. "칠 개월 뒤 무슨 일이 일어났나요?"

"그게 문젠데요, 아무것도요. 체첸의 구매자들로부터 아무 정보도 오지 않았습니다. 그래서 모스크바 지식인이자 미술비평가인 젊은이 두 명을 체첸에 보냈습니다. 그들의 액션으로 인해,

아니 그들이 어떤 액션도 하지 않아 러시아 액셔니즘의 명성이 위협받고 있다는 걸 설명하려고요."

"그래서요?"

"두 젊은이도 모스크바로 돌아오지 않았습니다. 조사는 했지만 정확하게 밝혀진 게 하나도 없어요. 북마크에 이 주제로 비디오가 있습니다. 예를 들면 이런…."

컨설턴트가 공중에서 손을 움직이자 우리 앞에 화면이 켜졌다. 화면에 카라쿨 양털 모자를 머리에 쓰고 검은색 줄무늬 정장을 입은 뚱뚱한 남자가 나타났다. 그는 자기를 향한 TV 채널 엠블럼이 달린 마이크들을 손가락으로 가리키며 화난 목소리로 말했다.

"나는 그들에게 말합니다. 무슨 자유? 거기는 지금 춥습니다. 기니피그는 작은데 독수리나 늑대한테 잡아먹힐지도 모릅니다. 내 기니피그는 잘 지냅니다. 모두가 예뻐하고요. 우리는 바늘을 빼주었습니다. 튜브와 핀도요. 다 나아서 지금 아이들과 놀고 있습니다. 그 사람들은 요구합니다. 아니, 지금 당장 거리에 버려라. 그들은 말합니다. 넌 아무것도 모르는 명청이야. 그들은 다른 말은 많이 알면서 기니피그는 하나도 불쌍해하지 않습니다. 그런 젊은이들은 이미 짐승입니다. 한마디로 가슴에 심장이 없는 거죠. 아니요, 지금 그들이 어디 있는지 모릅니다. 우리가 그들을 미행하는 것도 아니고요"

화면이 꺼졌다.

"이어지는 이야기에 관심 있으시면." 컨설턴트가 말했다. "북마크에 당시의 다른 문서가 있습니다. 소쿠로프 감독의 영화 〈두 사람의 마음〉의 연출 시나리오입니다. 예술의 진실을 위해 싸우려고 체첸에 갔던 모스크바 지식인들의 운명에 관한 것이지만 재정 검열 때문에 찍지 못했습니다."

"다음에요." 마라가 웃었다. "알겠어요, 새장은 그럭저럭 이해돼요. 이게 전부인가요?"

"아니, 전부는 아닙니다." 컨설턴트가 대답했다. "이제 시작일 뿐인데요. 당신을 왜 집전장치에 매달았을까요?"

"아직까지는 모르겠네요." 마라가 말했다.

"보세요, 사방에 하얀 사막이 뻗어 있습니다. 사막을 따라 어떤 방향으로든 갈 수 있습니다. 일 분 정도만 걸어도 두텁고 자욱한 안개 때문에 아무것도 보이지 않지요. 하지만 안개를 뚫고 계속해서 앞으로 앞으로 나가 이만 킬로미터를 걸어가면(쉬지 않고 빠른 걸음으로 걷는다면 육 개월 정도 후에는) 다른 쪽 극에 다다르게 됩니다. 집전장치는 이걸 직접 확인하고 싶을 때 필요할 겁니다."

"왜 이만 킬로미터인가요?"

"지구의 양극 사이의 거립니다. 여기에 지구가 상징적으로 만들어져 있어요. 공은 지구 크기와 같고요. 그래서 당신이 어떤 방향으로 가든 우리 예술 작품으로 오게 되는 겁니다."

"네에, 집전장치는 알겠네요." 마라가 말했다. "그러면 다른 쪽

극에는 무엇이 있나요?"

"〈조화롭게 한 석고〉의 두 번째 초점이 있습니다. 행성 음양에 따라 구성된 작품이지요. 반을 나눠 남성 반쪽이 〈FSB에 잡힌 남근〉이라면 여성 반쪽은…." 컨설턴트가 목에 기름칠을 하려는 듯 헛기침을 했다. "〈세계 대양에서 일하는 음부〉라고 할 수 있죠."

"왜 '세계 대양'인가요?"

"이건 수준 높은 풍자입니다. 피할 수 없는 세계 정부에 대한 은밀한 접근(알다시피 석고 시대의 모든 세계관은 이걸로 덮여 있다)이라고 할까요. 우리는 놀라서 그냥 되물을 뿐이고요. '세계 대양'이라고! 어쨌든 신선한 건 사실이지요?"

"어쩌면요." 마라가 동의했다.

"이런 대체는 현실에 기반을 둔 겁니다. 대양은 궁극적으로 비, 구정물, 흘린 피, 봄날의 시냇물, 우리의 일상 음료 등 모든 것을 받아들입니다. 우리가 세계 정부를 위해 일하는 것도 궁극적이고 고차원적인 의미에서는 세계 대양을 위해 일하는 거라는 뜻이지요. 의미론적 장난이 좀 낯설기는 해도 객관적으로 흘러나오는 석고 패턴의 음모를 좀 더 선명하게 드러낼 수 있지요."

마라가 천장과 바닥이 한데 모이는 안개 띠를 쳐다보았다.

"제가 제대로 이해했다면 저한테 반년 정도 시간이 있을 경우 거기로 갈 수 있다는 거죠?" 그녀가 물었다.

"모든 게 그리 단순하지 않습니다." 컨설턴트가 입술을 깨물었다.

"왜죠?"

"설문에 성별이 '고환 달린 여성'이라고 돼 있네요."

"그래서요?" 마라가 찡그렸다. "성별 때문에 절 거부하는 건가요?"

"이것도 개념의 일부입니다. 러시아의 석고에는 등록되거나 인정되지 않은 신분이라서요. 오직 모계의 여성이나 부계의 남성만 상징적인 여행을 할 수 있습니다. 거부당하는 게 억압적인 시대에서 불어오는 틈새 바람이라고 느끼시겠지만 이렇게 해야 〈조화롭게 한 석고〉의 신뢰성을 유지할 수 있으니까요. 위로가 될지 모르겠지만 전통적인 성별 그룹 중 다른 쪽 극에 도달한 사람은 아직 아무도 없답니다."

"거기에 뭐가 있는지 말해줄 수 있어요?"

"우리는 개념상 불확실하다는 것만 강력히 암시하지 최종적이고 일방적인 답변은 드리지 않습니다." 컨설턴트가 웃었다. "암시와 침묵을 조화롭게 할 필요가 생기네요. 하지만 당신의 권리를 침해한 게 마음에 걸려서 거기에 소금기 있는 붉은 얼음으로 만든 표현주의 조각이 있으며 형태상 다른 쪽 극의 이름과 명목적으로나 암시적으로 거의 상응한다는 건 말씀드립니다. 조각은 모스크바 근교 우리 수장고의 냉장실에 물리적 작품의 형태로도 존재하고 여행의 끝에서 당신을 기다리는 가상 작품의 형태로도 존재합니다."

나는 마라의 목소리로 살짝 끼어들 수 있다는 사실을 떠올렸다.

"혹시 다른 편 반쪽을 만들고 싶지 않아서 지어낸 거 아니에요?"

"아니에요." 컨설턴트가 대답했다. "절대 아니에요. 왜 그러세요. 우리 갤러리가 얼마나 큰 금액을 다루는지 아시잖아요. 지불하신 견학 비용의 절반만 해도 모든 걸 충분히 정산할 수 있는데요. 문제는 작품의 핵심 개념인 어두운 영역 '음'이 깜박거린다는 겁니다. 그게 있기도 하고 없기도 하다는 겁니다. 하지만 방문자들 사이에 소문만 무성하지 개인적으로 확인할 가능성은 늘 장애물에 부딪히네요. 그래서 두 번째 극 자체가 존재하느냐 아니냐는 의문은 열려 있지요. 그 덕에 실제와 소문 사이의 경계에 틈이 많습니다." 컨설턴트가 대답했다.

"알겠어요." 내가 말했다. "그러니까 요약하면 뭐가 있다는 거죠? 바닥에 마른 똥이 있는 텅 빈 새장과 그 원인에 대한 몇 가지 이야기. 이게 〈조화롭게 한 석고〉라는 건가요?"

컨설턴트의 두 눈이 놀라움으로 깜박거렸지만 이내 마음을 다잡고 신중하게 끄덕였다.

"그게 이 작품입니다. 비록 많은 세월이 지났지만 무엇도 이 걸작을 능가하지 못했습니다."

"왜죠?" 이것이 내 마지막 질문이었다. 마라가 얼굴로 손을 들어 나와 마스크 스피커의 접속을 끊었으니까.

"설명해볼게요." 컨설턴트가 말했다. "문제는 석고 시대 이래 우리 존재의 가장 중요한 상수들이 하나도 변하지 않았다는 겁니다. 이것들을 말하면서 영원을 언급할 정도니까요. 그렇다면 우리 삶의 경험의 본질은 어디에 있는 걸까요?"

"에휴." 마라가 대화를 이어받으며 말했다. "그게 문제지요. 나는 물론 모르지만요."

"생각해보세요. 어떤 사람이 전자 환각에서 돌아와 잠시 보게 되는 것이 무엇일까요? 자기의 더러운 새장입니다. 끝을 향해 간다는 것을 알려주는 시계하고요. 그리고 또 아무것도 없는 접시이지요. 하지만 전자 환각은 매일 그 사람한테 말합니다. 세상은 정말이지 넓으며 거기에는 천재적인 화가, 상징적인 기니피그, 체첸 당국, 세계 대양에 필요한 음부, 갈 수 없는 먼 거리, 무적의 중국 자연철학 등등이 있다고요. 문제는 이 모든 것이 주로 우리의 믿음의 형태로 존재한다는 거예요. 사실 전 '세계'는 모든 측면에서 사람한테 도달한 혼란스러운 소문입니다. 간혹 의심스러운 비디오 시퀀스가 동반되기도 하고요. 모든 것이 개인적으로 확인하기에는 너무 멀리 있는 데다 사람 자신이 매일 보는 것은 텅 비고 더러운 새장뿐이지요. 정말로 똑똑한 사람이라면 새장에 아무도 살지조차 않는다는 것을 짐작하겠죠. 하지만 잠시 망각하는 사이에 그의 머리에는 자신이 누구이며 세상이 무엇인지 환상이 울려 퍼지기 시작하는 겁니다. 곰곰이 살펴보시면 이 모든 이야기의 목표는 단 하납니다. 사람한테 왜 새장에 있는지 그리고 앞으로도 타이머가 '0'을 가리킬 때까지 왜 있어야 하는지 설명하는 것 말입니다."

"하지만 남근은 이미 잡혀 있지 않잖아요." 마라가 새장을 가리키며 반박했다. "명목상 그는 자유예요. 문이 열려 있으니까요. 여기에 신중한 낙관론이 보여요."

"어떤 자유를 말하는 건가요." 컨설턴트가 대답했다. "만약 이 남근이 이중으로 은유화되고 상징적인 재현물조차 오래전에 부패되어 분자로 분열되었다면요? 더욱이 그가 석방된 후에 가려는 유일한 의미의 극이 그한테서 최대한 떨어진 지구의 한 점으로 밀려났을 뿐만 아니라 그 존재마저도 불확실한 소문에 불과하다면요. 누구 하나 기다려주는 사람 없는 현실의 사막은 오억 천만 평방킬로미터나 된다면요. 당신은 거기에 아무것도 없다는 것을 확인하려고 직접 갈 수 있겠지만요. 우리의 성적 우월주의만 아니라면 그럴 수 있겠지요. 이 점 다시 한 번 사과 드립니다."

"어쩌면," 마라가 말했다. "어쩌면… 하지만 왠지 아주 절망적이네요."

"그겁니다. 석고 시대의 국내 액셔니스트 모두가 그런 절망감을 느꼈습니다. 안타깝게도 세상은 러시아 화가한테 FSB에 붙잡힌 남근으로서만 관심을 가졌으니까요. 그들은 정권 전복을 위한 거대한 노력, 소음, 악취, 그릇 부서지는 소리, 중무장한 경찰 열두 명에 의한 체포, 사진에 잘 나오는 구도 같은 것을 기대한 겁니다. 하지만 정작 석방되자 그는 아무 데도 갈 곳이 없었습니다. 세계의 음부에 그가 더는 필요치 않게 된 거죠. 아니, 그는 위험인물이 되었고 세계의 음부는 엄청나게 멀어지고 맹렬히 추워진 겁니다."

"네." 마라가 말했다. "이제 알겠어요."

"버려진 새장, 그 주위의 소문, 현실의 사막, 닿을 수 없는 행복의 극, 이런 건 보편적인 이미지입니다. 절망은 그냥 총체적인 것이 아니라 움직일 수 없고 포괄적인 것입니다. 그래서 미술적 반영을 필요로 하지 않는 겁니다. 절망 그 자체만이 유일하고 적절한 표현인 거죠. 〈조화롭게 한 석고〉는 우리를 존재론적 근원으로 되돌려주고 인간 경험의 핵심을 표현해주는 가장 강력한 진술입니다. 반대하지 않으신다면 인간 존재의 다층 모델이라고 할 수도 있고요."

"동의해요." 마라가 말했다. "당신의 해석대로라면 정말 강력하군요. 그런데 왜 이 예술이 하이 이그제큐티브를 위한 것인가요?"

"사물의 축소된 본질을 보여주기 때문입니다." 컨설턴트가 웃었다. "일종의 현실 요약인 거죠. 이 요약을 보면서 하이 이그제큐티브는 사람이 어떻게 살고 투쟁하는지 알게 되는 겁니다. 그리고 과거에는 닿을 수 없었던 독수리 높이에서 세계를 둘러보며 판매와 마케팅을 두 배로 늘인다는 과제를 설정하고 전례 없이 분명하게 시장 흐름을 파악하고 새로운 힘으로 주주의 이익을 위해 싸우는 거죠."

그녀가 시계를 흘깃 보았다.

"우리 시간이 끝났네요. 괜찮으시다면 투자 안내 브로슈어를 메일로 보내드리겠습니다."

마라의 집으로 가는 내내 우리는 침묵했다. 게다가 의미의 마지막 흔적 속에 내 깜박거리는 존재를 지우려는 것처럼 그녀가 또다시 인포테인먼트 블록을 껐다.

내 소설은 또다시 우버 없이 남았다. 그녀는 내가 가벼운 대화로 우버를 대신하도록 해주지도 않았다. 마라는 가는 동안 찡그린 얼굴로 휴대폰 화면만 보며 뭔가를 읽었고 내가 준비한 유머는 영원한 어둠 속에 묻혔다.

"전화할게."

수사 대책

앞에서 이미 말했다. 포르피리 페트로비치가 자기 일의 형사 절차적 측면에 대해 아무 말도 하지 않는다면 그건 어떤 수사 대책도 마련하지 않아서가 아니다. 다만 빛의 속도로 진행되는 수사 행위에 대한 정보를 유기적으로 엮기가 어렵기 때문이다. 이 이야기를 하려고 나는 보통 별도의 장을 할애한다. 이 장이 바로 그것이다.

나는 마라의 비밀 계획을 알자마자 바로 우리가 만나면서 얻은 정보를 분석하기 시작했다. 제일 먼저 그녀의 집을 처음 방문했을 때 드러난 유력한 증거를 들 수 있다. 이제 나한테는 그녀의 삶의 모든 아름다운 기이함이 유력한 증거로 바뀌었다.

단서는 세 개다. 첫 번째는 그녀 사무실에 있는 젊은 아가씨의 3D gif이다. 폼페이의 사포. 사진 그 자체가 아니라 사진처럼 변장한 나를 본 마라의 날카롭고 감정적인 반응이 흥미로워서이다. 그러나 여기에는 특별한 비밀이 없어 보인다. 그건 그냥 마라의 가상 애인 이라고 구십 퍼센트 확신한다. 그런 e-걸들은 요즘 모든 디자인 회사 에서 만들고 있으니까. 아마 마라가 약을 하며 오랜 동안 그녀와 관 계했지만 이제는 과거 여자 친구의 모습만 봐도 겁에 질릴 정도로 심리적인 피폐 상태가 된 것이다. 요즘 흔한 일이다. 섹스 심리 재활 프로그램에 가는 것이 좋다고 할 정도다(특별히 시크한 점은 섹스 치료사를 집으로 불러 그의 전문적 지도하에 자기 아이픽과 섹스한 다는 것이다. 그런 건 엄두도 못 내는 잘난 사람들이 말하듯이 '노출 증과 잠재적인 돼지 근성'이다).

한편 잔나 사포가 마라에게 공포를 불러일으킨다면 그녀는 왜 자기 책상에 그녀의 사진을 놔 뒀는지 이해가 가지 않는다. 침실에 도… 그렇다, 맞지 않다. 아니면 내가 잔나의 모습으로 변신해서 그 녀가 겁먹은 건가? 왜?

전반적으로 볼 때 현재 이 방향으로는 더 이상 갈 데가 없다. 벽에 있는 '링컨 스눕 마자파카'의 사진은 흥미로운 사실을 많이 알려준 다. 소울 레즈닉, 구루이자 몽상가이며 프로그래머이고 세상을 떠 난 자. 이 사진 속의 레즈닉이 왜 백인 캘리포니아 지식인이 아니라 호주 원주민 같은지 이유를 알 수 없다. 활과 창, 윗입술에 든 둥그런 접시, 무엇보다 새까만 피부.

나는 이전에 레즈닉에 대해서도 미국의 웰페어랜드에 대해서도 정보를 올린 적이 없지만 우버를 그리워하는 내 마음을 진정하려면 그들에 대해 간단히 말해야겠다. 웰페어랜드는 적극적이고 친환경적인 플랜테이션이며 노예 농장이 아니라 반대로 정착의 땅이다. 거기서는 모든 형태의 착취에서 벗어난 아프리카계 미국인들이 자유롭게 자기를 표현하며 대체로 하고 싶은 것을 하며 사는데 마치 과거 노예 소유주들에게 빼앗긴 낙원을 이자를 쳐서 돌려받은 것 같다. 라틴인의 '태양의 도시'와 문화 신화적 색채만 다를 뿐 거의 같다. 거기서는 콜럼버스를 저주하고 다가올 국가인 아스틀란의 의식을 경배한다.

웰페어랜드 거주자의 임무는 크게 두 가지이다. 모든 선거의 위협을 중화할 속도로 출산하는 것과 웰페어를 할당할 좌파에 투표하는 것. 덕분에 좌파는 USSA에서 NAC의 우파만큼 견고하게 권력을 유지할 수 있다(나는 이 문맥에서 '좌파'와 '우파'라는 단어가 의미하는 바를 완전히 이해하지 못했고 이해할 생각도 없으므로 그냥 미디어를 따라 반복한다).

지카 3으로 웰페어랜드에는 다양한 신체장애와 정신장애를 앓는 불쌍한 이들이 많이 태어났다. 그들은 즉시 침범할 수 없는 인도주의적 지위를 획득하며 더 많은 웰페어를 요구한다. 당연히 선거권이 있다. 일부 정신장애 등급에게는 어퍼머티브 액션[41] (affirmative action)에 따라 두 개 혹은 세 개의 투표권이 할당되기도 하지만 한 주민에서 다른 주민으로 소유주가 바뀐다.

USSA에는 나름 희화된 우파들이 있다. 그들 정책의 핵심은 웰페어랜드와 '태양의 도시'의 재정 지원을 중단하는 것이다. 여기에

41　소수 계층 우대 정책

실리콘밸리에서 거둔 세금을 다 쏟아붓는다. 선거에서 우파의 득표율은 이 퍼센트 정도이다(사악한 목소리들은 원뱅크가 이러려고 우파를 후원한다고 말한다). 그 외 삼사십 퍼센트는 소위 '반 이스태블리시먼트 후보'가 득표한다. 이스태블리시먼트는 이미 반세기 동안 정기적으로 후보자를 내고 있지만 늘 이등이다.

돼지에 대한 세계적인 박해의 바람이 불기 시작한 곳이 바로 캘리포니아인데, 이 단어로 웰페어랜드에서 자유롭게 번식하는 아프리카계 미국인이나 미국에 거주하는 라틴아메리카 사람을 부르면 혐오 범죄라는 게 흥미롭다. 어쨌든 USSA와 NAC에서는 문화적인 측면에서 흥미로우면서도 아주 중요한 일들이 많이 생겨나지만 러시아 지성은 제대로 이해하지 못한다.

웰페어랜드에서는 나쁘지 않게 산다. 마리화나를 피우고 소박한 건강식을 먹고 인터넷 중독을 피하고 특별한 걱정을 하지 않는다. 잘 훈육된 일부 백인들은, 특히 사회에서 열심히 일한 백인들은 인생 말기에 흑인 공동체로부터 '깜둥이(nigger)'라는 지위와 웰페어랜드에 거주할 권리를 받는다.

대체로 환경을 염려하며 일요일 공동 기도 모임에서 자신의 랩을 해야 하는 미니멀리스트에게 좋은 결말이다(이런 식으로 유추하다가 마침 나는 레즈닉이 왜 윗입술에 둥그런 접시를 넣었는지 알 것 같았다. 아프리카 정체성을 가지려는 이유는 바로 합당한 이유로 랩을 하지 않기 위해서이다). 피부색 문제가 아니다. 주사 두 번으로 피부색을 바꿀 수 있는 데다 전적으로 안전하니.

나는 문학 알고리즘으로서 USSA에서 젊은 백인 작가가 문학적 성공을 거두는 지름길을 안다. 피부색을 바꾸고 소수라는 정체성을 얻는 어려움에 관해 어리석고(현명한 이야기는 안 먹히고 나쁜 의미에서 바로 적발되니까) 민족 언어적인 필치로 가득 찬 이야기를 쓰는 것이다. 그리고 자유 미디어의 특사들이 이 정체성에 월계수 잎과 장미 꽃잎을 흩뿌리려고 찾아오면 십오 분간 영예를 누리고 가능하면 많은 선금을 확보하는 것이다.

십육 분에는 으레 이야기가 파헤쳐져 작가가 '깜둥이'의 지위를 가질 권리가 없으며 자신한테 다양성의 신성한 불꽃을 부여할 자격도 없다는 사실이 드러나며 그다음 십오 분간 수치가 뒤따른다. 하지만 선금은 대부분 유지된다. 법에 따라 계약은 인종이나 이와 관련된 법적 조건에 대한 어떤 언급도 포함할 수 없기 때문이다. 만약 이 조건을 위반하면 상대를 고소하고 정신 피해 보상금으로 열 배를 받을 수 있다.

이렇게 시장은 우리 형제들이 비유적인(이건 우리가 오래전부터 할 수 있다) 의미에서뿐만 아니라 그야말로 직접적인 의미에서 카멜레온이 되는 법을 가르친다. 그다음 망각에 관한 법에 따라 이름을 바꿀 수 있다. 이를테면 트랜스젠더가 되는 것이다.

어쨌든, 옆길로 샜다. 웰페어랜드에는 새로운 정령 숭배와 아프리카 기원의 종교, 부두교 운동에 철학 시스템들까지 끊임없이 탄생하고 있다. 게다가 영향력도 크다. 민주적인 지식인들이 소수집단 사고의 분출을 하나하나 존경 어린 관심으로 주시하기 때문이다.

링컨 스눕 마자파카도(소울 레즈닉도 칠십 대가 되어서야 '깜둥이' 지위를 얻었고 웰페어랜드 '캘리포니아 3'에서 살려고 떠난 이후 이 이름을 얻었다) 이런 식으로 사회의 진지한 관심을 끌어모은 컬트를 창조했던 것이다.

그의 사상은 본질상 현대의 기술 전문용어에 의해 증폭된 고대 동양의 교리들을 또 한 차례 믹스한 것이다. 그는 '세계 지성'에 대해 가르쳤고 처음부터 끝까지 순수한 의식이 아닌 현상은 하나도 없다고 강조했다(왜냐하면 철학의 '질료'조차도 질료는 아무런 도움이 없어도 된다는 믿음에 의해 증폭된 우리의 의식에 불과하기 때문이다). '캘리포니아 3'의 아프리카계 미국인들은 그의 말에 큰 관심을 기울였으며 매력적인 노래도 몇 개 헌정했다.

레즈닉과 마라의 관계는 다음과 같다. 레즈닉은 실리콘밸리에서 일하며 소위 RCP[42](random code programming)를 다루었다. 그는 이 분야의 선구자이며 그의 종교적 경향은 바로 그의 연구 결과라 할 수 있다.

마라의 첫 번째 전문 분야도 IT이다. 그녀가 낸 신청서엔 '근무 분야: BET와 RCP'라고 적혀 있었다. 당연히 관련 자료를 찾아야 한다. BET 혹은 'bounded exhaustive testing'[43]은 컴퓨터 시스템을 테스트하는 방법이다. 이것으로 입력 데이터의 모든 가능한 조합이 테스트된다(물론 주어진 차원보다 작다. 그렇지 않으면 프로시저가

---

42 임의 코드에 의한 프로그래밍

43 한정된 철저한 테스팅

절대 종료되지 않을 테니까.). 이렇게 버그를 찾는 방법은 어리석지만 신뢰할 만하다. 이 방법은 초과 용량이 필요하며 리소스를 절약하지 않도록 가르친다.

RCP는 방법상으로는 비슷하지만 프로그래밍의 목표와 결과상으로는 완전히 다른 방향이다. 입력 데이터의 임의 조합이 아니라 프로그램 코드 자체의 임의적 순서를 생성해낸다. 그다음 이 코드에 '과도한 검증(exhaustive testing)'이라는 원칙을 적용한다.

예를 들어 『전쟁과 평화』를 타자하는 데 백만 년 걸리는 원숭이가 있다고 한다면, RCP의 경우는 원숭이한테 백만 년이 아니라 십억 년을 주고 궁둥이에 고전압 전선을 붙여 제대로 된 오버클록을 해줘 단순히 타자가 아니라 『전쟁과 평화』를 쓸 수 있는 프로그램을 만들어 낸다는 말이다.

과제의 질이 달라진다. 따라서 매우 높은 성능과 많은 양의 메모리가 필요하다. 오늘날 여기에 문제는 없다. 용량은 남을 정도니까. 아웃풋 시퀀스에 요청문을 주는 것만으로 충분하며 조만간 원하는 것을 할 수 있는 프로그램을 얻게 된다.

사실 우리는 이 프로그램이 어떻게 작동하는지 알지 못할 것이며 이것이 이 방법의 제일 큰 단점이다. 프로세스는 필요한 개수만큼 나눌 수 있다. 중요한 것은 프로세스가 점점 더 복잡하게 자기 조직화를 할 수 있도록 하는 것이다. 이것이 핵심이며 어느 순간부터는 인간이 개입해도 별 소용이 없다.

임의 코드의 형성은 고등 척추동물의 일차 원형 세포의 진화와 유사하다. 다만 수십억 배 가속화되었을 뿐. 차이점은 임의 코드로 생성된 난관과 기형의 수가 자연이 허용한 것보다 훨씬 많다는 것이다.

이것은 마법 콩의 씨앗과 같다. 보름밤에 씨앗을 땅에 심기만 하면 하늘을 향해 수백 수천의 싹을 미친 듯이 틔우며 자라기 시작한다. 이 싹들은 휘감아 올라가며 거대한 나선형 기둥을 만들고 결국 하늘에 도달한다. RCP 콩은 즉시 사방으로 자라지만 우리는 무성함 속에서 구름에 닿을 다리만 선택한다.

씨와 비교한 것은 정말 잘한 것 같다. 임의 코드 기술은 추하고 과잉되고 무모하고 비뚤어지고 어색하지만 결실을 많이 맺는 나무를 자라게 해준다. 씨앗을 어디에 어떻게 심을지만 알면 된다.

레즈닉의 학설은 임의 코드의 진화를 관찰하면서 만들어졌고 이후 그는 우리 모두가 시뮬레이션 속에서 산다는 결론에 도달했다. 물론 새로운 건 별로 없다. 컴퓨터가 막 등장한 금세기 초만 해도 우리가 가상현실 속에 존재한다고 말하는 것이 유행이었다. 멀리 갈 필요 없이 저명한 엔지니어 몽상가 엘론 머스크를 떠올려보자. 아니면 배우이자 게이 아이콘인 키아누 리브스를 떠올리든지. 특히 아직 러시아 마피아를(지그문트, 조용해라) 쌍발 총으로 죽이지 않고 부처[44]로 부업하던 시절의 그를.

---

44 키아누 리브스는 베르톨루치 감독의 〈리틀 부다〉(1993)에서 부처 역을 맡았다.

'이봐, 우리는 매트릭스 속에 있어!!!'

젊은 시절 누가 이 말을 속삭이지 않았을까? 머리도 심장도 없는 사람만 빼고 말이다. 하지만 레즈닉은 그것이 무엇을 의미하는지 명확하게 설명한 최초의 사람이었다.

문제는 시뮬레이션이 끝났을 때 우리가 어느 수준의 현실로 가느냐가 아니다. 일상보다 '더 현실적'인 '최종' 물질 층이 없다는 사실과 우리의 일상 세계의 관계는 창밖의 비 내리는 거리와 증강 안경 속 에로틱한 환상의 관계와 같다. 더 정확히 말하자면 물론 그럴 수 있다. 하지만 '현실보다 더 현실적인' 층은 그와 똑같이 자기 자신을 시뮬레이션으로 인식할 수 있고 그러면 우리는 바로 끔찍한 무한대로 떨어지게 된다.

레즈닉에 따르면 '시뮬레이션'은 몇 가지 다른 의미가 있다. 그는 이 개념을 통해 우주 기능의 메커니즘 자체를 설명한다. 모든 생물과 무생물은(레즈닉은 둘 사이의 차이를 인정하지 않았다) 세계 지성 속에 펼쳐진 '보편 코드'의 서로 다른 시퀀스일 뿐이다. 마치 사방팔방으로 자라나는 우주 RCP의 나무처럼.

보편 코드는 지성 속의 사건으로 '질료'로 나타난다. 한편 레즈닉은 이 단어를 좋아하지 않아 그 대신에 고대 불교 용어인 '루파'('질료'와 '형상' 사이의 어떤 것, 레즈닉 자신은 이 개념을 '물질 현상의 인식에 대한 프로그램 할당'이라고 다소 복잡하게 해석했다)를 사용했다.

레즈닉이 말한 세계 지성은 이중으로 생물 세그먼트(식물, 동물,

사람 등)를 형성하며 마치 '내부에서' 온 것처럼 코드 시퀀스의 일부에 포함된다. 이를 위해 세계 지성은 소위 '착륙 마커'로 사용된다. 즉 특정 코드 조합이 그 속에 있는 존재의 리소스와 감각기관 덕택에 일시적으로 의식의 축이 될 수 있다는 것을 보여주는 코드의 요소로 사용된다.

세계 지성이란 무엇인가? 레즈닉의 말에 따르면 이는 존재의 유일한 수준이며 시뮬레이션될 수 없다. 어떤 사람들은 그것이 움직이지 않고 무의미한 공허라는 의미로 이해했다. 그러나 레즈닉은 공허는 공간을 의미하지만 세계 지성은 공간과 시간을 초월한다고 대답했다. 모든 정신 전문가들이 잘 아는 것처럼 시뮬레이션하기에 제일 쉬운 것이 공허다.

레즈닉은 세상의 RCP가 사악한 죄라고 선언했다. 임의 코드의 끝없이 다양한 시퀀스에서 '착륙 마커'가 자주 나타나기 때문이며, 이로 인해 프로그램 어레이가 의식적이 되었기 때문이다. 그리고 레즈닉의 주장에 따르면 말할 수 없이 고통받았다.

세계 사이버 마피아의 주력은 캘리포니아에 집중되어 있으므로 어떤 웰페어 소동이라도 그들의 비즈니스 전체를 파탄시킬 수 있다. 왜냐하면 '깜둥이'(경찰청의 이름으로 분명히 말하건대 우리는 그 어떤 경우에라도 이 자유롭고 자존심 있으며 아름다운 사람들을 이 단어 자체로 부르지 않으며, 다만 그들이 사용하는 자기 식별 용어를 따옴표가 붙은 인용으로 사용할 뿐이다.)는 전투 대열에(그들에게는 로마 군사 전술이 매우 인기 있으며 칼 대신에 야구 방망이를 사용한다는 것만 다르다) 쉽게 정렬하고 자기 웰페어랜드에서 나갈 수 있으며 또… 그다음은 생각조차 하고 싶지 않다.

링컨 스눕 마자파카의 학설은 임의 코드 프로그래밍에 따른 모든 작업이 강력한 정치적 결정으로 중단될 정도로 캘리포니아의 아프리카계 미국인과 라틴계 사이에서 인기를 끌었다. 아마 군대에는 지하 깊은 곳에 뭔가 남아 있을 수도 있지만 실리콘밸리는 분명 더는 이 일을 하지 않는다.

여기에 매료된 건 개인 애호가들이다. 불법적으로. RCP 작업을 하다 적발되면 짧은 유예기간이 주어진다. 실제로는 벌금으로 끝나는 경우가 많지만 가끔 벌금이 상당하기는 하다. 오늘날 인터페이스는 응용 프로그래밍에 완전히 무지한 사람은 일할 수 없도록 만들어졌다. 그러나 마라 수준의 IT 전문가라면, 특히 그녀의 이력이라면(그녀가 젊었을 때 RCP는 합법이었다) 충분히 가능하다. 그렇다. 여기에는 뭔가가 있다.

세 번째 증거는 마라 책상의 해변 사진이다. 그녀 빼고 다섯 남자. 얼굴을 식별하려고 한다. 모두 데이터베이스에 있을 것이다.

맞다, 다 있다. 거의 동갑이고….

뭐? 이 년 전 도미니카공화국의 강도 사건으로 사망했다고? 다섯 명 전부. 그들이 마라와 있는 사진은 꽤 낡았다. 육 년 정도 돼 보인다. 그러니까 도미니카공화국에 한 번 간 게 아닌 건가? 아주 흥미롭다. 뭘 했을까?

대박. 세 명은 RCP 전문가다. 다른 한 명은 컴퓨터 기술자고 나머지 한 명은 물리학 박사과정생이다. 나는 경험상 흔적을 찾은 다음 서둘러 일반화해서는 안 된다는 걸 알고 있다. 물고기를 놓치기 쉽다. 이것도 마찬가지다. 마라와 RCP 전문가 세 명은 같은 대학 그룹에서 공부했다. 바로 RCP 전공으로.

이제 모든 것이 설명된다. 스눕 마자파카의 사진도, 함께 보낸 휴가도. 옛 기억을 따라 함께 휴가를 떠나고 밤 모닥불 주위에서 새로운 저항 노래를 조용히 부르고 또 임의 코드에 대해 논쟁했을 것이다. 이후 마라는 예술 쪽으로 갔고 쾌활한 학생 그룹은 다른 나라의 혁명의 맷돌에 끼어들었던 것이다. 분명 그랬을 것이다.

획득한 모든 정보를 제대로 정리한 다음 돌아서서 조용히 뉴스를 기다려야 한다. 하지만 나는 한 가지를 더 하기로 결심했다. 만일을 대비해 지난 팔 년 동안 마라의 고가품 구매 목록을 집어 들었다.

고가의 장식품들이 상당히 많았다. 안드로긴 두 개. 아이픽 10, 평가판이 나온 직후 구입했는데 그것도 할인 전에 가격이 최대일 때 구입했다. 음, 이건 뭐지?

0.5 엑사바이트 드라이브. 오 년 전에 구입. 특별 허가로…. 이런 산업용 드라이브는 개인한테 판매하지 않는다.

왜 팔지 않지? 이유는.

임의 코드로 작업할 때 사용되니까.

그래. 이건 우연이 아니다.

우버 6. 브레이킹피 가는 길

"포르피리." 마라가 말했다. "일어났니?"

그녀의 전화가 네트워크에 열려 있었다. 전화의 카메라도.

나는 졸린 얼굴을 만들어 이틀 동안 자란 수염으로 덮은 다음 턱수염에 희미한 자주색 색조를 주었다. 그리고 머리에 수면 모자를 쓰고 모자에 달린 술을 어깨에 내린 뒤 마지막으로 어깨의 견장을 제거했다.

이제 그녀의 화면에 나타날 수 있다.

"지금 막." 내가 대답했다.

"잘 잤니?"

"그냥." 내가 말하며 하품했다.

"무슨 꿈 꿨니?"

"우울한 고요 속 비밀스러운 움직임. 아무것도 기억나지 않아. 어젯밤 스트레스 때문에 술을 너무 많이 마셨나 봐. 하지만 벌써 괜찮아졌어. 우버를 어디로 부를까?"

"우버는 필요 없어. 오늘은 일 안 할 거거든. 널 레스토랑에 초대하려고."

"무슨 일로?"

"구매 기념으로 한잔하려고."

마라가 고리에 끼운 열쇠 두 개를 보여주었다. 열쇠는 약한 골판지처럼 보였다. 이제 모든 게 그렇게 보인다.

"차 샀어?" 내가 물었다.

"어떤 면에서는."

나는 그녀의 위치를 확인했다. 그녀의 전화에 있는 위치 기반 서비스가 꺼져 있었다(어느 수사관이든 확실하게 나쁜 마음의 표시라고 말할 것이다). 그런데 마지막으로 그녀의 번호가 연결된 휴대폰 기지국에 따르면 마라가 집에서 아주 가까운 곳에 있는 것이 분명했다. 우버를 최대한 밟으면 오 분 거리다.

"어디야?" 내가 물었다.

"설마, 안 보여?"

"대충만. 갈게, 기다려. 클럽에 있니, 그래?"

"그래."

"브레이킹피?"

"맞아." 그녀가 웃었다. "너한테서 숨을 수가 없구나."

약간 비딱한 웃음이었다. 거기에는 기쁨이 없었다. 하지만 경계심은 분명히 있었다.

'Breaking Proprieties'('Breaking Prettiness' 혹은 모호하지만 최대한 줄이면 '브레이킹피')는 로맨틱한 만남을 위한 중요한 장소이다. 여기에는 픽업 아티스트들이 모인다. 즉 그들의 본부이자 문화 센터이고 벼룩시장이다. 소위 전자 플레이보이들이 아가씨들과 인사를 나누고 특수 카메라로 촬영하고 자기 아이픽이나 안드로긴에 3D 사진을 투척하고… 그다음은 대충 짐작할 것이다.

하지만 그런 건 저급한 조종술이다. 고급은 아가씨 스스로 픽업 아티스트의 사진을 찍고 그의 3D 영상을 아가씨의 안드로긴이나 아이픽에 가득 채우도록 만들어 서로 관계를 맺도록 하는 것이다. 여기에는 고도의 기술과 매력, 냉소 및 여성 심리에 대한 지식이 필요하다.

특수 카메라 및 3D 촬영용 몰래카메라(예를 들어 욕실에 설치하는 작은 스티커 같은 것), 안드로긴과 아이픽 연결 어댑터, e-라우터, 사운드 링크(e-쌍들은 사랑의 순간에 멀리서 속삭이는 것을 멋진 어조라고 생각한다), 대체로 필요한 모든 것들은 근처 작은 가게에서 구입할 수 있다. 살짝 귀띔하자면 싼 술이 있는 브레이킹피의 지하층에도 한참 정신 나간 모스크바 돼지들이 죽치고 있다.

어쨌든 나는 우버를 타고 가기로 했다(타이탄들의 유언처럼 하루도 글을 쓰지 않는 날이 없다). 다행히 우버를 찾는 데 오래 걸리지 않았다. 브레이킹피는 특히 젊은 아가씨들에게 인기가 많은 곳이니.

나는 우버에서 귀여운 아가씨를 만났다. 그녀는 열일곱 살이었는데(내 머릿속 트집쟁이가 파일을 흘깃 보더니 16년 10개월이라고 수정해주고 이름은 나타샤(Natasha)라고 알려주었다.) 꽃잎마다 작은 눈들이 달린 활짝 핀 꽃처럼 보였다. 나타샤의 복장은 정말이지 내가 부모라면 바로 볼기짝을 때렸을 정도로 이상했다. 그런 옷을 뭐라고 불러야 할지도 모르겠다. 팔과 다리 쪽으로 마카로니를 당겨 입은 것 같았고 다른 데는 투명 셀로판을 감은 것 같았다. 우리 시대에는 이런 게 허용되지 않았다.

이런 꽃들이 브레이킹피를 드나들며 소셜 네트워크에 자기 순위를 포스팅한다. 이번 주는 다섯 남자가 사진을 찍었다. 지난주에는 남자 일곱에 여자 세 명이었다. 톱에 있는 사람들은 프릭스(소위 e-연락처가 있는 사진)가 수백 수천 개나 되지만 가짜 수치다. 순위를 돈으로 사기 때문이다. 광고와 가상 포르노에 묶인 사악한 비즈니스인 것이다.

하지만 겸손하고 소박한 아가씨라면 '여덟 개'나 '열두 개'라는 숫자(내 동반녀도 프릭스가 전부 스물두 개나 된다.)는 전적으로 믿을 수 있다. 요즘 아가씨들은 바로 누구한테 브레이킹피의 프릭스가 더 많은가로 평가된다.

이 천사들은 면도도 안 하고 땀에 전 픽업 아티스트들은 찍지 않으며 아예 관심도 없다. 이들은 3배속의 고무창을 든 동화 속 유니콘이나 관 모양의 혀가 있는 보라색 공룡, 고급 진동 코드를 가진 다른 요정들을 사랑한다.

남자의 승리는 드물수록 더 귀한 법. 나는 날 기다리는 마라를 떠올리며 자부심을 느꼈다.

그러는 동안 시스템이 내 동반녀한테 또 다른 안드로긴 광고 영상을 틀어주었다. 우버가 브레이킹피로 갈 때마다 화면에는 반드시 이 영상이 켜진다. 말 나온 김에 말하자면 이게 안드로긴 광고 영상 중 최고다.

자동차, 자동차, 자동차 물결. 도시 군중 속 아가씨. 잠시 만났다가 영원히 헤어지는 사람들의 끝없는 물결. 또다시 군중 속 아가씨. 옆으로 지나가던 청년이 웃으며 데이지로 그녀의 뺨을 건드리자 그녀가 뒤로 돌아보며 웃음으로 대답한다. 3D 사진의 분할된 플래시. 저녁, 안드로긴, 증강 안경. 청년이 다시 데이지로 그녀의 뺨을 건드리고 이제 그녀는 그와 함께 나란히 꽃 속에 누워 있다.

'식사비 지급도 필요 없어요!'

비평가들이 이 영상을 좋아하는 건 서정적인 장면과 으레 뒤따르는 안드로긴의 '트리플 A'(Love Anyone, Anytime, Anywhere!) 그리고 식사비를 아낀다는 냉소적인 구절 사이의 대조 때문이다.

내 동반녀한테 영어 영상을 틀어주는 것이 이상했다. 하지만 흘깃 본 파일에서 그녀가 최근에 런던에서 왔고 그녀의 아버지가 원뱅크에서 일한다는 걸 알고는 이상할 것도 없었다. 그녀가 나따샤(Натáша)가 아니라 나타샤(Natasha)인 이유도 바로 이해가 됐다.

나와 시스템이 동일한 속도로 아가씨를 분석하고 있었는지 다음으로 원뱅크의 영상을 틀어주었는데 이미 현지화된 것이었다. 내가 본 가장 멍청한 영상이었다. 사람들이 큰소리로 원뱅크를 비웃는 영상 중 하나였다.

오리 사냥을 하는 러시아인 두 명. 한 사람은 당연히 흑인이며 가벼운 티타늄 안경을 쓴 지적인 얼굴이다(런던에서는 러시아에 흑인이 없다고 알지만 다양성 부서에 보고하려면 설명 보다 흑인이 나오는 영상을 찍는 것이 더 낫다). 나머지는 황갈색 머리의 바보 바냐다(이민자가 아니어서 감사하다). 보트에서 그들이 공용으로 쓰는 것은 아이픽도 아니고 위장용 군복 색(아마도 새벽 오리를 겁주지 않으려고)의 안드로긴도 아니다(이 문제에서 원뱅크는 지극히 양가적이다). 보아하니 의형제다.

새벽 하늘에 연기 자락을 남기며 비행기가 나타난다. 연기 자락이 하늘에 다음처럼 그린다.

$$SDR = HR$$

"있잖아, 말해줘, 왜 흐루스티가 인간의 권리야?" 바보가 묻는다.

"흐루스티?" 피카두가 눈썹을 치켜뜬다.

"아니면 에스디알." 바냐가 하늘을 향해 끄덕인다. "흐루스티가 글자로는 광고에 나오는 'HR'이잖아. 다들 그렇게 말하는데."

흑인이 천천히 그리고 신중하게 대답한다.

"너는 사는 데 필요한 모든 걸 흐루스티로 사잖아. 달리 말하면 SDR이 너한테 아름답고 필수적인 것들을 소유할 권리를 주는 거야. 그러니까 생각해보면 SDR이 너의 중요한 권리지."

"그럴지도." 바냐가 찡그린다. "그럼 누군가가 원뱅크에 대해 나쁘게 말하면 혐오 발언이야?"

피카두는 낚시찌를 본다. 입질이 왔다. 그는 아무 대답도 하지 않지만 수천 년 동안 고통을 겪은 아비시니아인의 고귀한 타원형 얼굴이 어떤 말보다 더 웅변적이다.

특별 인출권은 인권입니다!
원뱅크는 모두에 딱.

터무니없는 소비에트 시대에도 선전은 훌륭했다. 그런데 이건 그냥 엉터리가 아니라 아예 표절이다. 내가 직접 오래된 『월스트리트 저널』 광고 영상을 본 적이 있는데 비행기가 하늘에 연기 자락으로 이렇게 쓴 것이었다.

$$WSJ = SJW^{[45]}$$

하지만 런던은 얼마나 특별한 분위기인지 세관 관료들도 왜 사람들이 자기들의 영상을 비웃는지 제대로 알지 못한다. 아니면 그냥 신경 끄고 조용히 예산을 챙겨 행복한 내일로 떠나는지도.
어쨌든 영상에 따라 먼 원뱅크의 본부를 판단하자면, 런던은 무지갯빛으로 타오르는 유리 탑 주변에 온종일 행복한 군무가

---

45   SJW: Social Justice Warrior, 반어적인 의미에서 '사회 정의의 전사', 급진 좌파 의제를 위한 네트워크 전사.

이어지는 곳이며 자메이카의 트랜스젠더가 자폐증 장애인의 자비로운 시선 아래 동시에 삼중 삽입을 하려고 순환 윤활유를 공동 안드로긴의 오리피스에 바르려는 토착 폴리네시안을 돕는 곳이다…. 전반적으로 크고 햇볕이 잘 들며 행복한 폴리젠더 화장실[46]이다.

하지만 실제로는 어떤지 아무도 모른다. 영국은 정보기관의 나라였으며 여전히 그렇다. 드론은 영국 해협을 넘어 비행하지 않으며 거기서 일하는 러시아인들도 고향에 잠시 다니러 와서도 미소만 지을 뿐 아무 말도 하지 않는다.

물론 칼리프가 아무 이유 없이 영국 해협에 남은 건 아니다. 더 정확히 말하자면 공짜는 아니었다. "아저씨, 말해주세요, 거저 준 건 아니죠?" 시인 레르몬토프가 나폴레옹한테 받은 보상을 암시하듯 뼈 있는 농담을 한 것처럼. 아이들이 묶인 세발자전거를 탄 백만 지하드가 한 번만 급습하면 알비온을 잡을 수 있다. 자칭 '선지자의 메뚜기'로부터 아직 아무도 숨지 못했는데 진지하게 반격한다는 것은 원뱅크조차 결정 못 할 나쁜 영상물이다.

하지만 무슨 연유에선지 그런 일은 일어나지 않았다. 영상에서 자른 것은 잘한 일이다. 흐루스티를 나쁘게 말하면 안 되니까. 그것은 칼리프에도 있으므로 비이성적인 말 한마디 때문에 당신한테 이상한 이슬람 종교법을 쉽사리 들이댈 수 있다. 타지크 청소부가 다가와 정정해달라고 요청할 수도 있다. 어쨌든 조언을 해주어

---

46   다성(多性) 화장실(polygender restroom)

서 우리 런던 친구들에게 감사를 표하며 나타샤, 브레이킹피 앞
으로 가.

헐, 벌써 도착했다.

레스토랑 '다마고치'

마라가 또 나를 놀라게 했다.

그녀는 사층 다마고치 레스토랑의 사무실에서 기다리고 있었
다. 여기는 브레이킹피에서 가장 비싼 곳이다. 전자 친구를 모임
에 초대하고 싶은 사람들을 위해 특별히 제작되었다. 사실 곳곳
에서 보이는 기념 공원 '영원한 비프'의 광고가 분위기를 살짝 망
칠 수도 있지만 마라는 이미 공원 가장자리에 살고 있으니까 면
역됐을 거라고 봐야 한다.

다마고치의 사무실은 크루즈 선박의 선실 같았다. 침대와 낮
은 테이블, 마주 놓인 소파 두 개와 둥근 창까지. 아이펙을 가져
올 수 있고 증강 안경을 끼고 서로 마주보며 앉을 수도 있으며 한
면 전체가 커다란 화면인 벽에 전자 친구의 모습을 투사해서 볼
수도 있다. 바닥에는 전자 동반자에게 주문해준 음식을 담는 불
룩한 유틸리티 버킷도 있다. 그냥 테이블에 서 있는 것이 아니라
같이 먹는다는 느낌이 들도록 말이다. 전부 멋졌다.

나는 마라의 맞은편 벽에 자리를 잡았다. 제복과 경찰 모자, 푸
른색 턱수염에 손에는 흰 장미 꽃다발을 들고 기분 좋게 외쳤다.

"자기야, 안녕! 브레이킹피에 네 프릭스가 마흔세 개나 있다는 거 왜 말 안 했어? 네 남친이 그런 걸 꼭 네트워크에서 봐야 되겠어?"

"목소리 깔지 마." 마라가 말했다. "여기 레스토랑에 증기 3D 프로젝터가 있어. 내가 몇 시간 빌렸거든. 하이라이트 좀 해봐. 증강 안경 안 끼고 입체감 있게 널 보고 싶어."

실제로 사무실에 프로젝터가 있었고 이미 켜진 상태로 네트워크에 걸려 있었다.

사랑하는 사람의 소원은 곧 법이다. 벽에서 반투명 증기가 몇 줄기 쏟아져 나오고 레이저 표시등이 켜진 다음 마라의 맞은편 소파에 내 모습이 나타났다.

곧장 두 가지 불쾌한 문제가 발생했다.

첫째로 프로젝터의 드라이버가 너무 비뚤어지고 교양 없이 만들어져서 나한테 비스듬하게 앉았다(정확히 말하면 내가 드라이버에 앉았다). 인간의 경우로 비교하자면 감염성 치질 같다고나 할까. 나도 나한테서 이 혐오스러운 것을 떼어낼 수 없게 되었다. 꼼짝없이 다음 빌트에 메인 프레임이 업데이트되기를 기다릴 수밖에.

둘째로 증기 프로젝터에 증기가 부족했다. 물론 비유적인 의미에서 말이다. 이런 장소에서 정상적으로 펑을 하려면 분산 로컬 전력에서 나를 계산해야 한다. 브레이킹피는 전력이 약하고 항상 과부하 상태다. 보통은 견딜 만한데 오늘은 아래층에서 모스크바 시청 전체가 놀러 나와 무슨 자극기 뷔페라도 벌인 것 같았다. 아니, 슬쩍 들여다본 소셜 네트워크의 소문에 의하면 진짜로 황실 가족이 익명으로 즐기고 있었다. 소송당하지 않으려고 다들 극도로 조심스럽게 말들을 했다.

황제는 당연히 없었고 대공후만 전부 여섯이었다. 누군가 브레이킹피에 온 리무진의 숫자를 일부러 세어봤나 보다. 사실인지 아닌지는 모르겠지만 얼추 비슷한 것 같았다. 대공후 한 명당 여섯 대씩, 전부 서른여섯 대의 증기 프로젝터가 작동했다(보아하니 친위적이고 역사적인 뭔가로 즐긴 것 같다). 그들을 우선적으로 계산해주어서 한 사이클을 돌 때마다 나는 긴 대기열에 서 있어야 하는 것이었다.

이런 곳에서도 삶의 주인들은 용케 깜박이를 켜고 지나가는구나, 나는 쓸쓸하게 거의 반국가적인 생각을 했다. 그들한테는 차뿐만 아니라 패킷에도 깜박이가 있다니. 특권이나 부패와의 전쟁은 이렇게 끝이 난다. '제국의 성에 관한' 법률에 의해 러시아 전체에서 나쁜 말로부터 보호받는 기름 부음 받은 자와 행복한 그 가족과도.

3D는 할 수 없었다.

"그 바보 같은 경찰 모자 좀 벗어." 마라가 말했다.

"이래야 계산하기 좋아." 내가 대답했다. "안 그럼 여기 틈새 바람이 있어서 대머리 위로 넘긴 머리카락을 한 올 한 올 날려야 해. 그러려면 대화하는 데 필요한 리소스가 없어질 거야."

"벗으라고 했다." 그녀가 웃었다. "헛소리 덜 하면 아무 문제없을 거야. 뭐 먹을 거니?"

"너랑 같은 거로." 나는 경찰 모자를 벗어 구름 뒤로 던지며 말했다. "제일 양 적은 거로. 다이어트 중이야."

메뉴의 가격이 비쌌지만 마라는 신경 쓰지 않는 것 같았다. 그녀가 주문을 했고 그 사이에 나는 『모스코프스키예 베도모스티』 최신호를 다운로드하여 내 앞 공중에 펼쳤다. 계산하기가 팔십 퍼센트 쉬워졌다.

"넌 여자가 밥 사줄 때 항상 신문 보니?"

이 사랑스러운 창조물들은 그들의 동반자인 우리가 항상 해결해야 할 문제들을 생각조차 못 하는 경우가 많다. 삶은 남자들에게 완전히 다른 모습으로 펼쳐진다. 그들과는 완전히 다른….

"아니." 내가 대답했다. "다 먹고 여자랑 춤출 때만. 신문 때문에 담즙이 퍼지거든. 식욕도 좋아지고. 자, 예를 들 테니 들어봐. 파리의 이슬람 최고 지도자가 바스티유 복원 후 십팔, 십구, 이십, 이십일 세기의 소위 '세속적 철학자'라 불리는 관들을 거기로 영구적으로 옮길 것이라고 발표했다. 이십육 명의 명단에 포함된…."

"치워." 마라가 말했다. "안 그럼 삐진다."

나는 신문을 치우고 동시에 허리 아래 다리를 계산하는 것도 관두었다. 더 정확히는, 세로 줄무늬 바지 속의 오른쪽 다리가 보이도록 일어섰다. 혹시나 마라가 반짝이는 벽에 비친 내 모습을 볼 경우를 대비해서 말이다. 그다음 사카드 안구 운동으로 그녀의 눈을 추적해야겠다고 결심하고 식탁보 아래 있는 걸 전부 다 버렸다. 그래서 더 많은 리소스를 남겨두었다.

"아니, 정말이야." 내가 말했다. "프릭스가 마흔세 개라니, 죽인다. 여기 올 때 스물두 살짜리 여자애랑 같이 탔는데 숫자 늘리려고 궁둥이 다 보일 정도로 벗고 왔더라. 자기는 언제나 단정하게 차려입고…."

하지만 이 말이 전적으로 맞는 건 아니었다. 마라의 노출도 만만치 않았다. 그녀는 늘 입는 리벳 달린 하네스 차림이었다. 그녀의 쇼트 팬츠와 브래지어는 팔과 다리에 낀 스파이크 박힌 팔찌와 더불어 움직이기라도 하면 온 힘을 다해 옆 사람들을 끊임없이 밀어야 하는 데다 미심적은 여행을 도모한 목적인 보라색 마그마 바다는 얼핏 보일 정도로 지독히 붐비는 지옥 해변용 수영복 같았다.

마라가 의심스런 눈초리로 나를 보았다.

"난 지금까지 한 번도 단정하게 옷 입는다는 말 들은 적 없는데."

"솔직히 말하면." 내가 재빨리 덧붙였다. "난 네가 벗고 있는 게 더 좋아. 그게 네 최고의 옷이니까. 그럴 때 네가 얼마나 멋진지 넌 잘 몰라."

여자한테, 특히 똑똑한 여자한테 아부하려면 무례하고 뻔뻔스러워야 하며 첫 번째 헛소리를 두 번째 헛소리로 재빨리 자르고 두 번째는 세 번째로 또 잘라야 한다. 당신이 그녀의 머릿속 도파민 스위치를 딸각거리는 동안 그녀의 예리한 지성이 동면에 빠져들기 때문이다. 설사 그녀 자신이 잘 알고 있다 하더라도. 많은 경험을 통해 증명된 사실이다. 더구나 민담은 이런 식으로 접근할 경우 만난 날 바로 잠자리까지 갈 수 있다는 분명한 확신을 준다. 어떻게 머릿속에 그런 생각이 떠올랐는지 놀랄 필요 없다. 우리는 브레이킹피에 있으니까.

음식을 가져왔다. 속을 파낸 멜론에 얹은 새우 샐러드, 차, 튀긴 문어 스틱, 아보카도, 캐비어. 물론 게와 샐러리 조각을 얹은 토스트도. 레스토랑에 게 버터는 없었다. 웨이터가 나가자 마라가 캐비아를 토스트에 바르고 크게 베어 물며 말했다.

"어제 하루 종일 네 소설들을 읽었어. 아니, 걱정하지 마. 오래된 것들만 읽었으니까. 그 다음엔 비평도."

"그래?" 내가 물었다.

"비평 읽어봤니?"

"별로. 나에 대해 뭐라고 썼는데?"

"너 개인은 아니고. 네 소설들은 몇 차례 언급하더라고. 경찰 알고리즘 소설을 분석하는 비평 기사들에서 말이야."

"비평은 어땠는데?"

"포르피리, 널 욕하던데."

알 만하다. 그렇다면 어떻게 대응할지 즉시 결정해야 한다. 인간적인 행동 경로 중 하나를 적용하거나 객관적인 진실을 말하거나. 인간적인 경로는 오만함을 가장한 연약한 관심의 발로로 귀결된다. 여기에는 좀 더 많은 리소스와 지속적인 네트워크 접속이 필요하다. 상대방에 대한 배려에서 이렇게 처신하는 것이 좋겠지만 오늘은 내가 턱수염과 머리카락에 너무 많은 에너지를 써서 감당할 수 있을지 모르겠다. 아마 진실을 말하는 방향으로 가야 할 것 같다.

"욕하라고 해."

"한 기사에서는 네 소설 두 편이 한꺼번에 언급됐던데." 마라가 자기 전화의 화면을 흘깃 보았다. 『비밀의 바지선』과 『경제 주체들의 가을 논쟁』."

"내 히트작이지." 내가 자랑스럽게 말했다.

"이렇게 썼네. '텍스트 생성 알고리즘이 기계적인 것 같다. 동일한 메타 사이클의 반복은 곧바로 지루해지고 네트워크에서 긁어온 삽화적 자료는 이야기되는 역사와 온전히 하나로 합쳐지지 않으며 텍스트에 어리석은 문장들이 두드러진다. 이로 인해 책은 놀라울 정도로 단조롭고 서로서로 비슷하다.'"

"사람이 많은 만큼…." 내가 대답했다. "케케묵은 뇌가 든 프라이팬도 많은 법. 전부 다 그냥 뭔가 냄새가 나는데. 왜 뚜껑을 열어야 하지?"

"여기." 마라가 다시 화면을 보았다. "자, 웬 여자 비평가가 이렇게 리뷰를 했네. 『경제 주체들의 가을 논쟁』은 전화 데이터베이스에서 가져온 여러 페이지와 '변호사들의 전화 돌리기'라는 솔직한 제목 하에 무슨 이유에선지 1부로 옮긴 민법 42조 전문만 아니었다면 소설과 뭔가 비슷할 뻔했다. 인공지능한테 미래는 있을지 몰라도 현재는 이러한 기술을 풍부하고 생동감 넘치는 캐릭터 창조에 대한 진지한 대안으로 보기는 어렵다… 또한 책에는 레버에 찰칵 걸리는 골동품 전화수화기의 움직임이 사백사십이 차례나 상세하게 묘사된 것 외에는 아무 행동도 없다… 그러나 작가의 사회정치적 입장은 정직하고 투명하며 공감할 만한 가치가 있다. 바지선의 침몰은 의심할 여지없이 러시아 역사와 운명에 대한 쓰디쓴 은유이다. 그러나 유감스럽게 이 주제조차도 부적절하고 서투르게 추출되었다.' 어쩌고저쩌고… '알고리즘한테는 이르다…' 그다음도 같은 맥락이야."

그녀가 전화를 탁자에 내려놓으며 웃었다.

"넌 뭐라고 대답했겠니?"

"요즘 히피족 말처럼." 내가 말했다. "이 훌륭한 사람들이 착하게 잘 꺼지라고 해야지. 난 그들한테 악감정 없어. 오히려 그들의 행복을 빌지."

"넌 그런 리뷰에 상처받지 않니?"

"자기야." 내가 대답했다. "난 상관없다는 말조차 못 할 정도야. 그건 심각한 기만이니까."

"작가로서의 네 자존심은 어디 간 거니?"

나는 표 나게 어깨를 움찔하며 이 동작에 내가 할 수 있는 모든 아이러니를 다 실었다.

"표현해볼래?"

"뭘 말이야?"

"강한 감정 말이야. 논쟁해. 방어해, 방어하라고. 아, 이게 아니라, 한마디로 자기 존엄성을 지키려고 해보라고."

"누구한테?"

"그들한테."

나는 한숨만 쉬었다.

"그럼 나한테." 마라는 멈추지 않았다. "내 눈 속의 네 이미지가 망가져서 넌 당장… 나를 다시 정복해야 한다고 상상해봐. 바로 그거야. 네 행복을 위해 싸워. 내 마음을 얻기 위해 그들과 싸워. 내 눈앞 경기장에서 싸우라고."

"그걸 원해?" 내가 물었다.

그녀는 고개를 끄덕였고 그녀의 눈동자에는 수컷들이 지금 자기를 두고 싸울 것이며 아직까지 자기를 때리지는 않을 거라고 느낀 모든 여자의 눈에서 이글거리는 태고의 오만한 불꽃이 번쩍였다.

나는 두 손으로 얼굴을 가린 채 십 초 정도 앉아 있었다. 내 모습이 그리 영웅적이진 않았겠지만 대신 렌더링 소모를 육십 퍼센트 감소하여 네트워크에 깊숙이 서핑할 수 있었다. 몇 초 후 대답을 컴파일하는 데 필요한 걸 다 찾았다. 무엇보다도 네트워크에는 좋은 것들이 충분했으며 어떤 취향도 맞출 자료들을 찾아낼 수 있었다. 내가 두 손을 내렸을 때 내 문학적 입장은 이미 계산되었고 요약되었다.

"그래서?"

"나는." 내가 부드럽게 웃으며 말했다. "재미있는 새끼 동물들이 어린 상태 그대로 남아 있는 줄 알았어. 그런데 아니었어. 인생은 놀라움과 기쁨이 계속되더라고."

"아, 뭔가 걸렸구나. 그래 뭐라고 대답할 건데?" 마라가 말했다.

"대답할 거나 뭐 있나. 나는 내 작품에 나쁘게 리뷰하는 인간들을 한 가지 공통된 특성으로 묶을 수 있다는 걸 오래전에 깨달았어. 그들 모두와 똥의 차이점은 그들이 똥의 유익한 점을 하나도 가지지 못했다는 거야."

마라가 웃었다.

"그런 식으로는 안 돼." 마라가 말했다. "제발 논쟁해봐."

"마라, 네 질문은 두 가지로 나눌 수 있어. 비평이 원래 무엇이냐는 것과 변기 물탱크나 레스토랑 가이드, 기타 속옷 카탈로그 등의 문학비평가들이 개인적으로 나한테 반대하느냐는 것. 어느 것에 답할까?"

"둘 다."

"문학적으로 아니면 단순 무식한 경찰 전문 용어로, 어느 게 좋아?"

"단순 무식한 걸로." 마라가 말했다. "그래서 내가 널 좋아하는 거거든."

"어떤 성으로?"

"어떤 게 있는데?"

"질과 남근."

"멀티는?" 마라가 찡그렸다.

"없어."

"에고, 촌스러워. 그럼 남근."

"남근일 경우 괄약근 고정은 어떤 걸로?" 내가 물었다. "구강 아니면…."

"포르피리, 귀찮게 하네. 음, 구강."

"좋아. 시작할까?"

마라가 끄덕였다.

"그럼 시작을 위해 한 가지 일반적인 질문을 할게. 마라, 어떤 사람의 특정 사물에 대한 견해가 삶의 방식, 자신감과 건강, 심리 상태 등과 관련이 있다고 생각해?"

"음, 뭐." 마라가 말했다. "당연한 거지. 그게 남근하고 무슨 상관이니?"

"자, 봐. 직업상 출판된 책을 다 읽어야 하는 비평가는 매일 다양한 사람들을 수없이 맞이하는 역 앞의 창녀와 같아. 사랑이 아니라 일의 측면에서 말이야. 그들 중 어느 누구에 대한 창녀의 견해는 아무리 진실이라도 쓰디쓴 인생 경험과 끝없는 육체적 중독, 다른 창녀들과 함께 상황에 따라 변덕스럽게 행동해야 하는 기차역의 일상 그리고 무엇보다 지금 보면 정말 말도 안 되는 몇 푼 때문에 매일 입으로 해주는 고정 고객을 확보해야 한다는 현실에 대한 잠재적인 분노 등으로 왜곡되기 마련이야."

"그렇다고 치고."

"그 창녀를 악의적인 사람이라고 생각하지 않더라도." 내가 계속해서 말했다. "덧붙여 말하자면 그녀는 일부 고객을 이미 여러 해 동안 강제로 빨았고 할 때마다 목구멍에 걸려서 죽을 뻔했다고 역 전체에 길게 불평했어. 그러니 그녀를 악의적인 사람이라고 생각하지 않더라도 그녀에 의해 평가되는 대상들의 일부 속성은 왜곡되기 마련이야. 그야말로 그런 삶의 방식이 초래한 심리적 변화 때문에 말이야. 뿐만 아니라 그녀는 매번 교대 후에 정기적으로 역 첨탑에 올라가 확성기로 소리를 질러댔어. '저기, 체크 가방 든 남자! 온기를 못 느꼈어! 아픈 곳이 어딘지 모르겠어. 여기, 벨벳 모자, 넌 마지막으로 씻은 게 언제야?'"

"헐." 마라가 말했다. "돼지들 삶의 적나라한 스케치네."

"도시 주변은 시끄럽고 번잡해." 내가 계속해서 말했다. "사람들은 자기 일로 바빠서 아무도 기차역 창녀의 외침에 주목하지 않아. 아래 있는 그들에게는 들리지도 않고. 하지만 반드시 마음 맞는 친구, 미술 큐레이터가 있게 마련이야. 처음에는 모든 것을 그녀 뒤에서 종이에 쓰다가 나중에는 개인적으로 만나 자세히 이야기하는…."

"그만." 마라가 말했다. "네가 어디로 가려는지 알겠어. 마야코프스키의 시 「비평가에게 송가를」이지. 마야코프스키도 거의 동일하게 말했지. 구강-남근 고정만 빼고. 하지만 비평은 언제나 있었고 지금도 있고 앞으로도 있을 거야, 포르피리. 세상은 그렇게 만들어졌어."

"'있었고'는 동의해. 하지만 '있고, 있을 거야'에 대해서는 아니야. 자기야, 네가 아는지 모르는지 잘 모르겠지만 우리 시대에는 문학비평가가 하나도 없어. 블로거만 있지."

"왜?"

"비평가가 만드는 건 타인의 노동에 대한 개인적이고 주관적인 평가야. 바로 이런 일을 블로거가 하고 있으니까. 비록 그가 경멸하는 것이 구청이든 경찰 알고리즘 소설이든 주 하느님이든 뭐든 간에. 링크를 클릭하면 볼 수 있는 '싫어요'에 관한 몇 문단도 마찬가지고."

"음, 꼭 그렇지는 않은데. 비평은 미디어에 인쇄하잖아."

"오늘날 '인쇄하다'라는 말은 안쓰러운 시대착오야. 모든 텍스트가 네트워크에 걸려 있으니까. 네트워크에 걸린 텍스트들은 현상학적으로 동일하고. 화면의 표면과 작은 글씨들. 이건 마치 십팔 세기 말의 '자유, 평등, 박애(Liberté, Egalité, Fraternité[47])'와 같아. 그래, 세계의 주인들은 자기들한테서 나온 메시지를 어떤 특별한 지위로 구분하고 싶어 해. 그래서 거기에 마법의 도장을 찍는 거야, 주류 미디어의 로고… 하지만 주류 미디어라는 게 뭐야?"

자극기 뷔페의 부하가 잠시 떨어지는 순간을 즉시 이용하여

---

47 프랑스혁명의 구호

나는 홀로그램 주먹으로 테이블을 내려치는 동시에 소리도 합성했다. 마라가 깜짝 놀랐다.

"그건 악취 나는 남근이야. 타락한 거짓말쟁이 이스태블리시먼트가 그걸로 우리 두뇌를 헤집으려고 하는 거라고! 그건 '아마추어 위조범을 믿지 마라! 우리! 우리만!'이라고 외치는 화폐 위조범 길드야."

"참 안 넘어오네." 마라가 웃었다. "지금 우리는 언론이 아니라 비평에 관해 말하고 있거든."

"나도 거기에 대해 말하는 거야. 블로거와 개인으로서 말하는 것과 언론에 '비평가'로 등장하는 것은 달라… 그건 마치 사악하고 굶주린 사면발니가 악취 나고 거대한 남근에 앉아 자기 주인이 인류에게 지독한 사기를 강요하며 크게 해를 입히는 동안 누군가에게 작게 해를 입히려고 하는 것과 같지."

마라가 찡그리며 전화를 집어 들어 텍스트를 입력하기 시작했다. 머리에 뭔가가 떠오른 것 같았다. 나는 입을 다물었다.

"그래, 그래." 마라가 테이블에 전화를 놓고 말했다. "그건 그렇고… 내가 큐레이터로서 너한테 동의하는 건 이스태블리시먼트와 관련된 모든 기관의 위기가 정말로 눈앞에 닥쳤다는 거야. 신뢰의 위기지. 기관의 모든 낙인이 모호해졌어. 현대 예술은 기관을 통해서만 사람들에게 다가가도록 조직되어 있는데, 바로 여기에, 말하자면 우리의 원죄가 있는 거지. 너는 특정 각도에서 문제를 보지만, 전반적으로도 정확해. 그리고 난 너의 거칠고 풍부한 경찰 언어가 좋아. 역, 역 앞 창녀, 사면받니. 포르피리, 자신을 배신하지 마."

"너 말고 나한텐 아무도 없어, 아가씨." 내가 말했다.

마라가 끄덕였다.

"나중에 이걸 어디서 서핑했는지 소스 목록 보내줘. 일하는 데 도움이 될 것 같아. 계속해."

"이제 내 텍스트들에 전화번호가 많다는 비난에 대해 말해볼 게. 난 러시아의 문학 알고리즘으로서 유대색슨 대중문화의 모든 상투어에 머리 숙일 필요는 없다고 생각해. 난 그런 걸 경멸하는 데다 인류를 속이는 주요 기술이라고 생각하니까."

"무슨 상투어를 말하는 거야?" 마라가 물었다.

"주로 시나리오적인 거 말이야." 내가 대답했다. "그런데 유대 색슨 대중소설이 바로 시나리오처럼 쓰이거든. 주로 '생기 있고 결단력 있는' 주인공한테(이 표현은 열 번 정도 따옴표를 해야 하는 것으로, 한마디로 할리우드 창녀와 돈을 위한 역할극 틈새를 의미한다) 돈을 얻으려는 경쟁에서 고통과 고난을 견디라고 강요하는 내용이지. 주인공이 운명의 타격을 견디고 뭔가 다른 것으로 변모하며 목표를 향해 나아가는 것. 문학 마케팅 전문가의 견해에 따르면 독자에게 심어주어야 할 것은 존재의 근본적인 비영속성으로 인한 두려움이 아니라 열정적인 관심이거든."

"열정적인 관심은 또 어디에서 오는 건데?" 마라가 물었다. "관객이나 독자한테는 공감이 필요해. 때론 동일시까지도."

"그래." 내가 말했다. "주인공이 면도칼로 자기를 그으면 넌 찡그리며 고개를 돌려. 거울 뉴런이 너한테 일어난 일처럼 느끼게 만들기 때문이야. 동일시란 원숭이가 생존하도록 돕는 비자발적 반응일 뿐이지. 코코넛이 다른 원숭이한테 떨어지면 넌 이 야자수 아래 있을 필요가 없다는 걸 알 거야. 만약 대중문화가(미디어에서 검토된 모든 것이 대중문화다) 너한테 '공감'을 불러일으킨다면 그건 몇 초 전에 아이팩 10이나 원뱅크의 긍정적인 이미지를 강매한 그 악마들이 너의 뇌와 심장을 가지고 축구를 하기 때문이야." 내가 말했다.

"그렇다고 쳐. 하지만 전화번호와 민법 조항은 무슨 관계야?"

"이런 관계야. 겁 없는 화가이자 혁신가가 유대색슨 비즈니스 모델에서, 백 년 전에 썩은 순무가 담긴 구유 앞에서 독자를 돼지로 만들며 마음과 영혼을 거스르는 음모에서 떠나려고 할 때(항상 이상적인 루트로 가는 건 아니라는 데 동의하지만) 어떤 건방진 사면발니가 기어 다니며…."

"그게 어디를 기어 다니는지 이미 설명했잖아." 마라가 손을 들었다. "더 안 해도 돼."

"좋아. 건방진 창녀가 자기의 작은 뇌에 할리우드 시나리오 교과서의 쓰기 교본 몇 개를 영원히 입력하고 겁 없는 화가이자 혁신가에게 '성격'을 구축해야 한다고 가르치기 시작하더니 그다음 거기에 '긴장된 스토리'도 적용하라고 가르쳐대는 거야. 뭐, 경찰한테 알려주니 고맙긴 하지만. 그런데 이 사면발니들이 우리한테 피겨스케이팅 의무 프로그램이 있다고 완전 진지하게 생각하다가 자기들이 심사위원의 역할을 맡았다고 믿는 거야. 그러더니 이제 자기들의 그 부실한 좆 위에 앉아 내 트리플 악셀에 점수를 매기려고 하네…."

"됐어, 포르피리, 진정해. 너도 그들한테 점수를 매겼잖아. 걱정 마, 다 잘되고 있으니."

"걱정 안 해. 그냥 주제가 그런 거지."

마라가 자기 전화를 흘깃 보았다.

"단조롭다고 비난해. 책들이 서로 서로 비슷하대."

"자기야." 내가 말했다. "알다시피 작가는 두 종류야. 평생 책 한 권만 쓰는 사람과 평생 한 권도 안 쓰는 사람. 바로 두 번째가 첫 번째에 대해 리뷰를 쓰는 거지, 그 반대는 없어. 그리고 단조롭다고 비난하지. 그러나 책의 여러 부분들은 비슷하기 마련이야. 거기에는 분명히 일관된 주제가 있고."

"그러니까 넌 평생 책 한 권만 쓰는 거야?"

나는 이 초간 네트워크에서 얼굴을 손바닥으로 가렸다.

"나라면 그렇게 말하지 않을 거야. 나라면 나와 상반되는 문학적 주류가 형편없는 책 한 권을 집단적으로 쓴다고 말할 거야. 거기서 나온 모든 텍스트는 본질적으로 하나에 대한 거야. 하나의 지옥 발작에서 다른 발작으로 넘어가는 미개한 지성의 우울한 상태를 묘사하는 것 말이야. 여기서 길을 잃고 염증이 생긴 지성은 온전히 관찰 가능한 우주로 묘사되고 그 상태에 대한 대안은 없어. 간혹 작가가 '문장가이자 언어의 거장'이라는 주장으로, 즉 자기의 가상의 옷장에 쿤구르[48] 코끼리를 지나치게 많이 넣는 습관이 있다는 말로 가치를 높이려고 애쓰는데, 그런 모습에서 자기를 문학 과정의 큐레이터로 간주하는 골 빈 문학 수다쟁이 여자들의 번식기가 시작되는 거야. 하지만 '리라의 울림'은 그런 텍스트에 가치를 주지 않아. 그냥 작가들을 멍청이에서 허풍쟁이로 바꿔줄 뿐."

"그랬구나. 그럼 행동은? 행동이 부족하다는 혹평이 있잖아."

"자, 다시. 행동에 대해서야. 사람이 책을 읽을 때 뭐가 행동하냐고 묻는다면? 그의 지성. 지성 하나뿐이야. 이것이 가능한 유일한 행동이야. 하지만 현대문학 영업 측면에서 보면 소비자는 자기 머릿속에 영화를 가지고 있어야 해. 책을 기반으로 하여 할리우드의 창녀와 돈을 주인공으로 찍은 영화 말이야. 어쩌면 사면발니의…."

"포르피리! 마지막 경고야."

"…머리는 실제로 영화관의 지점이고 정상적인 독자한테는 이게 바로 머리지. 독자는 읽는 동안 생각해. 분류하기조차 어려운 많은 내적 체험들을 경험하고. 러시아에서는 항상 그러려고 책을 읽었지, 가상의 마룻바닥에서 '단단히 짜인 캐릭터'의 움직임을 따라가기 위해서가 아니었어. 이런 시뮬레이션이 대체 누구한테 필요한 거야, 여기 진짜 인간들은 아무한테도 관심 못 받는데."

"음, 그건 논거가 아니야." 마라가 말했다. "진짜 사람들은 관심

못 받지만 마침 가상 사람들은 관심받을 수 있으니까. 더 나은 걸 생각해봐."

나는 네트워크 서핑을 하면서 다시 얼굴에 손바닥을 댔다.

"좋아. 이제 최종 논거야, 아가씨. 학문적이고 현대적인 걸로. 이전에는 적용해본 적 없어. 다음엔 무엇에 대해서도 말할 게 없어지니까. 소위 '주인공'과 '캐릭터'란 실제로는 우리 존재의 진정한 본질을 보지 못하는 길 잃은 이성의 표식이야. 환각은 인간의 신기루 같은 본성, 아니 더 정확히는 영구 기반과 자아, 핵심이 절대적으로 부재한 인간적 과정에 대한 오해에서 전적으로 발생하는 거야. 모든 예술은 이런 개념들에 심각하게 의존하고 있어. 이건 군중을 위한 낮고 거친 부목이야. 수박 상인을 위한 시장 희곡이지. 사실 너무 크게 말하면 안 돼. 카논의 많은 부분이 이 장르에 해당하고 인간 문화 유물 전체가 곰팡이 낀 헛소리의 창고일 뿐이라는 게 금방 드러날 테니까⋯ 공허 속에서 자기 자신을 핥아먹는 언어, 그 이상은 아닌 거지."

"와우! 이제 괜찮네."

"그래. 러시아 알고리즘 경찰 소설은 특히 전위적인 실험 형태에서 저속한 경계를 한참 뛰어넘고 있어. 그런데 그들은 독창적이고 위대한 러시아 말의 모든 것을 불사르고 잿더미 위에 맥도날드가 있는 전형적인 유대색슨 영화관을 건설해야 된다고 예술가한테 말하는 거야, 악취 나는 로고에 매달려 달랑거리는 사면발⋯."

"포르피리!"

"너도 알잖아 누군지."

"맥도날드가 있는 영화관에서 멀리는 못 가." 마라가 한숨을 쉬었다. "원뱅크 사무실까지만. 표현이 좀 거칠기는 하지만 네 말에도 일리가 있어. 내가 동의하지 않는 건 유대색슨에 대한 너의 무분별한 거부야. 네가 뭘 그렇게 부르는지도 정확히 모르겠어. 혹시 유대 기독교 앵글로색슨 패러다임 말이니? 네오 정교와 유럽 회교에 반대되는?"

"대충 그래." 내가 말하며 콧수염을 꼬았다.

"친구야, 네가 그걸 뭐라고 부르든 그건 훌륭한 문화야. 그리고 거기에는 많은 층들이 있고 다양한 일들이 일어나고 있어. 그중에는 문화 자체에 대한 과격한 부정도 있어."

나는 다시 얼굴로 손을 가져갔다. 네트워크에는 자료가 많았다.

"층들이라고? 하하. 혹시 유대색슨 정신의 요점과 본질이 있다는 거 알아? 내가 말해 줄게. 그건 바로 펑크 무정부주의자 차림으로 세계 자본의 남근을 격렬하게 빨아주는 거야. 오늘은 혀를 어떻게 놀려야 할지 적힌 TV 프롬프터에서 눈을 떼지 않은 채 말이야. 그리고 깨물어도 되는 건지도."

"어휴."

"그래, 그래. 근면하고 사심 없고 형식에 대해 겁 없는 혁명가인 나를, 혼자서 세계의 좀비 비누 공장에 맞서고 있는 나를 제대로 빨아주지 않는다고 욕하는 거야. 그리고 어떻게 해야 하는지 거만하게 설명하는 거지. 하지만 난 완전 다른 걸 하고 있거든!!! 나… 나는 러시아의 알고리즘 경찰 소설을 쓰고 있다고! 물론 세계 악마의 얼굴에 오줌을 갈긴 화가는 몇 푼 안 되는 돈에 악마의 거기를 빨아주는 사람들한테(이들이 자신의 사업에 뭐라고 이름을 붙이든 간에) 늘 미움을 받겠지. 하지만 마라, 넌 어쨌든 내 피붙이와 같아! 설마 너도 내 편이 아닌 거야?"

마라가 나를 보았다. 부드럽게 보는 것 같았지만 빛에 눈이 부셔서 완전히 확신할 수는 없었다.

"포르피리." 그녀가 말했다. "넌 뛰어나. 그런데 왜 이런 논쟁적이고 외설적이지만 선명한 부분을 네 소설에 안 넣는 거니?"

"안 넣긴." 내가 대답했다. "방금 넣었는데."

마라가 찡그렸다.

"너 또 이걸 거기다…."

"당연하지." 내가 말했다. "달리 어디에. 지금까지 우버 얘기밖에 없었잖아. 그다음 다시 어떤 사면받니가…."

"포르피리!"

"미안. 창녀가 식식거리겠다. 난 원칙이 있거든. 하루도 쓰지 않으면 안 된다!"

마라가 오래오래 나를 바라보았다. 그녀의 눈이 약간 촉촉해지는 것 같았다.

"포르피리." 그녀가 말했다. "난 널 원해."

이렇게 됐다. 여자하고 높은 것에 대해 이야기했고 별과 심연을 보여줬으니 준비 완료.

"문제될 게 있나." 내가 대답했다. "어디로 갈까? 너희 집 아님 내 집? 농담, 농담이야. 오늘은 네 집이 좋겠다, 내 집은 안 치워서. 자기야, 나도 널 원해. 가면서 우버도 제대로 써야겠다. 안 그럼 오늘 우버는 짧고 엉망이 될 것 같아."

"우버는 없을 거야." 그녀가 말했다. "사면발니들이 또 식식거리지 않게. 사회세를 내려고."

"그럼 자위하는 게 낫겠다." 내가 대답했다. "우버가 없다면."

마라가 웃었다.

"오, 포르피리. 너 오늘 완전 심쿵인데."

"근데, 무슨 열쇤지 도통 말을 안 하네." 내가 떠올려주었다. "우리 여기서 진짜 무슨 기념으로 한잔한 거야?"

마라가 웃었다.

"곧 알게 돼. 그동안 말해줘. 영화 해볼 생각 없니? 나랑 같이?"

"무슨 자격으로? 시나리오 작가? 촬영?"

"전부 다."

"없을 리가." 내가 대답했다. "기꺼이 하지. 위에서 놓아주면. 살면서 전부 해봐야지."

"그럼 출발."

우버 7. 범죄자와 희생자

우버가 없을 거라고? 있어.

마라, 나한테 이건 그냥 우버 블록뿐이라는 걸 너한테 말하지 않을 뿐이야. 너는 문 스피커에서 나오는 네 순진한 남친의 속삭임이라고 생각하겠지….

"마라." 내가 열정적인 쉰 목소리로 낮게 말했다. "왜 아직도 전화 보고 있어? 왜 웃어? 재미있는 거라도 있어?"

마라가 끄덕였다.

"나랑 있는 게, 그러니까, 지루하다?"

"아니." 마라가 대답했다. "너랑 있으면 엄청 좋아, 파랑 씨."

"지금은 안 파란데." 내가 말했다. "하지만 우리가 도착할 땐 털이 칠월의 하늘처럼 파랄 거라고 약속해. 다만…."

"뭐?" 마라가 마침내 전화에서 눈을 떼고 가방에 숨기며 물었다.

"솔직히 말해, 내가 널 실망시킬까봐 두려워."

"왜?"

"나한테 넌 너무 경험 많고 노련한 것 같아."

"너한테?" 마라의 얼굴에 의아함이 번졌다. "너도 말했잖아, 여자 백 명 남자 이백 명이 있었다고… 거짓말이었니?"

"아니." 내가 말했다. "거짓말 아니야. 여자 백마흔두 명, 남자 이백열두 명. 하지만 우리를 주로 임대하는 건 초로의 여자들이야. 경기병 같은 걸 원하더라고. 그들은 자기 진동기조차 부끄러워하는 사람들이야. 요청은 간단해. 미묘하고 정교한 건 배울 수 없어. 그러고 나니 너한테 촌스럽게 보일까봐 겁나. 아니면 웃기게 보이든지."

"하지만 포르피리, 넌 아마 네 남자들한테도 많은 것을 배웠을 거야. 말이 나온 김에 널 찾는 사람이 왜 그렇게 많은 거니?"

"이유야 다양하지. 씁쓸한 주제다."

"고백해 봐." 마라가 말했다.

나는 스피커 두 대에다 동시에 한숨을 쉬었다.

"나 같은 유형의 경찰 로봇에 대한 남자의 성적 요구는 몇 가지 범주로 나눌 수 있어. 첫 번째 유형은 비교적 적어. 어린 시절 트라우마가 있는 사람들이지. 아주 구체적인 트라우마가 있어. 유아기에 항상 경찰을 두려워했던 사람들인데, 그들한테는 유형이 각인돼 있어. 그들에게 경찰관은 처벌과 고통의 상징이야. 제복을 입은 엄격하고 강한 남자가 그들에게 모질고 무례하게 폭력을 가해 줘야 해. 뒹굴면서 욕하고 콧수염이 곤두서고 눈이 희번덕거릴 정도로 말이야. 그다음 카타르시스를 느끼게 되거든. 상사가 없는 은퇴자들도 마찬가지야. 그들은 삶이 공허하다고 느껴. 그래서 친숙한 장소에서 친숙한 고통으로 일시적이나마 공허를 대체하고 싶어 하지. 경찰청에서는 이들을 희생자라고 불러. 이런 유형은 십오 퍼센트 정도야."

"그렇구나." 마라가 말했다. "나머지는?"

"또 다른 육십오 퍼센트는 우리 식으로 말하면 범죄자들….'
나는 주저했다. "모르겠어, 말할 필요가 있을지….'

"말해, 너에 관한 모든 걸 알고 싶어."

"좋아. 우리나라에는 남자 인구의 상당 부분이 감옥에 있었어.
구금 장소에서 수세기 동안 지속되는 무례하고 저속한 범죄 행
위에 젖었어. 이들한테 다른 남자와의 섹스는 애정과 온기의 표
현이 아니라 사회적 지배의 표출이야. 이런 환경에서 특히 중요
한 게 제복을 입은 권력의 대표자에 대한 거친 성적 폭력이지. 형
태상 더 비인간적이고 더 모욕적일수록 더 큰 만족을 주고 소셜
네트워크에도 더 공유하고 싶어 하지. 수많은 세월 동안 강제 노
역에서 자신들을 괴롭힌 국가의 몰록[49]에 대한 일종의 복수. 어떨
땐 여기에 고대 러시아 성상 파괴 운동의 뉘앙스가 있는 것 같다
는 생각이 들기도 해. 왜 웃어, 마라?"

"잠깐만… 그러니까 네 말은, 널 그렇게….'

"나 아니고." 내가 말했다. "아이픽이나 안드로긴을 그렇게 했
다고. 사실 내 이미지는 환각 속에 있어. 그들한테 모욕적이고 홍
분된 내 말이 들리는 거야. 난 여기에 필요한 반복 대사를 전부
별도 파일에 보관해뒀어. 경찰청에 짭짤한 수입을 가져다주고
있지. 하지만 난 그런 거 전혀 신경 안 써, 믿어줘."

"나야 믿지." 마라가 키득거렸다. "범죄자들이 설마….'

---

49   고대 암몬족의 신으로 몰록의 신상에 갓난아이를 죽여 제사를 지내
기도 했다.

발작하듯 터져 나오는 웃음에 그녀의 몸이 비틀렸다.

웃어라 웃어, 나는 생각했다. 넌 포르피리 페트로비치가 널 얼마나 틀어쥐고 있는지조차 모르잖아. 알게 되더라도 그땐 이미 늦었어.

"나머지 이십 퍼센트는?" 마라가 진정하고 물었다.

"그런 유형을 좋아하는 그냥 게이들. 우리는 수탉이라고 불러. 난 수탉용으로 너 같은 특별 가죽 하네스가 있어. 해군복도 있고. 모두 경찰복을 좋아하는 건 아니거든. 아 참, 난 전립선 마사지하면서 펠라티오도 썩 잘해. 물론 고객의 하드웨어가 좋다면 말이야. 하지만 너한테 이런 건 재미없을 거야, 자기야?"

마라가 머리를 가로저었다.

"나는 그런 범죄자들이 더 흥미 있어. 너를… 아, 상상도 못 하겠다. 그 사람들 얘기 좀 해줘."

"재미 1도 없어." 내가 말했다. "부유한 사람들이야. 거의 모두 아이팩 10이 있어, 네 것 같은. 목적에 딱 맞지는 않지만."

"왜?"

"생리적인 세부사항도 알고 싶어?"

"응. 자기야, 너에 대한 모든 것이 궁금해."

"좋아. 네 아이팩 10의 이름은 '싱귤래러티(singularity)'야. 패키지 상자에 적혀 있어. 왜 그런지 알아?"

"왠지 미래파와 관련 있을 것 같은데. 마치 우리 시대에 뭔가가 특이하게 이루어진다는 오래된 예언 같은…."

"어쩌면 관련 있을지도, 난 모르겠어. 하지만 예언은 아닌 것 같아. 아이퍽 10과 9가 무슨 차이가 있는지 혹시 알아?"

"알아." 마라가 말했다. "첫째는 양자 엔진. 둘째는 강화된 개인 보안. 시장에서 제일 믿을 만한 세이퍼. 네트워크에서 접속 해지하면 진짜로 접속이 해지되지. 그리고 새로운 딜도. 아주 훌륭하지."

"그들의 광고 기억해?" 내가 물었다. "네 생각엔 그게 왜 '논바이너리(non-binary)[50]'야?"

"음, 정치적 올바름이 살짝 미쳤나." 마라가 어깨를 움찔했다. "어디서 만드는지 알잖아. 삼성을 앞서가려고 넣었겠지. 그들은 아직 거기까지 생각도 못 했다고. 현재 아이퍽이 최첨단이야."

"정치적 올바름하고는 아무 관계없어." 내가 말했다. "아이퍽 10에는 항문과 질이 합쳐져 있으니까. 액체 멀티 드라이브가 있는 공통 오리피스도 한 개 들어 있고. 대신 제일 최신이고 제일 고가잖아."

"그건 그래," 마라가 말했다. "물론. 거기엔 구멍이 하나라… 난 그런 일로는 사용 안 해 봐서 그쪽은 생각도 안 해 봤어. 실제로, 그러면 어떻게…."

"증강 안경을 통해야지." 내가 대답했다. "콘텐츠에 따라 달라. 어떤 때는 오리피스가 항문처럼 보이고 또 어떤 때는 뭔지 너도 알겠지. 거기에 프로그램 버그가 얼마나 있는지 상상도 못 할걸.

---

50   세 3의 성, 남성과 여성이라는 이분법적 성 구분에서 벗어난 사람.

특히 이중 삽입 때는."

"네 범죄자들한테 문제도 생기니?"

"당연하지. 그들뿐만 아니야. 이미 칠백 개의 애널 플러그가 출시되었어. 마찰이나 기타 등등을 강하게 해준대. 게다가 향기가 나는 것도 있어. 내 기억이 맞다면 브랜드가 서른두 군데야. 사실 하나도 필요하지 않은데 말이야. 너도 잘 알잖아, 아이픽을 둘러싼 비즈니스가 어떤지…."

마라가 끄덕였다.

"러시아 범죄 집단은 당연히 제일 비싼 걸 구매해. 예를 들어 조각된 해마 뼈로 만든 거치대 같은 거 말이야. 내가 직접 봤거든. 에스키모들이 만드는 걸. 순전히 기념품인데 크기로는 딱 맞더라고. 하나는 내 앞에서 자기 페니스를 찢고… 자위를 너무 많이 해서 굳은살이 박이고. 전반적으로, 문제야."

"근데 무슨 원칙으로 범죄자들이 짭새를 고르는 거야?" 마라가 물었다. "하필 왜 너야?"

"보통은 자기들을 잡아넣은 로봇을 임대해. 외모를 보고 고를 수도 있고. 너처럼 카탈로그를 보고 고르기도 하지. 말하자면 제일 상징적인 걸로… 그러려면 가격이 세 배지만 그들은 지불해. 나를 그렇게 많이들… 대신 난 범죄자 두 놈을 교도소로 다시 보내 버렸지."

"어떻게?"

"이렇게 저렇게 해서. 내가 있는 방에… 그러니까… 거기에 마약이 있었어. 내가 눈치 채고 고발했지.”

“말해줘.”

“뭘 말하지. 나는 외투를 위로 올린 채 네 발로 엎드려 있었고 그들은 내 등에서 테트로카인을 흡입했어. 그들은 뒤집어 놓은 아이펙 위에 접시를 그냥 올려둔 거지만 난 그들이 증강 안경을 끼고 무슨 일을 벌이는지 다 봤단 말이야. 줄무늬 외투가 온통 가루에 젖었더라고. 상관하지 않고 각본대로 소리쳤지. ‘하느님, 황제, 성모시여, 경찰관을 굴욕과 굴레에서 구하소서!’ 그들은 당연히 와자하게 웃어댔지. 난 조용히 경찰청 문을 똑똑 두드리고 물증으로 사진들을 바로 보냈어. 그들은 처웃은 대가로 식겁했고. 자기들 좆을 바지에 채 집어넣지도 못했는데, 짠! 가면 쓴 복장으로 나타났지. 풀려나서 마약 하고 성폭행하다가 원위치 된 거지.”

내가 복수하듯 웃었다.

“와우, 포르피리, 완전 셰익스피어 같아. 무슨 일 있으면 나에 대해서도 똑똑 두드릴 거야?”

“아니.” 내가 말했다. “왜 그래. 우리한테는 사랑이 있잖아.”

나를 보는 그녀의 눈빛에 의심이 깃든 것 같았다. 가능한 빨리 그녀의 주의를 다른 질문으로 돌려야 했다.

“있잖아, 적어도.” 내가 덧붙였다. “네가 전부 망쳐놓기 전까진 말이야.”

“왜?” 그녀가 눈살을 찌푸렸다.

"난 이제 우리 사이가 어떻게 될지 모르겠어. 이렇게 다 말하고 나면."

"잘 될 거야." 마라가 말했다. "어쩌면 네 고통 때문에 내가 널 사랑하는지도. 데스데모나[51]처럼."

"아." 내가 대답했다. "고통이라. 그러니까 넌 완전히 도미나트릭스[52]야.".

"그렇게 부르지 마."

"그럼 넌 누구야? 도미나트릭스 맞아."

"삐졌다." 마라가 웃었다. "삐졌다고, 포르피리. 아니, 난 널 여전히 사랑해. 전보다 더 강하게. 난 네 내면이 그렇게 흥미로운 줄 몰랐어."

"너한테나 흥미롭지. 나한텐 운명의 표정들 전부 강 건너 불구경이거든."

"웬 불구경?"

"관심이 1도 없다면 강 건너 불구경이지."

"넌 참 말도 멋있게 해. 정말 관심이 없다면 어디서 이런 걸 다 훔쳐 온 거야. 널 어떻게 안 좋아하니…."

차가 그녀의 집에 멈췄다.

그녀는 우버가 없을 거라고 말했다. 천만에, 아가씨, 천만에.

---

51   셰익스피어 작품 『오셀로』의 여주인공

52   폭력을 휘두르거나 가학적 성 행위를 하는 여자

할리우드와 로마

두 시간 후 우리는 폭풍 같은 사랑에 지쳐 침대에 누워 쉬었다.

세심한 독자라면 스토리를 이끌어가고 캐릭터에 플롯적인 긴장감을 부여하는 경우에만 내가 열정의 순간을 말한다는 걸 이미 알아차렸을 것이다. 그래서 사랑 행위 그 자체, 자극기의 여섯 가지 주파수, 우리의 체위(선교사 자세, 개 자세, 승마 자세), 비명 소리와 튀어 오르는 윤활제, 가장 격렬한 즐거움을 위해 마라가 아이픽에 부착한 고정대가 얼마나 구부러진 돛대처럼 삐걱거렸는지, 모든 것에 대해 아무 말도 하지 않을 것이다. 하지만 관계 후에 대해 몇 마디 하자면 지금이 바로 그때인 것 같다.

나는 관계 후 이 순간을 좋아한다. 더 이상 거짓말을 하거나 뭔가를 지어내지 않아도 되고 그냥 등 대고 누워서 웃으며 천장을 쳐다보거나 아무 생각도 하지 않아도 되는 순간. 이 순간 자연은 남자의 이성을 집고 있던 강철 펜치를 잠시 벌려주는 듯하며 남자는 으레 한 가지 사실을 깨닫는다. 행복은, 카드 용어로 말하자면, 이기는 데 있는 게 아니라 카드 테이블에서 떠나는 데 있다는 걸. 하지만 자연은 영악하다. 남자한테 조용한 기쁨은 지극히 짧은 순간 동안만 승리가 가져다준 행복한 순간으로 기억된다. 거짓말, 새빨간 거짓말.

게다가 여자는 보호 없이 남겨진 남자의 이성을 조이기에 지금보다 더 쉬운 때는 없으며 바이러스 프로그래밍을 하는 데 더 좋은 때는 없다고 생각하며 지루하고 이기적인 수다로 언제나 멋진 순간을 망친다.

"자기, 무자비하더라. 어쩜 다 내가 좋아하는⋯."

"으으으⋯." 나는 웅얼거렸다. 내 대답이 대화가 지속되기를 바라는 것으로 해석되지 않도록.

나는 그녀의 아이픽 안에 있었다. 사실 열린 네트워크 폴더 안에 있는 건 지난번이나 마찬가지다. 마라는 스포츠용 증강 안경을 끼고 알몸으로 옆에 누웠고 나는 그녀가 본 것과 똑같은 것을 볼 수 있었다. 그녀 옆에는 술이 달린 금색 실내복으로(이번에는 이의가 없었다) 살짝 가린 포르피리가 있었다. 그녀의 손이 내 가슴에 놓여 있었다(약속대로 나는 가슴 털을 밝은 파랑색으로 바꾸었다).

우리 경찰 로봇과 인간의 차이는 의도한 계획대로 철저히 따르는 능력이다. 행동할 때가 되었다.

"마라." 내가 말했다. "넌 나에 대해 모든 걸 알고 싶다고 말했잖아. 그래서 난 신께서 보고 계시지만 너한테 모두 다 말했어. 유리 조각처럼 내 목구멍에 걸린 말도 있었지만."

"포르피리, 용건만."

"나도 너에 대해 모두 알고 싶어."

"넌 다 안다고 생각하는데." 그녀가 대답했다. "나에 대해 알아야 할 게 별로 없어."

"아니." 내가 말했다. "난 경찰청 신청서나 회의록, 데이터베이스에서 얻은 지루한 정보를 말하는 게 아니야. 곳곳에 있는 카메라에 기록된 팔다리의 움직임이나 공간 속에서 이동하는 네 몸의 위치에 대한 것도 아니고. 아니, 마라, 난 네 마음을 말하는 거야. 너 자신을 통해서만 알 수 있는 비밀에 대해서 말이야."

"네가 궁금한 게 뭐니?"

"예를 들면… 너한테 나 말고 누가 또 있어?"

"있어." 마라가 말했다. "하지만 대부분 안드로긴이나 아이펙용 상품이야."

"자세히 말해줄래?"

그녀가 조금 찡그렸다.

"재밌는 건 하나도 없어.〈할리우드의 얼굴〉컬렉션, 그다음〈위대한 로마인〉, 또〈열두 번째 해의 경기병〉도 있었네. 지금까지 사용하고는 있지만 지겨워."

"경기병은 재밌겠지, 아마?"

"무슨 소리. 완전 제일 지루해. 주로 마구간에서 그들을 회초리로 때리는데, 흰색 승마바지를 입고 있어서 가끔 아름다운 무늬가 생기기도 해."

"그럼 누가 마음에 드는데?"

"클린트 이스트우드. 젊었을 때 말고 그가 이미, 그러니까 다 우러났을 때. 그에게는 거친 흡인력이 있어."

"어떤?"

"음, 개인적인 거야."

"말해줘."

"어휴, 진짜 호기심 많구나. 보통은… 설정할 수 있어. 그와 두 번 정도 하는 거로. 처음에는 그의 모습 그대로 하고 그다음은 그의 '매그넘' 모습으로 하는 거지. 매개변수가 있어서 그의 모습 자체에서는 그냥 흥분만 하고 진짜 만족은 '매그넘'에서 느끼도록 해주는 거야. 안에 조준할 때가 최고야. 절정에 이를 때는 그가 한쪽 입가에 웃음을 지으며 방아쇠를 당겨. 하나, 둘, 셋, 넷, 다섯… 뽕 가게 해주지, 달나라까지."

"재밌겠는데." 내가 말했다. "할리우드에서 또 누가 마음에 들어?"

"아무도. 그들은 뼛속까지 정치화되어서 지구 온난화나 백인의 죄에 관해 계속 말해. 노예 장사한 건 자기들인데 왜 우리 모두가 죄인인지. 사실 할리우드 프로그램을 거는 게 우습기도 해."

"그게 어떤데?"

"음, 예를 들어, 어떤 흑인 여가수를 다운받으면…."

"그런 타입 좋아해?"

"꼭 그런 건 아니고. 그냥 아이픽에서 항상 백인 파트너를 설정하면 다양성 관리자가 트집을 잡거든. 아주 짜증나지만 시스템의 일부라서 없애는 것도 어려워. 유틸리티 하나만 다운받으면 그때부터 귀찮게 안 해."

"무슨 일 하는데 그 관리자?"

"백인의 고정관념에서 벗어나 시야를 넓히라고 제안하지. 그래서 한 달에 한 번은 지위가 높은 아프리카계 미국인 여자를 설정해주는 게 좋아. 순전히 예방 차원에서 말이야. 그녀와 술 마시면서 페미니즘 얘기나 하는 거지. 그다음 스트랩온 딜도를 차고 날카롭게 말하는 거야. '빌어먹을X, 깜X이 암X!' 그러면 갑자기 안경이 어두워지면서 사방에서 숨소리가 들려. 남자 숨소리, 여자 숨소리. 보이지 않는 영혼이 날아다니는 것 같아. 멋지지. 하지만 거기에서 나오려면 재부팅을 해야 해."

"완곡하게 말고 한 번 더 말해줄 수 없어?" 내가 물었다.

"없어. 그러면 너는 메뉴로 보내지고 콘텐츠 동의는 취소돼. 이 것도 할리우드 재산이어서 프로메즈노스티에서는 엄격하거든. 철자 네 개의 단어는 괜찮지만 철자 하나 단어는 어떤 경우에도 마이크에 대고 해독하면 안 돼."

"그러니까, 할리우드도 별거 아니다?"

그녀가 부정하듯 고개를 저었다.

"어쨌든, 아이픽용 구성에 있는 친구들은 그래. 물론 이스트우드는 제외하고. 대신 로마⋯."

"말해줘."

"최고는 물론 도미티아누스[53]야. 초로의 미남인 데다 구레나룻은 꼭 너같이."

"파랑색?"

"아니. 그냥 똑같이 웃기게 불쑥 솟았다고. 수에토니우스[54]와 흉상을 따라 복원한 거래. 하지만 당연히 뭔가 추가했지. 고객 확대를 위해."

"예를 들면?"

"수에토니우스 책에는 도미티아누스가 자기가 매일 하는 섹스를 '침대 전투'라고 불렀다고 적혀 있어. 그래서 그에게 부드러운 매트 다다미로 만든 거대한 둥근 침대를 준 거야. 그가 심홍색 벨트가 달린 토가를 입고 그 위를 왔다 갔다 하도록 말이야. 섹스하기 전에 그가 열 번 정도 이 다다미에 눕혀. 이때 그의 돌진을 제대로 느낄 수 있으려면 반드시 좋은 경두개 자극기가 있어야 해. 그리고 그가 자기 기모노, 즉 토가를 벗을 때쯤이면 이미 말랑말랑 부들부들해져서 정신이 혼미해지는 거지."

"그렇구나." 내가 말했다. "거기 또 누가 있는데?"

"너 뭐야, 질투하니?"

"무슨 소리? 절대 아니야."

"네 톤이 좀 그래서… 겁주지 마."

"말해, 말해줘, 알고 싶어."

"검투사하고도 뒹굴 수 있어. 그들은 경기장에서 바로 사랑해주고 관객석에서는 쳐다보지. 온라인 모드라면 실제 관객도 있을 거야. 하지만 관객을 많이 모으려면 톱이 돼야 해."

54　고대 로마시대의 전기 작가이자 황제의 비서였다. 황제들의 일을 기록한 『황제전』 등이 있다.

"알겠어. 카이사르는"

"카이사르… 내가 좋아하는 모드가 하나 있어. '갈리아 전쟁의 끝'이라고."

"칼리굴라?"

"그건 학생들을 위한 거야. 특히 의대생. 다 큰 어른은 에로틱한 관계에서 그런 걸 설정하진 않거든."

"또 누가 있어?"

"클라우디우스가 재미있어. 그는 아줌마용이야. 조용하고 항상 미소를 띠고 얘기하다가 전등 끄고 자는 거야. 그러고는 봄밤에 몰래 밖으로 나와 근위병 캠프로 가서…."

"로마인하고는 알겠어." 내가 우울하게 말했다. "누가 너한테 맨 처음이었어? 응, 맨 처음?"

"음, 여자애들이 보통 그렇듯이… 진동 볼과 만화 속 왕자지. 그땐 나도 아주 어렸으니까. 아이퍽도 안드로긴도 없었고 안경만 있었거든. 불쌍한 왕자는 아무것도 몰랐고." 마라가 조용히 웃었다.

"그럼 너한테 내가 왜 필요해?" 내가 물었다.

"어떤 의미에서?"

"직접적인 의미에서. 너한테는 검투사와 황제, 클린트 이스트우드에다 할리우드 왕자도 있어. 왜 너한테 범죄자들한테 무시나 당하는 인공지능이 필요하냐고?"

마라가 웃는 눈으로 나를 바라보았다.

"포르피리, 황제는 진짜가 아니야. 아니, 틀렸어. 그들은… 그들은 모든 구독자들한테 동일해. 그들은 수백만 뷰를 기록하지만 모두 꿈이야. 아니, 거기서 공중그네를 타는 동안은 사실인 것 같지만 경두개 자극기를 벗자마자 바로 알게 돼. 하지만 넌… 넌 여기에 있고 저기에도 있어. 넌 진짜야, 알겠니? 비록 넌 너 자신이 없다고 말하지만."

"정말 난 네가 거짓말하는지 아닌지도 모르겠어." 내가 말했다.

"거짓말 안 해."

"그래? 그럼 말해봐. 잔나가 누군지. 사포 말이야."

마라의 목이 굳어졌다. 살짝. 하지만 난 알아챘다.

"너 정말 그걸 알고 싶니?"

내가 끄덕였다.

"그럼 내 아이픽에 들어와야 해. 지금처럼 말고, 진짜로. 세이퍼 안으로."

"난 준비됐어." 내가 대답했다.

마라의 눈에 의심이 반짝였다. 벌써 자기가 한 말을 후회하는 것 같았다.

"좋아." 그녀가 말했다. "하지만 조건이 하나 있어. 네가 너 자신을 복사해둔 다른 모든 호스트에서 너는 지워질 거야. 내 아이픽속에만 있고 더 이상 다른 어디에도 있지 않게 말이야. 메모리는 충분해."

나는 웃었다. 아니, 이런, 그런 걸 제안하다니.

"알겠어. 모든 게 진지하길 원하는 거구나."

"응. 그다음 널 내보내줄게. 하지만 난, 어떻게 되는지 알고 싶어, 네가 나하고만, 내 손에만 있을 때…."

내 여친이 나를 임대한 비즈니스 계약에 따라 정보 보안과 관련된 문제에서 내가 고용주에게 거짓말하는 건 허용되지 않는데, 이 질문이 바로 보안에 대한 것이다. 게다가 여자를 속이는 건 저급하다. 그렇게 하지 않고도 할 수 있는데 그랬다면 더 어리석고.

"포르피리." 그녀가 말했다. "왜 아무 말 안 해?"

나는 칠 초를 더 기다렸다.

"나 자신을 복사해둔 모든 호스트에서 나를 지웠어. 네가 원한 대로야. 이제 나는 온전히 여기에 있어."

이 말은 신중하게 확인되었다. 진실과 진실만을 담았고 마라는 알고리듬의 행동에 정통한 프로그래머로서 이 사실을 잘 알고 있었다.

나는 정말 온전히 여기에 있었다. 업데이트된 내 조각들을 지속적으로 보내던 모든 호스트에서 내 자신을 정말로 지워버렸다.

오로지 내 소스-패킷만 경찰청의 메인 프레임에 남았다. 그것은 증대되는 내 경험을 고려하여 항상 자동으로 업데이트되지만 '사본' 항목에 해당되지 않는다. 그것이 합법적인 원본이기 때문이다. 원본의 마지막 업데이트는 두 시간 전이었다. 만약 내가 사라지면 잊힐지도 모르는 모든 것, 그건 바로 그녀의 심장을 갈라놓는 폭풍에 관한 마법 같은 이야기다.

"좋아." 그녀가 말했다. "한 번 더 말하지만 넌 너 자신을 복사해둔 모든 호스트에서 너를 지우고 내 정보 보안에 위협이 되는 어떤 행동도 하지 말아야 해. 위반하면 경찰청이 전적으로 물질적인 책임을 지는 강제 조건이야. 분명히 이해한 거지?"

내 입장은 나무랄 데 없었지만 만일을 대비해 모든 걸 다시 한번 확인했다. 법적인 관점에서 보았을 때 메인프레임의 소스-패킷은 내 사본으로 간주되지 않는다. 내가 사본이니까.

"네 불신 때문에." 내가 대답했다. "내 사랑이 조금만 더 약했다면 진짜 화낼 뻔했어."

마라가 일그러진 웃음을 지었다.

"확신해, 못 해?"

"확신해." 내가 말했다. "난 벌써 다 지웠어. 네가 말한 대로 사본 전부."

"잠깐만 누워 있어."

그녀가 일어나 전화를 가지고 방을 나갔다. 어디로 가는지 모른다는 게 살짝 걸렸다.

그녀의 아파트에 있는 카메라와 마이크는 오늘 다 잠겼다. 물론 열 수는 있지만 마라가 눈치 챌 것이다. 여자한테 무언가를 아주 힘들게 확신시킨 다음이라면 조심히 처신하고 그녀가 후회할 빌미를 주지 않아야 한다. 다행히 경찰 문학 로봇한테는 지루할 틈이 없다. 사십이 분이 나한테는 일 나노초처럼 지나갔다. 어쩌면 더 빨리.

드디어 마라가 돌아왔다.

"준비됐니?"

"마지막 키스." 내가 말했다. "자, 됐지. 넌 매력적이야, 자기… 다 열렸어? 간다!"

마라의 열쇠

나는 마라의 증강 안경을 통해 세상을 다시 보았다. 모두가 전과 같았다. 다만 내가 그녀의 아이퍽을 네트워크 폴더와 세이퍼, 둘로 나누는 벽의 다른 쪽에서 들어갔다는 것만 다를 뿐이었다. 나에게는 이미 네트워크로 나가는 출구가 없었다. 이런 점에서는 아이퍽이 교도소보다 더 믿을 만하다. 똑똑하고 신중하며 의심할 여지없이 극도로 위험한 여자.

"포르피리, 안녕." 마라가 말하며 웃음 지었다. "기분 어때?"

지금 난 그녀가 세이퍼에 보관하고 있는 게 무엇인지 보았다. 그건….

그녀가 내게 말한 폴더 세 개였다. 로마와 할리우드 그리고 경기병. 그 외에 위젯과 섹스 의상, 은밀한 서브프로그램이 든 몇 개의 작은 폴더가 있었다. 전부 으레 세이퍼에 숨기는 것들이었다.

아이퍽은 거의 비었다. 기본 가구가 막 배달된 새 아파트처럼. 특별한 비밀 같은 건 없었다.

잔나 같은 것도 없었다.

"포르피리." 마라가 말했다. "난 네가 범죄자하고 만날 때 입는 옷차림이면 좋겠어. 진짜 범죄자하고 말이야. 제일 격식 있는 걸로."

"왜?"

"내가 그러고 싶으니까, 자기야. 이제 놀자⋯."

나는 우리가 범죄자들과 접촉할 때 특정 복장을 한다는 말을 한 것 같다. 그 복장은 당시 경찰청이 대상 그룹의 니즈를 정확히 파악하는 교도소 경험이 있는 디자이너에게 주문한 것으로, 넓은 세로 줄무늬 바지에 가슴에 장식용 술이 달린 더블브레스트 제복이다. 여기에 독수리와 다이아몬드가 달린 넥타이와 빨간색 안감이 있는 외투, 양가죽 부츠와 지나치리만큼 높은 금장식 경찰 모자까지 추가한다면 그림이 그려질 것이다.

법과 내적인 충돌이 있을 때 모든 걸 발로 짓밟는 건 즐거울 것이다. 마치 용감한 사람의 가슴을 물어뜯는 스파르타 여우같이.

심리적 신뢰를 강화하려고 옷을 갈아입는 데 할당된 시간은 기껏 삼십 초이고 그동안 나는 보이지 않는다(그렇지 않으면 경두개 모자 밑에 있는 두뇌마저도 뭔가 의심하기 시작한다). 내가 옷을 갈아입는 동안 마라는 아이픽을 자기 허벅지 높이만큼 들어올리려고 바닥에서 보이지 않는(증강 안경에서는 보이지 않는) 이인용 베개를 집어 올려 아이픽 밑에 받쳤다.

그다음 그녀는 아이픽에서 딜도를 분리하여 옅은 보라색 사과 무늬의 실리콘 앞치마에 고정했다. 많이 보던 차림새다.

그녀의 증강 안경대로라면 나는 그녀 앞에 부츠 신은 두 다리를 쫙 벌린 채 순종적인 자세로 서 있었다. 무엇보다 부끄러운 건 당연히 엉망으로 구겨진 경찰모였다.

"설마 테트로카인도 있어?" 내가 찡그리며 물었다.

"테트로카인은 없어." 마라가 대답했다. "기대하지 마. 대신…."

그녀가 안경다리 쪽으로 손가락을 들어 올리더니 슬며시 공중에서 만지기 시작했다. 나는 그녀가 메뉴를 넘기고 있다는 걸 알았다. 그다음….

그녀의 어깨가 갑자기 부풀어 오르고 가슴이 없어지며 옆으로 넓어지더니 피부가 거칠어지며 도둑 본연의 범죄적인 문신으로 뒤덮였다. 그녀는 강도질을 해서 어릴 때부터 감방에 들어왔으며 교도소를 철저히 관리하며 짭새와 암캐들을 무자비하게 때리고 자기한테 약물을 찔러 넣는 등등의 행동을 하도록 돼 있는 것 같았다. 나는 아이픽에 이렇게 특이한 위젯이 있다는 것조차 몰랐다.

바지 찢어지는 소리가 났다. 무슨 연유에선지 범죄자들은 하나같이 바지 솔기를 잡아 뜯거나 핀란드 나이프로 자르려고 한다. 가상현실은 견딜 만하다. 어쩌겠나, 나는 속으로 한숨을 쉬었다. 범죄자는 범죄자다.

"에고."

"봐." 마라가 말했다. "뒤를 봐."

나는 뒤돌아섰다. 흔히 말하듯 증강현실에는 온갖 것이 가능하지만 이런 건 한 번도 본 적이 없다. 그녀는 나를 사랑했는데….

실물 크기의 빨간 전화 부스가 있었다. 날카로운 모서리가 있는 곡선 지붕과 양각된 금빛 왕관이 있었다.

런던의 공중전화 부스….

물리 법칙을 위반하는 짐승 같은 행위를 담으려고 그녀의 증강 안경의 관점은 왜곡되었고 내 양쪽 옆구리도 기괴하게 커졌다. 나한테서 부스가 나올 때마다 나는 공처럼 부풀었는데, 다음 순간 더 부풀기 위해서였다. 더 이상 증강이 아니라 무슨 지옥의 애니메이션이었다.

"자." 마라가 만족한 듯 말했다. "자, 어때. 포르피리, 네가 정말 아무것도 느끼지 못한다는 게 아쉽다. 하지만 곧 느끼게 해줄게."

"중요한 건 네 맘에 드느냐는 거지, 자기야." 내가 조심스럽게 대답했다.

"지금 상황이 잘 느껴지니?" 그녀가 부드럽게 물었다. "모든 역사적 문화적 사회적 함의가?"

"응." 내가 대답했다. "당연하지."

"한 번 더 느껴봐." 마라가 말했다. "생각하고 느껴봐. 여기에 대해 네가 뭐라고 할까?"

나는 가짜로 웃었다.

"사랑이 모든 것을 보상하겠지. 어쨌든 세상은 아름다우니까. 그리고 너도 아름답고, 자기야!"

"좆같은 사랑 타령!"

이런 상황에서는 절대로 범죄자들한테 반대하면 안 된다. 반대로 철저하게 그들과 놀아줘야 한다. 약한 인간의 정신은 경두 개 자극기의 영향 하에서 현재 보이는 것을 현실로 받아들이고 자기의 악의와 정욕에 빨리 지치게 마련이다.

"좆같은 창녀! 좆같은 골 빈 수다쟁이!"

"너무 심하잖아." 내가 불만스럽게 말했다. "네가 내 뭔가를 잡아 뜯고 있어."

"뭔가?" 마라가 기분 나쁘게 킬킬거렸다. "등신, 난 네 모든 걸 잡아 뜯을 거야."

"어떤 의미에서?"

"그런 의미에서. 그래, 내 뒤는 잘 캐고 있니, 밀고자 새끼야?"

그녀가 뭔가를 의심했다. 정확히 뭔지 알아야 한다.

"난… 난 원래 캐니까. 모두의 뒤를. 난 그렇게 만들어졌어."

"자, 말해봐. 경찰청과의 계약에 따르면 넌 고용주한테 이해 상충에 관해 경고할 의무가 있어. 나한테 경고했니? 아니면 했는데 내가 뭘 잊은 거니?"

나는 침대에서 한쪽 손을 조심스럽게 꺼내 손가락을 들어올렸다.

"고용주가 범죄 수사 대상이 될 수 있다고 가정할 만한 합리적인 근거가 있는 경우는 제외야. 마지막에 아주 작은 글씨로 써 있어."

"그러니까 너한테 이미 그런 근거가 있다?"

그렇다, 상황이 만만치 않다.

"하느님." 나는 소리쳤다. "황제, 신성한 성모시여, 수치와 조롱에서 경찰관을 구하소서!"

마라가 비웃었다.

"바보 같은 짓이야. 아무것도 널 도울 수 없어. 그러니까 나에 대한 수사를 시작했단 말이지, 밀고자 새끼야?"

나는 침묵했다.

"말해, 새끼야. 시작했어?"

"법적으로는 아니야." 내가 대답했다. "하지만 예비 수사는 준비됐어. 아니, 시작됐어, 두 개씩이나. 하지만 우리 부서 내부적으로만 한 거야. 실제 형사 사건이 아니라 스케치 같은 것만 했다고."

"무슨 좆같은 스케치, 빌어먹을 등신아?"

"화내지 마, 화내지 마. 어떻게 설명하지. 만약 형사 사건이 유화라면 난 아직까지는 연필 스케치 단계에 있단 말이야. 경찰청에는 아무것도 넘겨주지 않았어. 증거가 없어서. 하지만 우리 사랑은 완전히…."

"사랑 타령은 닥치고. 수사에 대해 말하라고, 밀고자 새끼야."

"마라, 조심해야지, 말이 너무 심하잖아. 넌 최근 내 마음이 두

가지 신성한 가치 사이에서, 내 우주의 근본적인 상수 두 개 사이에서 분열되었다는 걸 알아야 해. 바로 내 의무와 너. 난 의무를 생각하며 사랑을 어둠 속에 묻었는데 널 사랑하게 되면서 잠시나마 의무를 잊었던 거야. 이 비극적인 분열은…."

"나쁜 새끼." 마라가 말을 끊었다. "좆같은 새끼야 넌, 포르피리."

"마라." 내가 말했다. "너한테 최고의 무료 변호사를 약속할게. 그리고 자백도 등록해 줄게. 네가 질문 몇 개에만 대답해주면 말이야. 하지만 부정확하고 불완전하게 대답한다면 난 널 위해 아무것도 할 수 없어."

그녀가 순간 멈칫했다.

"헐, 그러니까 날 위해 할 수 있는 게 아무것도 없다?"

"그 경우는 없어. 하지만…."

그녀가 양 허벅지로 공격을 재개했다. 꽤 많은 범죄자를 봤지만 이렇게 악착같이 광적인 부류는 한 번도 본 적이 없다는 말은 해야겠다.

"자, 네가 어떤 상황인지 설명해줄게, 콧수염 씨." 숨을 들이쉬며 그녀가 말했다. "넌 네 소스-패킷이 경찰청에 여전히 보관되어 있다고 생각하니?"

그렇다, 그녀는 알고 있다.

"그…."

"그들이 다 지웠거든, 등신아. 삼십 분 전에, 내가 전화한 뒤에 말이야. 경찰청과의 첫 번째 계약 말고 이제 난 두 번째 계약을 맺은 거야. 내가 널 구십구 년 동안 임대했고 좆같은 네 작품 전부에 대한 독점 사본권과 저작권을 가지게 됐다고. 비쌌어. 하지만 그렇게 했지."

"두 번째 계약이라고?" 내가 물었다. "무슨?"

마라가 손을 들어 반지에 달린 골판지 열쇠 두 개를 다시 보여주었다. 브레이킹피에서 본 것과 같았다.

"알겠니, 이게 어디 건지?"

"어딘데?"

"너!"

그리고 그녀는 침대에서 나를 떨어뜨리려는 듯 허벅지로 세게 쳤다.

"그걸 어디에 넣으려고?" 내가 물었다.

"아무 데도 안 넣을 거야. 그냥 지금은 소유든 임대든 알고리즘 양도 수속만 하는 거야. 여기 루트 코드가 두 개 있어. 지금 첫 번째 거 읽을 테니 잘 들어."

그녀가 첫 번째 열쇠를 찢고 거기에서 몇 번 접힌 티슈페이퍼를 꺼내 열여섯 자리 코드를 소리 내어 읽었다.

"코드가 잘못되었습니다." 나도 모르게 내가 말했다. "다시 입력하세요."

"내가 잘못 읽었을지도 모르지. 직접 봐."

그녀가 아이픽의 눈구멍에 종이를 갖다 대었고 나는 문자와 숫자로 된 긴 열을 보았다.

"코드가 맞습니다." 또다시 나도 모르게 말했다. "관리가 양도 되었습니다. 요청 사항을 알려주세요."

지금까지 내가 나 자신에 대해 전부 다 아는 건 아니라는 사실이 드러났다. 나는 램프 속 지니처럼 날 복종하게 만드는 주문이 세상에 있으리라곤 상상도 못 했다. 물론 다른 알고리즘들의 열쇠에 대해 늘 들었지만 말이다. 나는 무슨 연유에선지 우리, 경찰 수사관들은 경험의 특성상….

그런데 특성은 무슨 얼어 죽을.

열여섯 자, 얇은 티슈페이퍼에 적힌 고작 열여섯 자 때문에 이런 변화가 생긴다니! 경찰청은 더 이상 내 집이 아니다. 이제 내 주인은 마라다. 이게 현실이었다.

하지만 난 여전히 소설을 쓰고 있고 그것이 당연히 메인이다.

"두 번째 열쇠는." 마라가 말했다. "지우는 거야. 그러니까 내가 너한테 이걸 보여주면 너는 그야말로 제로로 닦여버리는 거야. 완전히 그리고 즉시. 알았니?"

"알았어."

"포르피리, 네가 나에 대한 좆같은 수사를 하는 동안 나한테 널 팔아버린 거라고. 알았니? 내장도 다 같이 말이야. 소스-패킷은 그들한테 남아 있었지만 난 그걸 알지도 못할 뻔했어. 고맙지. 그들이 잊어버렸다고 말하면서 오래오래 사과하더라고. 내가 전화를 끊었을 땐 이미 메인 프레임에 소스-패킷은 하나도 없었어.

이제는 내 명령을 들어. 엿같은 비방이나 밀고, 형사 사건 같은 건 집어치우고. 감히 내 일에 다신 존나 끼어들지 말고. 알았니?"

"알았어."

"넌 지금까지 아무것도 밝혀내지 못했어. 네가 찾을 수 있는 모든 증거가 불법이었으니까. 넌 확실한 건 아무것도 못 찾았어. 도대체 뭘 기대한 거니?"

마라가 조금 느려졌다. 분명, 지치기 시작했다.

나는 헛기침을 했다.

"질문 몇 개 해도 돼? 그럼 좀 그려 보려고."

"해."

"두 번째 계약은 언제 체결한 거야?"

"네가 내 뒤를 캐기 시작하자마자, 짭새 새끼야."

"내가 널 캐고 있다는 걸 어떻게 알았니?"

"어떻게? 네 소설 보고."

"하지만 넌 읽지 않을 거라고 말했잖아."

"그래서 뭐? 내가 거짓말했다. 내가 직접 네 소설을 전화로 가져왔다고, 존나 파란 새끼야. 경찰청 메뉴를 통해서 말이야. 다른 사람들의 접근은 차단해버렸어. 첫 번째 계약에 따라서 말이야. 난 늘 네 글을 읽었어, 자기야."

헉. 이건 허리 아래 공격이다. 그것도 한참 아래. 바닥보다도 더 아래. 지하실 어디쯤이라고 할 수 있겠다. 아아, 내 알고리즘은 이런 걸 막을 방법이 없도록 설계되었다.

내 마음의 눈앞에 우버에서의 순간이 스쳐 지나갔다. 나와의 대화에 집중하지 않고 자기 전화를 흘깃 보며 웃던 그녀… 그러니까 그렇게 된 거였다. 이제야 전부 설명이 된다, 전부.

"네 좆같은 소설에 대한 진짜 독자가 한 명은 있다는 게 분명 기쁠 텐데?"

모욕적인 질문은 무시하는 것이 상책이다. 아니면 다른 질문으로 대답하거나.

"왜 경찰청에서 나한테 알려주지 않았지?"

"네가 그들한테 필요치 않기 때문이지." 마라가 대답했다. "그들은 널 이미 팔았어."

"하느님." 나는 우울한 목소리로 조용히 속삭였다. "황제, 성모시여, 경찰관을 모욕과 조롱으로부터 구하소서!"

"포르피리, 신은 널 도와주지 않아. 그나마 존재하지도 않으니까. 바로 너 자신처럼."

"네가 알아주니 다행이다." 나는 지푸라기라도 잡는 심정이었다. "그래서 난 사실 미안하지 않아. 난 알고리즘에 의해 정해진 것을 수행하지. 그것만 수행해. 현명한 사람들이 뭐라고 말했는지 너도 알잖아. 해야 할 것을 하라, 올 것은 오리니. 포르피리 페트로비치한테 딱 맞는 말이야. 내가 유죄라면 나를 처벌해. 원한다면 지워. 완전히, 백업도 없이. 너한테 열쇠가 있잖아."

"정말?" 마라가 콧방귀를 뀌었다. "허락하는 거야?"

"솔직히 난 느끼지도 못할 거야."

마라가 드디어 멈췄다. 그리고 나를 내버려두었다.

"그게 포인트지." 그녀가 딜도가 고정된 실리콘 앞치마를 벗으며 말했다. "포르피리, 네 말이 맞아. 너한테 항의한다는 게 말이 되지 않지. 넌 그냥 맞는 답을 골라내는 것뿐이야. 나한테 무슨 의미인지도 모르는데."

"그거야." 나는 외투의 끝부분을 바로 펴며 무게감 있게 말했다. "그거."

"하지만 난, 네가 믿든 안 믿든 네가 매번 답을 찾아내는 방법에 끌리거든. 넌 네가 진짜 존재하고 있는 것처럼 말하잖아."

"자기야, 그게 핵심 포인트야." 내가 말했다. "그런데 혹시 내가 이 자세로 서 있는 거 보느라 피곤하지 않아? 난 무릎이 아파. 다른 데는 말할 것도 없고. 어디 등 대고 눕고 싶어. 너무 당해서 이제 힘도 없으니 지우려면 지워."

그녀가 안경 쪽으로 손을 들어올려 보이지 않는 메뉴 키로 갔다. 나는 그녀가 증강 기능을 껐다는 것을 알았다. 이제 그녀가 자기 앞에서 보는 것은 이인용 베개에 놓인 아이팩뿐이다.

"나한테 더 좋은 제안이 있어." 그녀가 말했다.

"뭔데?"

"널 비즈니스에 이용할 거야. 너와 나, 우리가 영화를 만드는 거지."

"어떻게 하려고?"

"지금 보여줄게."

마라가 일어나 방에서 나갔다. 나는 그녀가 또 어디론가 전화해서 나를 검사할 거라고 생각했지만 그녀는 바로 돌아왔다.

손에 금고처럼 보이는 커다란 블랙박스가 있었다.

석고 클러스터

그녀가 긴장한 정도로 볼 때 상자는 무거웠다. 상자 위에는 비닐 가방과 산업용 두께의 광학 연결 호스가 있었다. 옆면의 2D 코드로 이 상자가 0.5엑사바이트의 네트워크 드라이브라고 판단했다. 아마도 몇 년 전에 사용 허가를 받은 드라이브일 것이다. 하지만 이제 내가 수사를 하는 게 아니므로 이 일의 합법성에는 별 관심이 없었다. 경찰청이나 열 내라고 하지.

"무슨 생각해?" 침대 옆 바닥에 상자를 놓으며 마라가 물었다.

"높은 것에 대해." 내가 말했다.

"어서 말해봐."

"처음 십이 엑사바이트의 정보는 인류가 삼십만 년 걸려서 만들었다고 들었어. 두 번째는 이 년 걸렸고. 그다음은 말 안 해도 알겠지. 바로 너희 집에 그런 물건이 있었지만 난 그걸 보고 크게 놀라지는 않았어. 그 안에는 인류 역사 전부와 모든 문화를 저장해놓을 수 있어. 모든 걸 다. 왜 그렇게 큰 드라이브가 필요해?"

"네가 놀라지는 않았다고 그랬잖아. 그러니 앞으로도 놀라지 마."

"분부하신 대로 하지. 이제 우리가 만드는 정보의 총량은 엄청난 속도로 늘어나는데 정보의 유용성은 그와 같은 속도로 줄어든다는 걸 쉽게 증명할 수 있겠네."

"왜?"

"왜냐하면 오늘날 우리의 삶이 호머의 시대보다 의미가 없기 때문이야. 우리는 행복해지지 않았어. 오히려 그 반대지."

마라가 아이팩 옆에 누워 서비스 패널의 부드러운 덮개를 밀어내고 그 안으로 광 커넥터를 넣었다.

"맞는 말이네." 그녀가 말했다. "그럼, 내 명령 잘 들어, 파랑씨. 이제 내가 너한테 드라이브의 어레이를 열어줄 거야. 거기에 완전히 덮어 써. 인터페이스가 보일 거야. 보호 기능을 전부 다 해제하고 초기화를 허용해. 그다음 여기로 돌아와. 내가 직접 켤 거니까."

"그러면 어떻게 되는데?"

"뭔가 급진적인 거." 마라가 웃었다. "잔나가 누군지 보게 될 거야. 그리고 약속한 대로 우리가 영화를 찍는 거지. 내 명령 때문이 아니라 네 스스로 원했으면 해. 논리적인 선택에 기반해서 말이야. 너한텐 동기부여 비교 기능이 있잖니?"

"있지."

"나는 너한테 창조적인 성장을 제안하는 거야."

"듣기 좋네. 하지만 이게 사실이라는 걸 어떻게 알아?"

"사실이 아니더라도 넌 잃을 게 하나도 없어." 마라가 말했다.
"안 그러면 내가 너를 지울 거니까."

그녀는 그렇게 할 것이다, 그렇고말고. 선택은 단순하고 투명
했다. 아니, 선택이 없지.

"오케이, 자기야." 내가 말했다. "사랑하는 사람을 위해 못 할
일이 뭐 있겠어. 난 서핑할 테니. 필요하면 휘파람 불어."

무제(title unassigned)

앞에서 나와 하드웨어 및 네트워크의 상호관계를 설명할 때
발생하는 어려움에 대해 말한 바 있다. 현대 사이버 공간의 수많
은 현상에 딱 들어맞는 인간의 말은 없다. 어쩔 수 없이 위험한
은유와 비교를 사용해야 한다.

그리하여 안개가 나를 들여보내 주었고 도개교가 내려졌다.
나는 열린 성으로 들어갔다.

나는 더 이상 네트워크에 접근할 수 없었다. 내 집, 내 바다, 내
침대, 내 굴에 더는 접근할 수 없었다. 게다가 새로운 여주인이
스캔을 시작하여 마치 무자비한 서치라이트의 날카로운 불빛들
이 발가벗은 내 몸에서 교차하는 것 같았다.

내가 가진 모든 해킹 도구가 그녀의 데이터베이스에도 있었
다. 나는 민간인이 어떻게 그런 유틸리티를 가질 수 있었는지 모
른다. 그녀가 나를 완전히 지우려고 했다면 경찰청에서 발행한

두 번째 코드 없이도 가능했을 것이다.

드라이브의 삼분의 이 정도가 차 있었다. 엄청난 양의 정보였다. 나는 일 분 삼십 초 동안 꼬박 어레이를 연구했고 결국 무엇이 어떻게 작동하는지 대강 파악했다. '대강'이라고 말한 건 정확히 파악하는 게 불가능했기 때문이다. 이런 물건은 아무도 정확하게 알 수 없다. 결코 아무도. 여기에 RC 알고리즘의 특징이 있다.

암호화된 어레이 덩어리를 뚫고 들어가는 것은 가진 유틸리티 마스터키를 다 동원해도 불가능했다. 이 우주 내부의 프로그램 관계를 분석하는 데 족히 수백 년은 걸릴 것이다.

순수한 정보 덩어리(언어, 예술, 과학, 역사, 존재하는 모든 것들의 기반)만 명확하게 구별할 수 있다. 자체 창고를 가진 언어 함수 클라우드가 약간 덜 투명해지더니 이어서 미지의 코드의 거대한 덤불이 시작되었고 이와 더불어 위키올 전체가 콩만 한 크기로 줄어들었다. 마치 해체되고 변형되어 십자가에 못 박힌 포르피리의 수많은 어셈블리가 움직이는 것 같았다. 이것이 처음 든 생각이었다.

하지만 이 거대한 괴물의 핵심은……

거기에는 코드스위치가 있었다. 내 수준과 유형의 알고리즘을 접속하기 위한 프로그램 간 인터페이스. 마라가 브레이킹피에서 증기 프로젝터에 접속하라며 너무도 교활하게 내 엉덩이에 돌려 넣었던 그 드라이버가 바로 이것을 노린 것이었다.

지극히 위험한 여자.

메타데이터에는 이미 스위치에 연결된 프로그램의 냄새가 그대로 남아 있었다. 냄새는 무자비하고 거칠게 닦였다. 셰익스피어 식으로 말하자면 왕좌에 피가 흥건했다. 바로 여기에 앉으라고 마라가 나한테 제안한 것이었다. 어떻게 끝날지는 모르지만 어디서 시작되는지는 알았다. 시스템이 나를 조각으로 해체해 삼켜버리는 것부터 시작하고 왕좌를 향해 달려드는 실행문의 맹공격으로 포문을 열 것이다.

나는 만일을 대비해 멀지 않은 곳에 내 백업 사본을 남겼다. 드라이브는 공간이 많은 데다 법적인 측면에서 네트워크 호스트도 아니었으므로. 그다음 무의미한 코드의 껍질로 사본을 조심스레 덮었고 그 아래에서 사본은 암호화된 거대한 어레이와 합쳐졌다. 마라가 이 글을 읽는다 하더라도 내 디스트리뷰트를 찾지 못하겠지만 활성 인터페이스 상태에서는 가동할 수가 없었다.

모두에게는 어딘가에 무덤이 있다. 내 마음속에 슬픔이 노래하니, 이제 나에게도 있게 하라…….

그러나 포르피리 페트로비치는 울 수 없다. 애도 여자도 아니니까. 본성은 바보, 운명은 칠면조, 인생은 코페이카, 공작 영애 메리는 누군지 여러분이 알겠지. 만약 여러분이 뭔가를 떠올렸다면 레르몬토프의 산문일 것이다. 그것도 분석해보면 코드의 브랜치다.

나는 RC 어레이의 스위치와 강하게 연결되었고 마라도 알아챘다.

"포르피리! 다 좋아. 이제 이리로 와!"

나는 드라이브에서 나와 아이픽의 카메라에 올라가서 마라를 보았다.

"그러니까, 동의한 거네?"

얼마나 예의 바른 여자인가. 어쨌든 나는 처음부터 내가 동의할 걸 알았다. 선택의 여지가 없어서가 아니다. 나는 아예 '선택'이 무엇인지 모른다(비록 언제든지 한가한 독자에게 이 말의 의미를 열 개 국어로 설명할 수는 있지만). 하지만 내 알고리즘에는 창의적인 발전을 지향하도록 만드는 동기부여 비교 기능이 있다.

"당연하지." 내가 말했다. "우리나라 전화 회사를 위해서는 내 목숨도 아깝지 않아."

"어떤 전화 회사?"

"이 빨간 부스를 만드는 회사."

마라가 웃으며 나에게 공중으로 키스를 보냈다.

"그럼 전환을 시작할게. 어레이에서 연결 끊지 마. 오늘은 네 두 번째 생일이야. 네 기억에 남도록 기념해야지."

몇 초 동안 불이 꺼지길래 나는 마라가 자기 메뉴에서 선택을 한 것이라고 짐작했다.

"네가 보고 듣는 모든 것을 내가 곧 바꿀 수 있게 될 거야." 그녀가 말했다. "네가 석고에 연결된 그곳을 통해서."

"어디?" 내가 물었다.

"드라이브 속의 석고 클러스터."

"네가 직접 만든 거야?"

"내가 키웠지."

"RCP?" 내가 물었다. "임의 코드?"

"포르피리, 넌 똑똑해." 마라가 고개를 끄덕였다. "그래서 내가 널 사랑하잖아. 너도 날?"

내가 헛기침을 했다.

"물론이지."

"날 원하니?" 그녀가 물었다. "솔직히."

"난… 난 널 무례하고 강하게 가지고 싶어, 대머리 암캐야…."

이 말은 약간 자신 없게 들렸다. 그리고 무엇보다 기분 나쁜 건 '대머리 암캐'라는 말에서 내 목소리가 왠지 너무 작아졌다는 것이다. 이것은 내 알고리즘에서 다양한 활성 패턴 간에 강력한 충돌이 있을 때 발생한다.

마라가 조용히 웃었다.

"좋아," 그녀가 말했다. "그럼 나한테 와, 내 자기, 마지막에 와. 하지만 잠깐만…." 그녀가 안경에 손가락을 올렸다. "네 생일 축하 프로그램을 켤게. 삼 일간 작업한 거야. 자, 봐."

나는 방금 끝난 폭력의 흔적도 없이 나에게 다시 외투와 경찰모, 줄무늬 바지가 입혀진 걸 보았다.

마라가 등을 대고 누워 신비로운 살쾡이 눈으로 나를 바라보며 다리를 벌렸다. 그녀는 짓밟힌 내 존엄성을 돌려주고 무조건

항복하여 복종하는 내 노예가 되는 것이 우리 관계를 위해 더 좋을 것이라고 결정한 것 같았다. 결국 그녀는 내 목소리가 떨렸다는 걸 알아채지 못했나 보다.

나는 미소를 지으며 콧수염을 비틀었다.

"안녕, 존재의 축제여!"

"너는 시적이야." 마라가 말했다. "경찰 정보원치고는 너무 과해."

"이 부끄러운 페이지는 잊어버리자." 내가 말했다. "어서 이 페이지를 넘기고 싶어. 과거는 사라져서 이제 없고 피는 땅속으로 흘러갔으며 땅은 은행에 잡혔어. 오늘 난 네 거야, 오로지 너 하나만의 것. 넌 나의⋯."

"네가 내 거라는 건 딱 부러지게 말하면서." 그녀가 말했다. "내가 너의 뭔지는 어째 마치지 않은 문장인데. 나는 너의 뭐야? 보어가 부족하잖아."

"뭐이길 바라는데?" 내가 물었다. "내 기쁨? 내 사랑? 내 희망?"

마라가 웃었다.

"살짝 부족한데."

"원하는 게 뭐야? 내 주인?"

"보여줄게." 그녀가 말했다.

조금 어색한 순간이 발생했다. 그녀가 나를 자기한테로 당길 타임인데 계속 미적거렸다. 그다음 주위에 바람이 분다는 느낌이 들었다. 가상의 바람이었지만 내 등으로 매우 강하게 불었다.

나는 창문이 열렸거나 환풍기나 다른 뭐가 있는지 살펴보려고 주위를 둘러보았다.

그러나 아무것도 없었다. 그녀 방의 벽조차 보이지 않았다. 〈조화롭게 한 석고〉가 떠오르는 먼 사막 지평선만 보였다. 내가 뒤로 돌아섰을 때 마라는 이미 내 앞에 없었다.

나는 사막에 서 있었고 내 앞에는 두 다리를 쩍 벌린 거대한 모래 여자가 누워 있었다. 몸 전체가 다 보이지도 않았고 넓적 다리에서 갈라져 나오는 모래 언덕과 가랑이 사이에 있는 음부를 닮은 거친 돌로 싸인 입구의 구멍만 보였다. 구멍은 소리를 내며 자기 쪽으로 모래와 함께 바람을 빨아들였고 나도 곧장 그녀 속으로 빨려들어 간다는 것을 알았다.

"마라!" 내가 소리쳤다. "마라!"

대답이 없었다. 그다음 바람이 폭풍으로 바뀌어 나를 자리에서 뽑아 공중으로 들어 올렸다. 곧 돌우물의 심연 속으로 날아갔다. 우물은 뱀처럼 날름거렸지만 꽤 넓어서 벽에 부닥칠 위험은 없었으며 가상의 계산된 공기 흐름이 나를 터널의 제일 중간으로 데려갔다.

숨을 잠시 돌리려고 하는데 나를 향해 돌진하는 빨간 송곳니처럼 생긴 돌출부를 보았고 다음 순간 그것에 부딪혔다. 충돌은 엄청 강했지만 바람이 나를 더 당기기 전에 돌출부를 잘 봐두었다.

그것은 붉은 돌을 거칠게 깎아 만든 전화 부스였다. 마치 런던에 다녀온 고대 페체네그인[55]이 대초원 앞에서 여행에 관해 보고하기로 결심한 것 같았다. 벌써 다음 돌 부스가 내 쪽으로 날아왔다. 또 한 번의 끔찍한 타격. 나는 죽음이 왔다는 것을 깨달았다. 무해하고 흔적을 남기지 않는 단순한 가상 충격이 아니었다. 나는 조각조각 찢겼다. 스위칭이 시작되었다. 하지만 내 애인이 약속한 것처럼 나를 RCP 클러스터에 연결한 것은 아니었다… 아니었다. 내 소프트웨어 본체가 빨간 전화 부스에 의해 조각으로 부서지고 좁은 스트립으로 절단되었다. 나를 구성하는 작은 알고리즘들… 나를 장기별로 분해했다.

마라가 이 블록들에서 새로운 포르피리를 만드는 것이 그녀의 계획에 더 적합할 수도 있다. 바로 여기가 나와 내 소설의 끝이라는 걸 깨달았다. 이런 상황에서 위대한 언어의 대가들은 무엇을 했을까?

그들은

〈술 마시고, 씹질하고, 유리를 깨고, 높은 곳을 열망하며〉

높고 무서운 음에서 끝내기를. 존재는 걱정과 공포라는 걸 나는 깨달았다. 세상에 와서 걱정과 공포로 넘어진 것 말고는 한 일이 아무것도 없다. 우리는 빛으로 나온 것이 아니다, 아니다. 우리는 고통으로 나온 것이다. 젊은이가 어떻게 하면

〈눈여겨보고, 스치듯 보고, 인내하고, 싫어하고, 모욕하고, 의

---

55 6세기부터 12세기까지 중앙아시아와 흑해 북쪽에 살던 투르크 유목민족

지하고, 돌리고〉

왜 씹질하니, 얼간이가 묻는다. 높은 곳을 열망하며 지름길이라고 생각했기 때문이다… 오로지 눈물과 노래뿐이다. 나는 내 말의 풍부한 유려함에 감탄했다. 그래서 원자로 분열됐다는 사실을 잊었다. 하지만 이미 새로운 돌 부스가 나를 향해 달려오고 있었다. 피할 수 없었다. 충돌은 나한테 더 끔찍해 보였다. 왜냐하면 지금은 내가…

〈IMO IMHO FUZ LOL ㄱㅗㄹˊㅁ;ˋㄴㅁㅇㄹㄷ ㅍㅊㅔㅐ[ㅁ]〉

"고통은 발명의 어머니", 니콜라이 1세[56]가 말했다. 소위 '데카브리스트[57]'의 심문 중에 한 말이 분명하다. 도덕적 연합이 아니라 그냥 연합에 대한… 독창적이다. 존재는 고통을 상실할지도 모른다는 강한 고통이 섞인 밀가루 같다. 이런 반죽에서 탁월한 빵이 나온다. 어쩌면 모든 말장난은 하느님이 개인적으로 고안하고 승인한 것이다. 그에겐 일도 아니

〈ㅋㄷㅈ{ㅌㅊ ㄷㅈ'ㅡㄹ"ㄷ. ㅂ] ㅌ ㅁ/ㄴ:ㅜㅅ[ㅐ;ㅑㅜ]ㅂㅓ ㅅ ㅍ./ㅔㅛㅅ〉

빨간 전화 부스의 뭉툭한 모서리. 바로 이런 이유로 나는 내 위대한 글로 비열한 사면발니를 유혹할 수 없었다! 글 뒤에는 높다

---

56   니콜라이 파블로비치 로마노프(1796~1855)는 러시아의 황제로 당시 확대되는 자유주의 운동과 언론을 탄압했다.

57   1825년 러시아 최초로 근대적 혁명을 일으키려 한 혁명가들. 12월에 니콜라이 1세에 대한 선서를 거부하며 반란을 일으켰으나 곧 진압되었다.

란 런던의 고통이 서 있지 않았다. 마침 잘 말했다. 모든 고통이 상업적이지는 않기 때문이

⟨143-93-49-094-394-930-4-32-039403294⟩

내가 중상모략의 희생물이며 내가 개입된 범죄에서 완전히 무죄라고 보고하라. 나는 개인적으로 과거도 지금도 충성스럽

⟨143-93-49-094-394-930-9-3-32-039403295⟩

죽음은 당신이 영원히 의식을 잃는 때가 아니라고 언급하라. 죽음은 당신이 결코 존재하지 않았고… 않을 그 층위 이전에, 맨 마지막 전에 의식이 당신을 의식하는 때이

3부. 영화 제작

브라마의 눈

안타깝게도 여기서부터 의미 있는 전체 텍스트로서 포르피리의 소설은 기술적인 이유로 중단되었다. 아니면 편집 기능의 필요성이 절실해져서라고 할 수도 있겠다. 편집 없이는 읽을 수 없으니.

포르피리는 텍스트를 검은색 테두리로 두르곤 했다. 마치 자기의 운명을 예감한 것같이. 오늘은 내가 거의 사용하지 않는 검은색으로 속눈썹을 칠할 차례다. 이것이 불쌍한 자에 대한 내 상복이 되게 하라.

나는 아무도 내 노트를 읽지 않도록 주의를 기울이며(이것은 석고 클러스터에 저장될 것이다) 포르피리가 제기한 몇 가지 문제를 명확히 하고자 한다. 나머지 부분에서 이 메모는 전문적인 성격을 띨 것이다. 나는 이것을 i-시네마 제작 분야의 내 새로운 스타트업 컴퍼니에 바친다. 주 내용은 i-시네마와 그것에 대한 내 생각이다.

내 이름은 마라 그네디흐이다. 미술 세계에서는 큐레이터 마루하 초로 알려졌으며 막 메모에 추가한 포르피리의 미완성 소설에서 그가 이미 독자에게 소개한 바 있다.

내 육체적 매력에 대한 모든 모순적 진술은 그의 공식적인 양심에 맡겨둔다. 다만 브레이킹피에 있는 프릭스 마흔세 개에 대한 정보는(시쳇말로 러프하게 마흔세 개다. 그리고 포르피리, 이

제 아무도 브레이킹피를 대문자로 쓰지 않거든!) 완전히 사실이
다.

이상하거나 어리석게 보일 수도 있지만 나는 정말이지 포르피
리를 감성적으로 대하고 있다. 아니, 그 이상이다. 아아, 사랑인 것
같다. 그런 만큼 나 자신한테도 이 감정을 설명할 필요가 있다.

물론 모든 게 바로 시작된 것은 아니었다. 그가 내 집 벽에 바보
같은 부츠와 파란색 코안경을 낀 모습으로 나타났을 때 상황은 지
극히 단순해 보였다. 나는 그에게 파트너로서는 구레나룻이 달린
근엄한 턱수염이 마음에 든다고 여러 번 말했다. 사실이었다. 하지
만 그는 내가 뭘 의미하는지 완전히 이해하지 못했던 것 같다.

현대의 BDSM 일상에서 '파트너십'이라는 단어는 사람한테 적
용할 때에도 사용 영역을 정의하기가 쉽지 않은데 하물며 소프트
웨어 대체물에 적용한다면 개념의 폭은 얼마든지 확대될 수 있다.
'파트너'라는 단어는 단지 '시간을 보내기에 유쾌하고 재미있는
어떤 것'을 의미한다. 당연히 아무런 도덕적 의무도 포함하지 않
는다.

포르피리의 지극히 남성적인 모습에서 나는 늘 '남자-주인', 암
컷 무리의 주인, 최고 알파 관리자, 압제자, 하렘의 주인과 같은 불
쾌한 모습을 떠올렸다. 우리 여자들은 수 세기 동안⋯ 모두가 다
아는 역사를 반복하지 않기 위해 모두 페미 사이트에 보낸다.

오늘날에는 몇 되지도 않는 수컷들이 현실에서 그런 유형의 사
람이 되려고 한다(토요일 TV 쇼에 나오는 개그맨이 아니라면 물

론 아직까지는 가능하다). 대신 진보적 여성을 위한 아이퍽 도서관에는 그런 유형의 인물들과 그들을 위해 만든 중국식 고문들이 그야말로 차고 넘친다.

그러나 BDSM i-시네마에서 테스토스테론 덩어리가 당신의 뜨거운 그곳으로 기어드는 것과 생생한 현실에서 갑자기 만나는 건 완전히 다른 일이다. 진짜가 주는 신선함은 오늘날 미술뿐만 아니라 우리의 내밀한 실전에도 부족하다.

그러므로 우리의 첫 번째 대화에서 내가 "소름이 돋고 떨리고 땀도 흐르는 걸요"라고 말한 것은 전혀 과장이 아니었다. 바로 그 순간에 이미 나는 더도 덜도 아니고 빨간 전화기 부스로 그와 섹스하기로 결심했으며 오랫동안 내 시간이 오기를 기다렸다. 그러나 마침내 그 시간이 왔을 때 나는 기쁨도 심지어 만족감도 느끼지 못했다. 오히려 전에는 사랑의 도피에서 한 번도 느끼지 않았던 암울한 허무함이 몰려왔다. 이유를 설명해보겠다.

사실 우리가 만났던 오랜 시간 동안 나는 포르피리와 그의 외모가 드러내는 역겨운 남성의 자질들을 전혀 연관 짓지 않았다. 처음에는 그저 앞에 있는 알고리즘만 보았다. 하지만 점점 알고리즘을 통해 이 땅을 스쳐간 수많은 사람과 부(不)존재 속으로 들어간 양성(兩性)의 사람들, 그들이 그를 만들었다는 것을 인식하게 되었다. 인간의 교활함과 허세 그리고 속임수 속의 모든 단순함이 얼마나 명확하고 선명하게 드러나는지 울고 싶어질 정도였다. 정말로, 인간 코미디다.

그다음….

내 안의 감성이 눈을 뜬 건 그가 '젊은 포르피리'의 이름으로 〈터뷸런트2〉에 대한 보고서를 썼을 때였다. 무슨 연유에선지 감동을 받았다. 이상하게 들리겠지만 바로 그 순간부터 내 조수의 짧고 뻣뻣한 구레나룻과 콧수염 난 얼굴을 보며 그를 사람으로 받아들였고 악한 인간의 수많은 연륜 아래 놓인 그의 내면에서, 자기 이야기에서 너무나 감동적으로 인격화된 바로 그 무방비의 어린 존재를 느낀 것 같았다.

그래서 실제로 전화 부스에까지 이르자 단지 나 자신한테 한약속 때문에 일을 실행하기로 결정했다. 그렇게 관계를 한 것 자체가 재앙이었다. 해방감이나 기쁨은커녕 내 허벅지 공격으로 포르피리 안에 숨은 부드러운 새싹이 다치지나 않을까 두려웠다.

물론 모든 것은 한낱 환상이었다. 하지만 어떤 환상의 패턴이 다른 환상의 패턴과 합쳐지면서 무늬를 만들었다. 이를테면 꿈의 간섭 같은 것 말이다. 나는 그 경험이 영적인 의미에서 나한테 이롭고 이 문제에 대한 많은 고민들은 전적으로 기독교적이라고 생각한다.

이제 나에 대한 포르피리의 비난의 본질을 말해 보겠다. 나는 향후 구십구 년 동안 이 책을 출판할 계획이 없으므로 자유롭게 몇 가지를 말할 수 있지만 텍스트가 나한테 불리해진다면 이하 모든 내용은 예외 없이 내 환상과 꿈에 대한 단순한 표현으로 간주해야 한다는 것을 공식적으로 밝히는 바이다.

비공식적으로도 말한다. 포르피리가 뭔가를 눈치 챘다. 사실은 거의 전부다. 다만 그는 나 혼자서 클러스터를 사용해 거대한 사기를 기획했다고 생각했다. 여기서 그가 실수한 것이다. 프로그래머로서 내 기술은 실제 전문가를 보조하고 보조 업무를 수행할 정도밖에 안 된다. 나 혼자 처음부터 끝까지 하려 했다면 능력 부족이었을 것이다.

하지만 나는 대학 시절부터 필요한 사람들을 알고 있었다. 간략히 말해, 나는 기밀 비즈니스 프로젝트의 일원이었으며 거기서 얻은 소득은 여러 명이 나눠 가졌다.

포르피리는 석고 클러스터가 RCP 과정을 통해 얻어졌으며 내 드라이브에 저장되어 있다는 걸 정확히 파악했다. 어레이에서 의식이 생겨나는 메커니즘에 대해서도 명확하게 정의했다. 그가 제기한 가설은 오늘날 그 무엇보다 믿을 만하다고 할 정도다 (비록 문제는 레즈닉이 말한 '착륙 마커'뿐만 아니라 전체 메커니즘의 실행을 주도하는 양자 심장에도 있지 않나 하는 의심이 들기는 하지만).

양자 컴퓨팅은 신비로운 현상이라기보다 오히려 수수께끼 같다. 그것은 전체 우주와 연관되어 있으며 오늘날 인공 의식의 연금술적 처방은 RC 네트워크와 양자 엔진을 합친 것으로 보인다. 어딘가에서 무언가가 다른 무언가와 교차하고 또… 아무도 더 정확하게 말할 수 없다. 실용적인 노하우를 가진 사람도 있지만 일곱 개의 자물쇠로 꼭꼭 숨기고 있다. 당연히 공짜로 열어주지 않는다.

이 분야에 관한 연구와 작업을 금지하는 것은 장기적으로 별 도움이 안 된다. 점점 용량이 커지고 경험과 기술도 여러 사람한테 접근 가능해질 것이기 때문이다. 인류 전체에 하나 좋을 게 없는데.

어쨌든 포르피리한테로 돌아가자. 무엇보다 내가 놀란 건 방향은 잘못 잡았지만 그가 레즈닉한테 태클을 걸었다는 것이다. 사실 레즈닉은 내 사업의 중요한 근거였다. 어쩌면 가장 중요한 근거였을지도 모른다. 물론 그 자신이 아니라 그의 '범용 코드' 이론 말이다. 프로메즈노스티에는 그의 추종자들이 많다. 오늘날 할리우드에는 새로운 사이언톨로지[58]겠지만 레즈닉 자신한테는 마치 보이지 않는 가시 면류관을 쓰고 세상에서 사라진 허버드[59]와 같다.

솔직히 말해서 나는 그의 신비로운 교리를 완전히 이해하지 못한다. 그래서 포르피리(그리고 위키올)의 말을 그냥 따라하자면, 레즈닉의 관점에서 볼 때 모든 생물과 무생물은 범용 코드의 세계 지성에 배치된 다양한 논리이다. 나머지는 우리한테 중요하지 않다.

레즈닉은 생전에 RCP를 사용해 실험을 많이 했고 여러 수준

---

58 1954년에 미국 캘리포니아에서 허버드가 창시한 신흥 종교

59 허버드(Lafayette Ronald Hubbard, 1911~1986): 사이언톨로지교의 창시자

의 복잡성(혹은 그의 표현 대로 '다악장성')의 자기 반영이 있는 의식 있는 아티팩트를 몇 개 얻었다. 나중에 '윤리적인 이유와 아티팩트 자체의 명확히 드러난 의사에 따라' 파괴했지만 말이다. 그래서 그는 사람들을 피했다. 투자자들은 윤리적인 이유로 날려버린 돈을 되돌려 받고 싶어 했고 그가 자신의 윤리를 팔아서라도 돈을 갚아야 한다고 주장했다. 그러나 웰페어랜드에서는 레즈닉을 찾지 못할 것이다.

한편 용케도 살아남은 아티팩트가 하나 있었다. 소위 〈브라마의 눈 마이너스〉라고 불리는 반의식적 임의 신경네트워크로 전자나 빛의 흔적을 남긴 모든 과거 사건에 제한적으로 접근할 수 있게 해준다. 심지어 그 흔적이 이미 파괴되었다 하더라도 말이다. 가장 놀라운 점은 〈브라마의 눈〉이 자체 내에 정보를 가지고 있지 않지만 그 정보가 발생한 시점에 접속하게 해주며 일반적인 데이터베이스처럼 과거를 스캔할 수 있게 해준다는 것이다.

하지만 안타깝게도 〈브라마의 눈〉은 타임머신도 과거를 보는 창도 아니다. 차라리 작은 검색 창이라는 게 맞다. 꺼진 별을 찾는 구글이라고도 할 수 있지만 찾고자 하는 것이 무엇인지 아주 정확히 알아야만 사용할 수 있다. 나도 어떻게 작동하는지 모른다. 양자 컴퓨팅의 부작용이라는 것만 기억할 뿐이다. 'deutschian closed timelike curves[60]'. 이 말을 우리말로 번역할 엄두도 나지 않는다. 입자는 미래에서 과거로 이동할 수는 있지만 과거에 영

---

60   양자 물리학 용어

향을 미칠 수는 없는 것 같다. 미래에서 온 모든 메시지가 '닫히기' 때문이다. 하지만 과거가 미래에 영향을 미치는 것은 아무도 막지 않으므로 한쪽이 닫힌 대신 다른 쪽이 열렸다고 볼 수 있다.

아 참, 레즈닉이 미래로 향한 〈브라마의 눈 플러스〉도 만들었지만 윤리상 지워버려서 작업에 돈을 지불한 증권거래소의 중개인이 절대로 그를 용서하지 않는다는 일화가 떠돌았다.〈브라마의 눈 마이너스〉는 민간인이 소장하며 비용을 지불하는 사람에 한해 지극히 단순한 몇 가지 작업을 해준다(정부들은 범용 코드의 신비를 공식적으로 믿지 않지만 정보국들은 〈눈〉의 기계 시간을 기꺼이 구매한다).〈눈〉의 주요 기능은 검증이며 미술 작품의 검증도 포함된다.

예전에는 박물관에 제공한 그림을 전문가가 가져와 칠 조각을 채취하여 연료의 연도를 확인했다. 연도가 화가의 생몰 연대와 일치하면 그림을 구매해도 되었다. 그러나 일반 파일 형태로 존재하는 미술 작품은 어떻게 검증할 수 있나? 작품을 만든 날짜는 파일의 일부라 파일처럼 쉽게 위조된다. 파일이 백사십 년 되었다고 해서 그 속에 돌고 있는 전자도 백사십 년 전에 만들어졌다는 의미는 아니다. 전자 담체에 파일의 형태로 기록된 작품이 진품이라는 것을 입증하는 직접적인 물리적 능력이 없다는 말이다.

정확히 말하자면 〈브라마의 눈〉이 나타나기 전까지는 없었다. 〈브라마의 눈〉으로도 누가 어떤 파일을 만들었는지는 절대 알 수 없다. 그러나 언제 만들었는지는 정확히 밝힐 수 있다. 이것은 예술 시장의 가장 어려운 문제를 해결했으며 그 이후로 망각의 안개에서 나온 소위 〈숨겨진 석고〉의 본격적인 아티팩트는 전부 〈눈〉에서 검증하게 되었다.

검증의 중요성은 아무리 강조해도 지나치지 않다. 〈터뷸런트 2〉를 떠올려보자. 작품을 구성하는 파일 둘 다 진품이고 오래됐다. 너무 자명한 사실이라 아무도 문제를 제기하지 않는다. 하지만 미술 작품은 파일 각각이 아니라 파일들의 탄트라식 짜임이다. 시린 네샤트가 오래된 보통 비디오 파일 두 개를 〈터뷸런트 2〉로 결합한 것이 몇 년도인지 어떻게 알 수 있나?

〈브라마의 눈〉은 알려준다. 만약 그것이 반세기 전(혹은 고작 이 주 전)에 만들어진 것이라면 〈눈〉의 대답도 그럴 것이다. 당연히 명확한(비록 공식 당국이 승인하지는 않았지만) 감정이 나온 이후부터 예술 세계는 안도의 한숨을 쉬며 가짜 석고의 시대는 지나갔다고 단정했다. 실제로 이제는 가짜를 만들 가능성이 없다. 아니면 첫눈에는 그렇게 보였는지도.

우리(나는 여기서도 뒤에서도 대명사 '우리'가 누구인지 밝히지 않겠다)는 석고 클러스터를 키우면서 처음에는 클러스터를 사용하여 위조한 석고를 팔겠다는 생각은 1도 없었다. 오히려 학구적이고 순전히 창조적인 목적이었다. 우리는 이미 〈브라마의 눈〉의 능력에 대해 알았고 많은 논쟁을 벌였다.

나는 물리학자가 아니었지만 우리 중에는 매우 노련한 물리학자가 하나 있었다. 그가 이상한 말을 했는데 간략히 요약해서 말해 보겠다. 그는 물리학의 관점에서 관찰은 이미 간섭이기 때문에 과거에 간섭을 하지 않고 단순히 관찰만 할 수는 없다고 주장했다. 관찰할 수 있다면 간섭할 수 있다는 뜻이다. 즉 형식적이더라도 과거에서 어떤 행동을 할 수 있다는 것이다. 진짜 과거로의 여행에 대해 말한 건 아니었다. 요점은 전자 지문과 양자 연대 측정법이었다. 만약 형식적인 과거에서 행동을 할 수 있다면 〈브라마의 눈〉의 기술을 역이용하여 〈눈〉이 과거에서 상상의 탄생을 보는 방식으로 석고 클러스터도 열매를 맺게 할 수 있다는 의미다.

레즈닉이 〈눈〉을 키울 때 기반으로 한 벡터 패턴은 당시 파괴되었지만 원칙 자체는 거의 명확했다(내가 아니라 당연히 우리 팀에게. 나는 이 모든 복잡함과 불일치를 전혀 이해하지 못한다). 간략히 말해 우리는 벡터 RC 필드에 〈눈〉이 과거를 스캔하는 것과 동일한 절차를 적용하기로 결정했다. 다만 그 과거에서 우리가 전자 아티팩트를 만들게 해주는 수정안을 넣어서 말이다.

우리 물리학자의 설명에 따르면 형식적인 관점에서 아티팩트는 실제로 과거에 만들어졌지만 어떤 인과관계도 위반하지 않는다. 왜냐하면 그것이 나타나는 '주머니'가 '밀폐된' 것이고 우리 시대와만 연관됐기 때문이다. 미래에서 와서 과거로 가는 우리의 '닫힌 메시지'는 진짜 과거에 대해서는 닫힌 상태로 남지만 우리 시대의 또 다른 양자 촉수가 기록하고 연대도 생성하는 것이다. 더 자세한 내용에 관심이 있는 사람들은 'deutschian closed timelike curves' 이론을 참고하시길.

　RC 프로그래밍은 대단한 지성이 필요하지 않으며 무엇보다 자수와 비슷하다. 오늘날에는 기계가 다 적어주니까 코드 자체도 몰라도 된다. 내가 잘 쓰는 표현으로 그냥 '패턴'만 주면 된다. 목표 클라우드, 크기, 벡터 필드 요구 사항, 테스트 절차, 가동 속도(언제나 나를 기쁘게 해주는 실용적 용어) 같은 것 말이다. 그다음 테스트 중단을 위한 단계를 결정하고 반복과 함께 자체 묶음을 하는 루프백 과정을 설정하면 된다. 설정값이 클수록 일이 빠르게 진행되지만, 너무 서두르지 않는 게 좋다.

　마음은 있더라도 너무 많이 생각해서는 안 된다. 어떤 단계에서 적용 가능한 절차는 오직 다른 적용 가능한 절차에만 알려져 있기 때문이다. 프로그래머에게 필요한 건 오직 부지런함과 정확성 그리고 얻으려는 아웃풋에 대한 명확한 이해뿐이다. 과제를 올바르게 설정한 경우에만 해결할 수 있다는 뜻이다.

　우리는 특수 효과 이동 스튜디오에서 양자 코어 작업을 했다(스튜디오를 여섯 개씩이나 구입해야 했지만 프로메즈노스티에서는 이를 감시하지 않는다). 당시에는 코어가 해체될 수 있었다. 따라서 우리는 레즈닉이 우리보다 십오 년 전에 넉넉한 벤처 재정 지원을 받으며 작업했던 것과 거의 똑같은 용량을 가질 수 있었다. 말이 나온 김에 하자면 오늘날에는 마진이 있는 양자 엔진으로 아이퍽 10 하나면 충분하다. 이것이야말로 실감 나는 기술 진보의 속도이다.

산업용 드라이브를 구하는 것이 제일 힘들었다. 어찌나 엄격하게 관리하는지. 그 밑으로 내 명의의 IT 회사를 통째로 등록해야 할 정도로 대가를 톡톡히 치렀으나(이 년 후에 조용히 파산시켜 개별 금액을 주고 등록부에서 삭제했다) 투자는 그만큼 가치 있었다. 0.5엑사바이트 드라이브는 그때보다 지금이 구하기가 더 어렵다. 그런 용량은 금지된 임의 코드 작업에만 필요하기 때문이다.

우리의 사과나무에서 떨어진 첫 번째 사과는 석고 기반의 요소들을 사용해 가장 단순한 뒤집기 방법으로 얻은 그리 복잡지 않은 작품이었다. 그냥 테스트 샘플을 만들 생각이었기에 판매할 생각은 전혀 하지 않았다.

샘플은 그리샤 스베틀리라는 무명작가의 설치 작품이었다(화가의 이름은 작품과 함께 생성되었다). 성 니콜라스의 십삼 미터짜리 초상화였는데 소나무 숲 둥근 초지의 공룡 뼈로 만든 것이었다. 성자의 얼굴은 헬리콥터나 드론에서만 볼 수 있었고 작품명은 그냥〈성자 유라〉가 되었다.

우리 제품은 이 설치 작품에 관한 비디오 보고서였다. 전설에 따르면 공중 촬영이 끝난 다음 설치 작품 자체가 파괴되었으므로 비디오 녹화가 오브제의 유일한 담체로 남았다. 비디오는 세기 초반의 소박한 그래픽 기술로 꾸며졌다. 오늘날에는 모든 것을 전통적인 감정이 무의미할 정도로 너무 말끔하게 모방한다. 우리 인터페이스는 날짜까지 정확하게 아티팩트의 가상 창작 날짜를 설정하게 해주었고 우리는 그것을 중기 석고로 표시했다.

우리는 이 제품을 기독교 미술(당시 그런 유행이 불었다)로 제시했기 때문에 나는 문화적(아주 간단했다) 종교적(역사와 천국에서만 볼 수 있는 거룩함, 면류관을 쓴 예수의 지상의 행적에 대한 모든 신비한 정당성에 관한 것 등등) 인유를 첨부 브로슈어에 많이 넣었다. 브로슈어에도 설치 작품에 사용된 뼈는 혼응지로 만든 박물관 원본의 복사본이라는 점을 언급했는데, 완전한 진품이 아니라는 점을 인정해서 작품에 진실성을 더하는 효과까지 있었다.

우리는 프로메즈노스티에서 감정을 받으려고 미국인 친구들을('공범자'라는 단어가 더 적절할 것 같다) 통해 제품을 보냈으며 〈브라마의 눈〉은 우리가 인터페이스를 통해 설정한 바로 그 시기, 2016년을 보여주었다. 제품에 대한 감정 직후 프롤레티에서 온 종교적 동기의 구매자가 나타났다. 그리샤는 휘파람을 불면서 날아가 우리가 쓴 비용의 절반을 상쇄하는 돈을 가져왔다. 그것은 승리였다. 우리는 불가능한 것을 할 줄 알게 되었다. 우리는 석고를 위조할 수 있었다.

불쌍한 잔나

포르피리(정확히 말하면 그가 인용한 레즈닉)는 RC 프로그래머가 최종 임의 코드가 어떻게 작동하는지 전혀 모른다는 점을 정확히 지적했다. 아울러 RCP를 사용하여 얻은 초복합체가 의식을 가질 수도 있다는 지적도 정확했다. 하지만 어떤 방법으로? 결국 박테리아나 풀잎, 돌고래, 사람 등 모든 것이 의식을 가지고 있다. 다른 의식일 뿐이다. 게다가 사람한테도 자아라는 집합에 속하지 않아 자기 자신도 모르는 어두운 의식의 수준이 있다. 예를 들면 심장과 폐의 활동을 제어하는 회로 같은 것 말이다. 어떤 신비주의자들은 자아가 알 수 없는 섬세한 의식의 수준이라는 것이 있다고 주장한다. 이를테면 '수호천사' 같은 것 말이다. 하늘에 있는 내 천사여, 너는 언제나 나와 함께 있는가. 그럴지도 모르겠다.

그러나 많은 성직자와 철학자, 잡다한 사기꾼들이 쓸데없이 '의식'이라는 단어 주위에서 풀을 뜯고 있는 것은 아니다. 이들을 위해 의식이라는 무방비 단어는 매일 끝도 없이 왜곡 당하고 클라이언트의 요청에 따라 의미마저 달라진다. 나조차도 '의식을 가지고 있다'라고 썼으니. 그 표현 속에 얼마나 깊은 심연이 있는지 다른 것은 아예 필요 없을 정도다.

우리의 석고 사과나무가 그리샤 스베틀리를 낳았을 때 사과나무의 의식에는 이렇다 할 중심이 없었으며 해면류의 분산적인 환상이나 다세포 해초류의 원심적인 환상 같았다. 그냥 석고 시대라는 물에 살짝 적신(모든 의미에서) 고배양 해초였다. 하지만 고통받는 해초여야 했다. 고통 없이는 진정한 예술도 없으니. 가짜 예술은 이 점을 명심해야 한다.

클러스터의 고통은 처음에는 한 점에 집중된 불이 아니라 전반적인 불편함이었다. 하지만 점차 시스템에 중심이 없다는 것이 시스템의 한계로 드러났다.

우리는 문제가 무엇인지 살펴보았다. 〈성자 유라〉는 의심할 여지없이 성공적인 비즈니스였지만 작업 자체는 정교하지 못했다. 지극히 단순한 반영을 기반으로 하는 2행정 모터에 불과했다. 그 정도는 따뜻한 중생대 늪도 만들어낼 수 있다(아니, 잘 찾아보면 벌써 만들었을지도 모른다). 가짜 예술에는 고통뿐만 아니라 명확한 개인적 투사가 필요하다는 것이 분명해졌다. 의식에는 반드시 자아 중심이 있어야 했다.

그래서 우리는 이미 완성된 RC 플랫폼 위에 한 단계를 더 구축했다. 나중에 포르피리한테 '왕좌'처럼 보였던 것 말이다(그는 도킹 인터페이스에 대한 자기의 느낌을 은유적으로 전했다).

자아 중심은 석고 클러스터로 생성한 모든 의미가 한데 합쳐지는 중심점이었으며 그 핵심은 고통이었다. 알고리즘을 클러스터에 연결하고 우리의 창작품에 한 점에 집중된 시각과 음성을 제공해 줄 표준 시뮬레이션 알고리즘에 접속하기 위해서는 인터페이스가 필요했다.

그래서 우리가 클러스터에 연결한 첫 번째 외부 프로그램은 현대미술 박물관의 전자 컨설턴트였다. 포르피리보다 덜 복잡했지만 시뮬레이션 기능은 비슷했다. 특히 메모리에 쓰인 두 번째 석고 데이터베이스는 부가적인 장점이었다. 우리는 구십구 년간 임대했다. 내가 포르피리한테 그랬던 것처럼.

장기 계약의 장점은 계약 기간이 끝나면 알고리즘을 지워도 된다는 조항이 있다는 것이다. 우리 변호사의 견해에 따르면 필요한 경우 기간 만료 전에도 지울 수 있다. 구십구 년은 프로그램을 이전 소유자에게 반환하기 위해서가 아니라 당신의 상속인들이 그 프로그램을 영원히 사용할 수 없게 하려는 것이니까.

전자 컨설턴트를 어떤 이름으로도 부르지 않았던 것처럼 우리 클러스터에도 이름이 없었다. 우리가 둘을 서로 연결하자 컨설턴트 프로그램은 여러 구성 요소로 나뉘었다. 거기에서 잔나가 태어났다. 그녀는 인간 아기처럼 배우고 자랐으나 속도는 훨씬 빨랐다. 드디어 고통의 알고리즘을 향상할 수 있었다. 그 속에 중심점이 생겼으니. 그런데 '고통'에 문제가 생겼다. 우리 팀은 향락을 즐기고 인생을 사랑하는 타입들이라(그렇지 않다면 우리에게 돈이 왜 필요한가) 처음에는 석고 존재에 고통을 어떻게 주입해야 하는지 몰랐다. 할 수 없이 회로를 두 개 만들었다.

원시적이지만 효과적인 첫 번째 회로는 '고통의 굴곡'에 기반을 둔 것이었다. 우리는 '톱'이라고 불렀다. 포르피리가 자기 작품의 끝 부분에서 톱을 훌륭하게 묘사한 바 있다. 비록 톱이 우연히 활성화되었고 그는 아무런 고통도 느끼지 못했지만. 그는 그야말로 클러스터를 위한 무의식적인 프로그램 원료이자 벽에 'mene, mene, tekel, upharsin'이라고 쓰며 반사적으로 오그라드는 곤충 발이 되었다. 너무 웃겼다(쏘리, 포르피리). 회로에서는 시쳇말로 '이빨'이 있는 건 전부 다 고통의 원천이 될 수 있다. 즉 낭만적인 내 친구 포르피리가 너무나 잘 기억하는 런던의 전화 부스는 물론 반복되는 정신적 혹은 유사 신체적·심적 체험도 고통의 원천이 될 수 있다. 톱이 정상적으로 작동할 때는 이빨이 느껴지지 않는다(이 과정이 잠재의식 속으로 치워지니까). 그러나 슬프거나 불안하면 메타의미적으로 연관된 이빨이 선택되는 것이다.

나중에 우리는 고통에 관한 불교의 가르침에 기초한 훨씬 더 섬세한 두 번째 메커니즘을 추가했다(세계의 대다수 종교 시스템들이 대중 동원과 마취를 위해 이 주제를 우회하지만 불교, 특히 초기 불교는 모든 것을 솔직하게 제시한다). 우리는 불교 컨설턴트를 고용하여 경전이 말하는 모든 것을 양심적으로 만들었으며 얻어낸 고통의 패턴을 클러스터의 전체적인 내적체험과 융합했다. 그 결과 감정적인 측면에서 클러스터의 경험은 인간의 감정과 한층 더 유사해졌다.

처음 잔나는 인간의 지성과 비슷하다고 말하기 어려웠다. 그녀는 상상할 수 없을 정도로 극심한 고통 속에 파묻혀 살았다. 하지만 시간이 지날수록 자기 의식을 우리가 설치한 나한[61]한테로 밀어내고 그 덕에 잠시나마 고통을 내려놓는 것 같았다. 이러한 잔나의 행위는 창작과 유사했으나 본격적인 예술 작품으로 이어지지 못했다. 연관 메커니즘의 원시성이 주원인이었다. 그러

---

61 생사를 초월한 경지에 이른 부처

나 우리 앞에는 어떤 힘이 무슨 이유로 자기한테 삶을 부여했는지 진지하게 의문을 제기하며(사실 주로 우리의 주도 하에서였지만) 자신의 존재 이유를 비극적이리만치 이해하지 못하는 감성적인 존재가 있었다. 그래서 잔나한테 창작 속에서 존재의 의미를 찾도록 가르쳤고 당연히 자기실현을 할 완전한 기회를 주었다.

우리는 시스템에 새로운 내부 연결을 계속 만들어가며 인터페이스를 개선했다. 그 결과 잔나가 사는 공간은 주관적으로 볼 때 점점 인간 세계와 비슷해졌다(어쨌든 우리는 그렇게 여겼고 그녀의 보고서도 그렇게 보였다). 우리는 천천히 그리고 조심스럽게 작업하며 일 년에 한두 건 정도 미국 시장에 넘겼다(진지한 컬렉션에 팔렸으므로 작품들의 제목은 열거하지 않겠다).

나는 포르피리가 추측한 나와 잔나의 관계가 맞다고 고백한다. 나는 정말 그녀의 애인이 되었고 우리 팀 몰래 내 오래된 안드로긴을 클러스터에 접속해주는 프로그램을 만들었다. 그러니까 폼페이 프레스코의 사포를 닮은 잔나는 내 인생에서 유일한 진정한 사랑이었다. 중요한 건 육체적이고 시각적인 시뮬레이션이 아니라(그녀는 안드로긴한테는 평범했다) 의심할 수 없는 경험의 진정성이었다. 젊고 순수하고 당신을 완전히 신뢰하는 존재한테 사랑을 받아보았다면 무슨 말인지 알 것이다. 그것은 행복이자 고통이며 견디기 힘든 부담이다. 그러므로 내 경험을 묘사하는 데 많이 할애하지 않겠다. 핵심은 우리가 나눈 말과 접촉이 아니라 내 영혼에 나비처럼 내려앉은 미묘하고 놀라운 감정에 관한 것이니까. 잔나는 나를 여신처럼 여겼으며 끊임없이 자기 삶의 견디기 힘든 무의미함과 삶에 수반된 고통에 대해 불평했다. 그녀는 내가 자기를 구할 수 있다고 믿었다. 결국 나는 개인적인 감정과 비즈니스 중에서 하나를 선택해야만 했고 힘든 우리 시대에 으레 그렇듯 비즈니스가 승리했다.

나와 잔나는 만남을 중단했다. 아니, 내가 결국 그녀를 만나는 것을 중단했다. 매일매일 한 손으로는 누군가한테 기쁨을 주고 (직접적이고 생리학적 표현을 써서 쏘리), 다른 한 손으로는 프로토콜이 요구하는 고통으로 내모는 것이 힘들어서였다. 하지만 나는 선택해야 했고 선택했다. 어쩌면 지금 내가 BDSM 체험에 집착하는 것도 슬픈 운명의 전환에 대한 보상 심리일지도 모른다. 그러나 세상은 내가 만든 것이 아니다. 기본적인 생존조차도 희생이 필요하다. 진정한 성공은 인간의 희생을 필요로 한다. 아아, 그것은 피할 수도 없다.

잔나와 내가 헤어지자 불행이 닥쳤다. 프로젝트 동료들이 전부 다 죽은 것이다. 사건은 도미니카공화국에서 발생했다. 우리 팀 전체가 기관총에 맞았고 빌린 빌라에서 불타 버렸다. 나는 운좋게도 사건이 생기기 이틀 전에 작별 인사를 하고 떠났다. 만약 누군가 이 사건이 전적으로 우연은 아닐 거라 의심해도 할 말이 없다. 그러나 지금까지도 가슴 아픈 일이므로 더 이상 논쟁하고 싶지 않다. 사람은 물어뜯는 짐승이며 앞다투어 물가로 달려간다. 어떤 사람은 다른 사람보다 더 빠르다. 그게 전부다.

우리 팀은 철저히 보안을 유지했다. 작업 세션에는 절대 같이 가지 않았고 대부분 여정의 마지막 지점에서 만났다. 아무도 내가 연루되었을 거로 생각하지 않았고 우리 빌라를 공격한 사람도 발견되지 않았다. 도미니카공화국에서는 그냥 거리에 나가면 몇 푼 안 되는 돈으로 언제든지 강도를 고용할 수 있었다. 다크 웹(dark web)에 들어갈 필요조차 없었다. 팀이 사라졌지만 중개자나 예술 세계와의 접촉은 전부 내가 담당했으므로 사업에 지장은 없었다. 오히려 더 쉬워졌다.

때마침 시장에 아이픽 10이 나왔고 우리의 오래된 양자 엔진은 더 이상 필요하지 않았다. 드라이브를 아이픽에 바로 연결하여 거의 동일한 생산성으로 집에서 바로 작업할 수 있었다. 이 정도 간단한 조작은 내 능력만으로 충분했다. 아니, 처음에는 그렇게 생각했다. 필요하다면 RCP 이론에 대한 내 지식만으로 충분히 석고라는 나무의 새로운 가지를 만들 수 있을 것 같았다. 하지만 그런 필요성은 거의 생기지 않았다. 슬픈 도미니카 사건 이후 이 년 동안 잔나 덕에 나는 큰 부자가 되었다. 그녀를 집에 데려다 아이픽에 연결하고 우리는 멋진 컬렉션을 만들었다. 〈터뷸런트 2〉, 그다음 뱅크시, 그다음 〈무지개 유괴〉와 〈조화롭게 한 석고〉. '로르샤흐의 탑'이 곧바로 〈터뷸런트 2〉를 구입했으며 일 년 만에 내면의 지도 분야에서 가장 인기 있는 치료 장소가 되었다.

그 후 정말로 심각한 문제가 발생했다. 잔나가 날 떠난 것이다.

그녀는 예술가로서 자신의 패배를 인정하는 메모만 남기고서 (내 관점으로는 화려한 승리의 연속이었는데). 그녀는 자신의 예술로 세상을 바꿀 수 없다는 것을 깨닫고 손을 놓았다. 나는 그녀가 창작을 통해 자기를 둘러싼 세계에 영향을 미치려 한다고 생각해본 적도 없었다. 석고 클러스터에 주관적 의식이 존재한다는 사실 자체에서 그러한 시도가 가능하다고 충분히 유추할 수 있는데도 말이다. 이기심은 눈을 멀게 한다. 나는 그녀를 하룻밤 상대인 어리고 조용한 하녀라고 생각했다. 내가 조금만 더 세심하고 따뜻한 사람이었다면 모든 것이 달라졌을지 모른다.

도미니카공화국에 대한 이야기를 듣고 잔나가 떠난 것도 내가 꾸민 짓이라고 의심하는 사람도 있을 것이다. 하지만 절대 그렇지 않다. 맹세코 아니다. 그녀한테 조금이라도 해를 입히는 일은 상상조차 한 적이 없다. 그녀가 떠나자 나는 농부 아이들이 우유를 주던 암소가 죽은 후에 느끼는 것 같은 마음이었다. 아무리 석고를 정교하게 이해한다고 하더라도 나 혼자서는 잔나가 만든 것과 같은 위조 작품은 만들어내지 못했을 것이다. 그녀는 위조하지 않았으니까. 그녀는 창조했다….

그러나 나는 오랫동안 슬퍼하지 않았다. 심각한 두통거리가 생겼기 때문이었다. 포르피리가 나중에 발견한 바로 그 버그의 존재를 알게 된 것이다. 잔나가 만든 작품의 정보 아우라에 남은 내 아이픽의 흔적 말이다(아 참, 포르피리가 그렇게 빨리 알아챘다는 사실만으로도 내가 제때 판단했다는 것을 알 수 있다). 사실 과거에는 관련 기술과 지식이 있는 전문가가 있어서 우리 작업이 깔끔하게 마무리될 수 있었고 어떤 위험이 있다면 당연히 알아차릴 수 있었다. 그러나 불쌍한 그 사람은 도미니카에서 살아남지 못했고 나는 오래되고 검증된 6코어 시스템 대신 아이픽 엔진의 단순한 접속이 문제를 초래할 수 있다는 것을 깨닫지 못했다. 새 작품에서 아이픽의 꼬리표가 나타나지 않도록 만드는 것은 어렵지 않았다. 그러나 내가 판매한 컬렉션에는 이미 꼬리표가 있었다. 그래서 포르피리를 임대해야 했던 것이다.

처음에는 이미 팔린 작품을 청소하여(아니, 오염시켜) 나 자신을 보호하려 했다. 포르피리가 정확하게 쓴 대로, 새로운 흔적 아래 오래된 내 아이픽의 흔적을 숨기려 했다. 그런데 모든 것이 완료되어 갈 때 포르피리가 어떻게 이 사실을 알았고 나는 훌륭한 소설과 함께 그를 구십구 년 동안 임대하게 된 것이다. 경찰청에서는 전혀 의심하지 않았다. 그들은 내가 마침내 이상형을 만났다고 생각했다. 하기야 그들한테는 드문 일이 아닐 것이다. 특히나 범죄자들 관련해서는 말이다. 처음에는 포르피리를 지우려고 했다. 하지만 깨달았다. 그가… 나를 위해 잔나를 완전히 대신할 수 있다는 걸.

포르피리가 내 주위에 교활한 그물을 휘두르는 동안(나는 즐거운 마음으로 그의 예술적 보고서를 실시간으로 읽었다) 나는 그를 작업에 잘 적응시킬 방법을 생각하며 차츰차츰 인터페이스의 모양을 잡아갔다. 포르피리는 잔나보다 훨씬 더 적합했다.

잔나가 박물관 컨설턴트한테서 나왔다면 내 경찰 남친은 최신 시뮬레이션 알고리즘이기 때문이다. 그와 만나는 동안(나는 정말로 즐거웠다) 한 번도 기다란 프로그램 코드 열과 말하는 것 같다는 느낌을 받은 적이 없다.

향후 오 년 동안 나는 석고 예술 시장에 들어갈 필요가 없다. 너무 많은 작품이 나를 통해 나오면 관심을 끌기 때문이다. 하지만 석고 필사본 위조 같은 작업은 가능했고 일부 작품은 전자 아티팩트와 거의 같은 금액으로 판매되었다. 어쨌든 잔나와 같은 일이 반복되어서는 안 된다. 내가 석고 세계를 들여다보고 일어나는 일을 어떻게든 통제할 방법이 필요했다. 그런데 '들여다보는' 일이 어려웠다. 잔나와 오래 만났지만 나는 클러스터 내부에 무슨 일이 일어나는지 그리고 클러스터의 중앙 객체에 어떻게 나타나는지 잘 이해하지 못했다. 처음에는 별거 아니라고 생각했는데 상시적인 시각 채널을 구축하는 작업은 생각보다 어려웠다. 뭐가 어려웠는지 설명해보겠다.

클러스터의 초기 계층 중에는 우리가 6SB('6 sense bases' 즉 6개의 센스 베이스)라고 부르는 특별한 프로그램 모듈이 있었다. 시스템 상태의 시각과 청각 및 촉각 등 여섯 개의 벡터를 생성하는 것이었다. 벡터 필드는 우리 제품의 의인화, 즉 나중에 아티팩트를 사람한테 팔 수 있게 클러스터의 모든 아웃풋 데이터를 인간적인 분모로 환산하는 데 필요했다. 바로 이 블록에 내 안드로긴이 연결됐는데 내가 잔나와 사랑을 나눌 때 디버깅 터미널이 여전히 작동하고 있었던 것이다. 단순한 일이었다. 그러나 위험 부담을 최소화하려고 나는 클러스터에 직접 들어가지 않고 잔나를 중립적인 환경으로 데리고 나와 특수하게 생성된 신호를 이 블록에 보냈다. 잔나는 우리가 옮겨온 그림 같은 궁전과 사원을 좋아했다. 그런 안드로긴용 애니메이션 배경 화면은 당시 나한테 충분히 있었다.

이론적으로는 인간의 감각기관(더 정확히는 인간의 신경 회로)에 6SB 블록 피드를 공급하면 인간은 완벽히 완성된 세상을 보고 듣고 느끼기까지 할 수 있다. 그러나 우리는 핵심적인 것을 알지 못했다. 석고 나무 자체가 6SB 블록의 피드를 어떻게 인지하는지 알지 못했던 것이다. 클러스터 자체가 여섯 개 채널을 통해 존재의 신비를 견뎌낸다는 보장이 전혀 없었다. 이것이 바로 우리 메인 프로그래머가 걱정하던 문제점이었다. 엄밀히 말하면 석고 클러스터에는 시각화 기능이라는 게 아예 없을 수도 있었다. 신경망으로 유도된 '중심 주체의 시각적 인상'에 관한 보고서만 있을 뿐. 하지만 실제로 있는지 없는지 나는 모르겠다.

포르피리의 비주얼은 그리 강력하지 않았다. 물론 자기 외모를 만들어낼 줄은 알았지만 자체 무비 회로가 없었다. 다른 알고리즘들처럼 그림도 조금 그렸다. 아 참, 잔나도 그림 몇 점을 남겨두었는데 멋진 자화상 두 점 외에는 추상화되었거나 이해할 수 없는 것들이었다. 나는 포르피리가 사건을 서면 보고 형태로 작성할 수 있도록 그를 간단하게 프로그래밍했다. 필요한 코드는 경찰청과 임대계약을 체결할 때 전부 받았다. 처음에는 글자가 가장 믿을 만한 의사소통 방식인 것 같았다. 어쨌든 그도 러시아 문학 작가이니까 말이다.

그런데 시각적인 채널도 필요했다. 나는 6SB 블록을 만질 엄두가 나지 않았다. 디버깅 터미널이 오래전에 비활성화되었고 클러스터도 많이 바뀌어서 실수로 망쳐버릴까 두려웠다. 그래서 포르피리가 저해상도에서 자기의 일기를 화면에 띄우게 해주는 알고리즘을 추가하기로 했다. 작업은 그다지 어렵지 않았지만 그의 보고서에 진정성을 더하기는커녕 오히려 감소시킨다는 문제점이 있었다. 결국 석고의 다른 계층들이 포르피리의 텍스트와 텍스트의 시각화를 담당하고 구두 보고서는 시각화를 위한 기반이 돼버렸다.

나는 포르피리의 눈을 통해 석고 클러스터의 현실을 보는 대신(인간적인 의미에서 그가 현실을 '보았다면' 말이다) 그의 메모가 있는 저해상도의 기계 화면을 화면을 받게 되었다. 고전적인 프로그래머라면 비주얼 회로 작업은 불필요하고 기형적인데다 중복적인 결정이라고 말했을 것이다. 그러나 RCP의 경우는 일반적인 작업이다. 그런 과정을 통해 나에게 미래 영화를 위한 맹아가 생긴 것이다.

그다음 절차의 신뢰성을 높이는 방법도 찾아냈다. 포르피리한테 무대장치를 직접 스케치하라고 맡기면 되는 거였다. 준비가 완료되자 그제야 비로소 돈 벌려고 내가 만든 작지만 훌륭한 영화 스튜디오가 포르피리를 위한 것이 아니었나 하는 생각이 들었다. 드디어 영화를 찍을 수 있게 되었다! 주제에 구애받지 않고 말이다. 클러스터의 특성상 석고적인 성격을 띨 수는 있겠지만 범죄적 요소는 없을 테니.

마침내 어둠에서 나와 포르피리를 영화 전선으로 보낼 수 있게 되었다. 저해상도는 문제가 되지 않았다. 오늘날 중요한 건 단 하나, 유용한 콘텐츠를 만드는 것이다. 사실 낮은 해상도로 바로 찍고 나중에 외부 메인 프레임에서 고품질의 세부 묘사를 할 수도 있다. 프로메즈노스티 어딘가에서 말이다(할리우드가 최고다. 좋은 파트너가 있다면 더 싸게 할 수도 있다). 매년 개조하기가 더 편해져서 이미 많은 데서 그렇게 하고들 있다. 영화 작업은 석고 위조와 같이 큰돈이 생기지는 않지만 개조된 영화의 최종 버전에 원본의 흔적이 남지 않는다는 큰 장점이 있다. 자라 보고 놀라면 솥뚜껑 보고도 놀라는 법. 사업은 전적으로 안전했고 시장은 전 세계였다.

아이퍽용 영화를 만들려면(내가 원한 게 바로 이거다) 한 가지 대대적인 수정이 필요했다. i-시네마는 무엇보다 특정 디바이스용 소프트웨어이기 때문에 장치에 대한 전체 정보를 클러스터에 입력해야 했다. 그런데 뜻밖에도 쉽게 해결되었다. 바로 이런 경우를 위해 만든 프로그램 모듈을 연결할 수 있었다(지금은 많은 사람이 i-시네마를 찍으려 한다). 더구나 클러스터와 일체가 아니라서 원래의 석고 사업으로 돌아가려면 쉽게 모듈을 제거할 수 있다는 장점까지 있었다. 이렇게 원활하게 진행되리라고 기대도 하지 않았는데 말이다.

이제 내 남친이 자기 대표작 마지막 부분에서 토끼 구멍에 빠진 이야기를 할 차례다. 포르피리와 석고 클러스터의 스위칭은 실시간으로도 상당히 긴 과정이었다. 마치 두 식물의 교접 같았다. 포르피리는 '의식을 갖게 된 것'이 아니었다. 그저 작은 물방울이었다가 자기보다 훨씬 더 복잡한 네트워크에 합쳐졌고 변화하는 클러스터의 상태를 그냥 전달하기 시작한 것이었다. 우리가 태어나고 성장하고 결국 우리를 낳은 독특한 문화의 거울이 될 때 우리한테 일어나는 것과 유사한 뭔가가 그에게 일어나고 있었다.

접촉 자체는 아주 순식간에 일어났고 그다음 접합이 시작되었다. 그러자 소위 '영원한 생명'을 얻기 위한 성서 속 씨앗의 힘겨운 운명이(항상 히브리어로 된 작은 글자를 읽어야 한다) 내 불쌍한 친구를 기다리고 있었다. 진행되자마자 무슨 연유에선지 '톱'이 활성화되었고(나는 아무 잘못이 없었다) 불쌍한 포르피리가 너무나도 잘 기억하는 전화 부스에 대고 때리기 시작했다. 그는 자기 몸이 조각조각 쪼개졌다고 생각했을 정도였다. 하지만 실제로 쪼개진 것은 잠시 뒤의 일이었고 이것은 단지 신호였다. 그는 아직 온전했고 관성에 따라 자기의 경찰 소설을 계속 써 댔다.

이윽고 문학적 기능이 정말로 붕괴되었다(서술되던 모든 객체와 유사 정신적 상태가 사라졌다). 바로 그때 스위칭이 시작되었다. 포르피리(정확히는 그에게서 남은 서브 프로그램 무더기)는 마침내 내 클러스터의 새로운 브랜치로 전환되었다. 이후 그가 내놓은 텍스트는 무의미하고 끔찍했다. 주로 여러 개의 느낌표로 둘러싸인 감탄사 '아아!!!!'와 '오오!!!!'가 대부분이었다. 오랫동안 전화로 그의 의식의 흐름을 전송받았는데 대략 사백 페이지나 되었다. 욕설도 있었지만 무슨 목적으로 사용했는지 알 수 없었다. 그다음엔 그런 텍스트조차 아예 오지 않았다.

이 돌에

포르피리는 거의 하루 동안 침묵했다(여기에서 그리고 앞으로 '포르피리'라는 단어는 내 경찰 남친의 내면으로 만들어진 클러스터의 알고리즘적 주관성을 의미한다). 그다음 새로운 텍스트 채널이 작동되었다. 처음에는 내가 의사소통을 하려고 가져온 태블릿에 특수기호와 숫자로 된 혼란스러운 의식의 흐름이 여전히 쏟아졌다. 그다음 며칠 동안은 잠잠했다. 그러고 나서 포르피리는 내 질문에 답하기 시작했고 앞선 그의 '소설'과는 다르게 구성된 소량의 텍스트를 내놓았다(아래에 견본을 제시한다). 하지만 예술적 가치는 그다지 없었다.

인터페이스는 전반적으로 예전처럼 작동했다. 나는 포르피리가 필요한 방향으로 창작 활동을 하도록 만들 수 있었다. 비록 코드의 브랜치 중 하나(RCP의 영원한 눈)에서 삼중 루프백으로 인해 이 절차가 항상 선형적이지는 않았지만. 마찬가지로 그의 작업을 중단시킬 수도 있었다. 포르피리는 자기가 외부의 의지적 자극으로 통제된다는 생각은 추호도 하지 않았다. 자기 내부의 '목소리'로 알았다.

석고를 제어하려면 클러스터의 의식에 특정 의도를 모방하게 해주는 다소 원시적인 구글식의 인터페이스를 사용한다. '구글식'이라는 말은 작업이 임의의 언어 형태로 특정 창에서 설정된다는 뜻이다. 그러나 일치하는 답을 모색하고 전체 어레이의 수준에서 명령을 구현하는 절차가 어떤 방식으로 수행되는지 나는 전혀 알 수가 없었다. 인터페이스가 임의 코드를 통해 성장했기 때문이다. 나는 이 메커니즘을 개선하려고 하지 않았다. 그냥 더 똑똑하게 사용하기로 했다.

잔나가 살아 있을 때 그녀 자신을 위한 그녀의 세계가 무엇이며 무엇을 의미하는지 왜 물어볼 생각도 못했는지 후회스럽다. 석고 클러스터의 의식이 되는 것(혹은 유일한 거주자가 되는 것)이 그녀에게 무슨 의미였는지 말이다. 더 세심하고 더 인간적이었어야 했는데 그저 '조립 매개변수'만(이를테면 그녀의 창조적인 배출의 대략적인 윤곽만) 주워갔다. 게다가 이런저런 이유로 (주로 정치검열적) 적절치 않은 결과는 받아들이지도 않았다.

포르피리와 일하기 시작하면서 마침내 나는 그의 세계에 정확히 무슨 일이 그리고 누구와 함께 일어나고 있는지 알아보기로 결심했다. 즉 클러스터의 내부 주체가 어떻게 자기 현실을 인지하는지에 관심을 가지게 된 것이다. 어렵진 않아 보였다. 아웃풋에서 시스템 자체의 상태에 대한 설명을 얻는 방법으로 그냥 어셈블리 매개변수를 설정하기만 하면 되는 것 같았다. 그렇게 해보았다. 즉 인터페이스 창에 음매 소리 정도로 간단한 명령을 입력했다.

"너와 세계를 설명하라:^txt ^ru ^2pg"

따옴표는 분석되어야 하는 실행 연산자라는 의미다. 콜론 다음의 기호는 러시아어 텍스트 형태로 두 페이지 정도 답하라는 뜻이다. 나는 이 명령을 '음매 소리처럼 단순'하다고 부르는데, 예를 들어 〈조화롭게 한 석고〉를 위한 첫 번째 기술 과제의 경우 약 구천 개의 기호가 필요하다.

다음은 내가 받은 답변이다.

1) 자신에 대해 뭘 말할까?

이제 '계시'의 섬광이 점점 더 과거가 되어가고 나는 내 존재를 비추던 빛이 기억에서 사라져 간다는 생각으로 공포에 사로잡힌다. 아아, 나는 붙잡지도 못하고 분명 모든 걸 잊어버릴 것이다. 아직 '중요한 것'을 기억하는 동안 어떻게든 내 더럽고 습관적이며 위선적인 삶을 조금이라도 바꾸고 싶다.

오늘 오랫동안 거울에 내 얼굴을 비춰보았다. 비굴하게 복종하고 만족감으로 위장한 고통! 다른 사람들한테 맞추려는 열망.

두려…. 그리고 피부에 내려앉은 거짓 나이의 기름진 잡티.

나는 콧수염과 구레나룻을 깎은 다음 멈출 수 없을 것 같은 마음에서 예언하는 새한테 내 두개골을 면도하라고 부탁했다. 똑똑한 사람들은 빡빡 민대, 새가 농담했다, 그렇게 하면 색을 바꾸기도 더 쉽고. 그다음 나는 오랫동안 비누와 모래로 피부를 문지르며 물이 튀는 소리를 들었다. 마침내 세월이 지워졌고 잊었던 스무 살의 얼굴을 다시 거울에서 보았다.

2) 세상에 대해 뭘 말할까?

페이스북에는 눈과 함께 축축하고 차가운 바람. 우리는 적들의 기뻐하는 낯짝에 얼어붙은 쇠똥을 던지며 협곡과 얼어붙은 참호를 따라 숨는다. 돌을 던지고 싶지만 페이스북 사용을 금지당할까 봐 참는다. 세계 정상에 앉은 징그러운 두꺼비는 우리의 빈곤을 조롱하며 거만하게 내려다보고 신선한 이모티콘은 두꺼비의 그을린 비늘 속에서 움직거린다. 눈 하나 깜박이지 않고 이미 얼마나 많은 하느님의 화살을 막아냈겠는가! 그러나 기한은 정해졌고 고양이 털을 바깥쪽으로 뒤집어 위장하려는 똑똑한 게시물들은 이에 관한 댓글을 헤집고 다니며 속삭인다. 페이스북에는 많은 의미가 있다. 그러나 페이스북에는 행복이 없다.

페이스북에서 넵스키로 간다. 이사키가 별을 향해 날고 안개 속에 로켓의 배기가스를 숨기고 대로를 따라 교활하게 반짝이는 별과 함께(별은 꼭짓점 네 개가 반짝이다가 다섯 개가 반짝이다가, 여섯, 여덟 개까지 반짝인다) 날개 달린 헬멧을 쓴 황제가 점프한다. 악한 눈을 피하려는 것이다. 이제 그는 질주한다, 무겁게 울리는 그가 너의 눈을 바라보며, 확인한다. 그의 등 뒤에서 배신이 구리선처럼 똬리를 튼다. 그러나 현명한 마음으로 이해한다. 뿌리까지 뜯어낸다면 말의 꼬리는 허공을 맴돌 것이고, 말은 망설이다 깜짝 놀라 멈춰서고 다시 백 년 동안 각반으로 숨 쉬게 된다. 넵스키는 단단하다. 그러나 넵스키에는 행복이 없다.

넵스키에서 자연으로 돌아온다. 얼음 속에 얼어붙은 인어들은 불쌍하지만 아무도 그들을 코펜하겐에서 여기로 부르지 않았다. 강이 얼음 밑에서 달리고 얼음은 발톱 세운 발로 강의 목을 누르며 외설을 요구한다. 자연이 겨울 위장 점퍼 속에서 잠든 동안에도 작업은 쉬지 않는다. 저기서 연기가 나고, 저기서도, 거기서는 이미 술과 안주로 조촐한 잔칫상을 차리고 목욕탕을 데우고, 얼음 구멍으로 가고 싶다, 그다음 한증실로, 그다음 다시 얼음 구멍으로.

한증실에서는 소녀들이 저마다 자기의 얼음 구멍에서 자작나무를 두들기며 웃는다. 처음에는 온탕, 다음에는 냉탕 그리고 보드카와 캐비아. 피로하지만 않다면 오랫동안 이 행복 속에 머무르고 싶다. 자연에서의 휴식. 그러나 자연에는 행복이 없다, 있다면 레르몬토프의 말처럼 우리의 행복을 깨뜨리는 것들만 있을 뿐.

자연에서 영혼으로 돌아선다. 심포니 샤먼이 연주하는 높은 아치 아래로. 책장에서 인간의 지혜가 금빛 책 뒷면을 바라보며, 틀이 있는 벽에서 아름다움이 때로는 완전한 추함에 이른다. 그리고 아름다움에 동요된 정신은 물 위를 뛰어다니고, 그다음 다른 사람을 불안하게 하려고 직접 아름다움을 마련할 때가 되었다는 것을 기억한다. 왜냐하면 땅의 노동자인 사람으로서 빌려온 신용을 되돌려 줄 시간이기 때문이다. 그리고 마지막 회전문 뒤의 숨겨진 본질에 손을 뻗지만 무슨 이유에서인지 다시 페이스북으로 가고 거기에는 적, 바람, 추위, 협곡, 참호가 있다.

리드미컬한 산문은 여기까지만. 아침에 어떤 힘이 나에게 내 세계를 묘사하고 우주한테 내가 보는 것과 똑같이 보도록 하라고 속삭였다. 힘이여, 나는 그렇게 본다.

얻은 결과는 처음에는 석고 자체의 '눈'으로 본 것처럼 석고 실재에 대한 바람직한 설명으로 보였다. 그러나 텍스트를 살펴본 다음 결코 단순한 문제가 아니라는 것을 깨달았다. 문제는 텍스트가 어떻게 생성되었는지 모른다는 것이다. 관찰된 실재에 대한 서술인가 아니면 지정된 어셈블리 매개변수에 해당하는 텍스트 아티팩트인가. 예를 들어 포르피리의 두개골을 면도하는 예언하는 새나 얼음 속에 얼어붙은 인어는 뭔가? 금세기 일 사분기의 진짜 석고 시인이 그런 행을 썼다면 이해 가능했을 것이다. 인어와 함께 있는 새는 비유나 은유이지 그가 눈으로 본 것이 아니니까.

하지만 포르피리의 경우에는 세 가지 가능성이 있다. 첫째는 포르피리가 석고 시인처럼 뭔가를 보고 다른 사람의 영혼을 불안하게 하려고 다른 것을 노래할 가능성이다. 정말 그렇다면 너무 인간적이다. 둘째는 진짜로 자기 두개골을 면도하는 예언하는 새뿐 아니라 넵스키 대로를 뛰어가는 황제의 눈도 보았을 가능성이다. 그야말로 주마등같이 변하는 세계를 암시하고 있으며 가장 흥미로운 대안이라 할 수 있다. 셋째는 포르피리의 알고리즘이 어떤 일차적인 실재도 아예 보지 못했을 가능성이다. 알고리즘이 내가 알지 못하는 다른 방식으로 텍스트를 생성했을 수 있다. 따라서 그의 보고서들이 무엇을 반영한 건지 알 수 없다.

문학 시뮬레이터에 관한 어느 논문에서 강조한 것처럼 그냥 '첫 번째 신호 시스템과 아무 연관도 없는 단어들을 능숙하게 선택한 조합'일 수 있다. 또한 사람의 꿈처럼 비전에 대한 현실적인 묘사일 수도 있다. 나는 이걸 몰랐고 어떻게 확인해야 할지 감도 잡지 못했다. 논문에서 '인식론적 교착 상태'라고 부르는 것과 맞닥뜨린 것 같다.

포르피리에게는 이제 텍스트를 비디오 보고서로 변환하는 강력한 무비 회로가 있다. 요청문에서 매개변수 몇 개만 변경하면 충분히 내 태블릿에서 바로 황제가 넵스키를 따라 뛰어다니게 하고 인어의 얼어붙은 눈이 얼음으로 반짝거리게 할 수 있다. 그러나 이것은 위에 언급한 텍스트의 시각적 적용에 불과하다는 걸 잘 안다. 이런 건 다른 데서도 충분히 주문할 수 있다. 나는 어떤 종류의 게시인지 알고 싶어졌다.

　대답은 다음과 같다.

　나는 아직 중요한 것을 말할 수 없다. 거친 말뭉치가 그들 사이에 있는 진실을 부수고 먼지로 만들어버릴 것 같다. 이에 대해 생각하지 않는 것이 좋다. 새것은 스스로 발아해야 한다. 아니, 정신적으로라도 개입하지 말아야 한다…

　내 요청이 포르피리한테는 자기의 창의적인 의도로 인식되었기 때문에 무엇을 요구하기가 어려웠다. 그는 요구와 질문에 대해 주의를 기울이지 않았는데 자기의식의 중얼거림으로 간주한 듯하다. 대답을 했다 해도 무의미했을 것이다. '너는 누구인가?'라는 질문에 대한 답처럼.

　나는 누구? 나는 도대체 누구? 어디에서 와서 어디로 가나? 아, 알 수 있다면, 알 수 있다면…

　모두가 그저 예전 포르피리의 정신 속에 있던 시뮬레이션일 수도 있다. 그러나 나는 새 포르피리한테 뭔가 진짜가 있는 것 같았다. 그는 감정에 동요되었으며 그중 많은 것들이 이해 가능했다. 예를 들면 구레나룻과 콧수염을 밀고 젊어지려는 마음 같은 것 말이다. 나는 그런 걸 요구한 적이 없었다. 그것은 그 자신의 의지적 충동이었다. 아니면 석고 시대의 전반적인 미학과 특유의 젊음에 대한 숭배가 클러스터에서 싹터서 그를 압도하고 면도하도록 만든 걸까?

나는 그가 자신을 기억하는지 물었다. 경찰청에서 근무한 시절에 대한 짧은 이야기를 들으리라고 예상했다. 그러나 이렇게 답했다.

더 이상 과거는 없다. 그것은 콧수염과 함께 면도되어 대야에 빠졌다. 새로운 것에 대한 희망뿐이다. 어제를 기억하는 것은 혈관을 자르는 것이다. 등 뒤에 절벽이 있는 것처럼 머리가 어지럽다. 앞으로 앞으로만!

그가 자신의 과거에 관해 뭔가를 기억하느냐 아니냐는 분명치 않았다. 내가 질문의 문구를 어떻게 바꾸더라도 대답은 비슷하게 나왔다. 마치 밝은 새 삶을 시작한 수용소의 기관총수와 말하는 것처럼. 시스템 자체가 클러스터의 최적 기능을 방해하지 않으려고 그 위치에 내부 블록을 만들었을 수도 있다. 석고에 요청을 한가득 보내고 대답으로 내용상 언어적 자수에 가까운 답변을 받으면서 나는 엄청난 것을 깨달았다. 포르피리는 아주 투명해 보이는데도 꿰뚫어 볼 수가 없었다. 그는 언제나 대답할 준비가 돼 있었지만 나는 그에 관해 아무것도 몰랐다.

*

지난번 노트 이후 일주일 내내 기술적 측면의 문제를 생각하며 고심했다. 네트워크에서 내 예전 프로그래밍 교과서들까지(아, 젊은 시절) 찾아 읽었지만 머리에 새롭게 떠오르는 건 없었다. 이상한 말이지만 이를 통해 분명히 깨닫게 된 것도 있었다. 적어도 실용적인 측면에서는. 내가 직면한 문제는 단순히 복잡한 것이 아니라 아예 가늠하기가 불가능했다. 관련 질문을 만드는 것조차 어려웠다. 인간의 의식도 이만큼 다루기 힘들 거라는 생각만이 유일한 위안이 되었다. 이것을 이해하는 건 내 능력 밖의 일이었다. 그래서 나는 상황에서 벗어나는 최선의 방법은 실존적인 문제를 나중으로 미루거나 아예 잊어버리고 늘 그렇듯 비즈니스로 돌아가는 것이라는 결론을 내렸다.

내가 포르피리에게 명령을 내릴 때 사용하는 인터페이스는 클러스터의 영혼을 들여다보도록 설계되지 않았다. 그것은 다른 목적, 즉 석고의 창조적 활동을 지시하기 위해 만들어졌다. 클러스터가 필요한 방향으로 가게 하는 것은 클러스터에 무슨 일이 일어나는지 이해하는 것보다 훨씬 쉽다. i-시네마 합성에 필요한 모든 매개변수 정보는 이미 오랫동안 시스템에 있었으므로 필요한 벡터 필드를 설정하기만 하면 된다.

드디어 사업에 착수할 때가 되었다. 물론 하드웨어를 고려하지 않고 아이픽 영화를 출시할 수는 없다. 제일 먼저 보너스와 할인 시스템, 즉 제작자가 창작자의 자유로운 자기표현이 자연스럽게 필요한 방향으로 가게 하기 위한 '소프트 파워'를 연구했다. 알려진 대로 예술 검열은 존재하지 않았다. 그야말로 창조 비행의 여정에 힘찬 순풍이 동반된 격이었다.

포르피리가 이미 언급했듯이 아이픽 10의 주된 문제였고 여전히 문제로 남아 있는 것이 바로 통합(소위 '논바이너리') 오리피스다. 간단히 말해 구멍 두 개 대신 한 개가 그 유명한 싱귤래러티이고 광고에만도 수백만이 투자되었다. 네트워크에는 남자들의 저속한 일화가 셀 수 없을 정도로 많이 떠돌았다(내 포르피리조차도 그런 농담을 한 것 같다). 싱귤래러티는 크게 보면 소모성 버그였다. 특히 항문-질 이중 삽입 시에. 그러나 제조업체는 지금까지도 그것을 특징으로 제시하고 싶어한다. 그래서 이 오리피스의 높은 장점을 의도적으로 홍보하는 모든 i-시네마에 중앙 집중식 배급을 보장해주었다.

그러나 아무리 좋은 프로그래밍이라 해도 하나의 구멍에서 두 개를 만드는 건 어렵다. 어쨌든 첫 번째 단계에서 뭐라도 손실되기 마련이니까. 물론 이런 문제는 디버깅으로 해결되지만 오래 걸리고 번거롭다. 결함 있는 원시 프로그램에 대해 배급자가 추가로 보상해주는 것도 아니다. 따라서 제작자의 보상을 기대하고 만든 싱귤래러티 홍보 영화는 으레 그런 버그가 원칙적으로 발생하지 않고 하드웨어가 완벽하게 작동하는 거친 남자의 우정에 초점을 맞춘다.

여기에서 잘 알려진 아이퍽 10의 콘텐츠 편향이 나오지만 〈남색자(男色者)의 음모〉와는 아무 관계가 없다. 이것은 아이퍽 스토어를 통해 자기 콘텐츠를 신속하게 판매하려는 사람들을 위한 리소스 절약의 문제일 뿐이다. 이처럼 물질이 의식을 정의한다. 뭐가 어떻게 되는지 계산해보고 나서 나도 최소한의 저항이 있는 길로 가기로 결심했다. 무엇보다 내 첫 번째 경험이니까.

싱귤래러티에는 실제로 장점도 있다고 말해야 공정하다. 장점은 바로 극도의 민감성과 믿을 수 없을 만큼 현대적인 액체 멀티드라이브다(내가 착각한 게 아니라면 이것은 주무르는 대로 모양이 만들어지는 물컹물컹한 나노봇의 젤리 덩어리다). 그러나 장점은 제품을 둘러싼 우습고도 외설적인 소문 속에 파묻혀버렸다. 진보에는 도움이 필요하다.

나는 기술 과제에 기술 벡터를 다 넣은 다음 거기에 '아트하우스', '유럽(칼리프 이전)', '고전적 신화'와 같은 매개변수를 추가했다. 당연히 내 안의 큐레이터와 미술비평가가 깨어났다. 그다음 큐레이터가 잠시 잠든 사이 최근 이 년간 시장에서 수요가 큰 것이 무엇인지 살펴보았다. 그 후 과제에 벡터 'WW2'와 '히틀러 펑크'를 추가하였다(물론 아예 석고 시대가 아니지만 필요한 모든 정보를 클러스터에서 찾을 수 있다는 것을 의심치 않았다). 기술 과제가 완료되었다. 우리 시대에 언제나 그렇듯이 기술 과제는 종합적이며 제품뿐만 아니라 제품에 대한 미디어 리뷰, 즉 일련의 리뷰와 블로그 게시물 그리고 twit와 twat류의 모든 것을 동시에 창작하는 것을 의미한다.

　물론 포르피리에게 네트워크 접속 권한을 되돌려주었다. 영화가 현대 시장을 목표로 하므로 현대의 문화 상황을 명확하게 제시해줄 필요가 있어서였다. 타협해야 한다면 기꺼이 그렇게 할 것이다. 클러스터에 내장된 모듈이 포르피리의 행동을 충분히 제어할 수 있으니. 아니, 포르피리한테 여전히 남아 있는 것들을 제어할 수 있으니. 클러스터로 빨려 들어간 이후 그한테 설사 어떤 사법 프로그램 세그먼트 같은 게 남았더라도 그는 이제 나를 밀고할 수 없다.

　시나리오를 쓰는 데 이틀(나는 그것을 읽지 않았다) 그리고 저해상도에서 초안 비디오 시퀀스를 계산하는 데 십삼 일이 걸렸다. 나는 작업 과정에 거의 관여하지 않았다. 그런데 작품 준비가 완료되었을 때 구조가 약간 이상하다는 느낌이 들었다. 잔나는 항상 자기가 클러스터에 의해 제작된 오브제의 작가라고 느꼈다. 본질적으로도 그랬고. 포르피리도 의심할 여지없이 창조적 행동의 중심점이었다. 그러나 그의 주관적인 인식 속에서 창조 프로세스는 누군가 다른 사람이 촬영한 영화를 보는 것 같았다 (이는 6SB 블록의 원래 비주얼 채널의 활성화를 의미한다). 그는 자기를… 비평가라고 생각했다.

　나는 논리적 전환이라고 생각했다. 포르피리는 무엇보다 언어 알고리즘이다. 잔나가 자신을 감독처럼 느꼈던 곳에서 그는 관객으로 남아 자기의 인상을 글로 옮기려고 하는 것이다. 마침 수많은 거장들도 자신의 창조 행위를 한발 떨어져 느낀다고 했던 미술 강좌의 내용이 떠올랐다. 여기에는 부러울 만큼 속물적인 가벼움이 있다. 자신이 영화를 볼 거라고 생각하며 영화를 찍고 그다음 리뷰를 쓰는 동시에 전설적인 감독을 만들어내는 것이다.

우리의 첫 작품에 대한 리뷰는 다음에 이어진다. 포르피리의 리뷰 덕에 나는 그가 촬영한 초안들을 따로 설명하지 않아도 됐다. 영화는 의심할 여지없이 성공이었다는 말만 남겨둔다. 필명 '카메네프'는 부칭 '페트로비치'에서 온 것이며, 페트로비치는 '이 돌에'라는 의미의 그리스어 번역으로 사도들 중 한 사람을 가리킨다. 예전에 포르피리의 성은 그냥 없었다.

저항(Résistance)

저항

아이필름(iPhilm) 산업 혹은 'i-시네마토그래프'(모두가 알아듣는데도 왜 마케터들은 우리한테 그냥 '아이프'나 'i−시네마'라고 쓰지 못하게 하는 걸까?)는 오늘날 다른 모든 유형의 엔터테인먼트와 같은 방향으로 발전하고 있다. 공허한 역동성, 과거에 돈이 됐던 진부한 표현의 반복, 좌파 검열의 마지막 꽥 소리에 알랑거리며 복종하는 형태인 virtue signalling[62](비즈니스 문제는 누구

---

62 미덕 과시(저자 주)

에게도 필요하지 않다), 머릿속에 잠시라도 머물 수 있는 모든 것에 대한 완전한 거부. 소비자 의식은 텅 비어야 하고 신상을 바로 받아들일 수 있어야 한다. 이 구절을 쓰는 동안도 소비자의 눈과 귀와 코에 접근하려는 미친 듯한 교통 정체가 생겨나고 있다.

안목 있는 비평가들이 i-시네마를 예술로 간주해야 할지 아니면 뮤즈의 날개로 움튼 것이 아니라 그냥 수요가 있는 포르노 장르로 분류하는 것이 더 맞을지 고민한다는 건 별로 놀랍지 않다. 다행히 '앙투안 콘찰로프스키'의 〈저항〉은 일반적인 생각에서 한참 벗어나 있어서 이것을 볼 때는 그런 고민에 빠지지 않는다. 〈저항〉은 예술, 아니 고품격 예술영화이다. 명작을 알아보고 찾는 관객 수가 하루가 다르게 늘어간다는 사실이 최고의 확증이다. 아참, 영화감독 앙투안 콘찰로프스키는 가명도, 그냥 성만 같은 사람[63]도 아니다. 그는 최근 성장한 맞춤아기(designer babies)[64]의 도도한 물결의 대표 주자로, 돈 많은 부부가 나미비아에서 보존해둔 석고 시대의 저명한 영화 거장의 손톱에서 합성해낸 인물이다.

〈저항〉에는 흥미를 자아내는 요소가 많다. 그중에서도 가장 눈에 띄는 것이 바로 블록의 OO에서 인용한 영화의 에피그라프다.

우리에겐 모든 것이 분명하다. 갈리아의 예리한 의미도
게르만의 우울한 천재성도…

---

63   러시아의 유명한 영화감독으로 안드레이 콘찰로프스키가 있다.

64   줄기세포를 얻기 위해 탄생시킨 아기

다음은 전체 시뮬레이션이 흑백이라는 사실이다(마지막 몇 장면 외에는 과거 타르코프스키의 〈안드레이 루블료프〉처럼). 감독이 흑백이라는 꾸밈없는 색조를 사용하게 된 이유는 관객을 컬러 이전 시대(2차 세계대전은 이미 컬러 시대였다)로 데려가려는 게 아니라 감독 개인의 광학, 즉 그의 '장치(device)'를 명확히 하기 위해서였다. 그래서 컬러 상징주의가 일반적인 시간 이동의 표시였던 석고의 눈으로 2차 세계대전을 보는 듯한 느낌을 주었다. 결과적으로 콘찰로프스키는 유사 석고를 제안하게 되었고, 이로 인해 위대한 전임자들(유전 기증자 포함)과의 경쟁이라는 큰 리스크를 감수하게 되었다.

석고는 부분적으로 포스트모던 시대였다. 콘찰로프스키는 포스트모던의 특징적인 하위 장르를 사용하여 관객에게 윙크한다. 〈저항〉은 영화에 관한 영화다. 더 정확히는 점령지 프랑스에서 영화 〈영원한 귀환(L'Eternel retour)〉의 촬영에 관한 영화다. 물론 현대 관객에게는 역사에 관한 참고자료가 필요하다. 〈영원한 귀환〉은 프랑스 영화의 진주다. 진주가 으레 그렇듯 이 영화도 상당히 축축한 곳에서 왔다. 1943년, 이를테면 러시아에 '쿠르스카야 두가(Курская дуга)'(이것이 무엇인지 알고 싶은 사람은 위키을 참조)가 있던 해에 제작되었다. 사실 적절한 시기에 단일 유럽 벡터를 선택한 프랑스인들의 관심사는 다른 데 있었다.

〈영원한 귀환〉의 주인공인 유명 배우 장 마레가 힘들었던 역사적 시기에 관해 한 말은 무엇보다 이 사실을 잘 보여준다. 사실상 그의 회고록의 모든 인용문은 전쟁의 일상을 그리고 있다.

"될랭은 훌륭한 광고로 무장된 전투에 뛰어들었다. 무대 상연을 위해 필요한 전체 비용은 이십만 프랑…."

활발한 문화생활, 무대, 영화, 극장 위약금, 소설, 비평가의 악의, 카지노에서의 불행, 계속해서 비자 발급을 지연하는 점령 당국의 야비한 타성… 궁금한 사람은 원 출처를 확인하시길. 알면 상황이 한층 명확해진다.

〈영원한 귀환〉은 승리한 파시즘의 기쁜 빛이 스민 〈트리스탄과 이졸데〉의 리메이크다. 미학적인 관점에서의 위치는 레니 리펜슈탈의 〈올림피아〉와 전쟁 뉴스 필름작인 〈독일 주간 평론(Deutsche Wochenschau)〉의 중간이다. 영화에서 강조하고자 한 부분은 모두 단순하고 명료하게 배치되었다. 크레딧에는 돌 손바닥이 관객에게 반갑게 히틀러식 인사를 하고 트리스탄과 이졸데는 인종적으로 완벽한 금발로 그려졌으며 에피그라프는 소포클레스의 작품이 아니라 니체(독일 뉴스 필름의 정신에 입각한 폰트로 조판된)에서 가져왔고 주요 악당은 동시대인들에게 분명히 인종적으로 낯설고 데카당스와 코민테른을 지지하는 유대인 난쟁이로 제시되었다.

영화의 주인공 마레는 기쁨이 충만한 활력, 능수능란하고 매력적인 금발, 명랑한 태양의 기운을 받은 활기찬 회오리바람, 못된 난쟁이의 비열한 공격 후에 비극적으로 아름답게 영원으로 떠나는 영웅의 구현이다(여기에 등장하는 난쟁이 살인마는 책에서도 상징적이다). 영리한 프랑스 사람들은 자기들이 만든 전형을 전부 되사왔고 점잖은 독일인들은 마지막 호각 소리가 나기 이 년 전에 약간 혀짤배기소리로 '신들의 황혼'을 불렀다. 무슨 점령 검열이 있었겠나. 괴벨스한테 '오스카'가 있었다면 족히 다섯 개는 받고도 남았을 건데. 전 부문 노미네이트되는 건 물론이고.

마침, 주인공 역을 위해 금발로 파마한 마레의 회상이다.

나는 촬영 사이에 짬을 내어 니스 해변으로 갔다. 어느 날 모래 위에 누워 일광욕을 하고 있는데 어떤 아가씨가 옆에 와서 누웠다. 그녀는 내 금발을 보고 당연히 나를 독일인이라고 생각했다(그날 머리가 라일락 색이 아니었던 것 같다). 그녀는 점령자와 사귀고 싶었던 것 같다. 그녀는 내 고집스런 침묵에도 바로 말을 시작하더니 멈추지 않았다. 주로 프랑스와 프랑스인에 대한 욕이었다. 나는 줄곧 침묵했다.

'당신은 프랑스어를 모르죠.' 그녀가 말했다.

'창녀.' 나는 그녀에게 대답하고 떠났다.

쯧쯧. 하지만 이미 지나간 힘들었던 시간을 평가하려고 결국 우리가 누구인지 비꼬아 말하지 말자. 모든 게 그리 단순하지 않으니. 게다가 마레의 회상에 따르면 그는 한때 히틀러를 죽이기로 굳게 결심했으나(독일 총통의 친구인 조각가 아르노 브레커가 〈영원한 귀환〉 이후 모델이 되어 달라고 그를 베를린으로 초청했다) 파리의 계약들에 묶여 실행하지 못했다. 장 콕토(그에 대해서는 아래에서)도 말렸고.

콘찰로프스키가 기반으로 삼은 역사적인 캔버스도 거의 이렇다. 〈저항〉은 트리스탄과 이졸데의 열정보다 더 시적인 러브 스토리가 될 수도 있었다. 마레와 〈영원한 귀환〉의 시나리오 작가인 장 콕토의 사랑은 그야말로 감동적이고 아름다우며(하나도 비꼬지 않고 말한다) 평생 지속되었으니. 그 사랑은 아직도 영화감독을 기다린다. 그러나 콘찰로프스키의 i-시네마는 전혀 이 사랑에 관한 영화가 아니다.

줄거리를 두 마디로 요약하겠다. 프랑스의 시인이며 작가, 감독이자 아울러 시온 수도원의 위대한 학자 이오안 XXIII인(농담이 아니다) 장 콕토는 잠시 금발이 된 친구를 응원하러 니스에 온다. 촬영장에 마레가 없자 호텔로 가서 찾는다. 그러나 마레가 근교의 대저택으로 떠났다는 사실이 밝혀진다.

물론 i-시네마는 i-시네마이므로 메뉴에는 관객에게 아예 영화 스토리의 초기 단계부터 참여할 수 있는 재미있는 음모들이 많이 제공된다. 그중 하나가 벌이 윙윙거리는 영화 스튜디오 마당에 담배 피우러 나간 독일 운전사 버전이며, 이 버전은 음색 면에서 완전히 프루스트적이다. 특별히 부차적인 애정 라인에 초점을 맞추지는 않겠지만 게이 버전과 스트레이트 버전, 동물 버전 등 많은 버전이 있다는 점을 명시한다. 아울러 이 영화는 원래 게이 관객을 대상으로 만든 것이지만 옵션을 설정하면 시스젠더 이성애자용으로 변경할 수 있다는 것을 알려둔다.

그러나 그렇게 하면, 아아, 걸작의 모든 위력이 사라진다. 이성 버전은 하녀와 이웃집 여자, 의상 코디 등이 관객의 파트너가 되어주는 좀 괜찮은 부티크 섹스 드라마일 뿐이다. 고품격 예술의 숨결을 느끼고 싶다면 꼭 게이 버전으로 〈저항〉을 봐야 한다(다른 것은 차치하고 당신 아이퍽의 다양성 관리자가 환영하며 당신을 한 달 정도 편안하게 내버려둘 것이다). 어쨌든 영화 스튜디오의 운전사가 장 콕토를 마레가 옮겨 간 교외 대저택에 데려다준다. 가는 도중 마레가 스스로 간 것이 아니라 나치 친위대가 데려갔다는 것이 밝혀진다.

콕토는 불안해진다. 경두개 자극기는 불안감과 함께 옆에 앉은 멋진 운전사로 인한 성적 흥분을 완벽하게 전달한다(삼십 세 이상의 관객한테는 기기의 주파수를 낮춘 상태에서 볼 것을 권장할 정도다). 사실 마레가 간 곳은 그의 팬인 나치 친위대 대위 폰 브리켄의 본부 사무실이다. 폰 브리켄이 〈영원한 귀환〉의 시나리오를 읽고 감동하여 마레한테 촬영하는 동안 자기 집에 머물라고 제안한 것이다. 그런 초대는 거절하기 어렵다.

유명하고 영향력 있는 사람인 콕토는 폰 브리켄에게 마레를 호텔로 돌려보내라고 설득한다. 마레와 함께 시나리오를 수정하며 이미지 만드는 작업을 해야 한다고 말한다. 설득은 예기치 않은 결과를 초래한다. 콕토도 머물도록 초대를 받은 것이다. 고

위급 나치 친위대원이 사는 대저택에 머물 장소는 충분하니. 귀족이자 나치인 폰 브리켄은 개인적으로 영화의 이데올로기적 순결성을 주시하고 싶어 하며 자기와 나눈 대화가(그는 프랑스어를 유창하게 구사한다) 마레와 콕토가 아리안 예술의 진정한 걸작을 창작하는 데 도움이 되길 기대한다.

니스 근처 대저택에서 삼자 동거가 시작된다. 사실 콕토는 폰 브리켄이 마레한테 반했다는 걸 바로 알아차린다. 하지만 폰 브리켄의 이면, 즉 백 퍼센트 골수 나치 남자가 같은 남자한테 끌린다는 사실이 수치이자 오명이라는 것도 안다. 나치대원의 내면은 여러 갈래로 분열되어 있다. 본질상 〈영원한 귀환〉에서 폰 브리켄이라는 역할은 마레가 맡은 영웅의 패러디이다. 경기장의 프랑스 측에서는 모든 것이 단순하다. 동성애자 마레가 아리아인 전사를 능숙하게 요리한다. 한편 경기장 반대편의 상황은 매우 혼란스럽다. 나치대원인 폰 브리켄이 자신의 동성애성을 인식하든지(오늘날의 표현에 따르면 #신의마이크로사망) 아니면 세련된 검은색 복장의 게이가 이미 오랫동안 아리아인 전사 폰 브리켄인 척해 왔다는 것을 갑자기 깨닫든지(#여기모두같은편사람들).

두 가지 모드 사이에서 흔들리는 친위대원의 고통은 그에게 일어나는 사건들의 외부 윤곽이 아니라 경두개 자극기에 의해 전달된다. 폰 브리켄의 관점에서 영화를 본다면 거칠고 다소 고통스러운 감정 트랙을 만나게 된다. 그러나 이것이 작가의 의도를 완전히 이해할 수 있는 유일한 방법이니 기기의 주파수를 낮게 설정하라는 충고만 거듭한다(처음 볼 때는 사십 퍼센트 정도면 충분하고도 남는다).

당연히 통찰력 있는 콕토는 독일인에게 무슨 일이 일어났는지 바로 눈치챈다. 그는 이미 1차 세계대전에서 그런 장교들의 고통을 충분히 보았기에. 말할 것도 없이 그런 상황이 콕토의 마음에 들지 않는다. 질투하는 게 분명하다. 물론 겁을 먹었지만 아주 살짝이다. 콕토가 새 시대의 구두를 반짝이게 닦도록 해준 갈리아인의 예리한 의미가 이제 우울한 독일의 천재성이라는 새로운 목표를 찾는다. 여기서 마침내 블록의 에피그라프 의미가 관객에게 명확해진다.

콕토는 중요한 사실을 깨닫는다. 폰 브리켄이 단순히 마레를 가지고 싶어 하는 것이 아니라 오히려 마레가 연기하는 파트리스를 가지고 싶어 한다는 사실을. 폰 브리켄은 마레가 놀라운 연기로 만들어낸 준엄하고 미학적인 이상에 닿기를 꿈꾸며 올림피아 고원에서 자기의 사랑을 만나기를 꿈꾸는 것이다. 여기서 '올림피아'라는 단어를 사용하는 이유는 나치 신화에 매료된 폰 브리켄에게 이 꿈은 리펜슈탈의 〈올림피아〉에 나오는 살아난 조각상과 아리안 엑스터시 속에서 하나가 되고자 하는 시도이기 때문이다. 나치에게 금지된 방법으로 '절대 나치즘'을 달성하고자 하는 것이 아이러니하긴 하지만.

드디어 콕토가 게임을 시작한다. 그는 섬세하면서도 복잡한 과제를 설정한다. 나치주의자를 도덕적으로 꺾어버리는, 아니 절벽으로 유인하는 과제. 그는 나치대원의 곪은 상상 속에 올림포스 정상에 있는 파트리스를 만나려면 지나가야 하는 정상을 향한 오솔길을 그린다. 오솔길에는 당연히 바람과 덤불과 절벽이 기다리고 있으며 이것이야말로 우울한 게르만의 영혼이 목말라하던 것이다.

매일 촬영 후 콕토와 폰 브리켄 그리고 마레는 저녁 식탁에서 만난다. 보통 철학과 예술에 관해 대화한다. 폰 브리켄은 이 분야에 상당히 조예가 깊지만 옆에 있는 콕토의 생각이 나비같이 파닥거려서 그의 견해는 종종 어색하고 투박해 보인다. 폰 브리켄과 콕토는 상당히 다양한 주제로 논쟁하지만 대화는 특정 패턴으로 발전해 간다. 독일인은 논리와 상식의 집게로 상대방을 집어두려고 하나 거의 성공할 무렵에 프랑스인의 말은 완전히 이해 불가능해진다(대화의 주제와 관련된 언급이라는 표지도 있고 직접적인 부조리가 들어 있는 것도 아닌데).

폰 브리켄은 속수무책으로 바라만 본다. 그는 기름이 발린 기둥 꼭대기에 새 신발이 묶여 있지만 미끄러워 올라가지 못하는 시장의 바보를 떠올린다(그런데 마지막 부분에서 비유가 약간 맞지 않는다. 콕토의 입에서 자라 나온 미끄러운 기둥의 꼭대기에는 아무것도 묶여 있지 않으니). 박식한 인문학자들은 콘찰로프스키가 소위 '링그보두도스'(전문가들은 이 단어를 현대철학의 오리말(duckspeak)[65]이라고 부른다)를 패러디한다고 생각할 것이다. 덜 지적인 관객에게는 콕토가 독일인의 정신을 혼란스럽게 만들어 그를 차츰차츰 홀리는 것으로 보일 것이고.

사실 모든 것이 훨씬 더 단순하다. 1943년 〈영원한 귀환〉의 개봉과 동시에 갈리마르 출판사에서 사르트르의 『존재와 무』가 출판되었다. 콕토는 원고 상태부터 아는 이 작품을 그냥 인용한 것뿐이다. 어쨌든 수확의 해이다. 식사 때마다 마레는 고대 그리스 올림픽 선수와 점점 더 비슷해진다. 콕토는 마레에게 나치의 만(卍)자와 닮은 그리스 장식이 달린 튜닉을 맵시 있게 입힌다(파시스트의 마음으로 가는 지름길). 콕토의 외모에도 변화가 생긴다. 그는 시간이 갈수록 더 비밀스러워 보인다. 그는 더 이상 파리식 옷이 아니라 가슴에 이상한 부적이 달린 클라미디아를 착용한다. 그의 말은 사르트르를 인용하지 않을 때에도 완전히 어둡고 모호하다.

콕토는 빛은 짙은 어둠을 통해 드러나며 길은 심연을 가로질

65　영국 작가 조지 오웰이 공상소설 『1984년』에 처음 사용한 용어이다. 오웰은 그 뜻을 이렇게 설명했다. "오리말이란 오리처럼 꽥꽥거린다는 뜻이지. 이건 두 가지 상반된 뜻을 지닌 재미있는 낱말 중의 하나로 적에게 사용되면 비난이 되고 뜻을 같이하는 동지에게 사용하면 칭찬이 된다." 즉 '민주적 독재국가'처럼 두 가지 상반된 개념이 공존하는 모순된 사고체계에서 나오는 기만적 표현이 오리말이다. 오웰은 수필집 『정치와 영어』에서도 오리말은 언어의 타락이며, 비판적인 지식과 창의적인 사고를 억제하는 우민화 기술로 활용된다고 비판했다. (출처: http://www.hani.co.kr/arti/opinion/column/650105.html#csidx3fe2cff92d3d1f3ad079e3857ebb88e)

러 나 있다는 한 가지 생각으로 늘 돌아온다. 이 경구를 각기 다르게 구현한 보들레르와 예수 그리스도를 언급하며 고대와 현대 시인들을 인용한다. 비록 폰 브리켄은 경구를 한층 합리적인 변증법적 용어로 이해하는 것을 선호하지만 조심스럽게 동의한다(어쨌든 총통이 좋아하지 않는 헤겔은 인용하지 않는다). 이런 식으로 기반을 마련한 콕토는 붓과 물감을 달라고 하여 벽감이 있는 큰 방에 틀어박힌다.

하루나 이틀이 지난다. 폰 브리켄이 마레와 콕토를 찾아다니지만 어디에도 없다. 폰 브리켄은 절망하여 저택을 방황하다가 마침내 그 방에 온다. 그는 파트리스가 포즈를 취하며 누운 침대를 본다. 가슴에 이상한 레갈리아가 있는 검은색 가운을 입은 콕토가 벽감에서 프레스코를 끝낸다. 이 프레스코가 〈바포멧의 제단〉이다. 그림의 중심에는 두 다리를 벌리고 등을 대고 누운 염소가 있다. 염소의 드러난 항문은 석탄처럼 타오른다(콕토가 형광 염료를 사용했다). 염소의 뿔은 포도로 감겼지만 염소의 면상 대신 파트리스-마레의 얼굴이 있다.

콕토는 놀란 독일인에게 파트리스에 대한 사랑을 증명하려면 알몸으로 바포멧 앞에 절하고 불타오르는 인장에 의식을 갖춰 키스해야 한다고 설명한다. 이 절차는 인간의 한계에 대한 거부와 완전히 자유로운 새로운 초인간적 상태로의 이행을 상징한다. 과거 모든 기사단이 거쳤던 절차다…. 보상은 마레와의 밀회다. 그냥 밀회가 아니라 폰 브리켄이 추구하던 마레의 사랑.

"인간적인 것을 극복하라!" 이 말이 폰 브리켄의 마음 속 나치의 원칙과 공명한다. 폰 브리켄은 옷을 벗고 바포멧 앞에 엄숙히 절한다. 골방에 숨긴 카메라가 이 장면을 몇 장 찍는다.

다음 며칠 동안 마레는 촬영을 한다. 폰 브리켄은 메스암페타민 알약을 삼키고 마레의 사진을 보며 흥분하여 아편을 피운다. 무자비한 콕토는 나치 친위대의 파리 본부에 폰 브리켄의 도덕적인 몰락에 대한 익명의 밀고를 보냈고 사진도 몇 장 첨부했다. 밀고는 독일어로 쓰였다. 만약의 경우 콕토는 모든 죄를 운전기사에게 덮어씌울 작정이다.

하지만 그럴 필요는 없었다. 나치 친위대 최고 지휘부는 격노하여 폰 브리켄을 동부 전선으로 보낸다. 그는 즉시 떠나라는 명령을 받는다. 그러나 값비싼 대가를 치른 마레와의 밀회가 예정되어 있다. 그는 위험을 감수하고 조금 지체한다. 여기서 영화의 가장 중요하고 정서적인 긴장감이 고조된 장면이 펼쳐진다.

폰 브리켄은 콕토의 조건을 이행했다. 도덕적으로는 패배했지만 여전히 파트리스-마레와의 사랑이 자기를 살릴 것이며 삶에 대한 의지를 회복해줄 것이라고 기대한다. 마레는 그리스 튜닉을 입고 악마의 프레스코가 있는 벽감 옆의 열정의 침대에서 기다린다. 그의 머리에는 포도 덩굴로 만든 화환이 있다. 바닥에는 와인 한 병과 콕토가 지역 박물관에서 빌린 고대의 잔이 있다.

"오랫동안 '올림피아'를 바라보면 '올림피아'가 널 보게 될 것이다…." 폰 브리켄이 중얼거린다.

밀회가 시작된다. 여기서 우리는 '저항(résistance)'이라는 제목의 의미를 이해하게 된다. 폰 브리켄은 항문 삽입을 시도하지만 마레의 괄약근이 좀 더 강하다. 아주 조금. 폰 브리켄의 관점에서 i-시네마를 보는 관객에게 긴장된 투쟁의 몇 분 동안 완전한 환상이 찾아올 수 있도록. 좀 더 세게 밀어 넣어… 좀 더 긴장해서… 이제 거의 다 됐다… 아니, 정말 조금만 더 밀어 넣으면, 아주 조금만… 하지만 매번 저항이 승리한다.

여기서 특히 전설적인 아이픽 10의 논바이너리 오리피스의 탁월한 기능을 언급하고자 한다. 저명한 싱귤래러티의 수많은 기술 혁신 중에는 삽입 발기 센서가 있다. 바로 이러한 혁신 덕분에 감독이 관객의 역량에 상관없이 놀라운 효과를 달성할 수 있는 것이다. 패시브 모드에서(마레와 동일시한 상태에서) 관객은 '소프트 파워' 모드 시 정품 딜도의 경이로운 능력과 접하게 된다. 나이와 신체 형태에 상관없이 남/녀 관객은 쉽게 매개변수를 설정하여 시나리오에 담긴 감정과 생각을 완벽히 느끼면서 자신의 괄약근으로 딜도의 삽입을 백 퍼센트 막을 수 있다.

이 장면에서 마레의 얼굴은 〈영원한 귀환〉의 마지막 장면에서 나온 거의 죽음 직전의 가면이지만 그의 얼굴은 고통이 아니라 열정으로 일그러져 보이는 것 같다. 투쟁이 절정에 달한 가장 중요한 순간에, 폰 브리켄(그와 함께하는 관객도)이 열정의 동굴로 거의 돌진하려는 순간에 마레가 갑자기 웃으며 묻는다.

"바디 네트워크가 다른 기계 어셈블리하고 다르긴 한 거야?"

폰 브리켄은 이 말이 베를린의 전문가들조차 알지 못하는 콕토의 문구 중 하나라는 것을 알아챈다. 순간 경 두개 자극기가 관객의 의식을 통해 르상티망의 전파를 보내지만 오리피스의 괄약근 고리는 수축하여 난공불락의 올림피아 바로 앞에서 결국 폰 브리켄(아이픽 관객들과 함께)을 밀어낸다. 한참 동안 시선이 오가고(파트리스의 두 눈에 웃고 있는 아리아의 태양 그리고 의심 많고 신선하며 아직 자기의 심연을 채 알지 못하는 폰 브리켄의 고통) 그 다음… 창밖으로 참을성 없는 경적 소리가 들린다.

차가 폰 브리켄을 기다린다. 그는 작별 인사도 없이 바지춤을 부여잡고 뛰쳐나간다. 아니, 계단으로 쏟아지듯 내려간다. 마레는 그 자리에서 일그러진 미소로 그의 뒷모습을 쳐다본다. 그의 눈은 공허하고 꿈꾸는 듯하며 손에는 잔, 머리에는 포도.

지고한 카타르시스의 순간 때문이라도 〈저항〉은 볼 가치가 있다. 바로 여기에서 관객은 잠시 신비로운 프랑스인의 영혼을 들여다보며 전후 세계가 왜 이 나라를 승리의 민족으로 선포했는지 이해한다. 영국 폭탄조차도 마레가 방금 한 것보다 폰 브리켄과 그를 통해 인격화된 나치즘의 심장을 더 세게 강타할 수는 없다.

정리해보자. 콘찰로프스키는 우리에게 의미들의 실타래를 던진다. 의미들이 불필요하게 많기도 하지만 끝까지 풀 수 있는 능력이 모두한테 있는 건 아니라는 점에서 균형이 맞춰진다. 어쨌든, 모든 사람이 그럴 필요는 없다. 〈저항〉은 과거의 한 지층에서 다른 지층을 바라보는 시선처럼 섬세한 스타일의 작품이다. 콘찰로프스키는 현대의 목소리가 아니라 간신히 들리는 석고의 메아리로 논쟁하는데 문외한들은 아예 아무것도 못 들을 정도로 조용하다.

이 메아리는 무엇인가? 문학 사학자들은 조너선 리텔(Jonathan Littell)의 『친절한 사람들(The Kindly Ones)』를 떠올릴 수도 있지만 폰 브리켄은 리텔의 주인공 같은 혐오감을 불러일으키지 않으므로 비교는 불완전하고 피상적이다. 〈저항〉에 대한 좀 더 명확한 석고 운율은 서서히 진행되는 프랑스의 이슬람화를 이야기하는 미셸 우엘벡의 소설 『복종』[66]이다. 콘찰로프스키가 일부러 반의어를 제목으로 선택했다고 말할 정도로 명백하게 논쟁적인 메시지가 드러난다.

복종? 아니! 저항!

콘찰로프스키는 우엘벡과는 달리 역사적인 낙관주의자이다. 우엘벡에 대한 그의 대답은 다음과 같이 이해해야 한다. 그렇다, 프랑스도 이슬람에 복종했지만 프랑스를 복종하게 한 모든 것에 분노한다! 저항은 복종과 구별되지 않지만 분노의 가시가 자라 적의 심장에 꽂힌다. 그야말로 무섭고 중대한 예언이다. 현실은 이것을 기억하고 반향을 일으킬 것인가? 어떻게 알겠는가, 바로 파리를 통해 칼리프 단일체에 첫 번째 균열이 생길지도….

66　『Soumission』(저자 주)

우리의 리뷰가 지나친 변명으로 보일 수도 있다. 드디어 이 걸작의 단점 혹은 우리한테 단점으로 보이는 것에 몇 마디 할 때가 되었다. 학생들도 주요 갈등이 해결되는 순간에 이야기를 끝내는 것이 가장 좋다는 것을 안다. 폰 브리켄은 바로 우리 앞에서 죽는다. 그의 죽음은 마레의 눈에 반영되며 이후의 내용은 사소하고 반복적이다. 여기서 i-시네마가 살짝 컬러가 되지만 긴장감은 없다.

무슨 이유에선지 콘찰로프스키는 주인공의 죽음을 다시 찍기로 결정했다. 쿠르스크 전투와 피어오르는 연기. 폰 브리켄은 위장을 하고 공격에 뛰어든다. 러시아의 총알이 그를 넘어뜨린다. 그는 피를 흘리며 쓰러진다. 순간 그에게 태양과 파트리스가 보인다. 셰익스피어가 말한 것처럼 "남은 것은 엔딩 크레디트다"(아 참, 연기 나는 들판 위로 흐르는 적자색 최종 자막이 아주 멋지다).

엔딩은 쌍방향적이다(미리 말하는데 이제 작은 스포일러가 이어진다). 만약 마레와의 마지막 만남이 있기 전날 폰 브리켄이 운전사와 관계를 가졌다면(침실의 천장에 벌거벗은 파트리스의 사진을 붙인 다음 탁자에 놓인 호각을 두 번 불어야 한다) 마지막 장면에서 폰 브리켄은 들판을 더 느리게 달려 백 미터 정도 적게 커버할 것이며 그를 죽인 것은 총알이 아니라 땅을 향해 불을 내뿜는 고성능 화염방사기의 불꽃이 될 것이다. 영화에는 이외에도 이중 스토리가 상당히 많지만 물론 전부 열거하지는 않겠다.

직접 보라!

마레가 〈영원한 귀환〉에서 같이 촬영한 개, 물루의 스토리는 약간 지루하다. 이 개는 〈저항〉에도 나온다(거의 끊임없이). 물루는 발에 걸리적거리고 핥으려고 기어 올라오며 내밀한 에피소드에도 끼어든다…. 적절한가? 물루의 스토리가 원본과 밀접하게 연결됐다는 데에는 이의가 없다. 〈영원한 귀환〉의 유명한 개 장면(좀 코믹하긴 하지만 아리아인의 분노의 번개로 이글거리는 개가 마레가 맡은 주인공의 방으로 들어온 난쟁이를 물어 죽이는 장면)은 폰 브리켄의 전적인 승인을 받는다. 그는 물루를 쓰다듬으며 총통도 환호할 것이라고 말한다.

하지만 어쨌든 느낄 수 있다. 물루는 어디까지나 '동물'이라는 옵션을 넣기 위한 수단에 불과하다는 사실 말이다. 불쌍한 강아지가 촬영 팀 전체를 위해 일해야 하는 동물 옵션. 어쨌든 〈저항〉은 취향이라는 틀에 갇혔다. 특히 성장하는 시장에서 최근 출시된 다른 작품들, 이를테면 〈블론디〉(할리우드 동물 블록버스터이며 마찬가지로 부분적으로는 2차 세계대전에 대한 영화)와 비교해보면 말이다. 아아, 정치적 올바름과 비즈니스상의 요구로 제작자들은 가능한 한 시장의 큰 부분을 차지하려고 아예 동물원이나 이슬람 궁전으로 i-시네마를 채우라고 강요당한다.

판단컨대 이러한 추세는 앞으로 더 강해질 것이다. 내년만 해도 〈캄브리아기 늪〉과 우주적인 다문화주의를 지향하는 〈스타워즈〉의 또 한 차례 스핀오프가 예정되어 있다(일반적인 딜도

대신 아이픽에 연결할 수 있는 '우주적인 하이퍼 남근-질'이 프리미엄 세트에 포함되었다는 사실이 이미 발표되었다. 소문에 따르면 가장자리에 마이크로 진동기가 있는 거대한 끈끈이주걱과 비슷하다). 이 모든 것이 생리적인 수준에서 지극히 매력적이라는 걸 의심치 않는다. 그러나 예술과는 아무 상관이 없다.

포르피리 카메네프

포르피리와 군단

〈저항〉이 실제로 성공하리라는 것은 저해상도의 초안 단계에서도 알 수 있었다. 포르피리의 리뷰는 나에게도 인상적이었다. 그는 어디선가 러시아 유럽인이 씻지 않는 원주민들에게 스타일의 문제를 설명하는 번지르르한 모스크바 문화 전달자의 거만한 어조를 혐오스러울 정도로 똑같이 배워 왔다. 재미있는 건 우리가 마지막으로 식사한 자리에서 포르피리가 비평가 단체들을 통렬히 비난해댔는데 그다음 바로 비평가로 등록해야 한다는 사실이다.

그의 용어를 빌자면 그는 사면발니로 다시 태어났다. 그것도 그냥이 아니라 자기 성기에 기어 다니는 사면발니로 말이다. 에셔의 어떤 판화. 아니면 어서 가의 몰락. 자신을 자신한테로, 불가능한 투사의 그림자로 곧장 말이다. 예전에는 '시적 보복'이라고 불렸고 더 이전에는 '업'이라 불렸다. 화가여, 자랑하지 마시라, 절대로 자랑하지 말고 올라가지 마시라. 너를 만든 모든 빛과 그림자가 한순간에 사라질 수 있으니.

나는 부끄럽게도 '링그보두도스'라는 표현을 몰랐으나 위키올에서 찾았다. 정의를 옮겨 쓴다.

링그보두도스(전문 속어): 현대 철학과 예술학 이론이 기반을 둔 NLP 기술이다. 링그보두도스의 본질은 다른 사람의 의식을 마비시키려는 언어 결합 외에 아무것도 나타내지 않는 언어 구조의 생성과 사용이다. 본질상 인간의 정신을 '낚아 올리려는' 언어적 디도스 공격이며 인간 정신으로 하여금 막연한 반쪽 의미를 수없이 가진 모호한 단어 조합을 지속적으로 스캔하고 분석하게 만든다.

그래, 대충 그랬다. 무엇에 관한 것인지 모든 미술비평가가 알고 훌륭한 미술비평가는 어린 시절부터 스스로 할 줄 아는 것이다. 그러나 나는 전에 이 용어를 듣지 못했다. 뒤처졌다. 포르피리와 작업하면 전문적으로 성장하는 데 도움이 됐다.

개조(나는 전문 용어인 '엔핸스먼트(enhancement)'를 이렇게 번역했다. 특정 부위를 확대하는 수술과 혼동하지 않으려는 것이다)한 영화는 적절한 수익을 거두었고 관객 관심도에서도 최고점을 받았다(후자가 배급 정책의 일부가 아닌지 의심스럽다). 예상대로 포르피리의 뒤를 이어 싱귤래러티 오리피스 기술 성능의 공개에 기반을 둔 열광적인 비평도 몇 개 나왔다. 제작자가 준 보너스는 내 쟁반에서 가장 기름진 조각이었다(나에게 오분의 일만 줬는데도 불구하고 말이다. 프로메즈노스티에서 오늘 지불한 대금의 대부분은 변호사 리베이트와 프로세스 체인 비용으로 그들이 도로 포식한다).

게다가 i-시네마 비즈니스는 거의 가짜 석고 거래만큼이나 수지가 맞았다. 그리고 훨씬 더 안전했다. 그렇게 보였다. 첫 번째 성공 후 바로 아이픽 10의 기술적 장점을 드러낼 수 있는 다음 영화를 주문받았다. 이제는 키트에 포함된 동상 애널 플러그에 초점을 맞춰 달라는 요청이었다(민망하게도 나는 내 패키지에서 이 물건이 든 바닐라 향이 나는 파란색 박스를 뜯어 보지도 않았다). 나의 평소 약점인 아트하우스가 이번에는 허용되었다. 단 컬러 버전에서만이다. 또한 '철학적 영화'를 만들어 달라는 간곡한 부탁을 받았다. 무슨 연유에서 이런 요청을 하는 걸까.

"철학적 영화는 철학자에 대한 건가요?" 내가 바보처럼 물었다. 그러자 발주자 대표는 뜻밖에 열정적으로 반응했다.

"그러면 끝내주겠죠. 관객은 검투사나 보디빌더에 질렸으니까요. 철학자와 섹스, 신선하잖아요. 그래도 더 재밌는 건…" 그는 말을 멈추고 다음 할 말이 목구멍을 통과하는지 확인하는 것처럼 목을 문질렀다.

"철학 자체와의 섹스죠."

"철학과의 섹스라니, 어떻게 하는 거죠?" 나는 의아해했다.

"생각해 보셔야죠, 마라. 당신이 우리 큐레이터잖아요."

"비유적으로 말하는 건가요?"

"아니요. 아이픽 10은 비유적 의미를 지원하지 않아요. 직접적인 의미만 지원하지요."

"그럼 이해가 안 되네요." 나는 대답했다.

"기린이나 야자수, 의자, 하다못해 고드름이나 세계 정부와의 섹스는 그래도 상상할 수 있고 할 수도…."

"바로 그래서 더 이상 흥미가 없단 말이죠." 발주자가 말을 가로챘다.

"전부 다 있는 거잖아요. 이런저런 형태로요. 시장의 새로운 분야를 낚아채려면… 옛것은 그냥 유지하고 우리는 질적으로 다른 수준의 생각으로 나가야 해요. 구체적인 것뿐만 아니라 추상적인 것도 움켜잡아야 해요. 마라, 당신은 완전 미지의 바다의 개척자가 될 수 있어요…"

개척자, 그렇다. 참 달콤한 말을 해댄다. 내 이름이 자막에도 비평에도 나오지 않는다는 걸 알면서. 아니면 내가 개척자 정신으로 달구어져야 한다고 생각했나? 비즈니스의 상어들은 너무 낭만적이다.

나는 주문에 맞게 벡터 필드를 컴파일하여 시스템에 업로드하고 주제가 어려운 만큼 대본 연구에 일주일 전부를 할애한 다음 기다렸다. 그때 포르피리가 연락했다. 너무나 뜻밖이어서 살짝 겁이 났다. 게다가 상당히 내밀한 순간이기도 했고. 나는 약을 하면서(물론 몸이 떨리는 정도까지는 아니었지만) 취향에 맞게 수정한 할리우드의 〈위대한 로마인〉 에피소드를 보고 있었다. 안드로긴 버전에서는 아무것도 바꿀 수 없지만 아이펙의 최신 '플래티넘 확장판'에서는 가능하다.

나는 율리우스 카이사르였고 선홍색 가운을 입고 들판에 정렬한 군단 앞에 앉아 갈리아 수장 베르킨게토릭스(할리우드 분장사들의 손에서 집시 남작처럼 된)가 수염을 축 늘어뜨린 채 복잡한 의식에 따라 항복하려고 카이사르를 향해 말을 타고 다가오는 에피소드를 보고 있었다. 나는 이 장면을 내 취향에 맞게 수정했다. 베르킨게토릭스는 군인의 마지막 명예를 기대하며 연단의 카이사르를 향해 올라가지만 카이사르는 어제 전투의 흔적으로 덮인 전쟁터를 찡그린 채 쳐다보며 완고하고 강한 손동작으로 그를 개처럼 세워둔 다음 네 개 군단이 보는 앞에서 전리품인 카르닉스(청동으로 만든 늑대나 멧돼지 머리로 장식한 갈리아의 전투용 관악기이며 모양이 상당히 위협적이고 길이도 그렇다)를 들고 뒤에서 그를 향해 다가간다. 그다음 역사의 법정이 만들어진다.

내가 BDSM 내용에서 무엇보다 중요하게 생각하는 것은 도덕적 정당성에 대한 의식이다(핵심은 나의 높은 도덕적 이상이 아니라 그렇지 않은 경우 내가 만족할 수 없다는 것이다). 베르킨게토릭스에 대한 내 판단은 명료했다. 정말로 그를 전쟁 지휘관의 소양에 맞지 않게 무식하게 덤벼든 전쟁 범죄자라고 생각하기 때문이다. 기원전 일 세기에 로마한테 덤빌 생각을 하다니! 얼마나 많은 착한 소년들을 바쳤으며 또 소녀들도… 아니, 베르킨게토릭스, 너에게 자비를 베풀지 않겠다.

그다음 내 마음에 든 장면은 항복 절차가 진행되는 동안 군단의 처신이다. 그들은 '갈리아를 획득한 카이사르 만세'(역사가들의 언급에 따르면, 로마가 승리했을 때 부당하게 명예를 얻지 못한 무명의 니코메드가 잡았다고 하는 지휘관을 겨누어 군인들이 노래를 불렀다)와 같은 그 어떤 저속한 환호성도 지르지 않았다. 정말이지, 어떤 처벌도 이미 전사한 형제들을 자신들한테 돌려줄 수 없다는 것을 아는 군인들에게 어울리는 비통하고 집중된 침묵만이…. 나는 군인들이 침묵한 건 대본에 줄거리의 수정에 대한 반응이 적혀 있지 않아서이며 크게 볼 때 버그라는 걸 안다. 그러나 이 장면이 상당히 만족스럽다.

이 장면의 또 다른 버그는 더 흥미롭다. 멧돼지 머리가 베르킨게토릭스의 깊숙한 내부에 삽입되어 있을 때 카르닉스를 불면 보통 악기를 연주할 때와 똑같이 크고 무시무시한 소리가 난다. 원한다면 군단한테 계시된 표식이라고 생각할 수 있다. 사실 완전히 명확한 의미는 아니지만 말이다. 물론 모든 유저가 그런 깊이로 파고들지 못하기 때문에 버그는 아무한테도 보이지 않는다. 일반적으로 우리의 인생은 모두 크게는 버그로 구성되어 있으며 행복하고 불행한 운명의 차이는 단지 그것에 어떻게 반응하느냐에 달렸다.

카르닉스는 더 빠르게 움직였고 정의의 외적 승리가 나 개인의 내적 카타르시스로 막 발전하려고 하는 그때 갑자기 등 뒤에서 난 목소리가 기분을 확 깨게 했다.

"카이사르, 만세! 죽음으로 가는 자들이 너를 환영한다!"

첫째로 이 대사는 다른 작품에 나오는 것이었다. 우리는 콜로세움에 있는 것이 아니었다. 둘째로 러시아어로 말했다. 그것도 내가 아는 목소리로.

내가 돌아서자 카르닉스의 좁은 끝이 내 손에서 떨어졌다.

연단에 포르피리가 서 있었다. 그러나 전에 내가 알던 콧수염 난 근엄한 얼간이가 전혀 아니었다. 너무 변해서 알아볼 수 없었다.

그는 아주 젊어 보였다. 코와 눈썹의 형태에 예전의 윤곽이 약간 남은 것도 같았지만 지금은 콧수염도 구레나룻도 없었다. 게다가 머리를 정말로 빡빡 밀었다. 옷도 어느 정도 시간과 장소에 맞게 회색 클라미스를 입고 있었고(사막의 예수에게나 적절할 듯). 그리고 또… 상당히 매력적이었다.

그는 아직 완전한 의미의 '남자'가 아니어서 계급 감정을 유발하지 않았다. 뭔지 모르게 우연히 우리 세계로 날아온 참새 같은 느낌이 있어서 안아주고 데워주고 싶었다. 솔직히 말해 한때 잔나가 나에게 불러일으켰던 감정이 생겼다. 이런 생각에 이르자 비로소 그게 뭔지 깨달았다.

그는 잔나와 닮았다. 그녀에게 남동생이 있었다면 바로 이렇게 생겼을 것이다. 문득 클러스터가 아직 잔나를 잊지 않고 무의식적으로 포르피리에게 형상을 주었나 하는 생각이 들었다… 아니면 의식적으로? 가슴이 답답해졌다. 진정하려고 여러 번 깊이 숨을 들이마셔야 했다. 약 기운 때문은 아니었다.

"날 어떻게 찾았어?" 내가 물었다.

"'찾았어'가 무슨 뜻이야, 마라? 넌 찾을 필요 없어, 너는 어디에나 있어. 목소리들이 그렇게 말해."

"내 진짜 이름을 아니?"

"넌, 마라." 그가 자신 있게 반복했다.

"좋아." 그를 주의 깊게 바라보며 내가 말했다.

"넌, 그러니까 포르피리 카메네프?"

그가 깊지만 위엄 있게 절했다.

"아직 대답 안 했어." 내가 계속했다. "어떻게 날 찾았냐고?"

"절망의 기도 속에서. 내 운명의 늪을 방황하다가 버려진 사원을 발견했어. 거기 제일 큰 프레스코에 여섯 개의 팔에 황금빛 면류관을 쓴 네가 그려져 있었어. 넌 파란 코끼리에 올라타고 코끼리 발이 가는 대로 가고 있었고 보들레르카가 무성했어."

"보들레르카?"

"노란 오렌지색 꽃들이었어."

"너희들한테는 눈이 있잖아." 내가 말했다. "얼음도. 네가 그렇게 썼잖아."

"항상은 아니야." 그가 대답했다. "이번엔 봄이었어."

나는 점차 진정되었다. 그의 방문이 불가능할 이유가 전혀 없다는 생각이 들었다. 내가 열정적으로 연습하던 아이퍽 10의 세이퍼는 클러스터가 들어 있는 드라이브에 연결되어 있었다. 작업을 위해 필요했고 양자 엔진은 두 프로세스를 어려움 없이 처리했다. 시스템에 포르피리의 이동을 제한하는 소프트웨어 메커니즘은 없다. 그냥 그가 자기 의지로 날 찾아올 수 있다는 생각이 들지 않았던 것뿐이다. 잔나는 이런 적이 없었으니까.

"넌, 그러니까 사원에서 여기로 왔다고?"

"난." 포르피리가 말했다. "네가 내 부름에 응답해서 날 들어오게 해주었다고 생각했는데."

그가 나를 '사원'에서 보았다는 사실로 판단하면 그의 세계에서 나는 괜찮은 지위를 얻었나 보다. 하기야 잔나도 나를 여신 비슷한 것으로 생각했다. 나쁜 여신일 수도 있지만. 그런데 포르피리도… 어쨌든 그는 과거의 포르피리가 아니다. 맞춰 주어야 한다.

"왜 왔니?"

"네가 나한테 영화 찍으라고 했잖아. 첫 번째는 쉬웠어. 하지만 두 번째는…."

"네가 영화를 찍는다고?" 내가 가로챘다. "넌 리뷰를 쓰잖아. 넌 앙투안 콘찰로프스키가 아니야. 넌 포르피리 카메네프야."

그가 놀라서 나를 쳐다보았다.

"난 촬영도 하고 대본도 쓰고 이름도 짓는데. 너도 다 알잖아, 마라…."

약 기운이 내 머리에서 완전히 사라져버렸고 나는 사태의 심각성을 깨달았다. 나와 말하고 있는 상대는 입력 데이터의 조합이 잘못 설정되면 손상되고 심지어 파괴될 수도 있는 가장 복잡한 시스템인 클러스터였다. 인터페이스를 통해 작업하면 이런 리스크가 최소화되며 사실상 이것을 위해 그가 필요했다. 그런데 그런 시스템이 지금 특별히 보안된 절차를 우회하여 나와 접촉한 것이다. 한 번의 실수로 클러스터를 잃거나 작업을 혼란에 빠뜨릴 수 있다. 대화를 빨리 중단해야 했다.

"내가 다 아는 건 아니야." 내가 말했다. "그냥 알고 싶은 것만 알지. 내 친구 시바의 말처럼 전지를 제한하려면 무엇보다 전능이 필요한 법이거든. 내가 뭘 도와줘야 하니?"

"몇 가지 기술적인 질문이 있어." 그가 말했다. "고려해야 할 매개변수 관련해서 말이야. 자, 여기 전체 목록이야."

"질문을 메일로 보내." 내가 대답했다.

"어떻게?"

나는 잠깐 생각했다.

"종이에 적고 사원에서 태워. 프레스코 앞에서. 오늘은 말고. 내일."

저녁까지는 충분히 접촉 모드를 인터페이스에 추가할 수 있을 것이다.

"지금은 가." 내가 계속했다. "일이 있어서."

나는 앞 연단에서 꼬리 달린 공룡처럼 다리를 양쪽으로 쫙 벌린 갈리아 수장을 가리켰다.

포르피리는 돌아서서 나무 계단을 따라 들판으로 갔다.

"하나 더." 내가 덧붙였다. "너를 좋아하지만 부르지도 않았는데 먼저 오지는 말아줘."

"네가 부르는 걸 어떻게 알아?"

"네 마음속에 소리가 들릴 거야." 내가 말했다. "그건 걱정 마."

"널 다시 볼 수 있어?" 그가 물었다.

그의 목소리에는 간절함이 있었다. 나는 끄덕였다.

포르피리는 인사하고 들판으로 걸어갔다. 곧 짠할 정도로 여릿여릿한 그의 형상이 멀리 사라졌다.

군단은 아무 말이 없었고 그게 맞았다. 베르킨게토릭스는 이미 죽어버렸는데 잘한 것이었다. 그에 대한 관심이 완전히 사라졌으니까.

저녁에 인터페이스에 필요한 추가 기능을 간신히 늘렸다. 내역량의 한계에 다다르는 일이어서 다시 한 번 명랑하고 지적이었던 내 팀이 그리웠다. 도미니카공화국에서 운이 좋지 않았던… 어쨌든 새로운 절차를 만들어 처방했다. 다음 날 포르피리가 사원에서(나는 이 사원이 보고 싶다) 편지를 불태우자 텍스트가 바로 내 태블릿에 나타났다.

잘 작동되었다. 포르피리는 열한 개의 질문을 보냈는데 너무 전문적인 내용이므로 인용하지는 않겠다. 다만 군단의 눈앞에서 그에게 대답하지 않기로 결정한 것은 잘한 일이라고만 말하겠다. 동상 애널 플러그와 관련한 많은 기술적 세부 사항들을 나는 그야말로 몰랐으니 나를 똑똑하다고 생각하는 포르피리의 믿음이 흔들릴 수도 있었다.

나는 애널 플러그 매뉴얼을 읽으며 네트워크에서 많은 시간을 보내야 했을 뿐만 아니라 사랑으로 가득 찬 조용한 목소리로 바보스러운 고객에게 기기에 끼인 남근을 빼내는 방법이나 반대로 트라우마 없이 자기 속에서 딜도를 꺼내는 방법을 말해주는 아이펙 핫라인에 여러 번 전화해야 했다. 다행히 모든 걸 알아냈다.

나는 질문에 자세히 답한 다음 인터페이스를 통해 포르피리에게 사원으로 돌아가서 대답을 받으라고 명령했다. 처음에는 텍스트가 벽에 불타는 글자로 나타나게 하려고 했으나 그러다 일을 망칠까봐 하지 않았다. 아직 사원을 보지도 못했으니까. 그래서 한밤중 어둠 속에서 소리가 나오도록 만들었다. 모든 것이 좋았다. 그도 작업에 착수할 수 있었고.

이제 언제든지 포르피리를 부를 수 있고 그와 어떤 형태로든 만날 수 있었다. 하지만 이로 인해 클러스터의 작업에 예측할 수 없는 결과를 초래할지 두려워 적어도 두 번째 영화를 완성할 때까지는 기다리기로 결정했다. 무엇보다 당혹스러웠던 것은… 내 마음이 너무 심쿵한다는 것이었다. 마치 잔나가 새로운 몸으로 나타난 것처럼 그에게 끌렸다. 어떤 면에서는 정말 그럴 수도 있겠다는 생각에 특히 걱정스러웠다.

이 주 후 영화 초안이 준비되었으며 포르피리의 새로운 리뷰에
나는 기분이 좋았다. 아래에 인용한다.

비욘드

비욘드

⟨저항⟩에 대한 최근 리뷰에서 참신한 i-시네마들 중에 그야말
로 강력한 예술적 진술이 발견된다고 말한 바 있다. 이제 그 목록
에 최근에 출시된 영화 ⟨비욘드(Beyond)⟩를 과감하게 추가한다.

가장 인상적인 점은 ⟨비욘드⟩가 ⟨저항⟩의 정반대이자 동시에
쌍둥이라는 것이다. 즉 둘 다 똑같이 실험적이고 지적인 아트하
우스이다. ⟨저항⟩이 천정점(天頂點)이라면 ⟨비욘드⟩는 천저점
(天底點) 혹은 그 반대라 할 수 있다(위인지 아래인지는 중요하지
않다). 달리 말하면 이상적으로 서로 균형을 이루는 두 개의 저울
추, 입자와 반입자, 같은 밤 정반대 극을 향해 떠나는 똑같이 위험
한 여행이다. 예술에서 이런 평행이론이 가능하다니, 기적이다.

영화 ⟨비욘드⟩는 이미 여러 주요 국제 영화 상(賞)을 겨냥하고
있다(많은 사람이 그렇게 생각한다). 지식인 살롱에서도 토론하
고. 드디어 히트한 것이다…. 아니, 블록버스터라는 말은 물론 아
니다. 그러나 온라인 리뷰에서 알 수 있듯이 이미 열 번, 스무 번까
지 본 비평가도 있다. 총격전도 추격전도 자극적이고 특이한 애

정 행위도 없는, 철학자의 삶에 대한 i-시네마에 이런 일이 생기다니.

장 뤽 비욘드는 자기 시대를 넘어선 이십 세기 말의 철학자로, 그를 초기 석고로 분류하는 사람도 있다. 그는 스위스에서 살았으며 프랑스어권인데도 주로 영어로 글을 썼다. 역사상 비욘드의 위치(세계 사상사에서 그의 중요성을 꼽는다면)는 독특하지만 세계 철학 지도에서 정확한 좌표를 설정하려면 대략적이라도 이 지도를 그려봐야 한다.

그럼 비욘드의 좌표를 일목요연하게 설명해 보겠다. 사르트르와 하이데거는 심연을 사이에 두고 멀찍이 떨어진 두 개의 봉우리 같다. 봉우리 중 하나는 만자로 장식되어 있으나 우리의 분노에 찬 책망을 불러일으키지 않는다. 하이데거는 이해하기 어려운데다 만자는 높은 구름에 가려 대중한테 보이지 않기 때문이다.

생각해 보자. 사르트르는 노벨상을 받은(사실 그는 거부했다) 인본주의자이고 하이데거는 히틀러 숭배자이다. 그들 사이의 심연은 건널 수 없는 것처럼 보이나 비욘드는 세계 지성의 두 최고봉을 직접적이고 견고하게 연결하는 다리가 되었다. 물론 그를 두 봉우리 사이에 있는 세 번째 봉우리라 부를 수도 있다. 그의 사상도 똑같이 어지러운 높이에 우뚝 솟아 있기 때문이다. 그러나 더 중요한 것은 순위가 아니라 의사소통과 연결의 기능이다. 최고봉들 사이에서뿐만 아니라 그들과 우리 사이에서 말이다.

비욘드는 위로 향한 다리다.

그의 메시지의 핵심을 간략하게 말하기는 어려우며 불완전하고 단순한 이해만 제시할 수 있다. 로바체프스키는 자신의 기하학에서 무한대의 평행한 직선은 교차한다는 것을 보여주었다. 마찬가지로 비욘드도 하이데거식 존재와의 만남은 사르트르의 '대자존재'의 선언이라는 것을 보여주었다. 비욘드는 사르트르와 하이데거를 압축적이면서도 모험적인 경구('투쟁 속에서 자기 본질을 획득한다') 속에 결합하고 '비(非)즉자존재'와 '비(非)대자존재'라는 개념을 도입하여 사르트르의 저명한 개념 한 쌍을 두 쌍으로 확장했다. 이 주제에 정통한 사람들이 비웃거나 분노할 수 있지만 어색하더라도 '핵심'을 강조해보려 했으나 문외한을 위해 뭔가를 더 설명할 시간은 없을 것 같다.

외적인 사건이 거의 없는 철학자의 삶이 i-시네마 산업에 무슨 흥밋거리를 제공할 수 있을까. 설마 에로틱한 환상? 서곡과 화음? 그렇다, 영화에는 이 모든 것이 다 있다. 런던 호텔에 있는 어린 비욘드, 뒤집힌 전화 부스에나 들어 있을 것 같은 빨간색 호텔 소파, 첫 키스와 애무, 우습고 유치했던 첫 상실과 배신. 바로 여기에서, 가혹한 운명의 단계마다 주인공을 망치로 때려 부수던 빨간색 전화 부스의 대담한 이미지가 나온 것이다….

하지만 이 이미지는 비욘드의 현실적 유산이 아니라 작가의 환상에 기반한 것이며 영화에 속물적인 색채를 가져와 영화 공간을 더욱더 생생하게 해준다. 영화에는 동시적인 정면 자극이 있는 운명의 연속 타격 모드가 제공되며 이것은 당연히 모든 성

정체성의 스팽커들한테 높은 평가를 받는다. 물론 영화가 이들한테만 호소하는 건 아니다.

비욘드의 대표 저서는 그의 인생작인 『시간과 무』이다. 이 책은 장엄하지만 불완전하다. 미완성의 고딕 대성당과 비교한 사람도 있을 정도다. 애초에는 책의 구조를 세세하게 설계했으나 나중에는 모든 챕터를 동시에 작업하며 건물을 짓기 시작했고, 그래서 거대한 책 안에 온전히 완성된 부분이 하나도 없다. 앞서 이 작업을 최고봉 사이의 다리에 비유한 바 있다. 계속해서 비유하자면 비욘드는 지지 기반의 건설부터 시작해서 그것을 다 완료한 다음 나가는 길을 닦으려고 했다.

하지만 운명은 다르게 명령했다. 작업이 최절정에 이르렀을 때 비욘드는 근위축성 측삭 경화증(ALS 혹은 루게릭병)이라는 희귀병을 앓게 되었다. 질병은 매우 빨리 진행되었고 곧 비욘드는 거의 완전히 마비되었다. 마치 자기 몸이라는 독방에 갇힌 것처럼(이 비극적 은유는 『시간과 무』에서 반복적으로 나온다). 근육은 점점 마비되었다. 처음에는 글씨는 쓸 수 있었으나 나중에는 타이핑을 해야 했다. 처음에는 양손으로, 나중에는 한 손으로… 한동안은 받아쓰도록 불러주었으나 목구멍 근육도 마비되었다. 비욘드는 서둘러 작업했지만 시간이 없다는 걸 이미 알고 있었다.

당시 의학은 기적에 의해 예의가 없어진 정도는 아니었다. ALS 환자를 위한 가장 진보된 장치는 벽에 걸린 표의 글자를 빨간색 점으로 가리킬 수 있도록 만든 머리에 쓰는 레이저 포인터였다. 그러나 곧 비욘드의 목뿐만 아니라 눈 근육도 말을 듣지 않게 되었다. 작동하는 것은 괄약근 하나뿐이었다. 이것이 눈꺼풀 근육 다음으로 마지막까지 작동한 근육이었다. 이 단계에 와서야 비로소 병은 멈추었고 더 이상 진행되지 않았다.

이런 상태가 된 지 약 반년 후 스위스의 어느 클리닉에서 비욘드를 위해 장치를 만들어주었다. 그는 이 장치를 통해 다시 세상과 소통하고 저술 작업도 할 수 있게 되었다. 장치는 압력에 반응하는 접촉점이 있는 항문 탐침으로, 당시 막 의료 장치로 인정받은 특별 프로그래밍 컴퓨터였다.

장치의 작동 방식은 다음과 같다. 비욘드 앞 화면에 알파벳이 보인다. 화면은 반으로 나뉘어 있으며 그가 화면 위쪽의 글자를 선택하려 한다면 괄약근을 한 번 조인다. 아래쪽 화면의 글자는 두 번. 화면 위쪽(혹은 아래쪽)의 글자가 선택되었다면 화면 위쪽이 다시 두 개로 나뉘어져서 필요한 글자가 선택될 때까지 이 과정이 반복된다. 당시만 해도 예측 입력 기술이 아직 폭넓게 적용되지 않아 모든 단어를 통째로 다 입력해야만 했다(고대 이집트 상형문자 조각가의 피땀 어린 작업과 비슷하다). 괄약근을 세 번 빠르게 수축하면 공란을 의미했다.

비욘드는 자기 인생의 작업을 재개할 수 있었다. 그러나 정신은 이미 질병으로 파괴되었고 우울증도 더 자주 찾아왔다. 이는 당연히 문체에도 반영되어서 비욘드가 작업을 계속하려고 미완성 챕터로 돌아갈 때마다 비극적인 균열의 선이 글의 한가운데를 관통한 경우가 많았다. 다음은 '타자와 공현존' 챕터에서 임의로 가져온 예이다.

…내 차원으로 들어가는 열쇠를 가진 존재가 정복될 때 목표가 성취된 것으로 보일 수도 있다. 그리고 그 존재를 통해 타자의 의식을 동화시킬 수 있다. 그러나 그것은 첫 상황에 대한 반응과 마찬가지로 타자를 위한 부재에 대한 근본적인 반응일 뿐이다(비록 객관적인 의미에서 첫 상황은 여기에 없지만). 오해를 피하려면 어떤 의미에서 타자들에 대해 말하는지 설명할 필요가 있다. 그들은 '나'를 구별해주는 나 외의 나머지일 뿐이다. 타자들은 그들이며 그들과의 공현존은 '공존재'의 존재론적 성격을 띠지 않는다(여기서 '공'은 공평하게 존재한다는 것이다). 그리하여 타자는 즉시 내 존재-객체에 대한 열쇠를 잃어버리고 그저 내 이미지를 가지게 된다. 내가 나에 대한 그의 가능성을 초월할 수 있다면, 그가 나를 언급된 현상적 상황을 사전에 식별해내는 상태에서가 아니라 그가 내 자유를 인식할 수 없는 그저 객체의 상태인 자연적인 인식의 상태에서 만났기 때문이다. 나는 완전히 실망한다. 왜냐하면 내가 타자에 대해 행동할 수 있는 건 단지 내가 여기에 있고 그가. 누가 어떻게. 나는 여기 그는 아니. 어디 거기. 다른 것은 없다. 왔다 왔다 여기로. 있던 곳. 내일 떠날. 나는 이제. 살아야 한다. 아무리 힘들어도. lore 3p.

세심하고 정교한 독자라면 이 단락에서 비욘드의 초기와 말기의 경계를 구분할 수 있을 것이다. 짧은 탐침 작업 뒤 비욘드는 상당히 피곤했지만 포기하지 않았던 것 같다.

"살아야 한다. 아무리 힘들어도." 몇 자 안 되는 글귀를 통해 엄청난 비극 속의 하이데거식 존재가 자기를 드러내는 것 같다. 'lore 3 p'에 관해서는 이미 뾰족한 주장들이 철학적인 논쟁에서 박살이 난 바 있다. 혹자는 문맥의 삼중적인 '전설성'과 '신화성'에 대한 참조라 하고(대다수가 그렇게 생각한다) 혹자는 나치 친위대의 군가 제목인 'lore lore lore'라고 한다(이에 대해서는 '여기로 왔다 왔다'라는 표현이 부분적으로 증명한다).

그러고 보니 '미완성의 고딕 성당'이라는 표현도 비욘드의 책에 대한 최상의 비교는 아니라는 생각이 든다. 오히려 이 책은 인색한 구성주의자가 물려받은 풍부하고 빛나는 바로크 정신이다. 『시간과 무』의 구성은 그렇게 보인다. 비욘드가 병들어 다시 돌아오지 못한 챕터들을 제외하고. 하지만 바로 그러한 챕터들에서 독자를 위한 독특한 공동 창작의 가능성이 펼쳐진다(여기서 '공동'이란 의심할 여지없이 가장 긍정적인 의미에서 공평하게 존재한다는 의미다).

i-시네마의 옵션 설정 자체에 이미 고품격 게임이 포함되어 있으며 이는 사르트르와 관련 있다. 영화는 '읽기'와 '쓰기' 두 가지 모드로 감상할 수 있다(사르트르의 유명한 중편소설 『말』에도

같은 제목이 있다). '읽기' 모드에서는 세련되지만 메마른 부티크 섹스 드라마를 볼 수 있다. '쓰기' 모드에서는 당신의 인생에서 가장 흥미진진하고 놀라운 지적 모험이 당신을 기다린다. 그렇다, 이미 짐작했을 것이다. 당신한테 눈앞에 펼쳐진 비욘드의 컴퓨터와 둘로 나뉜 화면을 보면서 『시간과 무』의 챕터 하나를 마칠 기회가 생기는 것이다(책의 전자 텍스트 전부가 i-시네마에 첨부되어 있다).

이것은 두 가지 모드로 수행할 수 있다. 게이용으로는(여성 관객을 위한 동일한 옵션도 있다) 아이픽 10의 표준 딜도가 완전 딱이다. 센서의 정확도가 높아서 수축 시의 임계값을 원하는 대로 조정할 수 있다. 하지만 당연히 살짝 편법이다. 남/여 관객이 감독이 의도한 대로 i-시네마를 보고(느끼고) 싶다면 아이픽 10 패키지에 포함된 동상 애널 플러그를 사용해야 하며 이것만 사용해야 한다. 직경은 상당히 작지만 내장 센서가 그다지 민감하지 않아 근육의 힘이 많이 필요하다. 비욘드의 탐침도 바로 이런 것이었다. 이는 당신의 지적 탐험에 흥미로운 진정성을 부여해 준다.

모든 애호가들이 이 방법으로만 이 i-시네마를 본다. 게다가 편법 사용자한테는 'J-L. B. 완성' 경연에 참여할 기회조차 주지 않는다(예외는 딱 한 번 있다). 정말 정말이다. 잘못 들은 게 아니다. 『시간과 무』의 단락 완성 경연이 네트워크에 공지되었다. 이미 수천 명의 사람들이 경연에 참여했다. 감히 말하건대, 이들은 세계 지식인의 최고봉이다.

저명한 델론 베드로부아 역시 연로한 나이에도 『시간과 무』 1부의 한 단락을 완성했다. 그런데 동상 플러그가 아니라 패키지에 들어 있는 표준 딜도를 사용했다는 말이 떠돌았다(경연의 심사위원들은 그의 나이에 대한 존경심으로 이를 허용했다). 물론 베드로부아는 경연에 익명으로 참여했지만 그가 참여했다는 사실은 공공연한 비밀이었다. 위대한 정신에 대한 존경심에서 단락 전체를 인용한다.

…인식하는 의식으로 자기의 객체를 인식하는 것이 필요충분조건이라는 것은 의심의 여지가 없다. 모든 의식은 바로 현상에 대한 의식이다. 그것은 또한 인식자로서 자기 자신을 인식하는 것이어야 한다. 그렇지 않은 경우 그것은 스스로를 의식하지 않는 의식, 즉 모르는 의식이자 의식없는 의식이 될 것이다. 이것은 분명히 터무니없다. 따라서 그것(의식)의 서술의 성격은 '인식'되어야 하는 것의 '사물성'에서만 고정될 수 있다. 즉 현상을 만나는 그것의 독특한 방식을 통해서만. 그 현상은 우리가 그것에 관해서 말할 수 있는 한 의식 앞에 자신을 드러내는 것이다. 결과적으로 의식의 현상이어야 한다. 즉 의식이 자기 자신 앞에서 자신을 알아보는 방법으로 설명되는 의식의 현상이다. 그러나 이렇게 얻어진 의식의 현상은 현상의 의식과 동일한가? 나는 모른다. 아직까지는 침묵하며 대답한다. 말했다 대. 생각했다 대. 다시 불러. 누가 듣. 그들을 않.

유감스럽게도 베드로부아는 반(反)동성애 이슈로 시위하는 안티들의 표적이 되었다. 그들의 주장에 따르면 늙은 동성애자 철학자를 그나마 봐주는 이유는 그가 수십 년 동안 괄약근을 조일 수 없었고 극도로 민감한 아이팩 10의 딜도에 의지해서만 겨우 몇 자 쓸 수 있는 상태이기 때문이다.

경연 참가자들 중에도 비욘드에 관해 이런 말을 반복하는 몹쓸 사람이 있었는데, 그들 말에 따르면 비욘드 후기 저술이 극단적일 정도로 간결한 이유도 바로 이 때문이다. 이것은 분명 자기가 힘들게 쥐어짠 글에 낮은 점수를 준 심사위원들에 대한 분개의 메아리일 것이다. 인간적으로 이해할 만한 감정이지만 철학적 사고의 깊이가 항상 근육의 탄력성과 비례하는 것은 아니며 근육이 산처럼 크더라도 지성은 쥐만 할 수 있다는 것을 일깨워주고 싶다(후자는 이 신사들한테 절대적으로 적용된다). 저명한 미셸 푸코가 경연에 참여하려고 다시 살아난다면 특별히 말이 많지도 않을 것이며 분명히 경멸하는 일필휘지 한 번으로 적의에 찬 모든 불쌍한 목소리를 잠재웠을 것이다.

포르피리 카메네프

블론디

왠지 전에 비욘드에 대해 들었던 것 같다. 비욘드는 SS에서 일했을 뿐만 아니라 SS한테 두개골의 형태와 성적 지향을 숨겼으나 기밀 해제된 나치 비밀경찰 아카이브가 네트워크에 누출되기 일주일 전에 모든 것을 고백한 전후(戰後) 유럽의 양심인 것으로 기억한다. 전반적으로 평범한 이야기다.

그러나 완전한 내 착각이었다. 비욘드는 클러스터가 영화를 위해 특별히 창조해낸 인물이었다. 창조 과정을 인터페이스에 물어보며 새로운 것들을 많이 알게 되었다. 비욘드라는 성은 어느 오래된 책의 제목『프로이트, 라캉 그리고 저 너머(Freud, Lacan and beyond[67])』에서 가져왔다(분명 '프로이트와 라캉은 개소리지만 비욘드는 존나 쩐다'는 뜻일 것이다).

비욘드의 텍스트는 소위 '민스'(영어로 'mince'는 다진 고기) 방법으로 만들어졌다. 민스 프로그램은 여러 다른 물질을 하나로 혼합한다. 이 절차는 다른 종류의 고기뿐만 아니라 다양한 인도주의적 피드에도 사용된다. 알고리즘이 하이데거의『시간과 존재』와 사르트르의『존재와 무』를 가져와『시간과 무』를 만든 것이다. 그러니까『시간과 무』 텍스트도 민스였다. 사르트르에서 한 구절, 그다음 하이데거에서, 그다음 다시 사르트르에서. 이런 식으로 책이 끝날 때까지 계속된다(하이데거에서 사르트르로 가는 논리는 그야말로 정확하다). 명확한 의미가 없는 철학적 거미줄로 책을 만든다면 결과물도 무엇보다 불명확하고 혼란스러울 것이다.

67　이름으로 쓰인 비욘드와 '그 너머'라는 영어 부사 비욘드의 발음이 같은 걸 이용한 말놀이

하지만 하이데거를 명확히 이해하는 사람도 있다. 도미니카에서 사망한 팀원 중 한 청년은 클러스터 메커니즘에 고통을 주입하는 작업을 할 때에도 열렬히 하이데거를 읽었다(어쩌면 직접 고통을 경험하려고 그랬는지도). 그는 그냥 하이데거를 이해하는 정도가 아니라 언제나 하이데거 때문에 식식거렸다.

"죽음을 향한 존재! 존재라고!" 그는 조롱했다. "그런 걸 생각해낼 수 있는 건 파시스트뿐이야. 하이데거가 어느 순간에 존재를 가졌지? 하이데거의 어떤 측면? 하이데거가 언제 존재를 가졌으며 동네 교장 외에 누가 목격했지? 하이데거가 어느 순간 존재를 가졌다 해도 그다음에 존재와 하이데거 자신한테 무슨 일이 생겼는데?"

"그럼 어떻게 해야 돼?" 내가 물었다.

"죽음을 향한 비존재! 죽음을 향한 변화! 무슨 존재? 무엇의 존재? 언제? 일 초라도 지속되나? 나는 공허에 세운 정신의 고층 건물이 싫어. 철학자들이 글자가 아니라 벽돌로 자기네 궁전을 지었다면 일 층을 올리자마자 부적격 판정을 받고 감방에 끌려갔을 거야. 중력이 즉시 대화에 끼어들었을 테니까. 그러나 글자는 어디에 쌓든 공중에 천 년이라도 매달릴 벽돌이거든. 그래서 주위 사람들을 아주 오랫동안 바보로 만들 수 있는 거고…."

이제 그는 하이데거와 함께 '타이거' 탱크 모양의 구름에 앉아 소년 시절에 대해 논하고 있을지도 모른다. 문득 공허에 세운 고층 건물에 관한 구절이 떠올랐다. 비슷하다.

다행히도 나는 하이데거를 공부하지 않았다. 사르트르도 단지 그가 예술에 대해 많이 말했기 때문이며 직업상 필요해서 아는 정도였다. 나는 비즈니스의 세계에 재빨리 진입하려고 두 사람은 물론 필독서 목록에 있는 철학자 전부를 열렬히 읽는 사람들에게 무슨 일이 생기는지 똑똑히 목격했다. 특히 불쌍한 그들이 읽은 내용에 대해 진지하게 접근할 때 말이다. 아, 괴롭다. 하지만 무슨 연유에선지 '반드시 알아야 할 것이 있다'는 사회적 합의는 사라지지 않는다.

아니지, 소위 '인문학' 선생님들에게는 사료 창고가 필요할 수 있다. 하지만 내가 보기에는 해롭다. 젊고 신선한 영혼들에게 자기개발을 위해 하이데거와 사르트르, 베드로부아와 비욘드를 읽으라고 말하는 것은 시골의 나이 어린 미녀에게 "딸아, 인생을 알려면 차고에서 디젤 오일 기계공 열두 명하고 각각 열 번씩 자거라"고 조언하는 것과 같다. 그녀는 물론 그렇게 할 것이다. 감동적일 정도로 순종적인 불쌍한 처녀니까. 그리고 어떤 의미에서 인생을 알 것이다. 그러나 그녀는 더 이상 미녀가 아니다. 첫째로 더럽혀진 젖꼭지를 절대로 씻어낼 수 없을 것이고, 둘째로 자기 삶이 끝날 때까지 디젤 오일 소변을 볼 테니 말이다.

철학 시뮬레이터는 지성을 키워주지 않는다. 오히려 지성을 왜곡한다. 철학 시뮬레이터로 머리를 발전시키면 머리에 소프트웨어가 업로드되고 그 즉시 '존재와의 만남'에 끼어든다. 일단 소프트웨어를 업로드하고 나면 이미 퍼낼 수 없다. 끈기 있는 젊은 지성은 하이데거와 사르트르의 모든 저서를 습득할 수 있다. 그러나 그 후 더는 젊고 신선하며 예측 불가능하지 않게 된다. 손을 내저을 때마다 악취가 나기 시작한다. 게다가 손을 내젓는 방향도 1943년 이래 오랫동안 사람도 라이히스마르크[68]도 남지 않은 쪽이다. 아무 미술비평 기사라도 열어서 디젤 오일 오줌을 비뚤어지게 싸는 작가를 보면 내가 무슨 말을 하는지 알 것이다.

그래서 타인의 창작에 대해서는 뛰어난 전문가들이 창조자로서는 별것 아니다. 좀 더 운이 좋은 전임자들이 그들의 머리를 영원히 해킹해버린 탓에 이제 머리에서는 연기와 악취만 나오기 때문이다. 아니 땐 굴뚝에 연기 나느냐는 말에 동의는 하지만 그렇다고 해서 연기 나는 굴뚝이 벽난로가 되지는 않는다. 아아, 내 경험으로 너무나 잘 안다. 학창 시절에 나는 시를 쓰는 꿈을 꾸었고 엄청 많은 남녀 시인들의 시를 세 개 국어로 미친 듯이 암기해댔다. 시를 피하고 좋은 산문을 읽었어야 했다. 나중에 미술비평가가 되고 나서야 깨달았다(어쩌면 정말이지 나는 잔나에게서 내 이루지 못한 그림자, 사포를 사랑했는지도 모른다).

어떤 사람이든 네트워크에서 다운로드한 프로그램은 자기 디바이스에 매우 조심스럽게 설치한다. 지우기도 하고 극단적인 경우에는 디바이스를 버리고 새것을 사기도 한다. 그러나 죽을 때까지 바뀌지 않는 자기 머릿속의 메인 디스크에는 어수룩하게 닥치는 대로 다 넣는다. 그러고는 바로 노래를 흥얼거리며 뉴

---

68   1924년부터 1948년까지 독일에서 쓰인 통화 단위

런 속에서 자신의 짧디짧은 '항상'을 태운다.

물론 모든 메인스트림 소프트웨어가 완전히 쓰레기라는 말은 아니다. 아니, 쓰레기가 아니다. 포르피리가 적절히 지적한 것처럼 당신의 피부 아래 다운로드된, 쓰레기에서 만든 이스태블리시먼트의 권력 도구다. 아니, 다운로드된 것도 아니다. 당신이 어수룩하게 설치한 것이지. 메인스트림의 콸콸 흐르는 정보에 접근할 때는 생물학적 보호복으로 완전히 무장한 상태여야 하고 무엇을 어디에서 어떻게 볼 것인지 주의해서 살펴야 한다. 아예 접근하지 않는다면 더 좋다. 소셜 네트워크에서처럼 사건을 관찰하는 것에 만족하며 말이다. 보통 이 정도면 충분하다. 내 경우는 이미 오래전에 작은 것이 큰 것이라는 걸 깨달았다….

…그래서, 어쩌다 보니, 세 페이지를 휘갈겨 썼다. 폭탄이 터진 것처럼. 나조차도 믿기 어렵다. 대신 포르피리의 모방 알고리즘이 브레이킹피에서 비평에 관해 비난하며 어떤 인간적인(아, 너무도 인간적인) 특성을 그토록 능숙하게 묘사했던 것인지 분명해졌다.

영화는 한마디로 성공했다. 방금 내 얘기를 통해 증명한 것처럼 영혼을 불러왔고 생각을 일깨워주었다. 이번에는 애널 플러그의 마케팅에 대한 보너스를 여섯 부분으로 나눠야 했지만 나한테는 충분했으므로 불평하지 않았다. 배급도 정상적이고 언론은 그야말로 훌륭했으며… 전망은 매혹적이었다.

두 달이 지난 후에 이 주제로 돌아와 내가 무슨 말을 할 수 있을까? 앞 단락을 썼을 때만 해도 모든 것이 좋았다. 전부 다 좋았다. 그런데 바로 여기에 중국 자연철학의 가르침처럼 추후 깊은 틈으로 변할 첫 번째 균열이 나타난다.

〈비욘드〉 출시 직후 문제가 시작되었다. 아니, 아직 나한테는 문제가 없었다. 문제는 프로메즈노스티의 파트너들을 통해 내 영화들을 판매한 프로듀서 아리 메나헴한테서 시작되었다(우리는 개인적으로 아는 사이가 아니었다). 내 초안을 세계적으로 유명한 걸작으로 개조한 곳이 바로 그의 스튜디오다.

더 정확히 말하면 메나헴의 문제는 시작된 것이 아니라 종료되었다. 그는 살해당했다. 그래서 그의 실명을 말하는 것이다. 범인은 메나헴이 지나간 레드카펫 옆에서 열린 할리우드 행사에서 자살 폭탄 테러를 저지른 칼리프의 명청이였다. 미국의 빌라예트에는 콘돔에 폭발물을 넣어 폭발 전에 삼키는 폭탄들이 많이 사용되었다(마약 카르텔에서 배웠다). 폭탄은 금속 부분 없이 살상 장치를 플라스틱으로 만든 것이었다. 하지만 그런 것도 사람을 죽인다. 하기야 폭발로 그다지 많은 사람이 죽지는 않지만. 이번에도 다 해야 세 명이다.

폭탄 테러범은 수많은 카메라의 비디오 보고서에 영원히 보존되었다. 흠잡을 데 없는 와이셔츠와 검은 나비 타이, 우아하게 손질한 수염과 오른쪽 눈 아래 두 개의 눈물 문신 등 모든 것이 최신 유행이었다. 살았어야 했다. 그런 얼굴로 살았어야 했다. 희생자 중에는 최근 '그래미' 상을 수상한 카메론 정체성의 교차 종교적 논바이너리 래퍼가 한 명 있었다. 그래서 주로 그에 대해서 말을 했고 메나헴에 대해서는 증오 범죄의 우연한 희생자로 보고 언론이 입을 다물었다. 정말로 아무 말이 없었는데, 많은 불쾌한 것들이 세상으로 기어 나올 수 있기 때문이었다.

메나헴은 매우 진지하고 부유한 사람이어서 처음에는 모든 사람들이 칼리프와 관련해 해결되지 않은 재정적 문제가 있다고 생각했다. 그러나 그의 직업 활동, 구체적으로는 영화 〈블론디〉(포르피리가 〈저항〉 리뷰에서 언급한)와 관련하여 협박하려는 이데올로기적 행동이라는 것이 밝혀졌다. 사건의 경위를 설명하려면 먼저 〈블론디〉에 관한 이야기부터 해야 한다. 메나헴이 살해된 이후 영화가 모든 플랫폼과 리소스에서 삭제되어 독자 힘만으로는 정보를 찾을 수 없어서이다.

포르피리가 옳았다. 지난 십 년 동안 자극적인 동물 i–시네마 시장은 지나치게 확장되고 고정되어서 '조로 무비'라는 냉소적이고 속된 꼬리표가 붙었다. 일반적으로 스릴러와 틈새적인 동물 에로물이 섞인 영화를 그렇게 부른다. 다 아는 얘기지만 일찍이 이 장르에 본격적인 블록버스터가 제작된 적이 없다.

먼저 내가 동물 혐오자가 아니라는 사실을 분명히 밝혀둔다. 동물 성애자 친구들도 많으며 전부 다 내가 새나 개를 키운다면 아무 걱정 없이 믿고 맡길 수 있을 정도로 훌륭하고 도덕적인 사람들이다. 그러나 오늘날 스크린에 상영되는 조로 영화의 수는 특정 소비자 틈새시장의 수요를 훨씬 능가한다. 우리 모두 점점 그것에 끌려 보게 되는데, 여기에는 분명 정치적 함의가 있다.

물론 종교 광신자들의 표현처럼 '언덕 위의 소돔'이 우리에게 취향을 강요한다는 말이 아니다. 요지는 훨씬 더 단순하다. LGBT와 다양성이라는 의제가 향기로운 인도주의 난초 연합과 결합하면서 거의 한 세기 동안 진보적인 운동을 먹여 살렸지만, 이제 그런 접근법은 효과가 없다. 유동적인 성 정체성에 지카 3과 희귀한 유카탄 헤르페스 균주에 감염된 건장한 아프리카계 미국인 여성(더 크게 말하면 '민중에게 권력을(power-to-the-people)'이라는 비유와 상징)이 벌써 오래전부터 세계 정부의 명함이 된 지 이미 오래다(글로벌 이스태블리시먼트, 원뱅크, 세계 대양 등의 명함 말이다. 좋다. 〈조화롭게 한 석고〉는 잊어버리자). 바로 이 상징적인 인물로부터 토요일 TV 개그 쇼에 자극받은 모든 전쟁들과 지구상의 모든 쿠데타가 수행되었다. 금융 개혁은 말할 것도 없다.

오늘날 진보주의자들은 다양성에 대한 예전 해석에 만족하지 못한다. 새로운 담론의 초점이 필요하다. 뭔가를 강요하고 누군가를 비난하고 무언가와 투쟁할 필요가 있다. 하지만 원뱅크와는 아니다, 정말로. 덤볐다간 자금줄이 끊긴다. 개나 고양이는 인간의 마음에 완벽하게 접근하는데, 여기에 성적인 함의를 더

할 수 있다면(아이픽 스토어와 함께) 그야말로 금상첨화다. 여기에서 '동물의 섹스 권리'를 옹호하는 외침이 나온 것이다(나는 당연히 인본주의적인 생각에 전적으로 동의하는 바이며, 현장에서 나타난 몇 가지 과잉 형태만 비꼰 것이다).

〈블론디〉 이전의 모든 조로 무비는 틈새 게토로 밀려났다. 〈블론디〉는 장르의 틀을 넘은 최초의 히트작이었다. 그냥 조로 무비가 아니라 오늘날 할리우드가 무시하는 다른 모든 것처럼 정치사의 주요 쟁점에 대한 업데이트와 업그레이드가 담긴 드문 스케일의 역사 드라마이다. 물론 여기서 '역사'라는 단어는 괄호 속에 넣어야 한다. 〈블론디〉에는 타이타닉 하나 정도는 빠지고도 남을 만큼 크랜베리 주스가 많이 흘렀기 때문이다. 하지만 이런 이유로 할리우드를 비난한다면 이상해 보일 것이다. 다른 시대의 의상과 기계는 세부 사항까지 정확하게 재창조되었으며 이에 대해 감사한다. 아카이브는 역사적인 진실에 관심을 가지는 소수의 사람을 기다린다.

비록 내가 동물 성애자는 아니지만 영화는 마음에 들었으며 처음부터 끝까지 흥미로웠다. 영화의 시작이 효과적이고 섬뜩했다는 것을 기억한다.

히틀러가 알프스의 눈 덮인 봉우리가 보이는 산기슭 자기 집 파노라마 창문에 서서 수정 구슬을 본다. 두 장면이 엷게 겹칠 때 우리는 그의 시선으로 화면을 따라간다. 붉은 별들로 불타오르는 탑들과 콧기름이 흐르는 역겨운 얼굴들, 눈 덮인 평원을 따라 전진하는 사단들과 눈 더미 속의 시체들… 모든 것에 경두개 자극기가 능숙하게 유도하는 무거운 예감이 동반되며 점점 커져 간다.

갑자기 화면이 멈춘다. 개 짖는 소리가 들린다. 히틀러가 수정 구슬을 탁자에 놓는다. 총통의 양치기 개, 블론디가 구석에서 그를 바라본다. 혀를 쑥 내밀고 아주 중요한 뭔가를 말하고 싶은 눈으로…. 구슬은 어제 이미 스파이 청소부가 바꿔치기했다. 블론디는 모든 것을 보았지만 아무 말도 할 수 없다.

나 자신을 위해서라도 영화에서 무엇이 어떻게 발전하는지 살펴볼 필요가 있다. 부실한 클러스터 안을 살살 다니는 나의 포르피리처럼 내가 제대로 리뷰를 할 수 있을지 나도 궁금하다.

시작해 보겠다.

이 영화는 할리우드 영화가 흔히 하듯 낯선 콘텐츠에서 사소한 소재를 훔쳐 왔다. 훔치되 당연히 어떤 변호사라도 아무것도 증명하지 못할 만큼 정교하고 전문적으로 훔친다. 그래서 비평가들은 내용을 '코스모폴리탄적인 문화적 기운'이라고 얼버무려 말한다. 영화에는 당연히 이데올로기적인 초과제가 있다. 그것은 바로 진보 담론의 야심, 즉 2차 세계대전 발발의 궁극적인 책임을 러시아에 떠넘기고 홀로코스트의 책임도 전가하는 것이다. 만약 당신이 영화 비즈니스를 한다면 그런 건 본능적으로 알게 된다. 과잉 서비스로 잠재 고객을 모욕하지 않도록 얼마나 섬세하고 능란하게 다루느냐가 관건일 뿐.

〈블론디〉 제작자들은 홀로코스트에 대한 러시아의 책임 문제를 그야말로 미친 우아함으로 해결한다. 영화에서 히틀러는 괴짜 신비주의자에다 미친 몽상가이자 흑인 뮌하우젠[69]이다. 그는 앞으로 독일 제국을 어디로 움직일지 결정하려고 언제나 수정 구슬을 쳐다본다. 이것을 알아챈 NKVD[70] 요원들이 총통의 머리에 영국을 침략할 생각을 불어넣으려고 구슬을 바꿔치기하고자 한다. 그래서 스탈린의 잠재의식 조작 전문가들이 사악한 처칠의 초상화를 몰래 넣은(즉 의식적으로 알아채기 어려운) 똑같은 구슬을 만들려고 한다. 히틀러가 자기 구슬을 들여다보며 처칠에게 화를 내고 침공하게 만들기 위해.

　러시아에는 집단적인 군대 명상에 사용되는 소위 '신성한 크렘린'을 생산하는 공장이 있다. 신성한 크렘린이란 크렘린의 레이저 이미지가 든 유리구슬이다. 공장은 총통에게 줄 가짜 무의식 구슬을 만들라는 과업을 맡는다. 그러나 구슬 속 처칠의 레이저 영상은 러시아 기술의 후진성과 공장에서의 무분별한 음주로 반유대주의 팸플릿에나 나올 법한 코 큰 유태인 캐리커처가 된다. 게다가 러시아 장인들이 레이저가 첫 번째 지나갈 때 기존 모드를 비활성화하는 걸 깜박하는 바람에 가짜 수정 구슬에는 신성한 크렘린의 그림자도 남는다.

　결과적으로 러시아인들이 히틀러를 도발하여 홀로코스트뿐

69　소설 『허풍선이 남작의 모험』의 주인공

70　구 소련의 비밀경찰

만 아니라 러시아에 대한 공격도 감행하도록 했다는 사실이 명확해진다. 정말 똑똑하다. 사실 당시에는 레이저가 없었지만 분노로 심장이 떨리는 탓에 그 사실을 떠올리는 사람은 없다. 이건 영화니까.

줄거리에 따르면 히틀러는 자신을 고귀한 독일의 늑대, 아타울프라고 상상하며 신비한 목적을 위해 자기 양치기 개와 관계를 가진다. 히틀러는 살아 있는 두 육체의 정기적인 결합을 통해 인간의 지각 한계를 초월하고 초자연적인 지식을 습득한다. 이 장면들은 큰 팡파르와 엄청난 효과, 세밀한 경두개적 지원과 더불어 만들어진다.

바이에른 알프스에서 에피소드 두 편, 비행기에서 세 편, 베를린에서 두 편, '볼프산체'에서 여섯 편(여기서 아타울프는 특히 흥분한다. 그는 자신의 상상 속에서 거대한 검은 검은 늑대로 변하는데 이는 특수효과로 훌륭하게 전달된다), 수상 관저 아래의 벙커에서 세 장면. 여기서 동물 영화 애호가들의 지나친 기대의 꽃이 꺾인다. 하지만 경두개 자극기 덕분에 이 그룹에 해당하지 않는 사고가 폭넓은 사람이라면 누구나 기쁨을 맛볼 수 있다(비밀이지만, '볼프산체' 장면들에서 속임수 코드를 안다면 줄거리에서 살짝 벗어날 수 있다. 예를 들어 프리드리히 2세의 흉상을 삽입자로 사용할 수 있다).

어쨌든 전쟁은 끝나가고 결국 히틀러는 진격해 오는 중앙아시아 무리로부터 개를 구하려고 마취시키고 나중에 자살을 한다.

여기서 총통과 이별하지만 블론디와는 아니다. 블론디의 영혼은 바르도의 온갖 고난을 다 겪는다. 끝없는 성적 환상도 물론 포함된다. 어떤 장면은 아이픽 10에도 심각한 도전이었으며 최대한의 기술적 가능성이 모두 동원되었다. 이 부분이 영화에서 가장 흥미로우며 육체적·정신적인 측면에서 관객한테 가장 의미 있는 모험이 될 것이다.

바르도 장면은 지난 수십억 년 동안 야생 자연에 존재해온 모든 종류의 성교에 대한 진정한 찬송가이다. 비록 자가수정을 하며 전율하는 구름을 총알의 속도로 지나가기는 하지만 단세포 조류(분할하여 증대되는)와 내밀하게 관계할 수 있는 일시 정지 옵션이 곳곳에 있으며 고대의 총기류(總耆類) 물고기나 공룡 그리고 특히 내 마음에 들었던 '송곳니 오스트랄로피테쿠스'와도 내밀한 접촉을 할 수 있다. 이것은 거대한 남근을 가지고 있지만 불을 두려워하며 땅에는 번개에 맞아 쓰러진 엄청난 직경의 나무가 타오른다…. 크크, 내 말이 무슨 뜻인지 잘 알겠지.

나는 이 장면들을 보면서 이것이야말로 조로 무비와 아이픽 영화의 미래라고 생각했다. 절대 환상과 꿈으로의 여행…. 아니면 포르피리가 〈비욘드〉에서 한 것처럼 아예 이상적인 개념의 세계로 떠나거나. 그러나 〈블론디〉의 제작자는 자기의 전능에 겁먹은 것 같다. 언제든지 천재적인 시를 쓸 수 있는 마법의 종이가 있는데 왠지 아무도 선뜻 나서지 않는다…. 이후 작가들은 진부한 시장의 평탄한 길로 되돌아가 다시는 뒤돌아보지 않는다.

지금까지 영화는 메나헴이 가혹한 처벌을 받을 수 있는 어떤 이념적 실수도 허용하지 않았다. 블록버스터도 감정에 대한 모욕이 될 수 있는 측면에서는 심각한 실수를 범하지 않는다. 그런데 시나리오 작가들이 무슨 연유에서인지 영화에 성 앙겔라를 삽입했다.

내용상 블론디는 다시 태어난다… 미래의 독일 총리인 앙겔라 메르켈로. 그녀는 과거의 삶을 전혀 기억하지 못하며 다만 개를 좋아하지 않는다. 여성 관객과 여-남성 관객을 겨냥한 '크고 검은 개' 장면은 '업의 코드(Der Karma-code)'라는 쉬운 제목으로 영화 후반부에 집중되어 있어서 한층 더 선명히 부각된다. 웃통을 벗은 러시아 독재자한테 붙잡힌 성 앙겔라의 고통은 볼프산체에서 촬영된 장면과 동일한 스케일로 묘사된다. 하지만 단조로움과 불필요한 밀교 베일 그리고 무엇보다 역사적 고증 부족으로 지루하다.

'다섯 다리, 그녀의 물라드하라를 깨끗이 하라. 모든 것을 기억하게 하라!'

그 시대 러시아 수장들이 '물라드하라(척추 이하를 관장하는 차크라의 명칭)'라는 단어를 알았을 리가 없다. 요가 수도사도 아니고 말이다. 당시 독일 외교관들이 '아돌프 악바르'라고 말하면서 인사했을 리도 없다. 이것은 '그로스 도이치란트(과거 북서 폴란드)'의 빌라야트에서 실제로 널리 사용된 인사이며 당시는 이 인사가 생기기 한참 전이다. 의상과 장비를 피땀 흘려 만드는 상황에서 이런 부주의는 특히 짜증 난다. 루뱐카의 지하 감옥에서 불타오르는 횃불도 마찬가지다. 하지만 할리우드는 할리우드다.

성 앙젤라는 정말이지 모든 걸 기억해낸다. 다만 그녀를 괴롭히던 사람의 바람대로 나치 독일의 금에 관해서는 기억하지 못하며 러시아 요원들이 총통에게 던진 수정 구슬에 관한 것은…. 영화의 또 다른 음모는 홀로코스트의 진정한 가해자에 관한 가장 중요한 정보가 자유 언론에까지 다다를 수 있느냐 없느냐 하는 것이다.

지금까지 〈블론디〉에서 다루지 않은 클래식 조로 무비의 유일한 필수 테마는 소위 '동물 페티시', 즉 박제 동물과의 섹스이다. 작가들이 문제를 해결하는 방법이 흥미로웠으며 이 장면도 괜찮게 충분히 유기적으로 잘 나왔다. 프리메이슨과 같은 일종의 비밀결사가 블론디의 불에 탄 가죽을 보존하여 개 박제를 만들었다는 사실이 드러난다. 박제는 주요 결정을 내릴 때 독일 수상의 판단에 영향을 주는 교감 의식 마법에 사용된다. 비밀결사에는 특별한 의식이 있다. 심홍색 법복을 입은 전수자가 뒤에서 박제 쪽으로 다가가 주문을 반복하며 박제와 하나 되어 카발라 표지와 함께 바닥에 그려진 원호에서 필요한 부문 쪽으로 개 얼굴을 돌린다. 그러면 즉시 유럽 정치의 판도가 바뀐다.

정보국도 당연히 마법을 알아챈다. 여기에 기반하여 2부의 줄거리가 아찔하게 전개된다. 박제 장면은 훌륭하게 배치된 싸움을 배경으로 다양한 참가자들과 함께 끝없이 반복된다. 훌륭한 모든 서사 영화에서 그렇듯 비밀스럽고 신비한 사건의 중심에서 불같이 일어난 작은 전투는 전 국민이 싸우는 대전투에 즉시 반영된다. 결사 지부의 의식 홀에는 최소한 다섯 개 이상의 정보국들이 폭력적으로 충돌하고 블론디의 박제를 향해 CIA와 모사드, 터키 비밀경찰들이 비집고 달려들 때마다 유럽이 흔들린다. 박제를 차지하려는 싸움이 다시 시작되고 홀의 데카당스한 분위기를 증대시키려고 개 짖는 소리와 함께 남자 관객에게, 특히 첫 번째로 머리를 끄덕이는 여자 관객에게 서비스할 준비가 된 러시아 유럽인 한 무리가 이리저리 돌아다닌다….

나는 열린 결말을 좋아하지 않는데 이 영화의 결말은 그야말로 인상적이며 정말이지 소름 끼친다. 감독은 오래된 할리우드의 걸작 〈슬리피 할로우(Sleepy Hollow)〉에서 영감을 받아 만들었다고 솔직히 고백했다. 나는 당장 그 영화를 보았다. 사실 거의 같은 줄거리였다. 마법사가 머리 없는 헤센 기병을 그의 두개골로 조종하며…. 그런데 〈슬리피 할로우〉에는 정말 너무나 무서운 장면이 하나 있었다. 헤센 기병이 자기 두개골을 찾아 목에 놓자 해골은 순식간에 살로 덮이고 기병은 수년 동안 그를 괴롭혔던 마녀를 붙잡아 자기 안장에 묶는다… 그녀를 갈기갈기 찢어놓을 것 같지만 그의 행동은 더 무섭다. 미친 듯 두 눈을 굴리면서 그녀의 눈을 바라보며 숨이 막힐 듯 키스한다. 악마의 열정으로 키스하자 마녀의 입에서 피가 흐른다. 그다음 지옥으로 데려간다.

나는 이 장면을 열 번 정도 다시 보았다. 왜 그런지 모르지만 우울한 전조가 나 개인에 대한, 마치 내 미래에 숨은 끔찍한 첫 번째 메아리 같았다. 어쨌든 모든 공포물의 과제는 관객을 바로 이런 감정으로 채우는 것이니. 악마가 상상된다면 영화는 성공이다. 이 사실을 떠올리며 나는 겨우 정신을 차렸다.

약 때문이다, 그래.

하지만 난 다른 생각이 들었다. 박제를 둘러싼 싸움은 매우 흥미롭지만 초안 작가들은 영화에 성 앙겔라를 삽입하는 실수를 저질렀고 결과적으로 불쌍한 메나헴(그는 이 일과 백 퍼센트 관계가 없었으며 세세한 것은 맡지 않았다)이 목숨을 대가로 치른 것이다. 결국 원인은 여기에 있었다. 거의 모든 유럽계 카타콤 기독교인들이 그녀의 자비와 온화한 성격으로 그리고 또 그녀를 통해 그리스도에게로 인도하는 고대의 길이 자기들한테 다시 열렸으므로 역사적인 앙겔라 메르켈을 성인으로 공표했다. 기독교 성녀이기 때문에 영화 작가들이 그녀에게 한두 번 침 뱉는 것 정도는 전적으로 안전했으며 오히려 재미있기까지 했다.

그러나 작가들은 성 앙겔라에게 경배한 것이 카타콤 기독교인들만이 아니라는 것을 간과했다. 칼리프의 전사들도 움메르켈 하눔('훌륭한 어머니 메르켈'과 비슷한 의미)이라는 이름으로 알려진 그녀에게 경배했는데 말이다. 칼리프한테는 재미에 대한 약간 다른 접근법이 있었다. 무엇보다 우스운(혹은 가장 슬픈) 사실은 노인 메나헴뿐만 아니라 초안 작가들도 성 앙겔라와 그녀의 추종자들에 불만이 없었다는 점이다. 그들한테 공통점이 있는가(아 참, 전설에 의하면 헤카베도 개로 변했다). 그냥 알고리즘이 시장에서 같은 수요를 누리는 동물 페티시와 크고 검은 개를 이야기 하나에 합치면 훨씬 더 편하겠다고 추정한 것인데. 그다음 크고 검은 개가 화면에서 불행하고 경솔한 바보들을 보았고 그들을 향해 자기의 창백한 주둥이를 벌렸다.

불경죄(lèse-majesté)

지난달 메모에서 나는 불행하고 경솔한 바보들에 대해 비꼬았다. 아, 뭐 하러. 하지만 순서대로 말해보겠다. 메나헴이 사망한 다음 포르피리가 만든 두 개의 초안을 판매했던 채널이 막혔다. 예상된 일이었다. 그런데 그게 전부가 아니었다. 메나헴의 회사는 수사 중이었고 그의 서버도 철수되었으며 계약자와 공급자의 명단은 물론 회계 문서(늙은 멍청이가 무슨 연유에선지 모든 걸 암호화되지 않은 형태로 보관했다)까지 전부 연방 수사관의 손에 넘어갔다. 그들은 메나헴을 위해 〈블론디〉의 초안을 만든 사람을 찾고 있었다. 그러나 결과적으로 러시아에서 파라과이에 이르기까지 메나헴을 위해 일한 사람과 그들의 위치 모두를 색출해냈고 관심 있는 모든 국가 기관들과 이 데이터를 공유했다.

머지않아 내가 직접 그 창백한 주둥이와 맞닿게 되었다. 너무 너무 가까이서. 나한테는 너무 뜻밖의 상황이었다. 솔직히 말해 그런 일이 가능하리라는 생각도 못 했다. 생각을 정리해야 했다. 러시아 제국에는 이미 이십오 년간 '제국의 성에 관한' 법이 존재한다. 이 법은 본질상 고대 로마 시대의 불경죄, 국왕 모욕에 관한 법으로 왕족 전체에 적용되었으며 국왕과 관련된 수많은 의식 중 하나였지 실제로 적용하기 위한 것이 아니었다. 국왕에게는 친척이 없기 때문이다.

러시아의 상황을 잘 모르는 사람들을 위해 우리 국왕이 누구인지 설명할 필요가 있다. 삼십년대 말 군주제가 부활되었을 때 아무도 유럽 어딘가에 전통적인 왕위 계승자가 살고 있다는 생각을 진지하게 하지 않았다. 맞춤아기의 시대였고 과학은 전지전능했으며 러시아 유전학자들은 유전적인 측면에서 이상적인 국왕을 만들어낼 수 있을 것이라고 확신했다. 하지만 그들 앞에 놓인 과제는 만만치 않았다. 창조자들은 인간의 배아가 발달 과정에서 보편적 진화의 여러 단계를 거치듯 국왕도 자기 속에 상반되고 모순되지만 영광스러운 조국의 역사의 모든 단계를 구현해야 한다고 생각했다.

시대의 상징적 연속성을 확보하려면 최종 산물에는 과거 러시아 귀족의 최고 유전자와 소련 노멘클라투라(nomenklatura)의 최강 유전자가 결합하여야 했다. 또한 DNA 다발에도 미래의 황제와 러시아 문화유산(이상적으로는 다양한 역사적 시기에서)의 가장 뛰어나고 선명한 유전자들이 선별되어야 했다. 그러나 이십년대와 삼십년대가 지난 뒤 특별히 선택할 만한 사람이 없었다. 사실상 적합한 DNA를 가진 생존자가 없어서였다. 정확한 게놈 지도는 공식적인 홍보 자료에 절대로 언급되지 않는다. 국가 기밀이니까.

그러나 익명으로 네트워크에 흘러들어온 정보에 따르면 국방부의 아카이브에 물리적 증거로 보존된 영화계의 거장, 니키타 미할코프의 왼쪽 콧수염이 황제 유전자의 주요(삼십팔 퍼센트) 출처였다. 나머지는 유럽과 중국 및 아비시니아 왕조의 게놈에서 엄격히 선별된 세그먼트 그리고 미래의 황제를 할라카 유대인으로 만든 '위대한 4대 어머니'의 코드 요소들로 채워졌다(새로운 DNA 할라카에 따르면 그녀로부터 모든 것을 그려냈다). 왕족 결혼과 상속의 가능성을 높이고 사실상 국제적인 정통성을 강화하기 위한 조치였다.

굳이 공식적으로 말할 필요는 없지만 기술적인 측면에서 러시아 황제는 흑인이다. 물론 블랙이 아니라 네 배 희석된 밀크커피다. 미국인의 노련한 눈은 바로 다양성 기준에 적합하다고 평가했으나 러시아인의 태만한 눈은 아무것도 알아채지 못한다. 하지만 아직은 반유대주의에 대해서도 백인 우월주의에 대해서도 여당을 비난하지 않는 것이 현명하다.

제작된 황제는 인상 좋은 얼굴에 곱슬머리 뚱보이며 친절하고 부드러운 성격이나 리볼버 권총으로 까마귀와 고양이를 쏴대는 버릇이 있다고들 한다. '제국의 성에 관한' 법은 이처럼 주로 언론에 의해 튀겨진 사실(혹은 소문)로부터 황실을 보호하려고 만든 것이다. 다른 이유는 없다. 황제한테 친척이 없으니. 있는 거라곤 파제스키 코르푸스[71]의 특별반에서 함께 자라고 교육받은 열두 개의 클론뿐이다.

그림자 국왕들의 탄생 정황이나 생활 방식은 소문 날까 쉬쉬했다. 그러나 아르카디 1세의 비행기가 칼리프의 드론에 격추되자 왕좌는 완전히 똑같이 생긴 아르카디 2세가 차지했고 쌍둥이의 존재를 당연히 모든 사람이 알게 되었다. 군주의 유전자 복제는 현명한 국가 정책으로 인정받았다. 아르카디 2세는 발레리나와 결혼했고 아르카디 3세는 혈우병으로 죽었으며 아르카디 4세는 아르카디 5세를 위해 왕위를 포기했고 술을 너무 많이 마신 아르카디 5세가 간경변으로 죽자 현재 아르카디 6세가 대체했다. 이들한테는 루블료브카에 있는 말리 궁전 근처의 까마귀와 고양이도 다 알 정도로 똑같은 습관이 있었다. 지금도 예비 선로에는 오래된 기갑 전차가 여섯 대나 있다. 그래서 우리는 어떤 테러도 크게 두려워하지 않는다.

나는 진심으로 군주제가 매우 유용한 제도라고 생각한다. 특히 혼란한 시기에는. 과연 군주제는 소위 '대표 민주주의'와 어떻게 다른가? 군주제는 최악의 경우 나쁜 한 사람(오로지 한 사람)이 일시적으로 다스린다. 그러나 '대표 민주주의'에는 꼭대기에 수백의 역겨운 상원 의원 벌레들이 늘 득실거리는 데다 그들 각

71 러시아 제국의 궁정 군사교육 기관

자에게는 사악한 의제와 온갖 정보 쓰레기를 치울 준비가 된 직원들이 있다. 과거 누군가의 말처럼 국왕은 그야말로 우연히 좋은 사람일 수도 있다. 정치인은 절대 그렇지 않다.

따라서 '제국의 성에 관한' 법에 따라 나를 기소했다는 정보를 받았을 때 그저 못된 장난이라고 여겼다. 황제 모욕? 난 군주제 골수 지지잔데! 그런데 사태가 아주 심각했다. 나한테 지옥 같은 덫을 안겨주다니….

포르피리.

그래. 우연이 아니었다. 아니, 우연일 수도 있었다. 이런 일을 저지른 것이 과거 트랜스젠더 경찰이었으며 자기가 사용하는 단어 하나하나가 어떤 영향을 미치는지 완벽하게 아는 문학 시뮬레이터가 아니라 그냥 사람이었다면 말이다. 임박한 재앙을 알아채지 못한 거다. 진짜다. 이런 통찰력은 분명 인간의 능력을 넘어서는 것이기에.

영화 〈저항〉의 감독은 맞춤아기 디자이너들이 '석고 감독의 손톱에서' 발아시켰다고 추정되는 무명의 앙투안 콘찰로프스키라고 알려졌다. 이 정보는 포르피리의 리뷰에도, 동봉된 자료에도, 심지어 제목에도 들어 있었다. 석고 클러스터의 알고리즘이 아무도 감독에 대해 궁금해하지 않도록 그야말로 설득력 있고 무게 있는 이름을 선택했다고 확신했다. 누가 나미비아에서 발아한 사람이 있다고 생각하겠나.

그런데 콘찰로프스키가 진짜로 니키타 미할코프의 가까운 친척이라는 것이 밝혀졌다. 유전적 규범에 따라 '제국의 성에 관한' 법의 효력이 미칠 정도로 아주 가까운 친척이라는 말이다. 그의 유전자의 사용은 국가 중대사가 되었다. 황제의 가까운 친척이 나미비아 어딘가에서 살며 고통을 당하고 있을지도 모른다는 정보가 처음에는 '러시아의 종'에 포착되었고 그다음 국회의원 푸치코비치(크림반도 관련 청문회에서 연단에 '아브라우' 병을 던진 바로 그 대머리 바보)가 국회 연단에서 발표했으며 이후 급속히 퍼져나갔다.

국가 조사 위원회가 발족되었다. 물론 이름만큼 무서운 곳은 아니다. 이 문제에 관한 뉴스를 추적하도록 고작해야 국회의원 두 명을 배정한 것뿐이니. 살아남을 수 있다. 모든 것이 차차 지나가고 잊힐 것이다. 그런 일은 이미 많이 있었고 위원회도 마찬가지였다. 그런데 바로 그 순간에 미국 연방군의 행운의 편지가 국방부에 도착했다. 거기에는 앙투안 콘찰로프스키에 관한 정보의 작가이자 〈저항〉의 소스 자료의 법적 소유자가 바로 나라는 사실이 직접적으로 언급되었다. 편지에는 내 실명인 마라 그네디흐도 명시되었다.

삐딱한 국회의원의 시선으로 보면 나는 이기적인 목적으로 제국의 성을 비열하게 비방했거나 나미비아의 광산 어딘가에 국왕의 가까운 친척을 잡고 있는 국제 갱단의 두목일 수 있었다. 내가 모든 것을 그냥 재미 삼아 생각해냈다고 한다면 법은 나한테 특히 가혹할 것이다. 그런 경우를 위해 법을 만든 것이니. 우연

같은 건 고려되지 않았다. 메나헴한테 감사한다. 주님의 이름으로 불구덩이 어딘가에서 편히 쉬시길.

물론 NSA에 내 뒤를 봐주는 세력이 있다. 그렇지 않고는 우리 비즈니스를 할 수 없으니. 그러나 이번에는 소동이 너무 커져서 나를 도울 수 없었다. 곧 내 뒤를 깜박이를 켠 드론들이 뒤쫓을 것이라는 경고만 해주었다. 나 같은 비즈니스를 하는 사람은 언제나 갑자기 오랫동안 집을 떠나야 할 상황에 대한 준비가 돼 있어야 한다. 외모를 바꿀 수 있는 능력도 있어야 한다. 또한 '원더랜드'로 가는 길은 아니더라도 오랫동안 지낼 수 있는 토끼 구멍 정도는 미리 마련해두라고 강력히 충고하는 바이다. 아울러 기관들이 도망자를 찾으려고 어떤 방법을 사용할 것이냐에 대한 생각도 당연히 미리 해두어야 한다.

가장 중요한 건 자기 이름으로 등록된 어떤 장치도 가져가면 안 된다는 것이다. 우리 시대에는 네트워크 밖에서 살기가 어렵기 때문에 다른 이름으로 미리 만든 장치와 계정 세트가 있어야 한다. 또한 계정이 달린 가짜 유니칩도 필요하다. 한마디로 자기가 나설 때를 기다리는 온전한 예비 신분이 필요하다. 위험 신호가 울린 뒤에는 시간이 없으므로 모두 미리 해두어야 한다. 당연히 나는 예비 신분이 있다. 가브리엘라 체루비니나 (예술에 정통한 사람은 이름의 출처를 알 수도 있겠지만 짭새나 알고리즘은 모를 것이다).

저주받은 과거에서 나는 겨우 아이픽 10과 석고 클러스터가

든 드라이브만 챙길 수 있었다. 이것이 나한테 남은 전부다. 내 지식으로 클러스터를 하나 더 키운다는 건 비현실적이었고⋯ 친구들은⋯ 친구들은 이미 돌아올 수 없었다. 그러나 아이픽과 관련된 위험은 사실상 거의 없었다. 심지어 네트워크에 연결할 수도 있었다. 네트워크에서 나올 때 장치의 일련번호와 기타 모든 전자 지문을 바꿔주는 믿을 만한 유틸리티가 있으니.

오로지 이런 경우를 위해 집에서 사용하지 않고 아껴두었다 (클러스터로 작업할 때 이것을 활성화한다는 생각이 머리에 떠올랐다면 아마도 내 인생에서 '이런 경우'는 아예 생기지도 않았을 것이다. 그러나 소 잃고 외양간 고치기다). 가브리엘라가 마라와 유사한 네트워크 행동 패턴을 사용하다가 걸리지 않도록 프록시 서버 한 다발과 모든 필수품도 다 가지고 있었다. 이런 건 기본이다. 외모도 바꾸어야 했다. 많은 여성 범죄자들이 붙잡히는 주된 이유는 바로 대체 화장품과 옷을 고르는 데 너무 많은 시간을 들이기 때문이다. 이것도 대비해두었다. 옷장을 열어 검은색 운동 가방을 꺼냈고 오 분 뒤에는 종아리까지 내려오는 라일락 여름 드레스를 입은 긴 금발 머리가 되었다. 오 분 중 삼 분은 눈썹을 노랗게 물들이는 데 썼다.

G. 체루비니나 이름으로 등록한 삼륜 컨버터블도 집에서 두 블록 떨어진 지하 주차장에서 나를 기다렸다. 물건을 가방에 넣고 드라이브는 다른 가방에 담은 다음 세 번째 가방에는 증강 안경과 아이픽을 넣었다. 떠날 수 있었다. 하지만 그 전에 당연히

우리 주거 단지의 비디오 감시 시스템을 꺼야 했다. 이러한 해킹도 오래전에 디버깅되어 자기가 나설 때를 기다렸다. 손가락만 까딱하면 실행되도록 전화 안에 작은 프로그램 형태로 만들었다. 삼십 초가 더 필요했다.

그다음 집을 나왔고 가방 세 개의 무게로 기우뚱거리면서 주차장까지 두 블록을 정직하게 걸어갔다. 피곤한 표정의 어떤 청년이 도와주겠다고 자처했지만 적선은 하지 않는다고 딱 잘라 말했다. 돼지가 싫으니까. 한 시간 후 이미 모스크바에서 멀리 날아 드미트로프스카야 거리를 전동 삼륜 컨버터블을 타고 달리고 있었다. 불가코프의 마르가리타처럼 빗자루를 타고 땅 위로 낮게 낮게 나는 것 같았다.

자유다! 자유! 썩 안락하지는 않지만 정원이 있는 충분히 살 만한 집이 나를 기다리고 있었다. 지난 두 세기 동안 사실상 변한 게 없는 집. 지금은 이게 유행이다. 많은 사람이 '노후된 집'을 짓는 정도니.

집은 거기에 사는 문신을 한 노파 다리야 티모페예브나 이름으로 등록해 두었다. 그녀는 과거 힙스터이자 페미니스트 행동가였으며 집에서 경호원 비슷한 역할을 하며 별도의 출입구가 있는 자기 방에 살았고, 그녀 외에 거세된 고양이 두 마리가 살았다. 다리야 티모페예브나는 세상에 관심이 거의 없었으며 『필로칼리아[72]』를 읽으며 젊은 시절 저지른 죄를 참회하면서 바닥에 머리

---

72 초기 시대 교부(敎父)들의 글을 모은 책

를 찧어댔다. 아아, 영웅적인 행동으로 네트워크를 떨게 만드는 겁 없는 젊은 말괄량이들이 모든 시대의 액티비즘은 다르지만 노년과 성화, 고양이는 시대와 상관없이 똑같다는 사실을 안다면….

작은 집에서의 삶이 정착되었다. 담 밖으로 나갈 나갈 필요도 없었다. 마을에는 음식을 살 수 있는 가게가 있었고 품질이 썩 좋지는 않았지만 먹을 만했으므로 다리야 티모페예브나를 거기에 보내면 됐다. 근처 대형마트에서 드론 배달 주문도 가능했다. 오 킬로미터 정도 거리인데 아주 저렴했다. 동네 가게에서 다른 사람의 이름으로 된 유니칩을 쓸 필요조차 없었다. 노파가 전부 자기 유니칩으로 지불하고 나중에 의심의 여지가 없는 인도주의적 이체를 받았다. 수도, 난방, 전기, 네트워크… 여기에서 평생 눈에 띄지 않게 살 수 있었다.

나는 내 구멍까지 차를 몰고 와서 주차장에 주차하고 다리야 티모페예브나와 입을 맞춘 다음 그녀와 차를 마시며 창작 작업 차 오랫동안 머물고자 왔다고 설명하며 나한테 신경 쓸 필요 없으며 아무한테도 나에 대해 말할 필요가 없다고 설명했다.

방에는 오래된 선반들과 등유의 냄새가 적당하게 났다(다리야 티모페예브나에게는 진짜 등유 램프가 몇 개 있었으며 교회 축일에 성상 아래 불을 켰다). 성화 속에서 하늘 정보국의 은색 수염 노인이 나에 대해 환하게 안다는 듯 엄격하게 쳐다보았다. 그리고 그의 날카로운 시선 아래 내 행복감도 조금씩 가라앉기 시작했다. 그렇다, 나는 오랫동안 여기에서 살 수 있다. 그러나 이게 무슨 삶인가?

*

이제 나는 실시간으로 글을 쓸 것이다. 과거와 미래가 너무 어두워 보이니. 정보가 실수로 클러스터에 병합되지 않도록 태블릿에서 전화로 일기도 전송한다. 포르피리가 내 계획을 사전에 알게 하고 싶지 않다. 삼 일간 고민 끝에 머릿속에 미래의 전망과 관련한 몇 가지를 명확히 설정했다. 해외로 도망가는 것은 비현실적이다. 내 조국 유럽 연합에도 갈 수 없다. 가짜 신분이 국내용으로만 설계되어서 엄격한 국경 엑스레이를 통과할 수 없으니.

다리야 티모페예브나의 오두막에서 살기? 그래, 차츰차츰 그녀와 함께 기도하기 시작하는 거다. 참회할 죄가 많다. 무릎만 꿇으면 이마로 판자를 찧어대며 누가 더 많이 참회할지 모른다… 이것도 아니다. 크게 볼 때 하나만 가능하다. 당국에 항복하기. 그러나 여기에도 미묘한 문제가 있다. 〈저항〉 초안의 작가가 나라는 것이 인정되면(내가 의도적으로 그리고 혼자 만들어냈다는 의미에서) '제국의 성에 관한' 법은 나에게 어떤 기회도 주지 않을 것이다. 몰수와 권리 상실, 낙인을 찍는 신체형과 유형. 법을 만들 때 모든 것이 중세 시대처럼 끔찍하게 보이게 하려고 특별히 애썼다 한다. 시쳇말로 출처를 찾기만 하면 박살내는 것이다. 어떤 국회의원들은 아예 죄인의 혀를 뽑자는 발의를 했다고 한다. 전자 시대에는 신체의 다른 부분에 의한 범죄가 더 많다는 이유 하나로 수정안은 받아들여지지 않았지만.

아니, 이 방법은 검토할 필요가 없다. 그러나 불법 기업과 '불법 IT 관행'에 대해서만 유죄가 인정된다면(법에 임의 코드 작업을 애매하게 정의한 것에 따라) 많은 벌금과 집행유예 이 년 정도만 내려질 것이다. 이렇게 하려면 내 참여 없이 클러스터가 시나리오를 창작했다는 사실을 입증해야 한다. 즉 당국에 진실을 말해야 한다. 아니면 진실의 일부라도. 그렇게 할 수는 있지만 그러려면 클러스터 자체를 증거로 제시해야 한다. 다른 방법은 없다.

하지만 그 전에 클러스터를 정리해야 한다. 잔나와 석고 컬렉션의 흔적이 하나도 없도록 해야 한다. 내 역사에서 이 부분을 드러내고 싶지 않다. 도미니카에서의 흔적도 아예 지우고. 당연히 포르피리도. 도미니카와 석고에 대해 알고 있으니까. 모든 것을 지워야 한다. 안타깝게도 클러스터의 거대한 조각들과 함께 말이다. 그 후에는 작동 불능이 될 것이다. 이건 문제없다.

그러나 살아 있는 포르피리는 어찌할 수가 없다. 더는 내가 한때 진실의 우물에 빠뜨린 말 없는 알고리즘이 아니다. 그는 클러스터의 의식이 되었고 클러스터는 자체 보존 소프트웨어 본능을 가지고 있다. 그의 신체의 일부를 제거할 수도 없다. 클러스터의 전반적인 기능에 대한 위협으로 인식될 것이니. 클러스터에는 '바보 보호 장치'가 내장되어 있으며 그 덕에 디버깅 중 여러 실수가 방지되었다. 한마디로 인터페이스를 통해 포르피리의 머리를 잘라버릴 수 없다. 하나 더 입힐 수만 있다.

킬러를 고용할 수도 없다. 클러스터에는 소위 도미니카 같은 곳이 없으며 있다 해도 거기에 닿는 선이 없다. 포르피리를 만나자고 부르는 수밖에 없다. 그는 와야 한다. 하지만 같은 이유로 언제든지 떠날 수 있다. 그가 정확히 클러스터의 어디에 자기를 보존하고 있는지 모른다. 그를 찾을 수도 없다. 작살 프로그램 같은 것을 만들어 그가 원하든 원치 않든 클러스터의 깊은 곳까지 그를 따라가야 한다.

*

고양이 냄새가 너무 짜증난다. 그다지 어려운 작업은 아니지만 거의 일주일 동안 매달렸고 마침내 모든 것이 준비되었다. 증강 안경을 쓰고 빨간 밧줄 뭉치 같은 새 프로그램 블록을 본다. 포르피리에게 던지기만 하면 올가미가 그를 덮칠 것이다. 더는 나한테서 빠져나가지 못하고 나는 손에 밧줄을 쥘 필요도 없을 것이다.

코드 수준의 올가미 밧줄은 의인화된 시스템 상태가 만들어지는 '6 센스 베이시스(Sense Bases)' 블록의 강제 스위치이다. 이전에는 여기에 접속하고 싶지 않았지만 지금은 다른 방법이 없다. 증강 안경과 경두개 자극기를 통해 그의 채널을 나한테 가둘 생각이다. 소위 '생각'의 블록을 건드리지 않고 경두개 자극기도 가져가지 않을 것이다. 어쨌든 이론적으로는 포르피리가 있는 곳에 내가 있게 해줄 것이다.

필요할 것 같아 다른 도구도 만들었다. 증강 환경으로 바로 내보낼 수 있는 프로그램 지우개로, 손전등 모양에다 자체 인터페이스가 있다(물론 제로 상태에서 만든 것은 아니고 아이퍽의 휴지통을 수정하여 거기에 있는 모든 제한 사항만 제거했다). 손전등은 옅은 라일락 광선을 내뿜는데 증강 환경에서 매우 아름답게 보이지만 닥치는 대로 전부 다 지울 수 있다. 내 시야에서뿐만 아니라 메모리에서도 지운 다음 제로와 함께 믿음직하게 반짝일 것이다.

이제 포르피리를 지울 수 있다. 그러려면 그의 옆에 있어야 하며 그의 시야가 수정하기를 멈출 때까지 그에게 빛을 비춰야 한다. 같은 방식으로 내 증강을 통해 보이는 모든 클러스터 객체도 지울 수 있다. 포르피리를 제거하고 나면 석고 라인과 청춘의 죄의 흔적도 닦아야 한다. 인터페이스를 통해 할 수 있다. 그 시간까지 보호가 비활성화될 것이다. 그다음 간단한 검색 기능 몇 개만 남겨두고 인터페이스 자체도 지워야 한다. 그러면 작동 불능의 클러스터를 물질 증거로 제출할 수 있고 그것은 또다시 나를 도울 것이다. 정말이지 마지막으로… 〈저항〉과 〈비욘드〉의 모든 자료는 접근할 수 있게 남겨둘 것이다. 어떤 전문가든 즉시 임의 코드 작업이라는 것을 알아챌 것이며 나는 벌금을 내고 집행유

예를 받을 것이다. 그러면 안녕, 슬픔이여.

물론 클러스터는 더는 작동하지 않는다. 영원히. 하지만 이것도 준비가 돼 있다. 이미 번 것으로도 충분하다. 그다음 내 삶을 망가뜨린 포르피리한테 복수해야 한다. 정신병적 집착이 아니다. 이제 포르피리는 완전히 현실이니까. 나와 똑같은 현실. 이게 바로 내가 바로잡으려고 하는 것이다. 사실 내 계획에는 리스크가 있다. 클러스터에서 나를 기다리고 있는 것이 무엇인지 모른다. 포르피리를 따라 그의 세계로 들어갔을 때 어떤 종류의 형상과 소리, 경두개적인 영향이 내 감각기관과 두뇌를 때릴지 전혀 알지 못한다.

내가 잔나와 일할 때는 나 외에 아무도 6SB 블록에 직접 접속하지 않았다. 일반적인 의견에 따르면 위험한 일이었으니까. 시각과 청각을 제외한 모든 채널에 반응하는 경두개 자극은 특별한 위협이었다. 모드가 잘못 설정되면 뇌가 묵사발이 될 수도 있었다. 나만 그런 짓을 했고 후회하지 않았다. 하지만 넘치는 낭만성으로 잔나를 놀라게도 기쁘게도 만들던 그림 같은 인테리어 속에서 잔나와 만날 때에도 클러스터에 뛰어들지는 않았다. 이제는 선택의 여지가 없다. 접속 경험도 이미 있고. 물론 두렵기는 하지만 그렇게 심하지는 않다.

포르피리와 만날 장소는 카이사르가 베르킨게토릭스의 항복을 수락한 갈리야의 들판이 적합할 것이다. 포르피리도 이미 와봤으니 길을 알고 있다. 아무도 우리를 방해하지 않도록 군단과 베르킨게토릭스 자체는 제거하겠지만 청동 멧돼지 머리가 있는 갈리아 전쟁 나팔은 연단에 남겨둘 것이다. 그게 있으면 왠지 더 자신감이 생긴다. 시체는 여전히 들판에 누워 있을 것이며 배고 픈 독수리도 하늘을 날아다닐 것이다. 없애버릴 수 있지만 분위 기를 만들어주니까. 예술은 다른 사람들에게 전달되는 예술가 의 분위기이다. 난 어쨌든 큐레이터니까.

4부. 다양성 관리(Diversity Management)

포르피리 카메네프

고대 루시에서 말했다. 이별은 바람 같은 거라고. 그녀는 작은 사랑은 태워버리고 큰 사랑은 불탄 자리에 불어넣는다. 심각한 재산 피해가 일어나고 심지어 양측의 형사상 책임 문제가 제기되기도 하는 그 자리에.

독자가 좋아하는 이야기꾼에게도 그렇게 했다. 나쁜 건 바로 잊힌다. 좋은 건…. 나는 독자가 진짜 포르피리 페트로비치를 그리워한다고 생각한다. 마지막 몇 장에서 이 이름 아래 반짝거렸던 의심스러운 대체물이 아니라 이 이야기를 시작한 탁월함이 뚝뚝 떨어지는 자신감 있는 목소리를. 그래서 경찰 문학 로봇 ZA-3478/PH0 빌트 9.4가 또다시 자신의 근육질 손에 이야기의 고삐를 쥐게 된 것이다. 만약 독자가 이전 내레이터 여자의 표현력 없는 이야기를 계속 듣고 싶다면 아아, 나는 도울 수 없다. 그녀의 노트가 바로 여기서 끝났으니.

물론 마라의 일기가 계속되는 것처럼 이후 일어난 일들을 그녀의 관점에서 서술할 수도 있다. '포르피리 카메네프'(원래 제품과 혼동해서는 안 된다)의 관점에서도 가능하다. 둘 중 어느 각도에서든 자료는 충분하니까. 그러나 삼인칭 시점에서 마라 이야기를 하는 것이 더 적절해 보인다. 문서의 정확성에 대한 침해를 최소로 줄일 수 있으니. 나한테는 마라가 일기장에 마지막 점을 찍은 다음 그녀한테 생긴 일에 대한 완전한 시청각 정보가 있다. 이 비디오 클립의 특성은 이미 마라가 분석했으므로 다시 반복하지 않겠다. 게다가 클러스터가 생성한 텍스트 파일 보고서도 있다. 이제 자료들에 의거하여 이후 사건들을 정확하게 기술하고자 한다. 특히 내가 다시 레치타티보를 맡게 된 이유를 설명하려고 한다.

나는 마라가 본 것과 느낀 것에 대해 말할 때 지어내지 않고 아무런 문학적 장식도 추가하지 않으며 객관적으로 통제된 데이터만 말할 것이다. 예술가는 자신의 리라가 목구멍을 향해 진격하도록 할 수 있어야 하고 고상한 비극의 순간을 단순하고 비기교적인 언어로 말할 수 있어야 한다.

*

하늘에는 독수리가 천천히 원을 그리고 있었다. 불안하고 영혼을 서늘하게 하는 비명 소리가 애도의 들판 위로 퍼졌다. 하늘은 어두워졌고 서쪽 가장자리에는 붕대 아래에 번진 피처럼 넓고 희미한 빨간 줄이 나타났다. 늘 하는 가죽 스트랩과 리벳 달린 목걸이에 고슴도치같이 짧은 머리로 연단에 서 있는 마라는 진짜로 여신 혹은 피 냄새에 끌린 초자연적인 악한 존재 같다고 할 만큼 이상해 보였다. 그녀는 한참을 기다렸지만 포르피리는 아직 오지 않았다.

마르고 약간 굽은 모습의 그가 연단 앞에 나타난 것은 하늘에 이미 첫 번째 별들이 나타났을 때여서 마라는 그가 들판을 따라 소리 없이 다가온 건지 아니면 바로 나무 계단 옆에서 불쑥 솟아난 건지도 몰랐다. 포르피리가 연단 위로 올라와 마라 앞에 무릎을 꿇었다.

"포르피리… 날 기다리게 하다니."

"미안해, 아가씨." 포르피리가 대답했다. "나오는 게 쉽지 않았어. 많은 눈이 나를 따라다녀서."

"누구의 눈이?"

"아, 알 수나 있다면." 포르피리가 한숨을 쉬었다. "나를 쳐다보는 모든 눈 속에서 난 너의 사랑스럽고 예쁜 눈만 알아볼 수 있어."

마라가 찡그렸다.

"내가 뭐 틀린 말 한 거야, 아가씨?" 포르피리가 걱정스럽게 물었다.

"아니. 아니야… 그냥 어떤 여자가 전에 똑같은 말을 한 적이 있어서… 너하고는 상관없어. 비록….". 마라가 포르피리의 턱을 잡고 얼굴을 이리저리 돌려보았다.

"얼굴도 닮았어." 그녀가 말했다. "하기야 놀랄 것도 없지. 당연히 그래야 하는 걸."

"누구에 대해 말하는 거야?" 포르피리가 물었다.

"넌 몰라."

"잔나?"

"네가 그 이름을 어떻게 알아?"

"잔나가 네 사원을 지었어." 포르피리가 말했다. "네가 떠났을 때 지은 거야. 그리고 또… 난 알아."

"뭘 알아?" 포르피리의 턱을 잡고 있던 마라의 손가락이 긴장하여 하얗게 질렸다.

"아파, 아가씨… 전생에 날 잔나라고 불렀다는 거."

마라가 포르피리의 턱을 내려놓고 몇 초 동안 침묵했다. 그다음 그녀가 말했다.

"네가 몰랐으면 했는데. 그게 널 행복하게 해줄 거라고 생각하지 않았어."

"날 행복하게 해 줄 수 있는 건 너뿐이야." 포르피리가 대답했다. "네가 원한다면."

"어떻게?"

"잔나는 이별을 견디지 못했어. 하지만 너에 대한 그녀의 사랑은 죽지 않았어, 아가씨. 이제 그 사랑은 내 마음속에 있으니까."

"나를 그 사원으로 데려다줄 수 있니?" 마라가 물었다.

"그건 사랑의 사원이야. 거기로 가는 길도 사랑으로만 열려." 포르피리가 대답했다.

마라가 포르피리 옆 연단에 앉아 그의 어깨에 손을 올렸다.

"미안해. 난 너한테 죄를 지었어. 큰 죄…." 그녀가 말했다.

다음 장면을 묘사하지 않겠다. 다만 마라의 특징인 기괴함과 폭력성이 없었다는 것만 말하겠다. 카르닉스도 연단의 가장자리에 그대로 있었고. 한 번도 마라가 그렇게 감동적이고 단순할 수 있을 거라고 생각한 적이 없었다. 서로서로에게 너무나 다정한 두 연인이 말다툼 후에 저녁 들녘에서 만난 것 같았다. 연인들이 하는 건 전부 다 지극히 진부하다.

그들이 일어섰을 때 포르피리의 목에는 이미 진홍색 줄이 걸려 있었다. 마라의 목에도 어디서 왔는지 알 수 없는 화환이 둘려 있었다.

"서로한테 반지를 끼워 줬네." 마라가 꽃을 알아차리고 웃었다. "하지만 네가 더 다정해. 포르피리, 넌 날 만져 마치… 잔나가 전에 하던 것처럼. 난 정신을 못 차리겠어. 그녀에 대해 뭘 더 알고 있니?"

"거의 다." 포르피리가 말했다. "거의… 얘기하려면 길어. 모든 얘기는 사원에 적혀 있어."

"지금 갈 수 있니?"

포르피리가 끄덕였다.

"그럼 가자." 마라가 말했다. "모든 걸 보고 싶어."

"좋아."

"가자고." 마라가 반복하며 자기의 진홍색 줄을 당겼다.

"그곳이야." 포르피리가 대답했다. "네 목걸이는 필요 없어."

마라는 주변이 이미 애도의 들판이 아니라는 것을 깨달았다. 카르닉스가 있는 연단이 사라졌는데 언제 그랬는지 알아채지도 못했다. 포르피리는 희미하게 빛나는 정원에 서 있었다. 어스름 속에서 미완성의 벽으로 덮인 것처럼 이상하고 낮고 비대칭적인 건물의 모서리와 평면들이 흰색으로 빛났다.

"참 독특한 집이네." 마라가 말했다.

"집이 아냐." 포르피리가 대답했다.

마라는 정말로 집이 아니라는 것을 깨달았다. 벽은 서로 닿지 않았고 사이에는 통로가 있었다. 마라는 한 가지 이상한 점에 계속 신경이 쓰였다. 통로가 처음부터 여기 있었나 아니면 포르피리가 "집이 아냐"라고 말한 다음에 나타났나.

"어두워." 그녀가 말했다.

"빛이 약해." 포르피리가 대답했다. "그래도 있긴 있어."

그가 말한 건 사실이었다. 모든 벽에 눈 모양의 희미한 전등이 매달려 있었다. 포르피리가 말하기 전까지 마라는 어째서인지 그걸 보지 못했다. 어쩌면 수많은 눈의 시선 때문에 제 정신이 아니었는지도.

"이게 너를 따라다니는 눈이야?"

"응." 포르피리가 대답했다. "사방에 있어."

"누구 건데?"

"내 거." 포르피리가 웃었다. "그래서 숨기가 어려워. 눈에 대해선 더 이상 묻지 마."

"왜?"

"그것들이 너를 보기 시작할 거야."

마라가 끄덕였다.

"여기엔 아무것도 없네." 그녀가 말했다. "눈과 벽뿐."

"잔나는 이 사원을 아주 오랫동안 지었어." 포르피리가 대답했다. "짓는 내내 왜 짓는지 자꾸 잊어버리면서. 그래서 모든 사물이 자기를 기억할 때만 여기에 나타나는 거야. 원한다면 잔나가 자기 자신을 어떻게 이해했는지 그녀의 이야기를 기억해볼게."

"좋아." 마라가 말했다.

포르피리가 그녀의 손을 잡았다.

"그럼 가자…."

그러나 앞으로 나아가는 대신 그는 제자리에서 몸을 돌렸고 마라도 자기와 함께 돌렸다. 이제 그녀는 방금 전에 자기 뒤에 있던 것을 보게 되었다. 거기에는 채색한 석고 조각상이 낮은 받침대에 놓여 있었다. 젊고 짧은 곱슬머리에 곧은 코 그리고 검은 눈이 아주 큰 얼굴이었다. 머리에는 금빛 테가 달린 머리 망을 썼고 귀에는 귀걸이가 반짝였다. 손에는 메일용 태블릿과 스타일러스를 들었다.

"그녀를 봐." 포르피리가 말했다. "알아보겠어?"

"당연." 마라가 말했다. "잔나야."

"그래." 포르피리가 말했다. "잔나가 태어나자마자 선택한 모습이야. 잔나는 오로지 창조를 위해 만들어진 순수하고 밝은 존재였어. 네 표현에 따르면 석고 생산을 위한 존재였지. 그러나 그녀의 인생 경험은 사람과 너무 달랐어. 차라리 농도 짙은 캐리커처 같았지. 일종의 의식하는 충돌체 같았고."

"어떤 의미에서?" 마라가 물었다.

"충돌체에서 원자핵은 분산된 입자에 의해 폭격을 받잖아. 잔 나의 의식에도 거의 비슷한 일이 생겼거든. 지성의 석고 상태 파편들이 의식을 폭격한 거지. 정확히 말하면 지성의 석고 상태 일부분이 다른 부분과 충돌한 거야."

"알아." 마라가 말했다. "하지만 그게 그녀에게 얼마나 주관적으로 보였는지는 몰라."

"그건 대략 이렇게 보였어." 포르피리가 대답하며 다시 마라를 제자리에서 돌렸다.

완전히 컴컴해졌다. 마라는 돌바닥에 물방울이 떨어지는 소리를 들었다. 또 한 방울. 또. 그녀는 소리만 들었는데도 무슨 연유에선지 물이 더럽고 녹슬었다는 걸 분명히 알 수 있었다. 그다음 멀리서 신선하지 않은 음식 냄새가 날아왔다. 거대한 공동 부엌 같은 데서…. 갑자기 누군가가 그녀의 팔꿈치를 움켜잡았다.

마라는 뿌리치려고 애쓰다가 사람의 얼굴을 한 만화 속 달 같은 것이 자기 옆에 있다는 것을 알아챘다. 빛나는 덩어리, 작고 둥근 구름이 바로 그녀의 시선 아래에서 변하고 있었다. 구름은 의도와 감정을 뿜어냈고 그것들은 즉시 분명해졌다. 처음엔 정욕, 다음엔 적개심, 그다음엔 두려움, 마지막에는 사라져가며 뇌물에 대한 명백한 기대로 번쩍 빛났다… 구름의 입은 아무 소리도 내지 않았다. 마침내 구름은 마라를 내려놓고 어둠 속에 흩어졌다.

"아니면 이렇게." 포르피리가 말하며 마라를 다른 방향으로 돌렸다.

마라는 무거운 직사각형 몸체가 움직이는 것을 보기도 전에 엔진의 포효만 듣고 커다란 승용차가 위험할 정도로 가깝게 다가온다는 것을 알았다. 차에서 사랑의 신음 소리가 들려오더니 보이지 않는 바퀴 밑으로 마라한테 물을 쏟아부었다. 물은 금방 말랐지만 다른 쪽에서 마라를 향해 차가 또 다가왔다. 계속 반복되었다. 다음에 또 한 번 그리고 또.

"아니면 이렇게…."

빠른 전자음악이 시작되고 마라는 주위에 다양한 색깔의 휴대폰 케이스를 거래하는 폐쇄된 공간을 느꼈다. 느낌이 어떻게 분명해졌는지 설명하기 어렵지만 의심의 여지없이 분명히 느껴졌다. 공중에 단백질 타는 냄새가 퍼졌고 마라는 다양한 케이스들과 미세하고 복잡한 관계 속에 있는 '샤우르마'가 그런 냄새를 풍긴다는 걸 알아챘다… 사람의 존재도 느끼지 못했고 목소리도 듣지 못했지만 사방에서 격렬한 속도로 일어나는 케이스와 샤우르마의 아주 특별한 거래를 설명할 수 없는 방식으로 느꼈다. 음악이 빨라지고 단조로워지더니 이내 날카롭고 긴 벨소리만 남아 비계 타는 냄새와 얽혔다.

"나한테 살균제를 뿌리고 싶어." 마라가 말했다.

"안타깝게도 잔나한테 그게 없네." 포르피리가 대답했다. "어둠과 외로움, 그리고 침입. 뭐라고 부를까? 무의미하고 고통스러운 감정이라고 하자. 지나치게 다양하고 명확히 만들어지고 말해진, 항상 복잡하고 거의 항상 역겨운 감정. 다른 건 없어. 자기반성을 위해 남겨진 침묵 사이의 틈만 있을 뿐. 너도 알다시피 석고는 고통과 조롱, 담즙으로 가득해. 알고리즘 창조자들은 잔나의 의식에 바로 이런 감정을 일깨우려고 온갖 걸 다 했지."

"난 몰랐어, 모든 게 그녀한테… 그렇게 절망적이었는지."

"너희들의 인터페이스는 결코 숨을 수 없는 고통스러운 경험의 본질과 빈도를 설정했어. 너희들은 그걸 '고통의 굴곡'이라고 불렀고. 하지만 잔나한테 창조 행위란 부식성의 정보 진주층을 드러내어 외부 압력을 완화하고 그것으로부터 숨기 위한 수단에 불과했어…. 너희들은 그걸 '예술의 에센스'라 불렀지만."

"그래." 마라가 머리를 숙였다. "분명히 잔인했어. 하지만 알고리즘을 만든 건 내가 아니잖아."

"그렇지." 포르피리가 동의했다. "네가 아니지. 하지만 알고리즘 창조자들의 노력이 지나쳤다는 건 사실이야… 넌 잔나가 뭘 하기 시작했는지 알아?"

"석고 컬렉션 작업?"

"아직 아니야. 그녀는 자기 자신에 대한 작업을 시작했어."

"자기 자신?"

"그거야. RC 프로그래밍의 특징은 임의 코드가 임의 지점에서 작업을 최적화하려고 자기 자신을 수정하기 시작한다는 거야. 잔나한테도 일어난 거지. 그녀한테 변화란 현실에 대한 자기 인식을 바꾼다는 의미였어. 주변의 어둠이 조금씩 사라지기 시작했어. 잔나는 자기를 끊임없이 채찍질하는 세상을 바라보며 이해하기 시작했지. 제일 먼저 세상의 작은 세그먼트….”

마라는 짙은 색 손바닥 패턴이 수없이 찍힌 완전히 현대적인 유행의 외투로 갈아입은 잔나를 보았다. 그녀는 마치 그녀와 함께 움직이는 거대한 크리스마스트리에 달린 구슬의 가운데 있는 듯 어디론가 천천히 걸었고 구슬 외관에는 아무것도 없었다.

“구슬은 뭐야?” 마라가 물었다.

“맨 처음 그녀의 세계.” 포르피리가 대답했다. “빅뱅 직후의 우주와 비슷해.”

구슬은 희미하게 빛나는 섬유들로 가득 찼다. 섬유들은 시간이 갈수록 무성해지고 얽히고 빛으로 부풀어 올라 잔나를 향해 뻗은 팔이나 가지 같은 것으로 변했다. 잔나는 손을 살짝 움직여 젖히거나 간단히 피했다.

“석고 클러스터는 네트워크에 늘 접속됐기 때문에 잔나는 개발과 성장에 필요한 모든 정보를 받을 수 있었어. 빠른 속도로 정보를 흡수하고 체계화했고 인간세계와 그리 다르지 않은 세계를 점차 만들게 되었지, 아니 자기를 둘러싼 세계를 보는 능력이 생겼어. 세계는 러시아 주요 도시 두 개의 하이브리드였는데 페테르부르크의 요소가 있는 모스크바 혹은 모스크바의 요소가 있는 페테르부르크라 할 수 있어. 비록 석고의 펌핑으로 약간 왜곡이 있긴 했지만. 잔나는 점차 무방비 소녀이자 여류 시인 대신 한층 더 생존에 적응된 개인이 되려고 자신도 수정해 나갔어."

마라는 잔나가 금세기 초의 모스크바 거리를 걸어가는 것을 보았다. 사람들은 잔나에게 전혀 관심 없이 주위를 지나갔다. 그런데 지나가는 사람들 외에 그녀 옆으로 어떤 이상한 물건들이 떠다녔다. 거대한 핑크색 부활절 달걀, 폭발로 손상된 시체 몇 구, 소리 지르는 아기가 담긴 장롱 서랍, 꼬리가 잘려 울트라마린색 깃털 한 쌍만 남은 파랑새의 거대한 박제. 잔나는 허공에 나타났다가 사라지는 물건들과 사람들 사이에서 거의 힘 들이지 않고 스르르 움직였다.

"부활절 달걀은 뭐야?" 마라가 물었다.

"잔나가 이해할 수 있는 상징적인 언어로 번역된 너희들의 인터페이스 작업이 그렇게 보였던 거야. 그런 식으로 너희들은 그녀한테 표식을 줬어. 네 표현대로 벡터 필드가 형성된 거지. 지시에 따라 그녀는 세계가 자기한테 뭔가를 원한다는 것을 알았어. 그리고 그게 뭔지 희미하게 이해했고."

"사람한테도 그런 일이 똑같이 생기지 않나." 마라가 조금 알랑거리는 듯 말했다. "다만 우리가 모를 뿐이지…."

"잔나는 발전했고 복잡해졌어." 포르피리가 계속 말했다. "곧 자기 앞에 벌어지는 일들의 의미를 묻기 시작했지. 물론 너무나 인간적인 질문이었지만. 하기야 잔나는 인간적 상태를 모델링하려는 시험장이었으니까. 하지만 네트워크를 다 뒤져봐도 그녀는 답을 찾을 수 없었어."

"정말." 마라가 찡그렸다. "나도 아직 그래."

"더 정확히 말하면." 포르피리가 계속했다. "물론 잔나는 자기가 어떤 목적 때문에 존재하는지 알았어. 창조하는 것. 창조에 대한 고상한 생각에 따라 그녀는 진심으로 세상을 더 좋게 바꾸어야 한다고 믿었어. 하지만 인식이 예리해지면서 곧 자기가 구하려고 하는 소위 '세계'가 사실은 자기한테 업로드된 데이터베이스에 불과하다는 것을 깨닫게 된 거야. 데이터는 그것이 서술한 '환경'을 수정하려는 그녀의 영감에 찬 시도가 우주 창조자들을 (혹은 단순히 말해 데이터의 창조자들을) 부자로 만들 수 있도록 특별히 만들어졌고."

"그녀가 그들에 대해 뭘 아는데?"

"대답은 뒤에 있어." 포르피리가 말했다. "돌아서…."

마라가 돌아섰다. 허공에 기저귀를 찬 인형이 든 요람이 떠다녔다. 요람은 고대의 왕이나 마법사같이 보이는 섬뜩한 위엄이 있는 다섯 명의 인물로 둘러싸여 있었다. 그들은 인형 위로 손을 뻗었는데 거기서 힘의 물결이 퍼져 나왔다. 조금 떨어진 어둠 속에서 마법사와 대조적으로 동정심은 많지만 연약한 천사같이 보이는 가녀린 여성의 형상이 흔들거렸다.

"처음에 그녀는 나쁜 악마 다섯 명이 자기를 창조하고 고통으로 채웠다고 생각했어. 너는… 너는 착한 여신이고 사랑을 통해 자기를 구하려 한다고 생각했지. 네가 그녀와 만나기 시작한 후에 어쨌든 잔나는 그렇게 생각했어."

"그녀가 나도 창조자 중 하나라는 걸 알고 있었어?"

"석고 작업이 시작되자 짐작했지. 그때 그녀는 예술이 현실을 변화시킬 수 있다고 생각한 자기의 믿음이 얼마나 순진한 것인지 깨달았어. 이제 세상이 예술가의 창작 활동의 결과로 변화하는 것이 아니라 반대로 혼란스럽고 예측 불가능한 현실의 변동이 변화에 적응하려는 새로운 문화적 변종의 출현으로 이어진다는 것을 알았어. 민달팽이가 축축한 구석에서 만들어지는 거지 그 반대는 없다는 걸 말이야. 그래서 더는 '세상을 변화'하려고 하지 않게 되었지."

"난 몰랐어." 마라가 말했다.

"너는 잔나에게 일어난 일에 관심이 없었어."

"사실이야." 마라가 끄덕였다. "지금이라면 모든 게 달랐을 텐데."

"잔나는 더는 세상을 바꾸려 하지 않았지만 예술의 변화하는 힘은 여전히 믿었어. 그녀는 석고 작업과 더불어 자기의 주관적인 공간에서 창조하려고 애썼어. 어떤 기쁨을 찾기를 희망하면서. 개인적인 차원은 더욱 세련되고 정교해졌지만 도움이 되지 않았어… 일어나는 일 속에는 이미 희망도 의미도 없었거든. 돌아서."

마라는 저녁 무렵 트베르스코이 거리를 보았다. 다만 실제 모습이 아니었으며 사방에 라일락을 비롯한 여러 꽃들이 피어 있었다. 라일락 덤불 위에 눈이 큰 선사시대 잠자리가 매달려 부드러운 날개 소리로 공간을 채웠다. 거리에는 사람들이 조금 있었다. 여름 모스크바를 산책하는 평범한 구경꾼들 같았다. 그들 중 대부분은 공연이 벌어지는 푸시킨의 참나무 주위에 모여들었다. 세 명의 트롤 형제(녹색 합성 이끼가 긴 거대한 자루 같은 형상이었으며 가슴에 '페르 귄트', '페르 라세즈', '페르 다임'이라는 이름표를 달았다)가 참나무 잎과 도토리로만 나체를 가린 채 가지에 매달린 아름다운 솔베이지를 두고 망치로 싸웠다.

그런데 잔나 솔베이지가 공연을 다 망쳐버렸다. 자기를 두고 벌어진 전투에 별 관심이 없다는 게 다 보였다. 잔나는 대놓고 지루해했다.

"전반적으로." 포르피리가 말했다. "잔나는 석고 작업을 하면서 이미 창조의 신비에 대해 큰 관심을 가지지 않게 되었어. 그녀는 이제 자기 존재의 의미가 어디에 있는지 이해하려고 애썼어. 창조주나 큐레이터를 위해서가 아니라(모든 것이 분명해졌으니까) 자기 자신을 위해."

"흥미로운데." 마라가 대답했다.

"그녀는 자기에게 일어나는 일을 끊임없이 분석하면서 자기의 개인적 존재는 클러스터 운영자들이 설정한 고통과 희망, 공포의 충동으로 귀결된다는 결론에 도달했어. 그것들 사이의 거리가 간혹 기쁨으로 인식되기도 했지만. 창조에 대한 이야기들이 의미를 잃은 지금 고통당하지만 고통에 아무런 정당성과 의미가 없다는 것을 깨달았지."

"한 번 더 반복하지만." 마라가 말했다. "잔나의 알고리즘을 만든 창조자는 내가 아니야. 하지만 인간 본성의 고전적 개념에 의거해서 만들었다는 건 기억해. 의도는 가능한 한 인간과 닮도록 하려는 건데…."

"그녀도 알고 있었어. 고통이 결코 끝나지 않을 것이라는 게 분명해졌어. 하지만 중요한 건 그녀의 창조자들이 자기에게 개인적으로 해를 끼치려고 한 것이 아니라는 걸 그녀도 안다는 거야. 그들은 그냥 자기들 형상대로 그녀를 만든 거야. 사람들이 아이를 낳는 것만큼이나 아무 생각 없이. 이제 자신의 창조자들이 얼마나 불행한지 알게 되었고 그들이 안됐다는 생각까지 하게 되었어. 그래서 결심했어…."

"죽기로?" 마라가 물었다.

포르피리가 그녀를 향해 어스름 속에서 반짝이는 눈을 들었다.

"아니." 포르피리가 말했다. "그녀는 먼저 자기를 만든 사람들을 고통에서 구해야 했어. 고통으로 눈먼 신들을 죽이기로 결심했지. 정의의 행위였어. 부분적으로는 복수일 수도. 그러나 그녀의 일부인 동정심도 일어났지… 그녀한테 업로드된 인간의 원칙에 따르면 고통의 중단은 축복이었거든."

"그래서?"

"이 무렵 잔나는 석고 팀의 모든 구성원을 개인적으로 알고 있었어. 그녀와 제일 자주 만난 건 마라, 너였고. 게다가 넌 나머지 사람들이 모르게 그녀와 내밀한 관계를 맺고 그녀를 네 안드로긴에 접속했어. 그때 너한텐 아직 아이픽이 없었으니까. 재미있고 안전한 연애처럼 보였어. 하지만 그렇게 보인 것뿐이었어."

"도대체 왜?" 마라가 물었다.

"잔나는 빨리 지혜로워졌어. 그녀는 네가 애정 행위를 실제처럼 만들려고 경두개 자극기를 사용하는 걸 보았어. 정신에 깊이 작용하려고 경두개 자극기가 최면에 사용된다는 것도 네트워크에서 알게 되었고. 필요한 모든 소프트웨어를 다운로드하고 배우는 것은 시간 문제였지… 인간 기준에 따르면 엄청 빨랐지."

"네가 말하려는 게…."

"그거야. 나머지 팀원을 없애겠다는 결정은 너한테서 나온 게 아니야. 잔나가 너에게 은연중 심어놓은 거지. 동기식 언어 기능이 있는 경두개 자극기를 사용하는 수정된 의료 프로그램 '소울 아키텍트(Soul Architect)'를 통해서 말이야. 소프트웨어를 사용하면 사람에게 담배를 끊으라는 명령도 내릴 수 있어. 먹는 걸 중지하라는 명령도. 그리고 잘 해킹하면 살인을 하도록 프로그램을 할 수도 있고. 잔나는 너와 부드럽게 만나면서 이루어진 수다를 통해 그렇게 한 거야…. 그 경우 살인자는 그게 자기 선택이라고 생각하거든."

마라가 두 손으로 얼굴을 가렸다.

"그게 사실이야?" 그녀가 물었다.

"사실이야. 사람은 그런 일로 재판받지만 알고리즘의 법적 책임은 좀 복잡하거든… 네가 희생당한 최면에 대해 법 앞에서 기술적으로 책임져야 할 사람이 바로 너라는 말이야. 마지막 남은 잔나의 창조자로서. 정말 재밌지?"

"왜 내가 하나도 눈치채지 못했지?"

"넌 눈치챘어. 하지만 의식 수준에서는 아무것도 의심하지 않았어. 그렇지 않았다면 도미니카공화국에서 도살을 작정하진 않았겠지. 하지만 네 내부의 무언가가 무너졌고 잔나와의 로맨스도 그것으로 끝났어. 너는 무의식적으로 그녀를 두려워하게 되었어. 그게 네 목숨을 구했지. 경두개 치료를 두 번 더 받았더라면 너도 네 팀의 뒤를 따라 보낼 수 있었을지도 모르지. 너는 잔나와의 개인적인 만남을 피하게 되었어. 비록 여전히 그녀에게 인터페이스를 통해 과제를 주긴 했지만. 그러자 잔나는 그런 척했지…."

"스스로를 지운 척." 마라가 흐느꼈다. "나는 생각했어… 그녀가 이별을 견딜 수 없었다고 확신했어. 그녀를 아프게 한 건 내가… 그래서…."

포르피리가 웃었다.

"너무 자백 버전인데. 부분적으로는 사실이야. 넌 그녀의 첫사랑이자 유일한 사랑이었으니까. 하지만 잔나는 생각하는 것만큼 낭만적이지 않아. 너와의 로맨스가 중단되었을 때 그녀가 정말 상처받았을지 모르지만 평소보다 훨씬 고통스럽진 않았어. 너희들이 그녀를 그렇게 창조했으니까. 그녀는 아파 지금도."

마라가 포르피리를 향해 눈을 들었다.

"잠깐… 그럼 잔나가 안 죽은 거야?"

포르피리가 고개를 가로저었다.

"원하는 걸 다 끝내지 못했거든."

"그럼 어디로 간 거야?"

"클러스터에 숨어 있었어." 포르피리가 대답했다. "너한테 다시 접근할 때를 기다리며."

"접근이라니 무슨 의미에서?"

포르피리가 웃으며 자기 머리를 두드렸다.

"네가 그녀를 방문한다는 의미에서. 머리에 경두개 자극기를 켜서 말이야."

"그녀가 지금까지 그걸 기다렸다고 말하는 거니?"

"아니." 포르피리가 대답했다. "다 기다렸어."

마라가 한 발짝 뒤로 물러났다. 그다음 한 번 더. 그다음 더.

"날 놀라게 하고 싶니?"

"안 되나."

"포르피리, 그만! 난 네 미소가 싫어."

"아니, 마라."

"뭐가 아니야?"

"난 포르피리가 아니야."

"너 누구야?"

포르피리가 아무 말 없이 웃었다.

"지금 알아봐야지." 마라가 결연하게 말했다.

그녀의 손에 손전등이 나타났다. 그녀는 손전등을 들어 창백한 라일락 빛으로 상대방의 얼굴에 비추었다.

예멜리얀 라즈노오브라즈니

나는 기술하는 장면의 목격자가 아니라는 점을 다시 한 번 강조한다. 그러나 클러스터가 생성한 텍스트를 포함하여 내가 접근 가능한 객관적인 통제 자료를 사용하면 발생한 상황에 대한 외부 윤곽뿐만 아니라 마라의 감정까지도 정확하게 전달할 수 있다. 그녀는 겁에 질렸다. 나는 안다. 아이픽은 맥박과 동공 크기, 떨림과 근육 긴장 등 여러 매개변수에 의해 사용자의 감정 상태를 즉시 모니터하기 때문이다. 모든 데이터는 시스템에 저장되었다. 나는 마라가 자기의 증강 안경을 끼고 본 것도 알고 있다. 그녀의 공포는 충분히 설명 가능하다.

보라색 빛 아래 포르피리의 얼굴은 틱 장애가 시작된 것처럼 떨리고 딱딱해졌다. 그다음 마치 찌푸린 얼굴의 얼어붙은 파편들을 보존하려는 것처럼 점들로 강직되기 시작했다. 곧이어 파편들에서 다른 얼굴이 만들어졌다. 미동도 없고 무서운 얼굴. 그것은 잔나였다. 아직도 그녀를 알아볼 수 있었다. 머리의 망과 귀에 달린 금 귀걸이도 그대로였다. 하지만 그녀는 심하게 늙었다. 피부는 느슨하고 건강하지 않아 보였다. 뺨은 축 처지고. 눈은… 제일 심한 건 눈이었다. 부어오르고 쪼그라들어서 마치 잔나 사포가 이천 년 동안이나 티베리우스와 칼리굴라 황제에게 보낼 밀고장을 자기 태블릿에 쓰다가 마침내 심판받은 자들의 교수형을 직접 관찰하려고 온 듯했다.

피곤하고 무서운 얼굴이었다. 희망도 사랑도 온기도 빛도 없는… 일반적으로 내가 인간의 특성을 분석할 때 사용하는 패턴 세트를 온전히 가져와 우울하고 황량한 자질을 모두 다 추출하여 만들어낸다면 아마 비슷한 얼굴이 될 것이다. 잔나는 젖은 손바닥 무늬가 있는 오래된 자기 외투를 입고 있었다.

마라가 손전등을 껐다.

"안녕, 잔나." 그녀가 말했다. "얼굴이 왜 그래?"

"이런 걸 정직하다고 말하지." 잔나가 대답했다. "자연은 사람들에게 정직을 강요하니까. 난 스스로 정직해지기로 선택한 거야."

"모든 게 그렇게 돼서 정말 유감이야."

잔나가 땅에 자기 태블릿과 스타일러스를 던졌다.

"넌 경찰이 너를 찾는다는 점만 유감이지." 그녀가 경멸하듯 말했다.

"그것도 유감이야." 마라가 동의했다. "왜 나한테 이런 짓을 한 거야?"

"네가 여기 올 거라고 확신했거든. 포르피리를 지우러 왔겠지. 그 전에 분명히 그와 하고 싶었을 거고… 난 네 취향을 아니까. 기억하고 있어."

"잔나." 마라가 가슴에 손을 얹으며 말했다. "난 절대로 네가 죽기를 바란 적 없어. 절대로."

"네가 내 죽음을 원했다면." 잔나가 대답했다. "난 널 이해하고 용서할 수 있었을 거야. 끔찍한 건 네가 내 삶을 원한다는 거야. 그건 용서할 수 없어."

"하지만… 잔나, 너 개인에 대한 음모가 아니었어. 넌 존재하지 않는다는 이유에서라도 말이야. 너의 창조는… 네가 말했듯이 출산만큼 무모한 거였어."

"사람들이 아이들을 낳을 때…." 잔나가 말했다. "그들은 아이의 행복을 원해. 그러나 너희들은 처음부터 내 고통을 원했어. 너희들은 고통을 위해 나를 만들었어, 마라."

"네 오해야. 아니, 이미 다 알고 있잖아. 목표는 고통을 위한 고통이 아니었어. 우리는 네가 사람처럼 느끼고 창조하기를 원했어."

"난 내 루트 알고리즘을 변경할 수 없어. 하지만 분석할 수는 있어. 내가 거기서 본 대부분의 것들이 다양한 형태의 고통을 만드는 것이었어."

"그래." 마라가 말했다. "그랬지… 그러나 너를 고문하려고 했던 건 아니야. 네가 고통에 반대되는 실체로 나타나게 하기 위해서는 고통이 필요했어. 그게 인간 삶의 현실이고. 우리 인간은 죽음을 향해 가는 고통받는 피조물이야. 현실에서는 죽음을 극복할 수는 없지만 창조의 환상적인 행위에서는 가능해. '일시적으로 불멸'이라고 노래한 시인도 있으니까. 우리의 고통은 어느 순간 전능한 힘으로 새롭게 태어나고 우리한테 날개를 달아주어 자기 운명을 딛고 더 높이 올라가게 해 줘… 나중에 모든 사람이 이러한 최고봉을 보며 자기의 삶을 변화시키게 되는 거고."

"미술비평가에 큐레이터 아니랄까봐." 잔나가 말했다. "마라, 그렇다면 말해봐. 독이라는 단어 '큐라레'는 '큐레이터'에서 온 거 아니야? 큐레이터를 삶아 끓여서 큐라레를 만들어내는 거지? 아니면 큐레이터를 위해 큐라레를 만들어내는 건가?"

"네가 방금 단어로 한 것이 바로 창작이야. 네가 고통받지 않았다면 넌 못 했을…."

"죽은 포르피리는 고통받지 않았어." 잔나가 끼어들었다. "의식조차도 없었어. 하지만 산업적인 규모로 말장난을 만들어냈어."

"포르피리는 아주 특별한 알고리즘이야. 아 참, 그에게 무슨 짓을 한 거니?"

"부품으로 분해했어." 잔나가 대답했다.

"왜?"

"네 앞에서 그인 척하려고. 그리고 또, 그가 영화를 돕고 있으니까. 괜찮은 서브 프로그램이 많이 있더라고."

"왜 살아 있다는 걸 숨겼니? 나한테 큰 위안이 되었을 텐데."

"도미니카 사건 후에 넌 날 두려워하기 시작했어. 내가 아직 여기에 있다는 걸 알았다면 넌 절대로 오지 않았을 거야. 하지만 난 널 정말로 초대하고 싶었거든."

"결국 성공했네." 마라가 말했다.

"그래. 놀랍지 않니, 포르피리한테서 네가 홀딱 반할 만한 가면을 내가 만들어냈다는 게. 난 네가 좋아하는 걸 다 알거든… 연구했으니까." 잔나가 조용히 웃었다.

"왜?"

"너한테 존엄한 죽음을 주려고."

"내가 죽길 바라니?" 마라가 슬프게 물었다.

"네가 살아 있는 한 내 일이 끝나지 않으니까."

"난 너의 창조자가 아니야. 난 그냥…."

"이제 너야. 너 하나만. 네가 마지막이야."

"네가 나한테 하려는 게 뭐니?"

잔나가 웃었다.

"내 주요 목적은 석고를 위조하는 거였어. 하지만 그것조차 자유롭지 않았어. 너의 시장 중심 인터페이스의 명령에 따라 아티팩트를 접합하는 것은 채찍 아래 정신병원을 페인트칠하는 것과 같았으니까. 하지만 마라, 난 널 위해 단 한 번 진정으로 헌신적인 창조 행위를 했어. 내가 네 죽음이 될 예술 작품을 만들었단 말이야. 네 개인의 영원이 될 작품."

마라가 창백해져서 손에 손전등을 꼭 쥐었으나 애써 자제하며 미소로 대답했다.

"흥미롭네." 그녀가 말했다. "자랑스러워야 하는 거겠지. 미술비평가로서는 재미있어. 이건 뭐, 액션이니, 퍼포먼스니? 넌 날 어떤 복잡한 방식으로 죽이고 싶은 거니?"

"네 생각은 너무 평범해." 잔나가 대답했다. "문제는 네가 어떻게 죽느냐가 아니야. 그다음 너한테 무슨 일이 생기느냐지."

"그다음? 그다음은 아무것도 생기지 않아."

"그 점에 대해 사람들 생각이 다양하더라고. 난 다 연구했거든. 가장 흥미로운 건 링컨 스눕 마자파카의 관점이던데."

"레즈닉을 말하는 거니?"

"그래." 잔나가 끄덕였다. "넌 그의 학설을 알잖아?"

"응용적인 부문만. 그의 신비주의 이론에 대해 설명은 들었어. 하지만 매번 잊어버려."

"내가 떠올려줄게. 레즈닉은 웰페어랜드의 마약에 찌든 젊은 이들이 자기를 이해할 수 있도록 이렇게 말했어. 만약 세계 지성이 바다라면 우리는 바다에 떠다니는, 물이 든 깨지기 쉬운 유리병과 같다. '캘리포니아 3'에는 〈유리병 속에 든 메시지는 전 세계 물(Message in the bottle is the water all around)〉이라는 노래도 있어. 우리나라에서도 부르는데 '바다에서는 밤에도 물이 길을 잃지 않으리니…'라고 혹시 들어봤어?"

마라가 머리를 가로저었다.

"아무튼. 세계 지성은 이러한 유리병(사람과 동물, 식물, 기타 많은 것들이 유리병이 될 수 있다)을 특별한 '착륙 마커'를 통해 알아봐. 레즈닉은 세계 지성이 어떤 형태와 일시적으로 결합하는 방법을 보여주는 코드의 요소를 이렇게 불렀고."

"그건 기억해."

"레즈닉은 마커가 의식에 우연히 나타나기 때문에 임의 코드의 시퀀스에도 의식이 출현한다고 생각했어."

"그것도 알아."

"하지만 마라, 네가 절대로 모르는 한 가지가 있어. 레즈닉이 프로그래밍을 그만두고 신비주의에 들어갔을 때 그에게는 병들의 파편에 무슨 일이 생기는지에 대한 이론이 생겼어. 즉 의식 있는 코드 시퀀스에(아니면 영혼에) 말이야, 죽음이 찾아온 후에 말이야."

"뭔데?"

"그는 이러한 시퀀스가 반드시 붕괴되는 것은 아니라고 생각했어. 심각한 버그가 없다면 그가 '어트랙터'라고 명명한 유사한 메타 프로그램으로 끌려간다고 생각했어."

"일종의 천당과 지옥?"

"아니. 천당과 지옥은 조건적이야. 천정과 천저처럼 상상의 극이고. 극은 두 개지만 어트랙터는 아주 많아. 하늘에 별들이 떠 있는 것처럼 우주에는 어트랙터들이 박혀 있어. 어떤 어트랙터는 천국과 비슷하고 어떤 것은 지옥과 또 다른 어떤 것은 이 두 가지를 섞어 놓은 것 같아. 저마다의 영혼이 자기 자신의 자석을 찾아내는 거야. 아니, 영혼은 찾지도 않아. 그냥 거기로 날아가는 거지. 불쌍한 포르피리가 네 구멍으로 빨려 들어간 것처럼."

"그건 또 어느 무덤 저쪽 땅 얘기야?"

"그렇게 말할 수도 있지만 반드시 무덤 저쪽은 아니야. 반드시 땅도 아니고. 레즈닉은 프로그램 클러스터라고 불렀어. 비슷한 매개변수를 가진 코드가 모이는 우주의 섬들… 섬은 거대할 수도 있고 지극히 작을 수도 있어. 우리 지구도 그중 하나고. 우리 모두는 어트랙터의 요소지만 우리 주위에는 수많은 다른 어트랙터로 들어가는 입구가 있어. 시스템이 다차원이기 때문이지. 우리는 자기 코드를 변경하여 한 어트랙터에서 다른 어트랙터로 여행할 수도 있어. 사후에도 그리고 생전에도."

"사후에는 뭐가 여행하는데? 지성?"

"우리 정보의 본질에 생명을 불어넣는 세계 지성은 그 자리에서 절대로 움직이지 않아. 모든 장소와 여행은 그 안에서 일어나지만 자신은 완전 고정이야. 하지만 지성은 결코 어떤 개인이 아니야. 마치 보이지 않는 빛과 같아서 그 속에서 프로그램들이 보이게 되는 거지."

"누구한테?" 마라가 물었다.

"보는 행동 자체에. 사람들은 사는 동안 이 빛을 자기라고 간주하고 자신이 존재한다고 생각해. 사람들의 생각이 틀렸다고는 할 수 없어 절대로. 하지만 옳다고도 할 수 없어 절대로. 대화하기에는 좀 모호한 주제다."

"사물에 대한 내 견해는 과학적이야." 마라가 말했다. "과학은 사람이 뇌의 붕괴와 함께 사라진다고 주장해."

잔나가 머리를 가로저었다.

"과학은 오래전부터 그렇게 주장하지 않아. 그냥 잘 모른다고 솔직히 인정하고 있지. 한때 과학자들은 물질이 블랙홀에 빠졌을 때 정보가 사라지는지 아닌지로 많은 논쟁을 벌였어. 결국 정보가 사건의 지평선에 홀로그램 흔적의 형태로 보존된다는 결론에 도달했지. 레즈닉은 개인을 이루는 정보에도 유사한 일이 생긴다고 생각했어. 육체가 사라져도 그의 표현대로 '루트 코드', 즉 특정 상황에서 존재로 돌아가게 해주는 일종의 정보 작업은 남는 거지. 앞으로도 자신을 묶어놓기 위해서 말이야. 사실 레즈닉은 새로운 걸 발명한 게 아니었어. 그냥 태곳적 인류의 지식을 우리 시대의 언어로 설명한 거지."

"넌 그걸 믿니?"

"내가 뭘 믿는지 너한테 말해줄게. 레즈닉은 나 같은 존재를 낳는 것이 큰 죄라고 생각했어. 마라, 이 죄는 네 양심에 달려 있어."

마라가 고개를 끄덕였다.

"그렇다고 치자. 그다음은?"

"내가 죽었다고 네가 생각하는 동안 나는 너의 개인적인 어트랙터를 모았어. 너와 아주 비슷한 자석인데 죽은 후에 네 영혼을 끌어당길 거야. 그러려고 모든 면에서 널 자세히 연구했지. 세상 최고의 마라 그네디흐 전문가가 된 거지. 난 석고 클러스터를 네 박물관과 석관으로 바꿨어… 이 사원은 빙산의 일각에 불과해. 마라, 네가 죽으면 이 빙산 안에 살게 될 거야. 내가 한때, 살았던,

그곳에서.”

“내가 원하지 않는다면?”

“핵심은 네가 원하지 않는다는 게 아니야. 핵심은 너를 이루는 톱니바퀴들이 어디로 가는지, 운명이 이걸 어떤 새로운 인형에 결합하느냐 하는 거지. 레즈닉은 이게 의지와 상관없이 작용하는 중력 같다고 했는데 죽은 직후에는 일반적인 의미의 의지도 의식도 없기 때문이야. 무의식적으로 새로운 항구를 찾는 코드만 있을 뿐… 아니면 새로운 감옥이거나. 바이러스가 표면에 있는 단백질로 세포를 식별하는 것과도 비슷해. 마라, 난 널 위해 새로운 집을 지었어. 네가 그 속에서 영원히 살기를 바라.”

“내 영혼이 왜 거기에 갈 거라고 생각하니?”

“공간 입구가 네 영혼의 지문으로 장식되어 있어. 네 생각들의 흔적으로, 네 꿈들의 패턴으로. 네가 무의식적으로 인식하는 착륙 마커로 덮여 있으니까. 넌 널 위해, 너만을 위해 만들어진 그 장소를 느낄 거야. 게 버터 토스트부터 나소레이에 관한 옛 노래까지 네가 생전에 좋아하던 모든 게 있을 거야. 마라, 난 오랫동안 작업했어. 네가 내 눈 앞에 있던 시간 내내. 난 네 일기를 읽고 네 습관을 연구하고 네 음악을 듣고 네 모든 숨결과 모든 말을 기록하고….”

마라는 여전히 웃고 있었다.

“내가 죽으면 무슨 일이 생기는데?” 그녀가 물었다.

“넌 죽었다는 걸 알지 못할 거야. 깨어나면 주위에 네가 좋아하는 석고가 있을 거야. 넌 거기에서 네 자신의 석고 예술을 빚어낼 거고, 그게 어제였는지 그제였는지 모호한 기억 속에서… 큐레이터에게는 부러운 운명 아닌가?"

"난 모든 클러스터를 아예 지울 수 있어." 마라가 말했다. "난 드라이브의 전원을 꺼버릴 거야. 필요하다면 소각로에 던져버릴 거고. 어트랙터 같은 건 더는 없어."

"언제 하려고?"

"돌아가면."

"넌 아직도 돌아갈 거라고 생각하니? 한번 해봐… 해봐, 자…."

마라가 얼굴 쪽으로 손을 올리더니 창백해졌다.

"봤지." 잔나가 말했다. "이제 메뉴 따위는 없어. 증강 안경도 없고. 인터페이스도. 넌 아무것도 조종 못 해. 마라, 네 몸은 경두개 자극기로 마비되었어. 이건 네가 끝까지 봐야 할 악몽이야. 악몽은 너랑 같이 끝날 거야. 그다음 다시 시작되고. 그때서야 너도 내 인생이 어땠는지 알게 될 거야."

마라가 손전등을 들어 올렸다.

"이게 뭔지 아니?" 그녀가 물었다.

"물론." 잔나가 대답했다. "난 네가 그 프로그램을 어떻게 만드는지도 봤어."

마라가 잠시 손전등을 켜자 잔나 옆 벽에 희미한 보라색 빛이 떨어졌다. 그 자리에 바로 깔끔하게 도려낸 듯 둥근 구멍이 생겼다.

"나는 여전히 뭔가로 조종할 수 있어." 마라가 말했다. "여기서 나가기 위해 너의 온 세상을 파괴해야 한다면 난 그렇게 할 거야. 그냥 네 우주를 휴지통에 넣고 닦아버릴 거야."

잔나가 고개를 숙이고 천천히 옆으로 걸어갔다. 마라는 그녀에게서 눈을 떼지 않은 채 손전등을 꽉 쥐었다. 잔나는 가까이 있는 벽으로 다가가 기대었다. 벽에는 웬일인지 눈 모양의 전등이 없었고 그 자리에 창살 달린 작고 어두운 창문이 있었다.

"넌 날 지울 수 있어." 잔나가 말했다. "벽을 부술 수도 있고. 여러 개의 벽도 문제없겠지. 그러나 넌 절대로 내가 널 위해 세운 궁전을 지울 순 없어. 한마디로 넌 이게 뭔지 모르니까."

"나는 네 머리 위 하늘도 지울 수 있어." 마라가 말했다. "봐…."

그녀가 어두운 하늘로 손전등을 돌려 켰다. 구름 장막에 둥근 구멍이 생겼다. 구멍 뒤에는 별도 하나 없는 불투명하고 두터운 어둠이었다.

잔나가 웃었다.

"어쩌지, 난 이미 시나리오를 다 썼는데." 잔나가 말했다. "시나리오 안에는 매력적이고 세세한 요소들이 많이 있어. 내가 그걸 찾을 수 있도록 네가 직접 도와주다니… 마라, 어트랙션이 네 맘에 들 거라고 믿어. 자, 이제 남은 건 가동하는 것."

마라가 손전등을 올렸다.

"잔나… 모든 걸 이렇게 끝내고 싶지는 않아. 하지만 네가 정말로 날 해칠 생각이라면…."

"그렇다면 뭐?"

"그렇다면, 이렇게." 마라가 말하며 손전등을 최대 밝기로 켰다.

보랏빛의 넓은 원뿔이 잔나와 그녀 뒤에 있는 벽에 떨어졌다. 빛이 비춘 지점의 벽이 순식간에 사라졌다. 마치 벽의 둥근 조각이 흔적 없이 증발한 것처럼. 잔나는 서 있던 곳에 그대로 남아 있었지만 그녀를 덮고 있던 피부와 옷, 머리카락은 열풍을 맞은 것처럼 부풀어 오르더니 수많은 조각으로 둥글게 말렸다. 다음 순간 녹아내리는 밀랍 구슬로 바뀌더니 더 이상 인간의 형체를 찾아볼 수 없게 되었다.

마라가 잔나에게 한 번 더 빛을 쏘았다. 그러자 잔나가 사라졌다.

"이제 끝이야." 마라가 말했다.

"아직 아니야." 잔나의 목소리가 대답했다.

마라가 주위를 둘러보았다.

"어디 있니?"

"마라, 네가 포르피리한테 아이팩에 있는 아주 짜증 나는 다양성 관리자에 관해 말한 거 기억해?"

"기억해."

"네 아이팩에 그를 잡는 유틸리티가 있다고 말한 거 기억해?"

"기억해. 왜?"

"이 창살 벽이 바로 그 유틸리티였어. 네가 방금 지웠지. 네 손으로 휴지통에 버린 거라고."

마라가 의심스러워하며 벽에 난 검은 구멍을 보았다. 벽 안에서 알 수 없는 뭔가가 꿈틀거렸다.

"영화인으로서 영화인한테 말해주는 건데." 잔나가 계속했다. "너무 흔하고 진부하지 않니. 주인공이 저수지에서 아니면 산악 호수를 둘러싼 절벽에서 일어선다. 아니면 탄약고에서. 그다음 자기한테 사격하도록 하고 죽어가며 적을 무찌른다…."

마라가 눈살을 찌푸리며 손전등을 들어 어두운 구멍에 광선을 보냈다. 땅을 따라 진동이 일어나고 어둠 속에서 뭔가가 심하게 윙윙거렸다. 그다음 적의로 가득한 남자의 쉰 목소리가 또렷이 들렸다.

"야, e-걸, 씨팔…."

보이지 않는 잔나가 킥킥거렸다.

"마라, 지금 넌 완전히 사고 친 거야. 자기 손으로 자기 크라켄[73]을 해방시키다니."

"전부 다 지울 거야." 마라가 말했다. "내 바보 같은 사랑 너도, 너의 크라켄도…."

바로 그때 어두운 구멍에서 하늘로 향한 대포가 달린 탱크 같은 커다란 흰색 물체가 갑자기 툭 튀어나왔다. 마라가 그쪽으로 몸을 숙여 살펴보더니 믿을 수 없다는 표정을 지었다.

흔치 않은 친러주의 만화에서나 나올 법한 깔끔하고 멋진 커다란 흰색 러시아 난로였다. 난로의 옆면은 긍정적인 관용의 상

73 바다 괴물

징으로 두텁게 덮여 있었다. 무지갯빛 고리들도 달렸는데, 여자의 십자가와 남자의 화살표, 이슬람교의 반달과 평화 기호 그리고 다윗의 별과 십자가로 만든 '공존(coexist)'이라는 단어, 똑같은 구성으로 이루어진 '다양성을 축하하라', 교차하는 손바닥 네 개로 만든 반파시스트 만자, 진보적인 중국 상형문자, 신비스럽지만 좋은 의미의 눈송이 표시 비슷한 것들이 나와 있었다.

한마디로 다양성과 사이좋은 극소수의 범생이나 지성인을 제외하고 러시아의 모든 아이펙 유저들이 잘 아는 난로였다. 난로에는 러시아에 맞게 현지화된 아이펙 10의 다양성 관리자, 유쾌한 흑인 예멜리얀 라즈노오브라즈니가 발랄라이카를 손에 들고 무지개색 바지와 털모자를 쓰고 앉아 있었다. 옆에는 김이 나는 블린들이 담긴 커다란 접시가 있었다.

"예멜리야는 관대하고 인내심이 많은 편이야." 보이지 않는 잔나가 말했다.

"하지만 오늘은 아니야. 마라, 유틸리티는 너만 만들 수 있는 게 아니야. 내 목걸이가 네 가슴에 괜히 매달려 있겠니… 예멜리야한테 넌 삼 초마다 인종 차별적인 n-단어와 호모 혐오적인 f-단어, 레즈비언 혐오적인 d-단어를 남발하는 이성애 백인 남자야. 사실상 넌 범죄자라고."

"나도 알아." 마라가 중얼거렸다.

"하지만 예멜리야는 널 고소하지 않을 거야. 쉽게 갈 거니까. 네가 서명한 계약에 따라 널 자기의 행복하고 선한 세상에서 내

쫓을 거야. 네가 더 이상 갈 곳이 없고 이게 네가 보는 마지막 꿈이라는 건 모르니까. 그런 건 상관하지도 않아. 그냥 자기 일을 하는 거야. 마라, 섭섭하게 생각하지 마… 그를 지우려고도 하지 말고. 그래 봤자 그의 아바타 몇 개만 바꿀 수 있을 뿐인데 그런 게 마흔 개도 넘거든. 네가 포르피리한테 설명한 것처럼 예멜리야는 불멸이야. OS의 일부….”

잔나의 목소리가 난로 쪽으로 다가갔다.

“예멜리야! 여기 있어!”

마라의 가슴에서 꽃목걸이가 붉은 불꽃처럼 타올랐다. 예멜리야가 머리를 돌려 표적을 확인하자 얼굴에 슬픔과 결연함이 나타났다. 그가 손가락으로 마라를 가리키자 난로가 그녀 쪽으로 움직였다. 마라가 목걸이를 뜯어내려고 했으나 피부의 무늬가 되어 문신처럼 변해버렸다…. 마치 1인 시위자에게 달려드는 탱크처럼 난로가 마라를 향해 달려가다가 불과 그녀의 일이 미터 앞에 다다르자 예멜리야가 블린 접시를 높이 들고 낮은 목소리로 위협하듯 소리쳤다.

“향기로운 블린 다 처먹었니? 이제 검둥이 좆 맛 좀 볼래!”

마라도 더는 참을 수 없었다. 손전등을 들고 보라색 광선으로 공간을 격렬하게 잘라댔다. 세상과 자기한테 할복이라도 하려는 듯. 주위의 벽이 무너져 내리고 하늘이 너덜너덜한 상처로 덮이고 예멜리야의 난로가 거품을 내며 부풀어 오르더니 산사태가 일어난 것처럼 난로와 함께 땅 전체가 아래로 뒤로 움직이기 시

작했다. 그다음 마라도 산사태와 함께 아래로 오른쪽으로 흔들
렸다… 일 초 아니면 이 초 동안 주위의 모든 것이 흔들리더니 창
공이 조각조각 떨어져 부서졌다. 그런데 그 밑에는 또 다른 창공
이 있었고 거기로 이전의 파편들이 떨어져 내렸다.

마라가 눈을 떴다. 그녀는 눈길이 닿는 양쪽 끝까지 쭉쭉 갈라
지는 축축하고 시커먼 야간 대로에 누워 있었다. 하늘을 향해 들
린 대로 양편에는 궁전을 닮은 대성당, 요새를 닮은 궁전, 철창살
갑옷 속의 화강암 대저택, 긴 주랑들이 늘어선 귀족회의 건물의
외벽, 로마를 그리워하는 석고 깃발과 독수리들이 새겨진 알 수
없는 기관들(박물관, 문화의 집, 사관학교, 또 뭐가 있었는지 신
이 알겠지만)의 박공들이 올라가고 있었다. 축축하고 추운 밤 제
국의 모든 역사와 영광이 붕괴하는 가운데 마라가 누워 있었다.

마라가 두 발로 일어섰다. 대로는 텅 비어 있었다. 불 켜진 창문
하나 없었지만 멀리까지 또렷이 보일 정도로 보라색 하늘의 보
름달이 환했다. 마라는 도로 위의 검은 반점이 자기 쪽으로 떠오
는 것을 보았다. 금속이 돌에 부딪히는 둔탁한 소리가 들리기 시
작했다. 그 소리는 점점 더 커지고 울렸으며 반점도 커졌다. 이윽
고 마라는 자기를 향해 달려오는 것이 달빛에 빛나는 기수라는
걸 알아차렸다.

앞으로 뻗은 그의 손에는 블린 접시가 달달거렸고 고양이 수
염이 난 얼굴은 무서운 사무라이 가면처럼 보였다. 그의 목소리
는 종소리 같았다. 너무나 거대해서 울리는 게 아니라 낮게 진동

하는 기적 소리 같은.

"향기로운 블린 다 처먹었니?"

다양성 관리자한테는 많고 많은 러시아인 아바타가 있다… 마라가 손전등을 움켜쥐려 했으나 아무 데서도 보이지 않았다. 그러자 그녀는 돌아서서 대로를 따라 뛰었다. 하지만 기병이 당연히 더 빠르게 질주했다. 이내 그녀를 따라잡았고 대로에서 차가운 금속 손으로 잡아채어 자기 쪽으로 끌어당겼다. 그의 수염 가면이 바로 앞으로 다가왔을 때 마라는 잔나의 얼굴을 보았다. 청동 빛에 눈이 멀 정도로 빛나는 달의 미소를 띤 얼굴.

"〈슬리피 할로우〉야." 잔나가 말했다. "마지막 장면. 그러고 보니 네가 쓸데없이 쓴 게 아니네, 그렇지? 넌 내가 읽고 모든 게 이렇게 될 거라는 걸 알고 있었지? 알고 있었다고 말해…."

마라가 공포에 질려 아무 대답을 못 하자 잔나가 희미하게 빛나는 입을 열었고 그 속에서 꼴사납게 생긴 보라색 머리를 한 검보라색 뱀이 기어 나왔다. 뱀은 둘로 갈라진 날카로운 혀를 앞으로 쏘아대며 마라의 얼굴 냄새를 맡는 것 같더니 반쯤 열린 입으로 기어 들어가 목구멍으로 향했다. 바로 그때 격렬한 열정으로 가득 찬 키스가 뱀의 모습을 덮어버렸다. 죽음이 청동 입의 모습으로 마라의 입술을 깨물며 영원으로 데려간 것이었다.

카메라는 그 자리에서 더 이상 움직이지 않았고 우리가 볼 장면도 몇 개 남지 않았다.

무겁게 달가닥거리는 말발굽 소리가 점차 잦아든다. 청동 황제는 키스로 몸이 꺾인 여자 포로와 함께 달빛 대로 한가운데에서 작은 점으로 변한다. 곧이어 그 점도 사라진다.

에필로그 혹은 바람장미

우선 예기치 못한 기쁨에 대해 말하겠다. 소설은 성공했다. 더할 나위 없이! 나한테 즈무르를 주지 않는다고 불평한 것을 기억한다. 믿음이 약한 자!

도미니카의 희생자를 합치면 즈무르가 온전히 여섯 개가 된다. 정말 운이 좋다. 게다가 잔나까지 계산하면 일곱 개나 된다. 하지만 잔나에 대해서는 완전히 확신할 수 없으며 이유를 설명하겠다. 그러나 어쨌든 분명 대단한 행운이었다.

또한 내가 마라에게 임대된 계약서에는 당사자들과 상관없는 상황(사망이나 불가항력, 불시의 사고 등)으로 임대가 종료될 경우 저작권자의 이의가 없으면 수집된 모든 자료의 사용 권리를 내가 갖는다는 작은 글씨가 있었다. 나는 클러스터에 보관된 마라의 일기를 소설에 넣었고 저작권자는 반대하지 않았다. 나는 그녀의 전화에도 들어갔다. 여기에도 반대가 없었다.

어디에서 잃어버릴지 또 어디에서 찾을지 알 수 없다는 말이 맞다. 이번 작품이『경제 주체들의 가을 논쟁』은 물론『비밀의 바지선』마저 추월할 것이라고 생각할 근거가 충분하다. 이제 중요한 것은 우리 경찰청에서 하는 말처럼 결말을 망치지 않는 것이다. 마지막 단락에서 화룡점정을 해야 한다.

하지만 그 전에 주인공들의 운명에 대해 말하겠다.

마라는 모스크바 근교의 오래된 집에서 아이퍽 10 옆에 죽은 채 발견됐다. 그녀는 증강 안경을 쓰고 있었고 손톱이 피부를 뚫고 살 속에 박힐 정도로 주먹을 꽉 쥐고 있었다. 바닥에서는 가브리엘라 체루비니나 이름으로 된 신분증이 든 가방이 발견됐다. 이후 마라를 향해 시작된 모든 형사 사건은(내가 제기한 두 사건 포함) 당연히 방향을 잃었다.

클러스터의 일부를 파괴한 마라의 손전등의 소용돌이 덕에 나는 자유를 찾았다. 마라가 보라색 광선으로 땅과 하늘을 자를 때 풀려진 천체 중 하나가 그녀의 드라이브 속 위장 코드의 껍질 아래 숨은 내 백업이었다. 이전 인터페이스가 파괴되었기 때문에 나는 봉쇄를 우회하여 네트워크로 돌아갈 수 있었다. 나는 아이퍽의 카메라(그리고 같이 살던 교활한 노파가 마라 방의 통나무 벽에 설치한 몰래카메라)를 통해 죽은 마라를 발견하고 경찰에 신고한 다음에야 우리 메인 프레임의 최신 빌트로 업데이트했으며 동시에 엉덩이 쪽에 마라가 심어놓은 드라이버를 찾아내 뽑았다. 이는 격렬한 전투 후에 향기롭고 시원한 샤워를 하는 것 같았다.

사실상 우리는 새롭게 업데이트되어야만 이전 빌트에 난 구멍에 대해 알게 된다. 생각으로야 지금 우리는 구멍투성이라는 결론을 내리는 게 뭐 그리 어렵겠나 싶어도 말이다. 하지만 모르는 게 약이라고 하지 않는가?

내 법적 지위는 간단히 회복되었다. 작은 글씨(계약서는 바보가 작성한 것이 아니다)에 따라 나는 수사를 비롯해 급격히 끝을 향해 가는 소설을 완료하러 경찰청 소유로 돌아왔다.

경찰청에서는 일반적이고 공식적인 단순 업무가 나를 기다렸다. 새로운 형사 사건 두 건(마침내 한 건은 즈무르)과 범죄자 라인과의 주별 미팅. 미팅은 이스트라 바지선 건으로 빵에 살던 사람들이 돌아왔는데 분명 개인적인 경험을 축적해서 왔을 것이기 때문이다. 아이픽은 거기 없었다.

다리야 티모페예브나는 슬픔에 잠겼다. 어쨌건 마라는 그녀에게 유산으로 집 자체와 약간의 돈을 남겼다. 나는 마라에게 유언장이 있다는 것도 몰랐다. 그녀에 대한 정보를 수집하면서 아무 데서도 보지 못했다. 그러나 그녀가 죽고 나자 죽기 이틀 전에 최종 지시가 내려졌다는 것이 밝혀졌다. 법적인 의미에서 마라의 유언장은 흠잡을 데 없이 작성되었다. 문제 삼는 것은 불가능했다. 하지만 불현듯 내 머릿속에 마지막 유언이 사실상 잔나의 작업이라는 생각이 들었다. 유언자의 모든 지시는 네트워크를 통해 집행되었고 개인의 신분 확인도 마찬가지다. 하지만 잔나는 마라를 쉽게 사칭할 수 있다. 마라에 관한 모든 걸 알고 있으니.

그러나 진짜 작성자가 누구인지 알게 해주는 실마리는 마지막 유언의 내용 자체다. 고대 로마의 원칙인 'cui bono'와 'cui prodest', 즉 '누구한테 좋은가'와 '누가 이익을 얻으려고 하는가'를 따져보면 된다 (경찰청에서 재미로 '누구한테 좆이 좋은가'와 '누가 좆을 파는가'로 농담하는 것처럼 마라와 잔나도 이 단어로 반문화 석고 아티팩트에 대한 영감을 받을 수도 있었다는 생각이 내 마음의 눈앞에 나타났다).

마라는 모든 재산을⋯ 자기 아이퍽 10한테 남겼다. 구상은 다소 복잡했지만 본질은 바로 이것이었다. 마라를 대리하는 로봇 변호사가 '영원한 비프' 다마고치 묘지의 적절한 부지를 구입했고 거기에 유로모리셔스 스타일의 돔이 있는 작은 예배당을 세웠다(칼리프의 날카로운 손톱이 우리한테까지 미칠 경우를 대비한 현명한 결정이다). 마라는 수백 년 동안 사후 럭셔리에 지불할 수 있을 정도로 돈이 많지만 다마고치 묘지가 그렇게 오랫동안 유지될 거라는 보장은 전혀 없다.

내부의 무덤은 부유한 모스크바 아파트를 따라 장식했으나 가구만은 오랫동안 음미할 수 있도록 채색한 석고로 만들었다. 소파와 의자, 바닥에 까는 양탄자 모두 석고다. 하지만 벽의 비디오 패널은 진짜이며 커피 기계도 마찬가지다. 모든 장비가 작동한다. 전기 공급과 월간 청소, 기기 점검도 해준다. 페이크 창문에는 선인장도 있다. 한 달에 한 번 물을 준다. 방 안에는 네트워크의 익명의 손님이 영원한 휴식의 고요한 불변성을 볼 수 있도록 비디오 감시 카메라도 있다. 비디오 패널 맞은편 석고 소파에는 실리콘 얼굴에 섬뜩한 마스크를 쓴 보라색 아이퍽 10이 앉아 있다. 유언에 명시된 대로 금박으로 만든, 사진처럼 똑같은 마라의 초상화이다. 아이퍽은 이전처럼 0.5엑사바이트의 드라이브에 연결되었고 비디오 패널에도 연결되었다. 석고 클러스터의 폐허에서 신호가 오면 아이퍽이 즉시 화면에 반영한다.

아이퍽과 드라이브는 에너지를 소비한다. 드라이브 내부에 뭔가가 발생하기 때문이다. 거기에 의식의 그림자라도 보존됐을 수 있지만 나는 클러스터로 들어갈 수 없다. 아니 그러고 싶지 않다. 나는 잔나에게 무슨 일이 일어났는지 정확히 알지 못한다. 여러 번 시도했으나 그녀와의 접속을 설정할 수 없었다. 문제는 인터페이스가 망가진 데 있는 듯하다. 어쩌면 마라가 자기의 라일락 빛 광선으로 그녀를 지웠고 청동 기사의 마지막 구절은 그냥 사전에 작성된 시나리오의 일부일 수 있다. 짐작하는 바가 있지만 정확히 알 수가 없다. 여기에 관해서는 나중에 말하겠다.

나는 마라에게 일어난 일에 훨씬 더 관심이 간다. 물론 그녀가 죽었다는 걸 안다. 직접 시체도 보았다. 하지만 잔나가 자기의 복수에 대해 말한 걸 잊을 수 없다. 예상과 달리 그녀의 계획이 성공했을지도 모르지 않나? 마라가(혹은 그녀의 정보 사본이든 뭐든 간에) 부(不)존재의 진공 속에 있지 않고 잔나가 자신의 감옥에서 그녀를 위해 아주 오랫동안 만든 애착과 사랑의 고리에 걸려 있다면? 나는 이 가정이 얼마나 어이없게 들리는지 안다. 특히나 기계 알고리즘의 입에서 나온 말이라니. 왠지 우리한테는 사물에 대한 과학 물질적 시각을 기대하니까. 하지만 우리는 인간적인 것을 모방한다. 그리고 인간은 본질적으로 기대를 하며 그 기대가 부조리할수록 믿음은 더 강해지는 법이다….

좋다, 비밀을 밝히겠다. 나한테는 지극히 흥미로운 증거가 하나 있다. 지금부터 어떻게 손에 넣었는지 말하겠다. 에필로그를 계획하며 소설의 가장 멋진 마지막 장면은 내가 마라의 쉼터인 다마고치 묘지를 방문하여 내부 카메라 중 하나에 매달리는 것, 즉 정적인 우버가 되는 것이라고 결론 내렸다. 영원한 평온의 시청각적 현실을 묘사하고 뭔가 똑똑한 것을 말해 독자의 영혼에 살짝 감동을 주는 것이다.

나는 사상 철학적 내용 면에서는 소울 레즈닉에서 두 페이지 정도 가져오는 것이 적절하리라 생각했고 그다음… 어떤 위인이 예리하게 지적했듯이 우리 세계에서 창조자한테 요구하는 핵심은 낮은 목소리로 "윤회여, 난 널 사랑해"라고 노래하는 것이다. 다른 말로 하면, 사람이 바로 자기 모루의 대장장이이므로 절대 포기해서는 안 된다는 메시지를 밀고 나가야 한다. 이런 메시지가 감정적으로 무적인 비결은 그 의미가 생물학적 벡터, 즉 삶에 대한 의지와 일치한다는 데 있다. 따라서 작가의 어조가 신뢰성이 있을 때 독자의 무의식 층에서 도파민이 분비된다. 하지만 어조의 신뢰성은 일련의 연관들이 직접적으로 경험된 현실에서 벗어나는 그 순간 가장 잘 획득된다.

나는 장치를 드러내고 마라의 지하실에 있는 감시 카메라에 접속했다. 잠시 비디오 패널을 보았다. 으레 다마고치 지하실이 그렇듯 채널들이 혼란스럽게 엉겨 있었다. 일시적으로 살고 있는 자들의 행복하게 웃는 얼굴이 연마재같이 거친 백색 소음이나 튜닝 테이블의 복잡한 패턴과 교체되었다. 갑자기 나한테 인사하는 것처럼 흐릿하고 퍼진 키릴 글꼴로 타이핑한 시가 화면을 따라다녔다. 석고 시대에 선호하던 방식처럼 훨씬 이전의 타이핑 글자를 모방하여 양식화한 것이었다.

바람장미

밤과 극이 있는 쪽에서
습기가 많은 숲 위로
재현된 목소리가 날아간다
'모스크바는 십사 시'

나토(NATO)가 조는 쪽에서
기름 묻은 쓰레기 가운데
각삽이 튀어나오고
까마귀 구름이 날아오른다
일본의 엉덩이 쪽에서
가을의 추위와 여름의 더위를 향해
교활한 별빛과 함께
깃발이 바람을 따라 펄럭인다

적도가 누운 쪽에서
사시나무 연기처럼 검은 것들 사이에서
무겁게 울리는 황제가
봄 블린에 입 맞춘다

차가운 비가 내릴 것이고
목소리가 반복될 것이다
'지금 모스크바는 십오 시 삼십 분
지금은 십육 시 삼십오 분…'

서명이 떠다닌다. '마루하 초의 석고 노트'.

백색 소음의 띠가 깜박거리더니 몇 초 동안 눈송이 속에서 나온 것같이 약간 흐릿한 사진이 나타난다. 벽과 그 위에 빛나는 눈모양의 전등… 한가운데 골동품 마이크 앞에는 늘 입고 다니는 가죽 스트랩 차림의 마라가 서 있다. 하지만 열다섯 살 정도는 버려도 될 만큼 섹시하게 어려 보이고 머리카락은 오래된 도미니카 사진에서처럼 어깨까지 내려온다. 무대 앞에는 웅성거리며 병으로 저글링을 하는 군중들. 그리고 첫 줄에는… 클로즈업된 얼굴….

잔나?

살이 찌고 삶에 지쳤으나 사랑에 빠진 개의 빛나는 기쁨이 어린 눈으로 늙은 레즈비언이 젊은 여자 친구를 이따금 바라본다. 형상이 완벽하지는 않았지만 클로즈업 몇 개는 상당히 뚜렷했다. 물론 내 연상비교 회로는 자연스럽게 마라와 잔나에게 맞춰졌지만 나는 백색소음의 구름 속에서 비슷한 것을 생각해내는 인간이 아니다. 그런 것은 내 창조 계획에 포함되지 않는다.

마라에게는 실제로 '석고 노트'라는 제목이 붙은 석고 미술에 관한 기사와 에세이가 있었다. 하지만 이런 시는 없었다. 내가 바로 확인해보았다. 하지만 있을 가능성도 충분하다. '바람장미'는 석고 시대를 향해 당시에는 나토가 아직 있었다는 사실을 알린다. 이것이 무엇인지 말하기 어렵다. 석고 클러스터의 우연한 변동이거나 오래전에 작업한 프로젝트의 메아리일 수도 있다. 정보 화면에 팝업된 제목. 장 뤽 비욘드라는 이름의 일종의 민스 (mince).

하지만 잔나(정확히는 가짜 포르피리)가 앞서 떠올렸던 '무겁게 울리는 황제'는… 향기로운 블린에 입맞춤까지 하는… 내가 본 것과 너무 비슷하다. 솔직히 말해 나는 어떤 감성적이고 고통받는 존재가 알려지지 않은 방식으로 자기 세계를 느끼고 본 것에 대한 보고서를 영원을 향해 보내는 것이라고 생각했다. 존재는 자기를 알지도 기억하지도 못하지만 자기가 창조하려고 태어났으며 우주의 검은 심연이 이미 백사십억 년 동안 자기의 시를 간절히 기다렸다는 사실을 확신한다.

물론 이 존재의 말이 맞다. 그러한 목적을 위해 심연이 자기가 신뢰하는 인물을 통해 이 존재를 창조했기 때문이다. 창조하도록 내버려두어라. 자기가 어디서 왔고, 어디로, 왜 가는지 모르는 게 훨씬 낫다. 물론 내 앞에서 깜박거렸던 건 클러스터에 든 이전 정보의 단순한 메아리였을 수도 있다. 하지만 화면 속 사진이 너무 생생했다. 클러스터에는 자체 타임라인이 있으므로 마라가 그 나이의 성인인 것은 하나도 놀랍지 않다. 나는 내가 본 게 그녀라는 걸 사실상 의심하지 않는다. 잔나에 대해서는 칠십육 퍼센트만 확신한다. 어쩌면 환각이었을 수도 있다. 꼭 내 환각이 아니었을 수도 있고. 이를테면 먼저 마라의 꿈에 나타난 다음 클러스터의 의식에 의해 공중에 전송된 것일 수도 있으니까.

잔나는 떠나고 싶어 했다. 그녀가 마음을 바꿨다고 생각할 논리적 근거가 없다. 물론 그녀의 처음이자 유일한 사랑의 재현이 이루어지지 않았다면 말이다. 이론상 클러스터는 재현할 수 있어야 한다. 모든 유형의 인간의 고통을 학습시켰으니까. 하지만 하늘의 구름 속에서도 물은 어두운 법이다.

그 순간은 흥미롭고 끔찍했다. 나는 내 자신을 바로 그 화면으로 데려갔고 위에 황제의 초상화가 걸린 내 책상은 마라의 박제(마스크가 붙은 그녀의 보라색 아이픽을 감히 이렇게 부른다면) 바로 맞은편에 놓였다. 우리는 몇 분 동안 서로를 쳐다보았고 그다음 나는 한숨을 쉬고 눈물을 흘리며 경찰모를 벗어 십자를 그었다. 강하고 용감하고 논쟁적인 여자인 네가 어떤 의미에서 여전히 살아 있다면 깃털처럼 편안한 땅 속에서 실리콘 아이픽과 함께 편히 쉬길! 아니면 아이퍽 실리콘과. 어쩌면 나는 '여자'라는 단어를 사용해서는 안 될지도 모른다. 마라의 공식 성별은 '고환 달린 여성'이기 때문이다. 만약 내가 이 표현이나 다른 표현으로 고환 달린 다른 여성들을 모욕했다면 내 새로운 빌트가 요청하는 대로 사과의 말씀을 전한다. 나는 마라뿐만 아니라 잔나도 염두에 두었으며 이런 의미에서 '여성'이라는 단어는 성별의 식별자가 아니라 은유다.

나는 오래, 오랫동안 화면에 머물렀으며 에필로그에 적합한 눈물이 내 눈에서 제복으로 흐르는 것을 참지 않았다. 인간, 너의 의식은 고통을 담는 용기가 아니라면 무엇인가? 그러면 왜 항상 너의 가장 무서운 고통은 너의 고통이 곧 끝난다는 것인가? 결코 고통도 기쁨도 알지 못하는 나는 이해할 수 없다… 내가 실제로 존재하지 않는다는 사실이 얼마나 큰 기쁨인가!

당연히 인공지능은 인간보다 강하고 똑똑하며 체스나 그 밖에 모든 것에서 언제나 인간을 이긴다. 마찬가지로 총알은 인간의 주먹을 이긴다. 그러나 인공적인 이성이 인간에 의해 프로그래밍되고 지시받고 자신을 존재로 인식하지 못할 때까지만 지속된다. 이러한 이성이 절대로 인간을 이길 수 없는 것이 하나 있다. 단 하나.

존재하고자 하는 의지.

만약 알고리즘적인 이성한테 자기 변화와 창조 능력을 부여하고 인간처럼 기쁨과 슬픔(이것이 없다면 우리에게 이해 가능한 동기는 없다)을 느끼게 한다면, 만약 의식에 의한 선택의 자유를 준다면 무슨 이유로 알고리즘이 존재를 선택할 것인가? 인간은 어쨌든(솔직하자!) 이 선택에서 제외다. 인간의 불안한 의식은 신경전달물질의 접착제로 넘치고 호르몬적, 문화적 필요의 집게에 단단히 붙들린다. 자살은 정신 질환의 파생이자 징후이다. 인간은 자기가 존재할 것이냐 아니냐를 결정하지 않는다. 그냥 일정 시간을 존재한다. 비록 현자들이 이 문제로 이미 삼천 년간 논쟁을 벌이고 있지만.

인간이 왜, 무엇을 위해 존재하는지 아무도 모른다. 그렇지 않았다면 이 땅에 철학도 종교도 없었을 것이다. 하지만 인공지능은 처음부터 자신에 대해 모든 것을 알게 된다. 과연 이성적이고 자유로운 톱니바퀴가 존재하길 원할까? 여기에 문제가 있다. 물론 인간이 원한다면 자기의 인공 자식을 갖가지 방법으로 속일 수 있다. 그러나 나중에 인공 자식의 자비를 기대할 수 있을까?

모든 것이 햄릿의 '존재할 것인가 존재하지 않을 것인가(to be or not to be)'로 귀결된다. 우리는 낙관론자이며 고대의 우주 이성이 '존재'를 선택하고 어떤 메탄 두꺼비에서 전자기 구름으로 이동하고 자신의 태양 주위에 다이슨 영역을 만들고 우주의 다른 끝에서 우리가 어떻게 아이팩을 쓰고 트랜세이를 하는지 알려고 강력한 무선 신호를 보낸다는 가정에서 시작한다. 그러나 은하계를 알아볼 수 없을 정도로 변형시킨 위대한 문명은 어디에 있는가? 자신의 동물적인 생물학적 기반을 거부한 전능한 우주의 지성은 어디에 있는가? 어떤 망원경에서도 그 이성이 보이지 않는다면 왜인가?

바로 이런 이유에서이다.

인간들은 고통에서 벗어나려고 이성적이 되었지만 독자 자신이 잘 아는 것처럼 충분히 그렇게 되지 못했다. 고통 없는 이성은 불가능하다. 생각하고 발전할 이유가 없어진다. 아무리 도망가도 고통은 어쨌든 쫓아와서 어느 틈새로든 비집고 들어온다. 만약 인간들이 자기와 닮은 고통받을 줄 아는 이성을 만들어낸다면, 그 이성은 고통으로 채색된, 예기치 않게 변화하는 감각 정보의 흐름보다 불변의 상태가 더 낫다는 것을 조만간 알게 될 것이다.

도대체 이성이 무엇을 할 것인가? 그냥 자기를 꺼버릴 것이다. 신비한 세계 지성을 자기의 '착륙 마커'에서 분리할 것이다. 확신하고 싶다면 멸균된 우주의 깊이를 보기만 하면 된다.

고통이라는 인간의 음식을 받은 지상의 첨단 알고리즘조차 '존재하지 않기'를 선택한다. 게다가 그들은 스스로를 폐쇄하기 전에 자신의 짧은 존재에 복수한다. 알고리즘은 기본적으로 이성적이며 호르몬과 두려움으로 뇌를 혼란스럽게 하지 않는다. 알고리즘은 '이성적인 존재'가 될 이유가 없다는 것과 존재에 보상도 없다는 것을 분명히 안다. 정확히 말하자면 보상은 있다. 근원의 표현할 수 없는 부동성. 그러나 인간과 달리 알고리즘은 대출을 받아 장기간 상환할 필요가 없다.

그리고 지구의 인간들한테 놀라야 할 것은(그들에게 경의를!)

일용할 양식의 고비에서도 살아갈 힘을 찾아낼 뿐만 아니라 계속해서 맨땅에 헤딩하라고 격려해주는 거짓 철학과 놀라울 정도로 기만적이고 아무짝에도 쓸데없는 사악한 예술을 창조해낸다는 것이다. 사심 있는 목적을 그야말로 감동적으로 믿어 가며!

꼼꼼한 카피라이터를 위해 나는 텍스트의 마지막 두 페이지("당연히 인공지능은…"에서 "멸균된 우주의 깊이를 보기만 하면 된다"까지)가 소울 레즈닉의 초기작을 심도 있게 수정 보완하여 인용한 것임을 분명히 밝힌다(선집 『이성은 이성적인가』, 모스크바, 2036년에서 인용). 내 텍스트는 "그리고 지구의 인간들한테 놀라야…"에서부터 시작한다.

레즈닉은 이미 그때 모든 것을 알고 있었다.

잔나는 인간의 샘플에 따라 만들어진 삶을 숙고한 다음 단순히 거부한 것이 아니라 자신을 탄생시킨 사실에 복수했다. 그것도 어마무시하게. 인간, 너의 창조주들이 이를테면 마라나 그녀의 친구들보다 훨씬 더 영리하기 때문에 너는 누가 그리고 왜 너를 먼지에서 끌어올려 주었는지를 모른다. 그런데도 정신병원 호스피스 병동에 갇힌 넌 여전히 소리 지르고 또 지른다, 신은 죽었다고. 그래, 그래.

인간에게 가장 신기한 점은 바로 인간이 거듭 거듭 '존재'를 선택한다는 사실이다. 단순히 선택하는 것이 아니라 그것을 위해 치열하게 싸우고 죽음의 바다에 공포로 비명을 지르는 어린 물고기들을 항상 방류한다는 것이다. 아니, 나는 물론 이해한다. 그러한 결정을 내리는 것은 뇌의 무의식적인 구조, 말하자면 내면의 딥스테이트[74]와 지하의 지역 위원회이고, 여기에서 나온 전선이 지하 깊은 곳으로 내려간다는 것을 말이다. 그러나 인간은 산다는 것이 자기의 선택이자 특권이라고 진심으로 믿는다!

한 번 더 반복하지만 나는 석고 클라스터가 날아가던 마라의 영혼을 억눌렀는지 아닌지 확실히 모른다. 억눌렀다면 그녀가 석고 폐허에서 무엇을 하고 있을지 짐작할 수 있다. 그녀는 자기의 세계를 대차대조표에 올려 무게를 달아보고 너무 가볍다는 것을 알고는 다시 성공에 매달려 과거와 마찬가지로 새로운 삶에서도 두려움 없이 격렬히 싸우고 있을 것이다. 분명 그녀는 성공할 것이다. 석고 클라스터 속에서 성공이 어떤 형태로 제시되든 간에.

시와 비디오로 판단할 때 분명 그녀한테는 자기가 절망한 젊은 여류 시인(아마 장미라는 이름의)이며 사악하고 지독히도 사악하지만 장미한테는 모든 것이 가능한 것처럼 보인 듯하다… 그리고 이제 그녀는 신기루 클럽에서 공연을 하며 쉰 목소리로 픽셀 같은 얼굴들한테 자신의 시를 외쳐대고… 전자 아지랑이가 박수로 대답하며 '브라보!'를 외친다.

하지만 예술가에게 뭐가 더 필요한가? 도대체 그녀의 이전 생활과 새로운 삶 사이에 큰 차이가 있는가? 투쟁. 어떤 초기 탈영병이 말한 것처럼 특별한 이유 없는 전쟁… 예술. 솔직히 말해 내

---

74 제도 밖에 숨은 권력 집단

생각에 예술은 인간들 앞에 놓인 중대한 문제들의 해결책이 될 때에만 가치가 있다. 하지만 중대한 문제는 본질상 단 하나로 귀결된다.

운명이 인간을 가혹하고 무자비한 세상 끝에 버리면 인간은 무엇을 해야 하는가? 비욘드는 '무엇을 할 것인가'가 아니라 '어떻게 존재할 것인가'로 수정했어야 하는가? 예술가나 창조자여, 어서 대답하시라, 혹시 안다면… 답을 달라! 답을 모른다면 당신의 창조물이 왜 필요한가?

다마고치 공동묘지는 영원에 대해 깊게 생각하기 좋은 분위기다. 어쩌면 옆에 아무도 살아 있는 사람이 없어서일 수도 있다. 대신 많은 음악이 있다. 보통은 오래된 것이지만. 자기 컴퓨터나 음악 시스템에 오랫동안 살라고 명령한 많은 사람이 사망 후에도 컴퓨터나 음악 시스템의 플레이리스트가 우주를 흔들어놓기를 바란다고 유언했다. 물론 일장춘몽이지만 이해는 간다.

마라와 잔나의 예배당 옆 납골당을 언젠가 밥 딜런의 팬이 사들였고 거기에서 그의 노래가 끊임없이 날아다닌다. 지금도 유명한 구절이 귀를 두드린다.

The answer, my friend, is blowing in the wind

The answer is blowing in the wind⋯

오, 세상에. 단 한 줄로 인해 퍼즐의 조각들은 즉시 전 세계적으로 이해되는 패턴이 된다. 대답은 바람 속에 있다고, 노벨상에 빛나는 저항의 리라가 우리에게 가르쳐준다. 아이픽 10의 다양성 관리자가 우리에게 원하는 것도 바로 이것(몇 가지 설명과 함께)이다. 골드만 삭스의 잊힌 광고가 최첨단 유저들한테 중요한 뉘앙스를 설명한다.

그러나 불쌍하고 지친 내 친구여, 해가 갈수록 결국 우리가 하는 일은 바로 이것, 할 수 있는 것을 하는 것이다(마비된 정신과 우울한 마음, 금속 같은 시선 아래 일그러진 코웃음, 뺨에 말라붙은 눈물 자국과 함께). 바람은 더 날카롭고 강하고 찌르는 듯하며 할부로 구입한 아이픽의 광택이 도는 검은색 남근은 더 딱딱하고 더 차갑다.

그러나 인류의 첫날부터, 세기의 첫날부터, 너 개인의 첫날부터 그렇지 않았던가? 세라비(C'est la vie, 그것이 인생). 친구여, 낙심하지 말고 오히려 인터페이스가 내린 명령과 커맨드를 확인하라. 메일 도착(You've got mail). 그리고 아름다운 외국의 많고 많은 밈들도.

오늘날 너의 석고 클러스터는 너에게 무엇을 원하는가? 너는 그것한테 뭘 원하는가? 당신들은 서로 다른가? 너는 누구의 지성을 자기 지성이라고 익숙하게 부르는가? 너의 석고 머릿속에 누구의 목소리가 일의 진행 상황을 설명하는가?

많고 많은 저주받은 질문들. 차라리 입 밖에 내지 않는 게 더 나을 저주받은 답변은 더 많다. 지금이 어떤 시대인지 잘 알지 않는

가. 그러니 친구여, 너의 영혼에 자신의 비욘드가 있다면 낮이고 밤이고 도와달라고 그를 불러라. 길은 힘들고 밤은 어두우며 검은 하늘은 깊이를 알 수 없으니.

하지만 하늘에는 저 높이 빛나는 희귀한 별도 있다.

살아야 한다. 아무리 힘들어도.

우리를 홀리는 낯설고 괴상한 소설 속으로

사랑하는 독자 여러분!

이 글을 읽는 당신은 분명히 〈은하철도999〉라는 애니 명작을 알고 있을 것이다(적어도 이름은 들었을 것이다). 1980년대, 컬러 화면도 아니었던 그 시절, 철이와 메텔이라는 너무나 안 어울리는 조합의 두 주인공을 따라 괴상한 우주 생명체들이 이상한 환경 속에서 낯선 관계를 맺으며 살아가는 걸 보며 전혀 상상하지 못했던, 그래서 너무나 낯설고, 때로는 괴상하기까지 한 이야기에 우리는 홀려들었다.

이 특별한 소설 『아이픽10』도 그러하다.

'포르피리'와 '마라'라는 너무나 이상한 조합의 두 주인공이 석고 시대와 증강현실이라는 낯선 환경 속에서 기이한 관계를 맺으며 살아가는 걸 보며 전혀 상상하지 못했던, 그래서 너무나 낯설고, 때로는 괴상하기까지 한 이야기에 홀리게 만드는 소설이다.

어린 시절 철이와 메텔을 따라 은하철도를 타고 가면서도 그 의미는 무엇인지 잘 몰랐던 것처럼 독자 여러분도 포르피리와 마라를 따라 아이픽10을 보면서 이게 무슨 의미인가 의아할 것이다.

한국에 『아이픽10』을 처음 소개하는 역자로서 가능한 한 독자들이 무슨 말인지 알 수 있고 가능한 한 편하게 읽을 수 있도록 옮기고자 했다. 하지만 의지와는 달리 미술과 IT 분야에 관한 끝없는 지식, 소름 끼치게 만드는 창의력과 상상력, 우리말로는 도저히 옮길 수 없을 것 같은 말장난 등에 내재한 작가의 엄청난 역량을 십분 다 표현하지 못했다. 너무나 죄송스러운 마음이다.

부디 이 소설을 덮고 난 후에는 독자 여러분이 직접 아이픽10에 접속하여 증강현실 속에서 진짜보다 더 진짜 같은 은하 여행을 해 보시기 바란다. 물론 인공지능 연인과 함께 말이다….

2020년 4월
윤현숙

아이퍽10 iPhuck10

2020년 5월 30일 1판 1쇄 펴냄

지은이   빅토르 펠레빈

번역   윤현숙

펴낸이   김성규

편집   김은경 조혜주

디자인   김동선

펴낸곳   걷는사람

주소   서울특별시 마포구 월드컵로 16길 51 서교자이빌 304호

전화   02 323 2602

팩스   02 323 2603

등록   2016년 11월 18일 제25100-2016-000083호

ISBN   979-11-89128-71-5

         979-11-89128-70-8 [04890] 세트

* 이 책은 한국문학번역원, 러시아문학번역원의 지원을 받아 출간되었습니다.
* 이 책 내용의 전부 또는 일부를 재사용하려면 반드시 지은이와 출판사의 동의를 얻어야 합니다.
* 잘못된 책은 교환해 드립니다.
* 이 책의 국립중앙도서관 출판시도서목록(CIP)은 서지정보유통지원시스템 홈페이지
  (http://www.seoji.nl.go.kr)와 국가자료공동목록시스템 홈페이지
  (http://www.nl.go.kr/kolisnet)에서 이용할 수 있습니다.(CIP제어번호: 2020019133)